La Lumière qui nous aveugle

ANDY
DARCY THEO

LA LUMIÈRE QUI NOUS AVEUGLE

DESCENTE DANS LES TÉNÈBRES – TOME 1

Traduit de l'anglais
par Isabelle Pernot

DE SAXUS

Ceci est une œuvre de fiction.
Toute ressemblance avec des personnages, lieux, organisations
ou évènements existant ou ayant existé ne serait que purement fortuite.

AVERTISSEMENT DE CONTENU

ALCOOL, DESCRIPTION DE BLESSURE, DÉTRESSE PSYCHOLOGIQUE, DEUIL, MANIPULATION MENTALE, MEURTRE, MISOGYNIE, MORT, MUTILATION, SANG, TENTATIVE DE MEURTRE, TORTURE, TROUBLES MENTAUX, VIOLENCE, VIOLENCE PSYCHOLOGIQUE

La Lumière qui nous aveugle
par Andy Darcy Theo

The Light That Blinds Us

Published by arrangement with Simon & Schuster UK Ltd
1st Floor, 222 Gray's Inn Road, London, WC1X 8H

Illustration de jaquette (édition reliée) et de couverture (édition brochée) : © 2024 Katt Phatt
Illustration de couverture (édition reliée) : quatre élements de la nature © Peratek/Shutterstock.com
Illustration des tranches teintées : © Martin Capek/Shutterstock.com
Illustrations des personnages : © 2024 Alex Forest

Conception graphique couvertures, jaquette, tranches teintées et pages de garde françaises :
Volodymyr Feshchuk – Eilean Books

Ouvrage publié sous la direction de Camille Loré

Composition et mise en pages
PCA

Le papier intérieur de cet ouvrage est composé de fibres naturelles, renouvelables, recyclables et fabriquées à partir de bois issu de forêts plantées expressément pour la fabrication de pâte à papier.

ISBN : 978-2-37876-604-7 (broché)
ISBN : 978-2-37876-603-0 (relié)
ISBN : 978-2-37876-605-4 (e-book)

Loi 49-956 du 16 juillet 1949 sur les publications destinées à la jeunesse.

Dépôt légal : novembre 2024

1re édition
10 9 8 7 6 5 4 3 2 1

Achevé d'imprimer en République tchèque par FINIDR en octobre 2024

Pour mon moi de 13 ans.
On y est arrivés !

SOMMAIRE

PARTIE DEUX

PARTIE TROIS

PARTIE QUATRE

NOTE DE L'AUTEUR

Ce livre est rempli de paradoxes, mais il en va de même de la condition humaine.

Vous y trouverez du rire et de la vengeance, de l'amour et du chagrin, de la lumière et des ténèbres. Même dans l'humour, il y a de la tristesse. Dans les plus grands moments d'abattement, il y a de l'espoir.

La psychose d'Alexis s'appuie sur ma propre histoire familiale, sur des années de recherches approfondies, et sur mon expérience en tant qu'auxiliaire principal en psychologie clinique et auxiliaire de santé dans un hôpital psychiatrique. Les symptômes, le profil cognitif et les tics d'Alexis s'inspirent de faits réels, afin de produire une expérience authentique dans le cadre d'un récit de fantasy. Sa quête pour se comprendre et apprendre à vivre avec sa maladie mentale est douloureuse, tumultueuse et incomplète, comme pour un très grand nombre d'entre nous.

J'espère que vous aimerez lire *La Lumière qui nous aveugle* autant que j'ai aimé l'écrire.

Bienvenue dans le monde des Élémentaires.

Prenez soin de vous en descendant dans les ténèbres.

ALEXIS Michaels

JE TE NOIERAI DANS TON
PROPRE SANG.

DEMI Nikolas

NE M'OBLIGE PAS
À TE LE DIRE DEUX FOIS.

BLAISE Ademola

DÉSOLÉ
D'ÊTRE BEAU.

CAELI Doran

PLUTÔT MOURIR
QUE DE M'EXCUSER.

PROLOGUE

Onze ans plus tôt

Les parents d'Alexis Michaels étaient persuadés que leur fils ne savait pas ce qu'il faisait quand il avait essayé de noyer son psy.

Ils avaient tort.

Alexis avait parfaitement conscience de son geste.

Non pas qu'il veuille tuer qui que ce soit – il n'avait que 6 ans –, mais malgré son jeune âge, Alexis était depuis longtemps habitué à faire des choses dont il n'avait pas envie.

Et il était prêt à tout pour que l'*Homme-Ombre* se taise.

Le Dr Carl Dash ignorait tout cela quand il s'était présenté pour une consultation psychiatrique avec un petit garçon qui souffrait de cauchemars. Comme lors de toutes ses évaluations, il avait commencé par chercher un mot pour décrire le patient. Il s'agissait d'une méthode dépassée, sans doute, mais le Dr Dash estimait savoir comment cerner une personnalité. De toute façon, il n'allait pas changer maintenant, au bout de trente-sept ans de métier. Les gens n'étaient pas aussi compliqués qu'ils aimaient à le croire.

Il l'ignorait, à ce moment-là, mais le petit garçon face à lui faisait exception à cette règle.

Ses cheveux foncés retombaient en boucles indisciplinées sur son front bronzé et masquaient une bonne partie de ses yeux et de son visage. Il se tenait sur le seuil de la maison, la tête levée vers le Dr Dash.

Celui-ci sourit. « Bonjour, jeune homme. Comment tu t'appelles ? »

Avant que l'enfant puisse répondre, le murmure glacé de l'hiver se transforma en un rugissement et balaya Valerian Lane, une impasse située dans une banlieue au charme désuet. Le Dr Dash frissonna et enfouit son menton dans son écharpe tout en ramenant son long manteau en laine sur sa poitrine. Le petit garçon, en revanche, demeura immobile. Il attendit simplement que le vent s'en aille avant de répondre.

« Alexis. »

Il écarta ses cheveux de ses yeux, ce qui permit au psychiatre de découvrir leur couleur. La pupille était entourée d'un anneau bleu glacial, lui-même enfermé dans un épais cercle noir comme de l'obsidienne. *Hétérochromie centrale,* se dit le docteur. Voilà qui était rare. Il n'avait jamais vu quiconque avec de tels yeux. Ils étaient aussi beaux que troublants, comme le sont toutes les choses anormales.

« Alexis ! » Un homme se précipita dans le hall derrière l'enfant, suivi par une femme qui portait un bébé. Ils sourirent au Dr Dash, puis l'homme s'accroupit et posa les mains sur les épaules de son fils. « On t'a déjà dit de ne pas ouvrir la porte aux inconnus », lui rappela-t-il gentiment.

Alexis hocha la tête et disparut à l'intérieur de la maison. *Voilà un enfant intéressant,* pensa le Dr Dash. Quel mot le décrirait le mieux ? *Étrange, troublant, mélancolique* lui vinrent à l'esprit, mais aucun ne paraissait tout à fait juste.

« Désolé, dit le père du garçon en lui tendant la main. Vous devez être le docteur Dash ?

— En effet. Et vous devez être monsieur et madame Michaels ?

— Docteure Michaels, rectifia la femme sans parvenir à réprimer un sourire. Je n'ai pas fait toutes ces années de médecine pour renoncer à mon titre. Mais appelez-nous Stephanie et Jackson. Ravie de vous rencontrer, docteur. Je vous en prie, entrez et venez prendre le thé. »

Le mot qui caractérisait Stephanie Michaels était *audacieuse*. Le Dr Dash l'appréciait déjà.

Préservées de la pollution qui étouffait le cœur de Londres et à l'écart de ses quartiers résidentiels surpeuplés, les maisons de Valerian Lane se dressaient fièrement en bordure de la vaste forêt de Protegere. En retrait et protégée par des grilles, la maison des Michaels était aussi pittoresque à l'intérieur que sa façade le suggérait. La lumière matinale entrait à flots par les hautes fenêtres de la véranda où ils s'installèrent.

Jackson leur servit du thé Earl Grey. Puis il prit le bébé tandis que Stephanie entourait sa tasse de ses mains pour en absorber la chaleur réconfortante. Ils formaient un couple jeune, séduisant et visiblement très amoureux. Cela se voyait à la manière dont leurs corps trouvaient toujours le moyen de se frôler, même si c'était juste au niveau des coudes. Cependant, quelque chose les tracassait, le Dr Dash s'en rendait compte à présent.

Ce fut lui qui brisa le silence pesant.

« Alexis vous ressemble beaucoup, Jackson. Pourtant, c'est un enfant adopté, n'est-ce pas ? »

La réponse de Stephanie jaillit immédiatement, sur un ton défensif typiquement maternel. « En effet. Pourquoi cette question ?

— J'ai cru comprendre que les circonstances de son adoption sont quelque peu inhabituelles », répondit-il calmement. La jambe de Stephanie tressaillait nerveusement, mais Jackson posa une main rassurante sur son genou, et elle s'immobilisa. « Vous voulez bien m'en parler ? »

Ce fut Jackson qui répondit, en regardant sa femme entre deux phrases et en jetant de fréquents coups d'œil en direction du bloc-notes du Dr Dash. « C'était il y a environ un an.

Alexis avait 5 ans à l'époque, mais je dois préciser que nous ne connaissons pas sa date de naissance exacte. C'était juste après le mégatsunami dans le Pacifique Sud. Nous visitions l'Australie pour notre lune de miel. Heureusement, nous n'étions pas près du rivage quand c'est arrivé. On s'est portés volontaires, Stephanie et moi. Elle a aidé le personnel médical pendant que je donnais un coup de main aux survivants. C'est là qu'on a rencontré Alexis. D'après les autorités, ses parents avaient péri tous les deux. Nous nous sommes tout de suite attachés à lui, comme si le destin nous avait conduits là-bas pour le trouver. Ayant moi-même grandi dans des familles d'accueil, je ne pouvais pas l'abandonner. »

Jackson déplaça légèrement le bébé dans ses bras.

« Excusez-moi, mais quel est le rapport avec les problèmes actuels d'Alexis ?

— C'est utile de connaître le passé pour comprendre le présent. » Le Dr Dash desserra le col de sa chemise. « Mais passons à autre chose. Pourriez-vous me parler de l'état d'Alexis et de la raison pour laquelle vous m'avez contacté ? Il souffre de cauchemars, c'est bien cela ?

— Toutes les nuits », répondit Stephanie en posant sa tasse vide. N'ayant plus rien pour occuper ses mains, elle les joignit sous son menton. « Il se réveille en hurlant et en pleurant. Parfois, il va jusqu'à se faire du mal dans son sommeil, il se griffe le torse et les bras jusqu'au sang. Nous avons tout essayé pour l'aider. Il dort même avec nous dans notre lit maintenant, mais rien n'y fait.

— Est-ce qu'il vous parle de ses terreurs nocturnes ? A-t-il un souci en particulier ? » Stephanie secoua la tête. « J'ai cru comprendre qu'on lui avait diagnostiqué une amnésie rétrograde et qu'il ne se souvient de rien avant le tsunami.

— Pas même son nom, répondit Stephanie avec un sourire triste. Mais il fait constamment le même cauchemar. Il se voit toujours tomber d'une falaise. »

Le Dr Dash nota cette information, puis se leva. Il ne voulait pas discuter trop longtemps, de peur d'avoir des idées préconçues quand il parlerait à Alexis. Il lui restait cependant un sujet à aborder, celui qui l'avait poussé à accepter ce cas. « Et qu'en est-il de ses hallucinations ? »

Ce mot fit apparaître un nuage d'inquiétude au-dessus du couple. Même le bébé perçut le changement d'atmosphère et se tortilla dans les bras de son père. Jackson tenta de le consoler quand il se mit à pleurer, mais ne tarda pas à le confier à Stephanie.

« Excusez-moi, dit-elle en se levant à son tour. Je te laisse expliquer, chéri. »

Elle sortit de la pièce pour calmer le bébé. Les pleurs s'éloignèrent, puis s'arrêtèrent tout à fait.

Le Dr Dash se tourna de nouveau vers Jackson, qui avait suivi sa femme d'un regard débordant d'admiration et de sollicitude. Son expression aida le psychiatre à trouver le mot qui décrivait le mieux Jackson : *gardien*.

« Les hallucinations ? répéta-t-il doucement pour l'inciter à se confier.

— Parfois, on dirait qu'il parle à quelqu'un qui n'est pas là. » Sous le plateau en verre de la table, le Dr Dash vit que Jackson serrait les poings si fort qu'ils tremblaient. « Il va bien le matin et quand il est avec Jason. Il l'appelle Jace. Mais le soir, il... il dit qu'il parle à un homme. Un homme constitué d'ombres. Il prétend que l'homme lui ordonne de faire des choses, de mauvaises choses. » Jackson croisa le regard du psychiatre et prit enfin une grande inspiration. « Nous avons tellement peur qu'il se blesse ou qu'il blesse son frère. Les deux derniers psychiatres qui sont venus le voir ont refusé de le mettre sous traitement médicamenteux, sous prétexte qu'il est trop jeune. Mais nous ne pouvons pas prendre le risque qu'il lui arrive quelque chose. Je vous en prie, docteur, aidez-nous. Je... je me sens impuissant. Je ne supporte plus de le voir souffrir comme ça. »

Le Dr Dash lisait en effet le désespoir, la douleur et l'épuisement sur son visage. « Je crois qu'il est temps que je parle à Alexis. »

Jackson le conduisit vers le salon lumineux, où Stephanie était assise sur la moquette couleur crème, Jason au creux des bras. Penché sur son frère, Alexis le laissait tenir son doigt qu'il bougeait pour le faire rire. Lui-même souriait jusqu'aux oreilles.

Le visage d'Alexis exprimait un amour inconditionnel, à tel point que le Dr Dash se demanda si sa femme et lui n'avaient pas commis une erreur en décidant de ne pas avoir d'enfants. Mais cette pensée se dissipa très vite, car une chose étrange retint son attention. Dans un seau d'eau posé près de la mère et de ses fils flottait un pendentif en pierre bleue taillée en forme de triangle inversé.

Alexis leva les yeux et surprit le psychiatre en train de contempler la pierre. Aussitôt, il attrapa la chaîne et la passa par-dessus sa tête pour dissimuler le pendentif sous son T-shirt.

« Que fais-tu à tes jouets ? » demanda le Dr Dash en rangeant son bloc-notes dans sa poche. Jackson et Stephanie avaient accepté à contrecœur de le laisser seul quelques minutes avec l'enfant. Celui-ci s'amusait à présent à plonger trois petites figurines en plastique dans le seau d'eau à côté de lui. Chaque fois qu'il les maintenait sous la surface, il retenait son souffle en se pinçant les narines avec sa main libre.

Deux taches rouges apparurent sur les joues bronzées d'Alexis jusqu'à ce qu'il se remette enfin à respirer. Il sortit son jouet de sa prison aquatique et le posa dégoulinant sur la moquette. Le Dr Dash était sur le point de répéter sa question lorsqu'Alexis répondit, ses yeux bleus focalisés sur la surface de l'eau :

« Ce sont mes amis. Je regarde combien de temps ils peuvent respirer sous l'eau.

— Pourquoi voudrais-tu noyer tes amis ? »

Alexis leva la tête vers lui en haussant les sourcils. « Bien sûr, ils ne sont pas réels. » Il se remit à jouer avec un petit sourire suffisant.

« Bien sûr, marmonna le Dr Dash en ayant le sentiment d'avoir été remis à sa place. As-tu d'autres amis ? À l'école, peut-être ? »

Un long soupir s'échappa des poumons d'Alexis, qui secoua la tête en perdant son sourire. « Je ne vais pas à l'école. » Brusquement, il ferma les yeux. Ses traits se tordirent, et il haussa les épaules comme pour protéger ses oreilles d'un bruit sec mais inaudible. Ce fut bref, car il rouvrit très vite les yeux et ajouta : « Je ne vais nulle part. Maman et Papa ne me laissent pas sortir. Je n'ai pas d'amis.

— C'est dommage, commenta le Dr Dash en écrivant rapidement une note. Ce serait bien d'avoir des amis de ton âge. Ils comptent parmi les meilleures personnes que nous pouvons avoir dans notre vie. Je suis sûr qu'en grandissant, ton frère deviendra ton ami. »

Alexis paraissait ne pas l'avoir entendu. Il regardait derrière le Dr Dash, par-dessus son épaule. Le psychiatre essaya de se retenir, mais il ne put s'empêcher de se retourner. Il n'y avait rien, bien sûr, mais une vague de froid était entrée dans la pièce, et il éprouvait des picotements au niveau de la nuque. Il devait y avoir un courant d'air quelque part.

Le Dr Dash pivota de nouveau. « Alexis ? Tu m'entends ? »

Le petit garçon ne cillait pas. Il paraissait hypnotisé – et effrayé. Tandis que les nuages s'amoncelaient au-dehors et déversaient un torrent de pluie sur Valerian Lane, la lumière naturelle s'assombrit dans la maison des Michaels, et le Dr Dash sentit le malaise d'Alexis s'emparer de lui aussi.

« Alexis, demanda-t-il calmement, y a-t-il quelqu'un derrière moi ? »

Alexis acquiesça.

« Je ne le vois pas et je ne l'entends pas, mais toi, tu le peux ? »

Le petit garçon hocha de nouveau la tête.

« Le sens-tu ? Peut-il te toucher ? »

Alexis déglutit péniblement. Des larmes perlaient à ses paupières et menaçaient de couler.

« Est-il ton ami ? »

Alexis secoua la tête et agrippa son pendentif à travers son T-shirt. Quand il répondit, ce fut dans un murmure, presque comme s'il craignait que quelqu'un épie leur conversation. « C'est l'*Homme-Ombre*. Il existe pour de vrai, et ce n'est pas mon ami.

— Puis-je voir ton collier ? » demanda le Dr Dash en espérant détourner son attention.

Alexis secoua la tête. « C'est une amulette.

— Ce sont tes parents qui te l'ont offerte ?

— Non. Elle m'appartient. Parfois, elle flotte.

— J'ai vu. Je suis sûr que c'est un collier très spécial. » Il se reprit. « Une *amulette* très spéciale. »

Cela lui valut un sourire de la part d'Alexis, qui dévoila ses fossettes. Cet enfant ne devait pas sourire souvent, remarqua le Dr Dash avec compassion. Sa joie avait quelque chose de vulnérable, comme s'il hésitait à être heureux. Le psychiatre voulait faire tout ce qui était en son pouvoir pour transformer cette rareté en réalité.

« Tenez, dit Alexis en sortant de sa transe et en lui tendant un jouet. Vous êtes qui ?

— Merci, répondit le Dr Dash en contemplant la figurine cabossée, avant de la faire marcher gaiement sur ses genoux. Je suis un docteur. »

Alexis arbora un grand sourire. « Ma maman est docteure. Elle répare les cœurs.

— Je suis un autre type de docteur. » Le Dr Dash se tapota la tempe. « Ta maman soigne le corps des gens. Moi, je soigne leurs pensées et leurs émotions, pour les aider à se sentir mieux. J'ai aidé beaucoup d'enfants comme toi, d'ailleurs. »

Alexis le dévisagea d'un air songeur. « Vous êtes là pour m'aider ? Pour *nous* aider ? »

Le Dr Dash n'eut pas le temps de répondre. Le petit garçon laissa échapper une exclamation et recula brusquement. Il ferma les yeux, plaqua ses mains sur ses oreilles et secoua la tête en murmurant en boucle les deux mêmes mots.

« *Pitié, arrêtez, pitié, arrêtez, pitié, arrêtez.*

— Alexis ? demanda le Dr Dash d'une voix forte et ferme. Alexis, sais-tu ce que je fais quand une émotion dérangeante prend le dessus ? Quand je veux me concentrer sur le moment présent ? »

Le Dr Dash ne savait pas si sa voix était plus forte que celle qu'Alexis entendait, mais elle suffit à lui faire entrouvrir les yeux. Le psychiatre remonta les manches de son pull. Lentement, il pressa chacun de ses doigts contre son pouce, encore et encore, avec un rythme précis et une grande résolution. « Peux-tu faire comme moi ? » demanda-t-il.

Alexis l'observa un petit moment avant de l'imiter en se concentrant intensément, jusqu'à ce que ces gestes deviennent familiers. Cela parut l'aider à revenir à lui et à retrouver son calme.

Le Dr Dash lui rendit son jouet. « Est-ce que l'*Homme-Ombre* te parle ? »

Dehors, la pluie s'était arrêtée, étouffée par la couverture de nuages. Dans le silence, la noirceur du ciel semblait émettre un bruit sourd, persistant, hostile.

Alexis avait les yeux rivés sur le seau. Son contenu, perturbé, ondulait. Le Dr Dash ne se rappelait pourtant pas avoir vu l'enfant toucher l'eau. « Avant, c'était une voix dans ma tête. Maintenant, il est réel. Il me fait peur.

— Que te disait-il à l'instant, Alexis ? »

Le petit garçon lâcha son jouet et regarda le Dr Dash droit dans les yeux. Il y avait du chagrin dans sa voix lorsqu'il répondit. De la culpabilité aussi. Et du regret, pas pour ce qu'il avait fait, mais pour ce qu'il s'apprêtait à faire.

« Il m'a dit de vous noyer dans votre propre sang. »

Sur ce, Alexis se jeta sur le psychiatre.

Un hurlement étranglé, suivi de gargouillis, résonna dans la maison. Jackson, qui attendait dans le couloir, ouvrit la porte à la seconde où il entendit du bruit. Son cœur tambourinait dans sa poitrine à l'idée que son fils coure un danger, mais ce fut l'inverse qu'il découvrit.

Alexis maintenait la tête du Dr Dash dans le seau d'eau et pesait dessus de tout son poids, sans ciller. Le vieil homme se débattait et griffait Alexis jusqu'au sang, mais l'enfant ne le lâchait pas. Il avait les yeux écarquillés et les lèvres tremblantes. Doté d'une force surnaturelle, il tenait bon malgré la résistance du psychiatre.

En se précipitant vers eux, Jackson remarqua que le bord du seau avait entaillé la gorge du Dr Dash, au point que le sang de ce dernier coulait dans l'eau dans laquelle il se noyait.

Jackson empoigna Alexis à deux mains et le tira en arrière tandis que l'enfant hurlait d'un air de défi.

« Je dois le faire, je dois le faire ! » cria-t-il en se débattant avec une force que Jackson n'aurait pas cru possible chez un garçon de 6 ans.

Stephanie accourut au moment où le Dr Dash renversait le seau en haletant, ses fins cheveux blancs plaqués sur son front. Un mélange de sang et d'eau dégoulinait de son visage et tachait sa chemise et son pull.

« Je suis désolé ! » brailla Alexis en se frottant les yeux avec ses poings avant de presser ses paumes sur ses oreilles. Les pleurs de Jason résonnèrent au loin, tandis que Stephanie examinait le Dr Dash à la recherche d'une blessure grave. Secoué, il saignait, mais il allait s'en sortir, de justesse.

Alexis se contorsionna dans les bras de Jackson pour regarder son père. « *Il* m'a obligé ! Si je ne lui obéis pas, *il* fera du mal à Jace. »

Stephanie et Jackson se regardèrent. Ils avaient déjà vécu des moments difficiles avec Alexis, mais jamais à ce point-là. Tandis que les secondes s'égrenaient, remplies d'incrédulité et de délibérations muettes, la résistance du petit garçon devint futile et son énergie se dissipa. Épuisé, il s'effondra.

« Je ne veux pas, chuchota-t-il, les joues baignées de larmes en enfouissant son visage contre le torse de Jackson. Je veux juste que ça s'arrête. Pitié… faites que ça s'arrête. »

Le Dr Dash repoussa la main de Stephanie et se releva péniblement, le souffle court. Il ignora les excuses qu'elle souhaitait lui présenter. Tout le monde se tut pour regarder l'enfant qui serrait son amulette bleue comme si elle pouvait le sauver. Comme si elle avait le pouvoir de le rendre sain d'esprit et de lui accorder la sécurité.

Encore une illusion. Un autre fantasme.

Le Dr Dash comprit à cet instant qu'il ne pouvait rien faire pour Alexis Michaels. Ce garçon était sans doute au-delà de toute aide.

Il secoua la tête en reculant. Il fallait qu'il sorte de cette maison.

Il ne dit qu'une seule chose avant de partir, le mot qui servait à décrire Alexis.

« *Condamné.* »

PARTIE UNE

DEMI

Condamnée à tomber

« Je suis plus que mes émotions. »

1

NOCTIPHANY

Noctiphany : *nom anglais venant du latin et du grec ancien.*
Apparition qui ne survient que la nuit.

Onze ans plus tard

Toutes les nuits, aux premières lueurs de l'aube, Alexis Michaels faisait le même cauchemar.

Ce cauchemar lui empoisonnait la vie depuis qu'il était enfant. Ça ne ressemblait même pas à un rêve, d'ailleurs. On aurait plutôt dit un souvenir enfoui dans son inconscient, un souvenir qui ne resurgissait que dans son sommeil. Dans ces moments-là, Alexis avait l'impression d'être un imposteur dans son propre corps. Il devait s'armer de courage pour supporter la douleur qui finirait forcément par le réveiller, parce qu'il ne pouvait rien faire pour l'arrêter.

Il se tenait au bord d'une falaise qui surplombait l'océan. Les vagues s'écrasaient sur le rivage en contrebas. Même à cette hauteur, les embruns frais et salés plaquaient ses cheveux bouclés contre sa peau dorée. Il y avait quelque chose d'apaisant, de tranquille, à être entouré d'eau. Le flux et le reflux mesurés des vagues avaient quelque chose d'ordonné qui faisait sens pour lui. Il se sentait tout petit face à l'océan qui rendait ses inquiétudes et sa souffrance insignifiantes, comme si le courant pouvait les balayer. En inspirant chaque fois que les vagues se dressaient et en expirant chaque fois qu'elles retombaient, le garçon ferma les yeux pour savourer cette synchronicité parfaite.

Mais comme toujours, ce moment de paix et de tranquillité ne dura pas.

Autour de lui, la couleur disparut, teintant tout ce qu'il voyait de gris. Froid comme la glace, son corps s'effondra tandis qu'une douleur violente, explosive, déferlait à l'intérieur de lui. Le souffle coupé, il se griffa le visage et le cou pour tenter de soulager la pression.

Mais la douleur ne fit que grandir en expulsant tout l'air de ses poumons.

Sa vue se troubla tandis que des gouttes de sang écarlates apparaissaient sur l'ensemble de son corps et s'échappaient, palpitantes, par tous les pores de sa peau. C'était insupportable. La souffrance envahit sa conscience et son champ de vision, et le plia en deux.

Alexis tenta d'appeler à l'aide, mais même sa voix l'abandonna. Il recula en titubant. Il devait s'échapper. Mais dans son combat intérieur, il en avait oublié où il se trouvait. Il s'en souvint trop tard, quand le sol disparut sous lui. Alors qu'il luttait pour recouvrer l'équilibre, n'ayant plus qu'un pied sur la terre ferme, il lança un dernier regard devant lui.

Un second garçon avec des cheveux d'un blanc saisissant apparut au loin. Il courait vers Alexis d'un air horrifié et criait désespéremment le nom « *Nero !* » en tendant la main.

Mais il n'y avait plus que de l'air à attraper. Alexis venait de basculer par-dessus le bord de la falaise.

L'air iodé picotait son corps trempé de sang. Il essaya de tourner sur lui-même pour ralentir sa chute, les yeux rivés sur l'élément qui allait sceller son destin.

La surface noire de l'océan se précipita à sa rencontre. Le fracas des vagues n'avait plus rien de paisible et n'offrait plus aucune sécurité.

Nero ferma les yeux en rencontrant les ténèbres.

Alexis se réveilla en sursaut et s'assit sur son lit, comme pour s'empêcher de heurter la surface de l'eau. L'image résiduelle du sombre océan demeura au premier plan pendant un moment, bien décidée à s'attarder tandis que son pouls palpitait dans sa gorge. Cependant, grâce à la lumière du soleil levant qui parait les murs de sa chambre d'une chaleureuse lueur orangée, les ténèbres du cauchemar furent obligées de battre en retraite et libérèrent le garçon de leur emprise.

Du dos de la main, il essuya la sueur fiévreuse qui recouvrait sa peau et passa quelques minutes à tapoter le bout de ses doigts contre ses pouces, en synchronisant chaque pression brève avec sa respiration pour mieux la réguler, comme un docteur le lui avait montré bien des années plus tôt. Pour apaiser son esprit, il prit le livre posé sur sa table de chevet et retira le ticket de caisse de la librairie qui lui servait de marque-page.

En dépit de ses efforts pour rester éveillé, ses paupières devinrent lourdes. Le cauchemar ne survenait qu'une seule fois au lever du soleil, donc il ne perturberait plus son sommeil. Alexis dut se rendormir, car il se réveilla une seconde fois en sursaut, mais à cause du cri frustré de sa mère.

« Les garçons ! Si je dois vous appeler encore une fois, je vous balance un seau d'eau froide à la figure. Je viens de rentrer et personne ne s'est donné la peine de remplir le lave-vaisselle. » Son *tss* désapprobateur résonna dans toute la cage d'escalier. « Alexis, bouge-toi, sinon tu vas être en retard ! »

Un seau d'eau froide ne paraissait pas être une option si terrible, considéra Alexis, mais une douche chaude serait sûrement plus relaxante.

Tout en se brossant les dents, il contempla son reflet dans le miroir sans ciller. L'Homme-Ombre avait disparu depuis longtemps, mais le souvenir de sa voix le hantait encore. Parmi ses étranges superstitions, il se méfiait de son reflet. Il refusait de cligner des yeux, de peur de permettre à l'Homme-Ombre de l'atteindre de nouveau. Mais ce n'était sûrement que de la paranoïa – *bravo pour la constance, ça, ça n'a pas changé.* Le souffle d'air qui s'échappa de ses narines lui prouva qu'au moins, il se trouvait drôle.

Dès que l'eau de la douche recouvrit son corps et effaça le souvenir de son sommeil perturbé, il se détendit. En dépit de la température presque bouillante, son amulette restait froide. La petite pierre bleue reposait au milieu de son torse, et des gouttes dégoulinaient le long de la pointe.

Alexis s'habilla rapidement et mit une casquette pour dissimuler ses cheveux en bataille. Puis il empoigna la valise qu'il avait remplie la veille et ferma la porte de sa chambre. Il tambourina à la porte de son petit frère et l'ouvrit avant de continuer à descendre l'escalier.

Un grognement lui répondit. Probablement une insulte, mais pas assez intelligible pour atteindre Alexis.

La porte de la cuisine s'ouvrit sur Stephanie Michaels qui brandissait une spatule en bois. Elle s'immobilisa en voyant son fils. « Lexi, te voilà !

— C'est pour moi ? demanda-t-il en montrant l'ustensile qu'elle tenait d'un air menaçant.

— Plus maintenant, vu que tu es descendu, répondit-elle avec un sourire malicieux. Viens. Puisque tu tiens à participer à cette excursion, tu dois manger quelque chose avant de partir. Papa va te harceler sinon.

— Bonjour, fiston, dit Jackson lorsqu'Alexis le rejoignit à table. Bien dormi ? »

Sur ce point, Alexis mentait aussi facilement qu'il respirait. « Oui, très bien. »

Quand les hallucinations avaient cessé, quelques années plus tôt, ses parents avaient présumé que ses cauchemars avaient disparu aussi, et Alexis le leur avait laissé croire, parce que les interminables essais médicamenteux et le défilé incessant de pédopsychiatres étaient devenus insupportables pour toute la famille.

Il les protégeait. Ils méritaient de retrouver la sérénité après tout ce qu'il leur avait fait vivre. En plus, il n'avait blessé personne, lui-même y compris, depuis des années. Alors, c'était plus facile de faire comme si le cauchemar de Nero avait disparu en même temps que l'Homme-Ombre.

Alexis regarda son père se lever pour embrasser sa mère. « Assieds-toi et repose-toi, chérie. On va débarrasser, les garçons et moi, ajouta-t-il en récupérant sa place derrière le comptoir. Lexi, est-ce que tu as pris un manteau au cas où il ferait froid ou qu'il se mettrait à pleuvoir ?

— Papa, on est pratiquement en été, grogna Alexis entre deux bouchées d'œufs brouillés. Je ne pars que deux jours pour ce stupide exposé de géographie.

— Et alors ? Il y a toujours du vent sur la Côte jurassique. Tu as besoin d'argent ? »

Alexis secoua la tête. Au même moment, Jason descendit l'escalier avec fracas et entra dans la cuisine en traînant les pieds. Il portait encore son pyjama de super-héros. Il avait hérité des yeux bleus de leur père, et des cheveux blond cendré et de la petite taille de leur mère. Autrement, il ne paraissait pas avoir plus de liens biologiques avec eux qu'Alexis.

« Pourquoi est-ce que je dois me lever si tôt ? gémit-il. J'ai encore une heure avant d'aller à l'école. »

Stephanie planta un baiser sur le côté de son crâne tandis que Jackson lui tendait une assiette d'œufs brouillés. « Tu ne voulais pas dire au revoir à Lexi avant qu'il parte ?

— Je m'en fiche, marmonna Jason.

— *Je m'en fiche* », l'imita Alexis en exagérant la fêlure dans la voix de son petit frère, qui lui lança un regard noir.

Il se leva pour nettoyer son assiette vide. Sa mère le rejoignit devant l'évier et prit un torchon pour essuyer la vaisselle. Discrètement, elle lui demanda pour la vingtième fois de la semaine : « Tu es vraiment sûr de vouloir y aller ?

— Maman, j'ai 17 ans. Et ce n'est pas comme si je prenais des vacances, c'est pour le lycée. C'est obligatoire si je veux obtenir une bonne note. Et Demi sera là, si ça peut te rassurer.

— Je sais, répondit sa mère en hochant la tête. C'est la seule raison pour laquelle nous t'autorisons à participer à cette excursion. »

Ses parents avaient toujours été stricts, surtout avec lui. Ils s'étaient un peu assouplis au fil des ans, notamment quand il avait intégré le lycée Bishop, mais ils en faisaient quand même trop. Cela étant, Alexis comprenait. Il n'avait pas été l'enfant le plus facile à élever.

« Toute ma vie, je suis à peine sorti de Protegere. Je vous promets que je ne vais pas me perdre ou m'attirer des ennuis. »

Stephanie lui prit les mains et les serra dans les siennes, des mains de chirurgienne, qui ne tremblaient pas. « Tu devrais peut-être emporter des médicaments avec toi, au cas où.

— Je n'en prends plus depuis des années, Maman. Et je n'ai plus aucun symptôme, à part quelques pensées étranges de temps en temps, mais il paraît que c'est fréquent chez les ados. » Alexis sourit en espérant que s'il réussissait à la convaincre, elle, il se convaincrait lui aussi. « Je ne vais pas brusquement perdre la tête.

— Je sais, je sais. » Elle paraissait embarrassée d'avoir abordé le sujet. « C'est juste que… tu resteras toujours mon petit garçon qui détestait me lâcher la main et qui ne me laissait jamais dire "je t'aime encore plus" sans me le répéter.

— C'est un jeune homme à présent, Steph, intervint Jackson à l'autre bout de la cuisine. Il sait prendre soin de lui. De plus, Alexis, que dit-on si jamais on revoit l'Homme-Ombre ? »

Alexis adopta la posture de combat que son père lui avait enseignée plusieurs années auparavant, quand il lui avait confié qu'on le harcelait à l'école parce qu'il avait été adopté. Il se mit à donner des coups de poing dans le vide sous le nez de sa mère en répondant : « Je ne suis pas arrivé aussi loin pour m'arrêter là ! »

Stephanie était tellement habituée à leur pratique du *shadow-boxing* qu'elle ne broncha même pas.

Jason laissa échapper un rire moqueur. « Je ne sais pas ce qui est le plus bizarre : votre côté surprotecteur ou le fait que Lexi *voyait des trucs* avant. Oh, et que personne ne le sait à part nous. »

Alexis réagit du tac au tac. « Ce qui est bizarre, c'est qu'à 11 ans, tu pleures encore quand il n'y a pas de veilleuse dans ta chambre.

— Maman a dit que tu n'avais plus le droit de faire des blagues là-dessus !

— Lexi ! s'exclama Stephanie d'un air désapprobateur.

— Quoi ? Il ne devrait pas déclencher une guerre qu'il ne peut pas gagner. »

Heureusement, la sonnette retentit. Demi Nikolas arrivait à la rescousse. Tandis que Stephanie s'en allait ouvrir la porte, les deux frères échangèrent des regards noirs.

« Nous nous affronterons au coucher du soleil », promit Alexis en pointant une épée imaginaire sur son petit frère.

Jason ne parvint pas à réprimer un sourire lorsqu'il brandit à son tour une arme invisible. « Adieu, mon frère, savoure bien cette journée, car ce sera ta dernière. »

C'était le seul au revoir dont les frères Michaels avaient besoin.

Alexis fit rouler sa valise dans le séjour. Demi riait de quelque chose que sa mère avait dit, et ce rire apportait la chaleur de l'été dans la maison.

« Enfin ! » Elle leva les bras au ciel en le voyant. Elle possédait une voix rauque et teintée d'un très léger accent grec. « Je suis certaine que je passe la moitié de ma vie à t'attendre.

— Certains ont besoin de plus de temps pour se faire beau », répliqua Alexis avec un si grand sourire que ses fossettes apparurent.

La peau bronzée de Demi faisait ressortir le vert prononcé de ses yeux, que rehaussaient déjà ses boucles brunes indisciplinées qu'elle n'attachait jamais. Elle portait deux pendentifs autour du cou, un crucifix en or au bout d'une courte chaîne et un autre dissimulé sous son T-shirt. Elle souriait. Depuis que sa famille s'était installée à Valerian Lane, quelques années plus tôt, elle paraissait avoir amené de Grèce une chaleur et une légèreté plus belles que la glycine et la lavande qui décoraient le jardin devant leur maison.

En cette période entre le printemps et l'été, Demi paraissait particulièrement rayonnante, même si Alexis ne le lui aurait jamais dit ouvertement. Il préféra lui faire un check, et posa son bras sur son épaule jusqu'à ce qu'elle le repousse.

« Fais-nous un câlin avant de partir », demanda Stephanie en prenant Alexis dans ses bras pour le serrer fort contre elle.

Puis Jackson l'étreignit à son tour et lui chuchota à l'oreille : « Sois prudent. Demi, veille bien sur mon garçon.

— Toujours. »

Les parents d'Alexis restèrent sur le seuil pour les regarder s'en aller. Il savait qu'ils continueraient d'observer la rue longtemps après qu'il aurait disparu de leur champ de vision.

« Je les adore, commenta Demi en levant la tête pour admirer les frondaisons luxuriantes de la forêt de Protegere.

— Ils sont tout le temps sur mon dos », protesta-t-il affectueusement. Ils avaient de bonnes raisons de l'être, mais Demi ignorait pourquoi, et il ne le lui dirait jamais. « Mais je les adore aussi. »

Ils se mirent à courir en voyant le bus qui attendait à l'arrêt en face de l'impasse. Le moteur tournait doucement et leur professeure, Mme Mason, faisait les cent pas devant. Elle secoua la tête en les voyant approcher.

« C'est à cette heure-ci que vous arrivez ? les réprimanda-t-elle d'une voix si aiguë qu'Alexis fut surpris que les chiens du voisinage ne se mettent pas à hurler. À cause de vous, on va se retrouver coincés dans les bouchons. »

Alexis ouvrit la bouche pour endosser la responsabilité de leur retard, mais Demi le devança. « Excusez-moi, madame Mason, c'est entièrement ma faute. Kallisto est tombée ce matin, et je tenais à m'assurer qu'elle allait bien. Je suis désolée de nous avoir mis en retard. »

Le visage de l'enseignante, qui faisait penser à un faucon, s'adoucit. « Ce n'est rien, ma chère. » Alexis dut se mordre la joue et garder les yeux rivés au sol pour ne pas regarder Demi et se mettre à rire.

Mme Mason s'écarta pour laisser Demi monter à bord. Son air sévère réapparut dès qu'Alexis s'avança pour passer devant elle. « Donne-moi tes écouteurs. Comme ça, je suis sûre que tu seras attentif, pour une fois. »

Si seulement vous aviez quelque chose d'intéressant à dire, faillit lâcher Alexis avant de décider qu'il valait mieux obéir sans protester.

Personne n'acclama Alexis comme ça avait été le cas pour Demi quand elle était montée dans le bus. Mais il n'attendait aucune attention particulière. Il avait déjà ses vrais écouteurs à la main. Ceux qu'il venait de donner à Mme Mason étaient défectueux et traînaient dans son sac depuis des semaines.

Quand il était plus jeune, les écouteurs lui permettaient de noyer la voix de l'Homme-Ombre, mais il continuait de les utiliser par habitude. Il venait juste de lancer la lecture d'un livre audio quand il entendit son nom.

« Lexi ! » l'appela Demi en lui montrant deux places vides au fond du bus.

Demi possédait cette qualité rare, mais attachante, qui lui permettait d'être appréciée de tous. Le fait qu'elle choisisse de s'asseoir à côté de lui n'en rendait son offre que plus sincère.

« Je n'arrive pas à croire que tu te sois servie de la cécité de ta sœur comme excuse », commenta Alexis en prenant le siège à côté de la vitre pour qu'elle puisse bavarder avec ses copines de l'autre côté de l'allée.

Demi pinça les lèvres. « Je sais. Je me sens vraiment coupable. Mais j'ai vraiment dû l'aider à se préparer ce matin. Et, au moins, ça nous a évité des ennuis.

— Demi Nikolas a menti ? s'exclama-t-il, faussement choqué, en rangeant ses écouteurs dans sa poche parce qu'il savait que, peu importait la longueur du voyage, ils auraient toujours quelque chose à se dire. C'est quoi la prochaine étape ? Les insultes ? La violence ? »

Demi éclata de rire. Une brusque secousse fit trembler le bus au moment où il démarrait, et elle attrapa la main d'Alexis pour se stabiliser. Il la serra dans la sienne en savourant sa chaleur. « Pardon », marmonnèrent-ils ensemble lorsqu'ils se lâchèrent la main.

Alexis se laissa aller contre le dossier et regarda Valerian Lane disparaître derrière la vitre sale. D'aussi loin qu'il se souvienne, c'était la première fois qu'il quittait Protegere. Jamais, il ne s'était autant éloigné de ses parents.

Avec un pincement au cœur, il se rendit compte qu'il n'avait pas dit à sa mère qu'il « l'aimait encore plus » cette fois-ci.

Demi remit sa croix dorée correctement au creux de son cou et sortit son autre chaîne de sous son T-shirt. Même s'il l'avait déjà vue cent fois, Alexis ne put s'empêcher de fixer la petite émeraude taillée en triangle, identique à son propre pendentif, à l'exception de la couleur. Demi surprit son regard et sourit.

Encore maintenant, après toutes ces années, Alexis se souvenait de leur rencontre, le premier jour du collège. On les avait mis ensemble, le garçon éduqué à domicile et la fille dont la famille venait d'arriver depuis peu dans le pays. Elle était venue le voir au moment où il s'était installé à une table pour pouvoir déjeuner seul. Quand elle s'était approchée, leurs deux amulettes s'étaient mises à briller, comme alimentées par une énergie surnaturelle qui venait de prendre vie, comme si le trait de lumière évanescent d'une étoile lointaine avait fendu les ténèbres pour embraser les deux pierres l'espace d'un instant, juste assez pour laisser une impression durable.

« C'est le destin, lui avait dit Demi avec un accent beaucoup plus prononcé, à l'époque. Nous devons devenir amis, c'est obligé. »

Six ans s'étaient écoulés depuis, et les amulettes n'avaient plus jamais brillé. Ils avaient fini par se convaincre que c'était juste une illusion d'optique. Mais ça leur permettait de faire passer les pendentifs pour des bijoux d'amitié quand on leur faisait remarquer qu'ils étaient identiques, même si celui de Demi lui venait de sa famille et qu'Alexis portait déjà le sien quand il avait été adopté.

Malgré tout, il chérissait précieusement ce souvenir, les amulettes brillantes et ce brusque sentiment de légèreté dans sa poitrine. Il avait pris cela pour un signe de l'univers prouvant qu'il était sorti des ténèbres et qu'il avait trouvé quelqu'un auprès de qui il avait sa place, une guide vers une vie meilleure. Il faut dire que ce même jour, l'Homme-Ombre avait disparu et avait réintégré l'endroit d'où il venait, dans les profondeurs de l'esprit d'Alexis. Il n'était plus jamais réapparu à la lumière depuis.

2

DUYÊN

Duyên : *nom vietnamien.*
Affinité prédéterminée qui lie les gens en tant qu'amis ou amants dans le futur.

Ils roulaient depuis quelques heures quand une élève décida brusquement de vomir. Elle jura qu'elle avait le mal des transports, mais Alexis n'avait pas besoin d'avoir un père policier pour comprendre à l'odeur que ses nausées étaient certainement dues à la bouteille de vodka et de jus d'orange qu'elle s'enfilait en douce depuis le début du voyage.

Pendant que la fille rendait tout le contenu de son estomac et que leurs camarades poussaient des cris perçants autour d'eux, Alexis et Demi grimpèrent sur leurs sièges pour ouvrir la vitre qui bougea de quelques centimètres à peine, ce qui leur permit tout de même d'aspirer de précieuses bouffées d'air frais.

Demi posa ses deux mains à plat sur la vitre, comme si elle n'allait pas très bien non plus.

« Je t'interdis de vomir aussi », la prévint Alexis, sans trop savoir s'il devait lui masser le dos ou plonger par-dessus le siège devant lui pour se protéger.

Mais apparemment, Demi ne l'écoutait pas. Elle contemplait une masse grise qui se détachait au loin au milieu des champs.

« Ce ne serait pas Stonehenge ? »

En dépit du chaos qui régnait autour d'eux, un silence inhabituel s'installa entre Alexis et Demi. Comme le bus s'en rapprochait, le célèbre cercle de pierres devint plus net au milieu des hordes de touristes qu'il dominait. Il possédait une aura qui fascina Alexis à son tour, à tel point que, lorsque le véhicule s'arrêta brutalement, il ne s'en rendit pas compte.

« Tout le monde dehors ! ordonna le chauffeur, un type costaud qui empestait la cigarette. Allez prendre l'air ! »

Les élèves se ruèrent hors du bus. Mme Mason leur demanda de ne pas s'éloigner, mais sa voix aiguë se perdit dans toute cette agitation. Les autres élèves étaient déjà sortis, et Alexis s'arrêta pour donner une bouteille d'eau à la fille qui avait vomi avant d'évacuer le véhicule.

Lorsqu'il se retrouva à l'air libre, il fut submergé par une sensation étrange qu'il était incapable de nommer ou d'expliquer. Il n'avait qu'une seule certitude : il devait se rapprocher de Stonehenge.

Il fit mine de prendre la direction du site, mais quelqu'un le prit par le bras.

« Nous sommes censés rester près du bus », lui rappela Demi en fronçant les sourcils.

Alexis regarda derrière lui et vit Mme Mason descendre à son tour en se couvrant le nez et la bouche d'une main et en tenant la malade de l'autre. Elle ne se rendrait compte de rien.

« Tu n'as pas envie de le voir de plus près ? demanda-t-il en remarquant la lueur qui brillait dans les yeux de Demi chaque fois qu'elle regardait le monument. Viens, on sera de retour avant même qu'ils remarquent notre absence. »

Il se tourna de nouveau vers la route. Cette fois, Demi se joignit à lui. « J'espère que ça ne va pas me valoir des ennuis. » Puis elle ajouta après coup : « Maman a dit qu'on devrait y jeter un coup d'œil si on passait à côté. »

La distance était plus grande qu'Alexis ne le pensait. Le soleil dardait sa chaleur estivale sur les deux amis qui avançaient d'un pas pressé vers le lointain monument. Sous leurs pieds, l'herbe tendre remplaça le béton. Quelque chose troublait Alexis, mais il n'aurait pas su dire quoi. Se languissait-il déjà de rentrer chez lui ?

« Lexi, tu m'entends ? » Demi lui toucha l'épaule, et il se rendit compte qu'elle parlait, mais qu'il n'avait pas écouté un mot. « Je t'ai demandé si tu savais pourquoi Stonehenge a été construit ? répéta-t-elle.

— Je ne sais pas trop. J'ai lu quelque part que ça un a lien avec le solstice d'été et le solstice d'hiver, tu sais, le jour le plus long et le jour le plus court de l'année. Apparemment, le soleil s'aligne avec le monument. C'est tout ce que je sais. »

Quand ils atteignirent enfin le site, ils tombèrent sur des dizaines de guides touristiques qui expliquaient ses origines, le type de pierres utilisées et comment celles-ci s'étaient dégradées avec le temps. Mais Alexis était conscient qu'ils n'avaient pas le temps d'écouter. Il prit Demi par la main et se faufila aisément parmi les innombrables touristes bavards. Puis il passa sous la barrière qui empêchait les piétons d'aller plus loin. Ils s'arrêtèrent lorsqu'ils atteignirent la simple corde qui protégeait la circonférence des ruines.

Alexis avait vu des photos, mais il ne s'attendait pas à trouver les monolithes si impressionnants. Les gigantesques pierres levées plantées dans le sol formaient un cercle désormais incomplet et supportaient les vestiges des linteaux qui les reliaient. L'ensemble dégageait une certaine… puissance.

Et Alexis *entendait* quelque chose.

À une fréquence dont il n'était pas tout à fait certain qu'elle soit audible, il percevait une espèce de bourdonnement, une sensation aussi indescriptible qu'intimidante. Ses pensées se bousculaient dangereusement derrière son masque d'impassibilité. Une chose au moins était claire : cela n'aurait pas dû être possible. Il n'aurait pas dû entendre des sons qui ne pouvaient pas être réels. Il ne savait que trop bien ce que cela signifiait.

Demi plaqua ses mains sur ses oreilles. « Je ne sais pas si mes tympans me jouent des tours, mais j'entends un bourdonnement. »

Alexis sentit sa poitrine se délester d'un poids. Ce n'était pas que dans sa tête. Il devait y avoir un haut-parleur ou une radio quelque part, même si ça n'expliquait pas pourquoi Stonehenge l'attirait autant. Il contemplait les pierres avec envie et éprouvait le besoin presque irrépressible de les toucher.

« Tu crois qu'on devrait demander à quelqu'un de nous prendre en photo ? » demanda Demi. Au même moment, elle se retourna et heurta de plein fouet une fille de leur âge, grande, avec de longs cheveux blond platine, qui était plongée dans un débat animé avec un beau garçon à la peau brune.

« Il n'a pas été construit par des extraterrestres, gloussait le garçon. Oh, attention ! »

Demi tomba en arrière. Alexis la rattrapa et recula d'un pas pour conserver son équilibre. Ce faisant, son corps passa par-dessus la corde qui protégeait Stonehenge.

« Regarde où tu vas ! s'exclama sèchement la fille, dont les yeux gris orageux lancèrent des éclairs en direction de Demi.

— Désolée, c'est ma faute », reconnut celle-ci tandis que le garçon baraqué levait la main pour excuser le comportement de sa compagne. Demi se retourna pour remercier Alexis.

Mais pas un mot ne franchit ses lèvres, comme si le choc avait aspiré tout l'air de ses poumons. En revanche, elle écarquilla les yeux.

Alexis suivit la direction de son regard et vit que son amulette luisait sous son T-shirt noir. La pierre brillait d'un vif éclat bleu, qui s'accentua encore lorsqu'il la sortit à l'air libre pour l'examiner. Il s'apprêtait à dire quelque chose à Demi, mais s'interrompit en voyant le pendentif de son amie émettre à son tour une lueur d'un vert profond.

« Caeli, qu'est-ce qui te prend ? Attends… Qu'est-ce que c'est que ça ? » Le garçon musclé dévisagea Alexis d'un air choqué. Les pinces dorées qui décoraient ses *box braids* scintillaient comme des braises alors qu'elles reflétaient l'éclat rouge de l'amulette qu'il portait autour du cou. « Vous en avez une aussi ?

— Que se passe-t-il ? » demanda la fille aux cheveux argentés, Caeli, en brandissant à son tour un pendentif qui émettait une lumière grise. Elle regarda tour à tour son petit ami, Alexis et Demi. « Où avez-vous eu les vôtres ?

— Moi, je l'ai depuis ma naissance », répondit Demi sur un ton qui trahissait sa perplexité. Elle se rapprocha des deux inconnus en entraînant Alexis avec elle. Ce faisant, Alexis sentit un flux d'énergie circuler entre son amulette et les leurs. Les pendentifs se soulevèrent simultanément, comme des aimants attirés par le pôle opposé.

« Est-ce que c'est un canular ? demanda le garçon en riant.

— Est-ce que ton amulette a déjà brillé ? » rétorqua Alexis en rapprochant la main de son propre pendentif.

Le garçon secoua la tête.

« Oui, une fois, intervint Caeli. Le jour où j'ai rencontré Blaise.

— Nous aussi, expliqua Demi. Mais j'ai l'impression que là, c'est... *plus fort*. »

Quatre pierres luisantes. Deux triangles inversés et deux triangles à l'endroit.

D'un accord tacite, sans se poser de questions, sans hésiter, les quatre adolescents permirent aux quatre pendentifs de se rencontrer, les bords de chacun s'alignant pour former un gros diamant qui s'éclaira d'une lueur blanche. Ainsi réunies, les amulettes pointèrent vers Stonehenge, et le bourdonnement qu'Alexis et Demi avaient cru entendre un peu plus tôt devint assourdissant.

« Sérieusement, comment c'est possible ? protesta Blaise. Et ne viens pas me dire que c'est un coup des extraterrestres, Cae ! »

L'intéressée n'eut pas le temps de répondre, car les amulettes précipitèrent les quatre adolescents à terre. Alexis entendit son pouls rugir dans ses oreilles lorsque sa chaîne en métal mordit dans son cou et l'entraîna sur la pelouse comme s'il ne pesait rien. À côté de lui, Demi haletait, les larmes aux yeux. D'une manière ou d'une autre, elle avait réussi à ne pas lâcher sa main.

Les imposantes pierres de Stonehenge se dressaient devant eux et vibraient tandis qu'une force invisible les attirait dans leur direction. Caeli parvint à se libérer la première. Elle roula sur le côté tandis que son amulette continuait à voler vers le site.

Les doigts ensanglantés, Alexis réussit à défaire le collier de Demi. La chaîne passa par-dessus son menton, et l'adolescente s'immobilisa, recroquevillée sur elle-même. Juste devant, Blaise se libéra à son tour et tendit le bras pour dévier la trajectoire de l'amulette d'Alexis. Mais il rata son coup.

Le cercle extérieur défila à toute vitesse sous les yeux d'Alexis, qui se rapprochait du cœur du site. Les aspérités des pierres couchées par terre éraflaient la peau nue de ses bras et sa vision commençait à s'obscurcir parce que sa chaîne lui coupait la circulation. Les trois autres amulettes s'étaient encastrées à la base de la pierre levée, qui se dressait pile au centre. Elles s'imbriquaient parfaitement dans des creux triangulaires qui brillaient d'un éclat blanc et qui faisaient penser aux directions d'une boussole.

La pierre rouge de Blaise pointait vers le sud, la pierre grise de Caeli vers l'est, et la pierre verte de Demi vers le nord. Dans un dernier effort désespéré, Alexis donna un coup de pied dans le sol et se libéra quelques secondes avant que son amulette s'enfonce violemment dans le creux orienté vers l'ouest.

Les trois autres adolescents rejoignirent Alexis au cœur de Stonehenge en échangeant des regards incrédules. Caeli agita les bras pour essayer d'attirer l'attention des foules de touristes. « On est invisibles, ou quoi ? » Elle éleva la voix. « *Oh hé ?*

— Ça ne peut pas être réel, murmura Alexis en portant la main à sa poitrine, à l'endroit où son amulette avait toujours été. Ça ne peut pas... »

Il s'interrompit lorsqu'une lumière blanche jaillit de Stonehenge, si vive qu'elle les aveugla tous les quatre et fit trembler la terre sous leurs pieds. Lorsque la lumière l'atteignit, un spasme parcourut le corps d'Alexis. Il avait l'impression qu'une énergie inexploitée contenue dans son sang et dans son cerveau le figeait sur place à côté des autres. Cette énergie envahit ses sens jusqu'à ce qu'il ne puisse même plus l'appréhender.

Les monolithes du cercle extérieur s'élevèrent dans les airs comme si le ciel les appelait à lui. Tandis que les pierres suspendues au-dessus du sol émettaient une lumière plus vive que celle du soleil, un carillon assourdissant retentit sous forme de vagues sonores qui parcoururent les champs en ondulant vers l'horizon.

Chaque nouveau coup de carillon provoquait l'apparition d'une onde, au sein du halo de Stonehenge, qui faisait s'effriter le sol sous les pieds des quatre adolescents. La terre se replia sur elle-même et se brisa, avant de disparaître dans un trou béant rempli de ténèbres.

Et pendant tout ce temps, personne, à l'extérieur de la structure, ne broncha, comme si le phénomène spectaculaire qui affectait les jeunes gens n'était rien d'autre qu'une projection de leur esprit, une hallucination tangible, mais imaginaire, qu'Alexis ne reconnaissait que trop bien et dont il s'était cru débarrassé.

Merde, il aurait dû écouter sa mère.

Accrochés les uns aux autres, les quatre adolescents qui, pourtant, ne se connaissaient pas, forgèrent un lien indestructible tandis que le sol disparaissait sous leurs pieds. Lorsque Stonehenge résonna une dernière fois, ils basculèrent dans l'abîme obscur tous ensemble.

3

LES MOIRES

Moires : *nom propre venant du grec ancien.*
Les divinités grecques du destin inéluctable.

Quand les lumières se dissipèrent et que la terre arrêta de trembler, les gémissements de Caeli furent la première chose qu'ils entendirent.

« Je crois que je suis morte. Mais ça ne ressemble pas à l'idée que je me faisais du paradis.

— À mon avis, pour ce qui est du paradis, on a pris la mauvaise direction, commenta Alexis en se redressant prudemment.

— Oh, pour l'amour du Ciel, ces bottes étaient toutes neuves ! »

Blaise jeta une poignée de terre humide sur Caeli. « On s'en fout de tes bottes ! Qu'est-ce qu'il se passe, bordel ? »

Alexis suivit la direction de son regard et leva la tête pour contempler l'énorme trou par lequel ils étaient tombés. Privé d'énergie, l'éclat aveuglant de Stonehenge diminua tandis que le monument se reconstruisait et se plantait de nouveau dans le sol, plusieurs mètres au-dessus de leurs têtes. La surface était bien trop éloignée pour qu'ils puissent l'atteindre, même en s'aidant les uns les autres. Ils étaient pris au piège au fond du trou, sans aucune garantie qu'on leur vienne en aide.

Alexis balaya leur prison du regard et vit Demi et Blaise se lever à leur tour avec précaution. Caeli resta dramatiquement étalée par terre jusqu'à ce que Blaise la hisse sur ses pieds. À part la douleur sourde de l'impact et la terre qui maculait leurs vêtements, aucun d'eux ne paraissait blessé.

Mais le soulagement d'Alexis fut de courte durée. Une ombre s'étendit en travers du trou, et la visibilité dans le gouffre disparut lorsque la terre se referma au-dessus d'eux comme un couvercle. Ils se retrouvèrent dans le noir le plus total.

« Et maintenant, on est enterrés vivants ! s'exclama Caeli en ponctuant sa remarque d'un coup sourd contre la paroi. Qu'est-ce qu'il se passe ? Je refuse de mourir ici !

— J'adore ton optimisme », marmonna Alexis tandis que ses yeux s'ajustaient à la pénombre.

Jusque-là, son amulette ne l'avait jamais quitté. C'était la seule chose qu'il lui restait de sa vie avant son adoption, le seul lien avec ses parents biologiques, qui qu'ils puissent être et où qu'ils soient. Il ressentait son absence aussi vivement que si on l'avait amputé d'un membre. « Nous devons rester calmes et trouver un moyen de sortir d'ici.

— Nous devrions déjà commencer à creuser », renchérit Demi en allumant la lampe de son téléphone. Très vite, Alexis l'entendit marmonner tout bas tandis qu'elle passait la main sur les parois. Il n'eut pas besoin d'écouter très longtemps pour comprendre qu'elle priait.

« Vous croyez que c'est un piège ? demanda Blaise en grattant la terre du bout du pied.

— On dirait bien. » Alexis se mit à genoux pour passer les mains sur le sol. S'il s'agissait d'une hallucination, il n'en avait jamais eu une aussi réaliste. Il n'existait qu'une toute petite chance, une possibilité vraiment infime, pour que ce soit vrai, mais il devait la prendre au sérieux.

Il ne parvenait pas à se l'expliquer, mais même dans le noir, il commençait à éprouver une affinité envers ces deux inconnus, comme quand il avait vu Demi pour la première fois. Pour autant, il ne devait pas baisser sa garde, car cette impression de lien pouvait venir de la situation dangereuse qu'ils partageaient. Qui sait, peut-être qu'ils avaient quelque chose à voir avec tout ça ? Mais il en doutait, à en juger à leurs expressions choquées et au fait qu'ils étaient enterrés dans ce trou avec lui.

Demi continuait de chuchoter. À tâtons, Alexis trouva sa main tremblante, puis lui caressa le creux du dos. Il sentit la respiration de son amie s'apaiser.

Mais il fit volte-face en entendant Caeli crier et frapper de toutes ses forces la paroi qu'elle examinait jusque-là. Sa peur et sa frustration étaient en train de faire place à la panique.

Demi se précipita et s'interposa entre elle et le mur. « Hé, *hé*, calme-toi ! Caeli, c'est bien ça ? Cae ?

— Ouais, répondit-elle en se débattant dans les bras de Demi, qui refusait de la lâcher.

— Moi, c'est Demi, et lui, c'est Alexis. Toute notre classe est sûrement en train de nous chercher à l'heure qu'il est. On va sortir d'ici. Mais il n'y a qu'une quantité d'oxygène limitée dans ce trou, et tu vas l'épuiser en criant comme ça. » Sa voix apaisante parut porter ses fruits, et Caeli arrêta bientôt de résister. Demi se tourna vers les garçons en répétant avec conviction : « On *va* sortir d'ici. »

Ils entendirent des grattements, et le bruit de la terre qui tombe. Par pure coïncidence ou par chance, une partie du gouffre commença à s'affaisser sous forme de gros morceaux qui atterrirent à leurs pieds. Quand la poussière retomba, ils découvrirent l'ouverture d'un tunnel creusé par la main de l'homme et brillamment éclairé, qui s'enfonçait sous terre sans qu'on en voie le bout.

Blaise recula. « Est-ce que ce n'est pas le moment du film où l'on hurle aux personnages de ne pas s'aventurer dans le tunnel qui mène vraisemblablement en enfer ?

— Mais ils y vont quand même, pas vrai ? répliqua Alexis en haussant les épaules. Il n'y a pas d'autre issue.

— Vous croyez que ça mène à une *panic room* ? » demanda Demi en amenant de la terre sur le sol blanc luisant et immaculé du tunnel.

Caeli grogna en finissant d'essuyer avec sa manche ses bottes qui lui arrivaient aux genoux. « Pas besoin d'une pièce spéciale pour paniquer. »

Pendant plusieurs minutes, ils marchèrent sans échanger un mot, examinant le tunnel à la recherche d'une potentielle issue. Blaise se cogna plusieurs fois contre Alexis en disant qu'il s'inquiétait à l'idée qu'il fasse un pas de côté, et qu'il déclenche une explosion ou qu'il se fasse décapiter. Ça aurait pu finir par énerver Alexis si ça ne lui avait pas permis d'oublier un peu ses propres pensées.

Au fond de lui, il tentait de faire taire sa peur. Est-ce que son cerveau lui jouait des tours et le punissait pour ces dernières années où il s'était cru en sécurité et sain d'esprit ? Ce ne serait pas la première fois que la frontière entre la réalité et son imagination se brouillait.

Mais ses hallucinations étaient habituellement remplies d'ombres et de ténèbres. Ces murs blancs brillants n'y avaient pas leur place. C'était différent. La présence des trois autres et l'absence de l'Homme-Ombre suffisaient à le prouver, pas vrai ? Avant qu'Alexis puisse s'appesantir sur cette pensée, la fin du tunnel apparut.

Avec une extrême prudence, les quatre adolescents entrèrent dans un immense espace blanc qui ressemblait à un laboratoire. Des lumières blanches et bleu pâle brillaient à travers les panneaux en verre qui n'avaient ni éraflures ni bords, et qui s'incurvaient vers le plafond en éclairant le moindre recoin de la pièce. Des tables hautes en métal supportaient des dizaines d'écrans qui n'étaient pas tournés vers eux. De l'air frais sortait de quelque part et chassait l'odeur musquée oppressante du gouffre humide par lequel ils étaient arrivés.

Il n'y avait personne, mais sur le bureau principal se trouvaient un journal ouvert et un stylo débouché, à côté d'une tasse d'espresso dont le contenu fumait encore.

Quelqu'un venait juste de s'absenter.

Alexis profita du puissant éclairage pour observer les deux inconnus avec lesquels il était désormais coincé. Ils étaient beaux, de la même manière que Demi, avec des yeux saisissants et des traits symétriques. Les joues de porcelaine de Caeli étaient rouges sous ses pommettes hautes. Elle examinait la pièce en fronçant ses sourcils parfaitement épilés. Elle surprit le regard d'Alexis posé sur elle, et le soutint d'un air furieux jusqu'à ce qu'il baisse les yeux.

« Hé, moi, c'est Blaise », dit le garçon en se penchant pour s'adresser à Demi avec un petit sourire charmant. Ils se serrèrent la main. Alexis compta les secondes qui s'écoulèrent avant que Blaise lâche Demi ; un peu plus longtemps que nécessaire. Alexis prit note de sa mâchoire puissante et de ses épaules carrées que soulignait un T-shirt de marque. Une vague de chaleur lui picota la nuque, parce qu'il n'aimait pas la manière dont Blaise regardait Demi.

Celle-ci sourit poliment à sa nouvelle connaissance et rejoignit Alexis.

« On dirait une espèce de labo ou de base gouvernementale, commenta Caeli en passant à côté de Blaise pour inspecter les ordinateurs. Où sommes-n... ? »

Un grondement sourd résonna dans la salle. Caeli s'immobilisa. La seule autre issue était une double porte à l'autre extrémité de la pièce. Un loup blanc comme neige, plus gros qu'Alexis ne l'aurait cru possible, venait de la franchir. Aussi beau que dangereux, il dénuda ses crocs féroces et se dirigea vers eux d'une démarche allongée et pesante.

Blaise hoqueta de stupeur et prit Caeli par la taille pour la tirer en arrière. « C'est un *loup* ?

— En tout cas, ce n'est pas un chihuahua », répliqua Alexis en regrettant de n'avoir d'autre réponse que le sarcasme face à cette menace.

L'animal se rapprocha et s'abaissa dans une position menaçante. Son regard orageux rivé sur Alexis, il gronda de nouveau, la gueule dégoulinante de salive. Il s'apprêtait à bondir.

Demi s'interposa entre ses compagnons et le loup sans laisser le temps à Alexis de l'en empêcher. Elle tendit lentement la main vers sa truffe en lui parlant doucement.

« Salut, toi. On ne te veut aucun mal, c'est promis. »

Les oreilles du loup se relâchèrent légèrement et le grondement s'éteignit dans sa gorge. Mais Alexis n'eut pas le temps de se détendre que les portes du laboratoire se rouvraient déjà.

Cette fois, ce fut un homme qui entra. Il était si beau qu'il ressemblait à un ange avec ses cheveux blancs coupés très court et ses yeux bleus perçants qui étincelaient sous les lumières artificielles. Il avait les joues rouges comme s'il avait couru. Il s'arrêta précipitamment et eut un grand sourire en les voyant.

« Ah, vous voilà enfin ! Ce n'est pas trop tôt ! Vous n'imaginez pas le nombre de décennies que j'ai passées à vous attendre. »

Alexis n'avait jamais rencontré cet homme auparavant ; pourtant, il lui trouvait un air familier. Peut-être était-ce à cause du sourire sur son visage tanné, dont le teint était si similaire au sien, ou de la manière dont sa robe ivoire reflétait la lumière, comme si elle luisait.

« *Gibbeux*, sois gentil », reprit l'homme aux cheveux blancs sur un ton sévère en croisant ses bras musclés.

Le loup, Gibbeux, recula et le rejoignit.

En dépit de tout ce qui venait de se passer, la première réaction de Blaise fut de demander : « Votre loup s'appelle Gibbeux ? » Puis, au bout d'un instant : « Qu'est-ce que vous lui donnez à manger ? »

L'inconnu gloussa. « Il porte le nom de l'une des phases de la Lune. Et il dévore tous ceux qui s'aventurent dans le labo… » Déclenchant une série d'exclamations inquiètes, il leva les mains en signe de contrition. « C'était une blague. Mauvais timing, je le reconnais.

— Comment ça, vous nous *attendiez* ? intervint Alexis.

— C'est vous qui nous avez pris au piège ? renchérit Demi.

— Quoi ? Ça ? Ce n'était pas un piège, répondit l'inconnu d'un air amusé. C'était pour vous amener ici en toute sécurité.

— En nous faisant tomber dans un grand trou pour nous y enterrer vivants ? protesta Caeli, dubitative. Qui est chargé de la santé et de la sécurité par ici ? »

Mais Alexis avait des questions plus pressantes. « Qui êtes-vous ? Et comment se fait-il que vous nous connaissiez ? »

L'homme étudia les quatre adolescents. Il les dévisagea un par un et examina Alexis en dernier. Il laissa son regard s'attarder sur lui quelques secondes de plus que sur les autres, en dissimulant ses pensées derrière un sourire détendu. Alexis ne le prit pas contre lui. Il savait d'expérience que son hétérochromie retenait l'attention des gens.

« Alexis Michaels. Blaise Ademola. Caeli Doran. Demetria Nikolas. » Il récita leurs noms comme s'il les connaissait depuis des années. « Je ne m'attendais pas à ce que vous vous souveniez de moi. Vous n'étiez âgés que de quelques minutes la dernière fois que nous nous sommes vus. Je m'appelle Incantus Arcangelo. »

Il tendit la main, et sa manche ample retomba, dévoilant son poignet. Une lueur blanche apparut sur sa paume et se répandit jusqu'au bout de ses doigts. Derrière lui, suspendues dans les airs comme si elles étaient accrochées à des fils invisibles, les quatre amulettes flottèrent dans sa direction.

Les pendentifs continuaient à briller faiblement, suralimentés par le contact invisible d'Incantus : bleu, vert, gris et rouge. Incantus fit signe aux adolescents de les récupérer.

« Je vous ai donné vos amulettes le jour de votre naissance, mais c'est Stonehenge qui les a attirées ici. Et c'est le destin qui vous a conduits à Stonehenge tous les quatre aujourd'hui. Gibbeux, va dire bonjour, espèce de gros nounours », ajouta-t-il en voyant le loup remuer la queue devant Demi qui lui souriait d'un air hésitant. Elle lui caressa la tête, et il roula sur le dos pour lui montrer son ventre. Elle gratta sa fourrure blanche soyeuse avec ses ongles.

« Tout ça n'est quand même pas logique », rétorqua Alexis en tapotant ses doigts contre ses pouces derrière son dos.

Incantus hocha la tête. « Pourquoi ne pas vous asseoir ? Nous avons beaucoup de choses à nous dire. »

Aucun d'entre eux ne bougea. Ils restèrent tous debout en attendant qu'Incantus veuille bien leur expliquer la raison de leur présence. Ce qu'il fit, après avoir pris une grande inspiration.

« Il n'y a pas de manière facile de vous dire tout ça, alors je vais juste… me lancer. Stonehenge vous a conduits ici tous les quatre parce que vous êtes les Enfants des Éléments. Votre arrivée était attendue depuis un moment, parce qu'elle a été annoncée dans la prophétie de la Lumière et des Ténèbres. D'après cette prophétie, vous êtes, tous les quatre, avec vos pouvoirs élémentaires, destinés à anéantir Mortem et les Ténèbres. »

Demi laissa échapper un petit rire involontaire, Caeli plissa le nez d'un air incrédule, et Blaise poussa un juron. Alexis ne souffla mot.

Un long silence s'installa tandis que Caeli arrachait le vernis rose fluo sur ses ongles.

Incantus attendait patiemment une réaction de leur part.

Alexis retourna l'amulette dans sa main. Au milieu de la pierre bleue, une goutte d'eau était délicatement gravée. *Les Enfants des Éléments*. Alexis n'avait pas besoin de l'amulette pour connaître le sien. Il avait toujours été obsédé par la pluie et l'océan. Une force puissante, chaotique, dangereuse.

Il ne pouvait le nier. Depuis que la lumière blanche l'avait traversé à Stonehenge, il sentait une drôle d'énergie parcourir ses veines, comme si son sang était amplifié, comme s'il contenait en lui un pouvoir qui avait été emprisonné toute sa vie, mais qui exigeait désormais qu'on le libère.

Mais cela n'avait aucun sens. Caeli et Blaise étaient deux parfaits inconnus. Comment avaient-ils pu être attirés ainsi au même endroit au même moment ? Cet homme affirmait que *leur destin était d'anéantir les Ténèbres*. Qu'est-ce que cela voulait dire ? Et qui était ce Mortem, bon sang ?

Finalement, ce fut Incantus qui reprit la parole, sa voix grave remplie d'enthousiasme. « Je sais que ce que je dis paraît complètement improbable. Mais au fond de vous, vous savez que c'est la vérité. » Les adolescents se regardèrent sans mot dire. « Tout ce qui est arrivé aujourd'hui était écrit. Cela devait se passer ainsi. Ce n'est pas une coïncidence, c'est le destin. Maintenant que vous êtes à Stonehenge, vos pouvoirs sont enfin accessibles. »

Caeli regarda autour d'elle à la recherche de caméras cachées et murmura : « Est-ce qu'on est dans une sorte d'émission de télé-réalité ? »

Blaise éclata de rire, les yeux brillant d'excitation. « Tu ne te sens pas différente depuis Stonehenge, toi ? J'ai l'impression que mon cœur bat si vite qu'il est en feu.

— Ce sont juste des brûlures d'estomac, rétorqua Caeli. Ça ne veut pas dire qu'il dit la vérité. On n'était même pas censés être là. On s'est arrêtés par hasard, pour faire une pause.

— Moi aussi, je me sens différente », intervint Demi.

Caeli fronça les sourcils. « Tu ne peux pas être naïve à ce point ?

— Au début, j'ai cru que c'était dû à la peur ou à l'adrénaline, mais ça va bien au-delà. C'est dans mes os, poursuivit Demi, imperturbable. J'ai l'impression qu'ils… vibrent et dégagent une espèce d'énergie. Qu'on soit d'accord, je ne sais pas si je crois en cette histoire de prophétie – sans vouloir vous offenser, monsieur –, mais je ne peux pas ignorer ce que je ressens. »

Les yeux gris de Caeli se perdirent dans le vide. Puis elle poussa un long soupir et se tourna vers Demi. « Moi, c'est dans mes poumons, avoua-t-elle dans un souffle. J'ai l'impression qu'ils sont… plus volumineux, comme si je n'avais jamais vraiment respiré jusqu'à maintenant. » Elle ne sourit pas, mais le pli soucieux entre ses sourcils disparut.

Alexis sentit tous les regards se tourner vers lui.

Il connaissait les signes annonciateurs de sa psychose : aboulie, déclin de son hygiène personnelle, paranoïa. Pourtant, il ne s'était jamais senti autant en forme. La vie ne lui avait jamais paru aussi nette, aussi tangible. Était-il possible que tout cela soit réel ?

« Vous n'êtes pas seuls, les rassura Incantus, encouragé par leur acceptation graduelle. D'autres aussi possèdent des pouvoirs. On nous appelle les Élémentaires. Mais depuis les Premiers-Nés, plus personne n'était né avec les pouvoirs des *quatre premiers éléments,* jusqu'à vous. » Il marqua une pause, le temps de les dévisager tour à tour avec un sourire entendu. « J'imagine que vous n'avez pas besoin que je vous dise quels pouvoirs vous possédez. »

Les quatre adolescents contemplèrent leur pierre. Celle de Caeli avait la couleur d'une tempête, celle de Blaise brillait comme une flamme, celle de Demi évoquait une forêt luxuriante, et celle d'Alexis scintillait comme l'océan.

« Monsieur Michaels, contrairement aux autres, je ne vous ai pas vu à la naissance pour vous donner votre amulette. Je vous ai rencontré quelques années plus tard, et c'est là, avec l'aide d'un autre Élémentaire, que j'ai mis en place la barrière qui vous a protégé de vos pouvoirs et de ce monde. Je suis content de vous revoir enfin, Alexis. »

Celui-ci soupira. Évidemment, il fallait qu'il soit différent des autres, même dans un monde imaginaire. Puis il réfléchit à la période dont il lui parlait.

« Était-ce avant mon adoption ? »

Il remarqua l'excitation dans sa voix et culpabilisa immédiatement. Il n'avait pourtant pas honte d'avoir été adopté. Il n'aurait pu imaginer meilleurs parents. Mais il se demandait depuis toujours qui étaient ses parents biologiques. Incantus le savait sans doute. Pour la première fois de sa vie, il était peut-être sur le point d'en savoir un peu plus sur eux, et donc sur lui-même.

Incantus fit passer son poids d'une jambe sur l'autre et fourra ses mains dans ses poches. « Je crois que c'était après. »

Alexis secoua la tête. Il avait trop de questions et ignorait par où commencer.

Comme s'il lisait dans ses pensées, Incantus sourit. Derrière lui, le couloir par lequel il était arrivé s'illumina. « Je vais tout vous expliquer. Mais d'abord, il vous faut un substitut. »

4

QUERENCIA

Querencia : *nom espagnol.*
Un endroit d'où l'on tire sa force, où l'on se sent chez soi ;
l'endroit où vous pouvez exprimer qui vous êtes vraiment.

Incantus les guida au sein d'un dédale de couloirs brillamment éclairés vers ce qui paraissait être le cœur d'un immense complexe souterrain. Gibbeux trottinait à sa droite et se retournait régulièrement pour rappeler à Demi de continuer à le caresser.

Le loup gardait ses distances avec Alexis, comme s'il avait reniflé sur lui une odeur qui ne lui plaisait pas. Qu'est-ce qui pouvait bien troubler un animal aussi gros ? Dans l'impossibilité de répondre à cette question, Alexis se concentra pour mémoriser le chemin qu'ils empruntaient, au cas où ils devraient revenir sur leurs pas. Et il observait discrètement Incantus pour voir si sa bienveillance n'était pas qu'une façade.

« C'est quoi, cette histoire de substitut ? demanda Blaise avec excitation.

— Un substitut est une espèce de clone, répondit Incantus.

— Comment ça fonctionne ? demanda Caeli, qui ne lui avait pas encore décroché un seul sourire et paraissait aussi cynique qu'Alexis. Il n'y a pas encore d'essais de clonage humain, à ce que je sache. Et pourquoi aurions-nous besoin d'un clone, de toute façon ?

— Si vous le voulez bien, vous allez vivre et vous entraîner ici pendant les prochaines semaines, répondit Incantus. Votre absence ne passerait pas inaperçue auprès de vos familles, j'en suis certain. Votre ancienne vie n'a pas besoin de prendre fin sous prétexte que vous allez en construire une nouvelle. Je peux donc créer un substitut pour chacun d'entre vous, une réplique parfaite qui prendra votre place.

— J'y croirai quand je le verrai », annonça Caeli.

Apparemment immunisé contre son scepticisme, Incantus continua de sourire gaiement. « Cela ne devrait pas tarder, mademoiselle Doran.

— Comment vous faites ? demanda joyeusement Demi. Est-ce que ça fait partie de vos pouvoirs ? »

Incantus ne se retourna pas, mais sa voix baissa d'une octave lorsqu'il répondit : « Non, c'était celui de mon père. Il avait le pouvoir de se dupliquer d'innombrables fois. Il s'est livré à de nombreuses expériences afin de voir s'il pouvait aussi créer des substituts d'autres personnes. Il n'a jamais réussi de son vivant, ne laissant que la mort dans son sillage. » Incantus hésita. « Il n'a jamais trouvé comment empêcher le corps de se scinder pour créer le substitut ni comment le contrôler. Cela voulait dire que n'importe quel clone abouti partageait les pouvoirs de son Élémentaire et pouvait choisir de ne pas revenir auprès de lui. Depuis, j'ai trouvé la solution et mis au point une procédure totalement sûre qui est très utilisée au sein de notre communauté. Ah, nous y voilà. »

Une fois de plus, Alexis resta sans voix. Ils se tenaient en haut d'une énorme structure alvéolée entièrement creusée dans du marbre blanc. Des dizaines de ponts dorés se croisaient au sein du puits central, et reliaient les différents côtés et niveaux du complexe en forme d'hexagone.

« Bienvenue au Refuge », annonça Incantus en ouvrant grand les bras.

Tandis qu'ils s'appuyaient contre la balustrade, un hologramme du Refuge apparut devant eux pour leur montrer les cinq étages de cet endroit apparemment infini.

« Il existe un sixième niveau, celui où nous sommes, expliqua Incantus. Mais il m'est réservé. »

Alexis scruta les noms inscrits sur l'hologramme. Chaque étage abritait tout ce dont une personne pouvait avoir besoin, du sanctuaire des soins au centre d'entraînement en passant par le foyer, qui se trouvait tout en bas du puits central. C'était un véritable village.

Mais ce n'était pas seulement la taille du Refuge qui laissait Alexis bouche bée, c'était aussi l'atmosphère qui s'en dégageait. Depuis qu'il était arrivé, de l'énergie statique traversait son corps et déclenchait des picotements, dus autant à l'inquiétude qu'à l'euphorie. Était-ce lié à sa rencontre avec les deux autres adolescents ? Était-ce lié à Stonehenge, au Refuge ou à ses propres pouvoirs ?

« On se croirait dans un mont Olympe souterrain, s'émerveilla Demi. C'est incroyable. Qui sont tous ces gens ?

— D'autres Élémentaires, répondit Incantus en désignant les petites silhouettes qui se déplaçaient au sein du foyer. La plupart développent leurs pouvoirs pendant la puberté, et leurs parents les envoient ici pour étudier, s'entraîner et vivre à l'écart du monde humain. La lignée élémentaire est héréditaire, voyez-vous, mais seul un petit nombre d'entre nous possède des pouvoirs.

— Alors, vous avez construit cet endroit pour eux ? » demanda Caeli.

Il rit. « Je l'ai construit principalement pour *vous*, pour le moment où les étoiles jugeraient bon de vous conduire à moi. Des dizaines d'années se sont écoulées. Je… Nous nous sommes dit qu'on pouvait l'utiliser pour autre chose. Qu'il le fallait. Depuis longtemps, le Refuge sert de centre d'éducation et d'entraînement pour les Élémentaires qui utilisent leurs pouvoirs afin de protéger autrui des créatures ou des criminels qui pourraient leur faire du mal. »

De la lumière semblait se déverser d'Incantus chaque fois qu'il parlait. Quand il posait les yeux sur lui, Alexis ne pouvait et ne voulait plus détourner le regard, comme si Incantus était le soleil et avait le pouvoir de chasser les ombres du doute et de la méfiance.

« Quel genre de créatures ? » demanda Blaise.

Une petite lueur s'alluma dans les yeux d'Incantus. « Vous les qualifieriez sans doute de créatures mythologiques. »

Blaise poussa un juron incrédule. Alexis sourit et pensa aussitôt à son frère, qui adorerait cet endroit. Jason lui tapait sur les nerfs parfois, mais Alexis fut surpris de constater qu'il lui manquait.

« Venez », dit Incantus en s'engageant sur un des ponts en marbre qui traversaient le puits central. Il n'hésita pas un instant, alors que deux pas de côté l'auraient précipité dans le vide. Gibbeux le suivit en trottinant, tout aussi imperturbable.

Caeli fut la première à s'aventurer sur le pont d'une démarche de mannequin, comme s'il s'agissait d'un podium. Apparemment, elle n'avait pas le vertige. Arrivée au milieu, elle se retourna.

Demi n'avait pas encore fait un pas et serrait la rambarde de toutes ses forces en contemplant le sol des centaines de mètres plus bas.

Caeli lui tendit la main avec un sourire encourageant. « Merci », murmura Demi en laissant la jeune fille la guider jusqu'à l'autre bout, Alexis et Blaise sur les talons.

« Comment avons-nous pu vivre toute notre vie sans rien voir de tel si nous sommes des Élémentaires ? demanda Demi d'une voix tremblante en regardant droit devant elle. Vous dites que nos pouvoirs sont héréditaires. Nos familles nous ont caché ce secret ?

— Mes parents ne m'ont jamais raconté que j'avais reçu mon amulette des mains d'un étranger, renchérit Blaise. Mais ils m'ont toujours dit que je ferai de grandes choses. Je ne peux pas encore en dire autant pour vous autres. »

Alexis sentit sa mâchoire se crisper, mais s'abstint de répliquer.

Incantus les aida à descendre du pont, puis les entraîna dans un autre couloir haut de plafond avec des murs blancs.

« Mon rôle n'est pas de vous révéler si vos parents font partie de ce monde, cette vérité-là ne m'appartient pas. Cependant, à votre naissance, et après votre adoption, ajouta-t-il à l'intention d'Alexis, je vous ai donné l'amulette qui vous revenait de droit. Ensuite, l'un de mes partenaires a placé sur vous un verrou d'inhibition pour vous empêcher de développer vos pouvoirs et de voir ce monde.

— Pourquoi ?

— Pour votre sécurité, répondit simplement Incantus. Comme les humains, les Élémentaires ne sont pas tous bons. Nous connaissons tous les Enfants des Éléments et la prophétie pour anéantir Mortem. Certains aimeraient bien empêcher cela. Vos pouvoirs auraient brillé tel un phare. Le verrou vous a empêchés d'y accéder et a permis d'éviter que Mortem vous trouve. La prophétie stipulait que vous deviez être élevés à l'écart de ce monde, afin que, le moment venu, vous trouviez votre chemin jusqu'à nous. »

Le couloir débouchait sur une grande porte dorée qui s'ouvrit automatiquement à leur approche. Elle donnait sur une grande pièce circulaire. Alexis détecta aussitôt l'odeur accueillante du bois et du vieux papier. Aménagée sur deux niveaux, la pièce faisait penser à une bibliothèque ancienne ; des canapés en cuir marron usé s'alignaient le long des murs à côté de la cheminée en marbre cendré, et plus d'une dizaine d'étagères remplies de livres leur faisaient face. Sur le dos des ouvrages les plus anciens, Alexis lut des titres dans des langues qu'il ne connaissait pas, peut-être le grec ancien, le latin, le sanskrit, l'arabe ou l'hébreu.

Pour lui, c'était le *paradis*.

Gibbeux se pelotonna devant l'âtre qui abritait une bonne flambée et se mit aussitôt à ronfler, son énorme dos se dilatant à chaque respiration. Un large bureau en bois, couvert de cartes topographiques et de livres, se trouvait au fond de la pièce. Incantus s'y appuya. Sous une carte qui identifiait vaguement les quatre directions dépassaient des dessins de créatures mythiques. Alexis crut reconnaître un dragon chinois à écailles grises.

« Monsieur Arcangelo... Incantus, dit-il tandis qu'ils s'asseyaient tous les quatre sur le confortable canapé en face de leur hôte, c'est quoi, cette *prophétie* ? »

Incantus réfléchit quelques instants. Lorsqu'il répondit, ce fut d'une voix douce, comme la mère d'Alexis quand elle devait annoncer de mauvaises nouvelles à un patient par téléphone.

« La prophétie de la Lumière et des Ténèbres parle de six individus avec des pouvoirs comme personne n'en a vu depuis les Premiers-Nés élémentaires, il y a une éternité : les quatre Enfants des Éléments, qui sont reliés chacun à l'un des éléments primordiaux ; un Élémentaire doté des pouvoirs de la lumière, moi ; et un autre, Mortem, qui possède les antiques pouvoirs de l'ombre, avec lesquels il souhaite dominer notre peuple et remplacer notre gouvernement actuel, le Grand Ordre. Il espère y parvenir en recouvrant le monde de ténèbres éternelles. La prophétie affirme que vous êtes les seuls à pouvoir l'en empêcher. » Il baissa les yeux. « C'est tout ce que je peux vous dire, j'en ai bien peur.

— Pourquoi ? rétorqua Caeli. Puisque ça nous concerne, nous devrions savoir quel destin qui nous attend, non ? »

Incantus parut las, tout à coup. Plus vieux. « Personne ne devrait connaître son avenir. Ça a rendu fous bien des sages qui ont essayé de l'éviter ou, au contraire, de faire en sorte qu'il s'accomplisse. Je suis désolé, mais sachez que nous faisons cela pour votre bien et non pour vous contrôler. »

Alexis déglutit péniblement. Il se connaissait suffisamment pour savoir qu'à cause de son insatiable curiosité, il n'accepterait sans doute pas de rester dans l'ignorance. Certaines personnes ne supportaient pas la naïveté, mais lui y était carrément allergique.

« Je peux vous dire encore une chose, décida Incantus, si bien qu'ils se penchèrent vers lui. C'est uniquement en unissant nos pouvoirs que nous parviendrons à arrêter Mortem. Et cela devra avoir lieu avant la prochaine éclipse de Soleil, ici, à Stonehenge. »

La pression au sein de la salle parut lentement s'intensifier. *La prochaine éclipse de Soleil,* pensa Alexis. L'un de ses camarades demanda quand elle devait avoir lieu. Alexis ne savait pas très bien lequel avait posé la question, mais il regretta aussitôt qu'il l'ait fait.

« Le jour du solstice d'été, répondit Incantus. Dans un mois. »

5

SELCOUTH

Selcouth : *adjectif en vieil anglais*
Inhabituel, rare, étrange et pourtant merveilleux

Si Incantus s'attendait à toutes les questions, les plaintes et les protestations qu'il reçut, alors il pouvait ajouter la divination à la liste de ses talents.

« Vos pouvoirs vous viendront naturellement ! » assura-t-il en se levant. Gêné dans ses mouvements par sa robe, il s'en débarrassa d'un haussement d'épaules, laissant apparaître la combinaison blanc argenté qui moulait chaque muscle de son corps. Cela eut pour effet de leur faire oublier ce qu'ils étaient en train de dire, même si Alexis n'était pas persuadé que le vêtement avait des propriétés particulières. « Vous les portez en vous, vous devez simplement apprendre à vous en servir. Ce n'est pas idéal, je le reconnais, mais vous disposerez des meilleurs entraîneurs du Refuge, dont je fais partie.

— Ça va, les chevilles ? marmonna Caeli.

— Qui est Mortem ? voulut savoir Alexis. Avant d'aller plus loin, dites-nous pourquoi nous devons l'affronter. Qui est-il, et pourquoi veut-il prendre le contrôle ?

— Il était l'un des nôtres autrefois, répondit Incantus en se tordant les mains à l'évocation de ce souvenir. Je l'ai entraîné, et il a pris part avec moi et mes alliés à certaines de nos plus grandes batailles pour le Grand Ordre. Pendant très longtemps, nous avons cru qu'il était le premier des quatre Enfants des Éléments, celui qui possède le pouvoir de l'eau. »

Tous les regards se tournèrent vers Alexis, qui se sentit rougir. « Je... je croyais que personne n'avait jamais eu nos pouvoirs avant nous.

— C'est vrai pour les autres, mais pas pour vous. Je ne comprends toujours pas comment ça se fait ni pourquoi. Tout ce que je sais, c'est que Mortem s'est laissé séduire par les pouvoirs des ténèbres et qu'il a renoncé à son contrôle de l'eau pour leur permettre de grandir. Cela a permis à un autre être n'ayant que du sang élémentaire de naître avec cette faculté, en accord avec la prophétie. » Incantus se gratta la mâchoire. « Mortem était obsédé par l'idée de devenir le plus puissant de tous les Élémentaires. Il voulait infliger à ce monde la douleur et la souffrance qu'il avait subies dans sa jeunesse, non pas pour entreprendre un changement ou rendre justice, mais uniquement pour se venger. Il a assassiné tous ceux qui se dressaient sur son chemin, que ce soient des mortels, des Élémentaires, des amis. » Il poussa un profond soupir. « Ou même de la famille. Voilà pourquoi il faut l'arrêter à tout prix.

— Que se passera-t-il si nous refusons ? demanda doucement Demi. Si nous ne voulons pas nous mettre en danger ? »

Incantus prit un air grave. « Le choix vous appartient, évidemment. Mais j'ai passé ma vie à étudier la prophétie. Ce n'est qu'à travers le pouvoir de vos amulettes que je peux espérer déjouer ses plans. Sans vous, nous perdrons tout. »

Blaise se leva brusquement et se rendit près de la cheminée en tendant les mains vers les flammes.

« Qu'est-ce que tu fais ? » demanda Caeli entre ses dents serrées, comme s'il l'embarrassait.

Les yeux plissés en signe de concentration, Blaise paraissait déterminé. « Je veux voir s'il bluffe. »

Le temps d'un battement de cœur, rien ne se produisit. Puis l'air parut se figer. Le feu qui, jusque-là, brûlait gaiement, vacilla et perdit brusquement ses couleurs. Devenues blanches, les braises crépitèrent tandis que les flammes diminuaient jusqu'à s'éteindre complètement. Gibbeux souffla, déçu par la soudaine disparition de chaleur.

Du coin de l'œil, Alexis vit briller un éclair rouge. L'amulette de Blaise étincelait sur son torse comme un rubis luminescent.

Blaise hoqueta de stupeur en tendant les mains devant lui. Elles luisaient d'un éclat écarlate, comme s'il venait de les plonger dans le feu. Quand il claqua des doigts, il fit s'envoler des étincelles orangées.

Caeli se leva d'un bond. « Impossible ! »

Incantus gloussa d'un air joyeux en s'avançant afin de rallumer le feu pour Gibbeux. « Me croyez-vous, à présent, monsieur Ademola ? Votre élément *veut* que vous l'utilisiez. Vos pouvoirs jaillissent du bout de vos doigts. »

C'était le tout premier signe indiquant que ce qu'Incantus leur avait dit était bien réel. Ils possédaient vraiment des pouvoirs.

Blaise se tourna vers les trois autres. « Touchez mes mains. »

Caeli s'exécuta, non sans une certaine hésitation. « Elles sont encore chaudes ! »

Alexis ne put s'empêcher de remarquer que la couleur ambrée des yeux de Blaise paraissait plus vive et que sa peau semblait luire, mais il ne savait pas si c'était dû à ses pouvoirs ou si le garçon rayonnait de fierté. Alexis était content pour lui, vraiment, mais une petite partie de lui était déçue de ne pas avoir utilisé ses pouvoirs le premier. Certes, ce n'était pas une compétition. Mais si ça en avait été une, Blaise aurait désormais l'avantage.

« Je vous propose de garder vos autres questions pour plus tard », suggéra Incantus en se dirigeant vers le fond de la pièce. Il écarta facilement l'une des bibliothèques, comme si elle ne contenait pas des dizaines de gros volumes reliés, et dévoila un court passage secret. « Vous êtes prêts à fabriquer vos substituts ?

— Un passage secret ? » s'exclama Demi. Elle saisit Alexis par les deux bras pour l'obliger à se lever. « Il *faut* que je voie ça. »

Les quatre adolescents se bousculèrent pour passer en premier et se pressèrent sur le seuil de la pièce cachée sur laquelle débouchait le passage. Complètement dépouillée et bien plus petite que le bureau d'Incantus, elle ne contenait que deux choses : une machine argentée qui faisait penser à un sarcophage vertical et un petit bassin peu profond creusé dans le sol. En se rapprochant, Alexis constata qu'il ne contenait pas de l'eau, mais une substance pâle et dense dont la surface immobile reflétait, tel un miroir, le plafond gravé d'une série de triangles imbriqués les uns dans les autres.

« Voici la chambre de substitution, annonça Incantus en faisant un geste en direction de la machine, qui s'ouvrit en dévoilant un espace assez large pour une seule personne. Vos substituts vont utiliser vos souvenirs et vos pensées pour agir comme vous le feriez. Cela vous permettra, dans les faits, de mener deux vies : une dans le monde humain et l'autre dans le monde élémentaire. Les substituts ne ressentent pas les émotions de la même manière que vous, ce sont de simples simulacres, des représentations illusoires. Quand vous souhaiterez être réunis avec vos substituts, vous pourrez les faire revenir auprès de vous afin d'absorber les souvenirs et les expériences qu'ils auront vécus comme si c'étaient les vôtres. »

Blaise leva un verre imaginaire. « Je porte un toast à tous les examens que je ne réviserai plus jamais ! »

Caeli ricana. « Je suis sûre que tu feras bon usage de ces dix minutes gagnées tous les mois. »

Incantus poursuivit, imperturbable. « Quand vous entrerez dans la machine, vous passerez un scanner et recevrez un sérum de substitution. Ses effets sont immédiats, vous devrez donc aussitôt vous immerger dans le Kathreftis. » Il indiqua le bassin d'un signe de tête.

« Le Kathreftis, répéta Demi en observant la surface réfléchissante. Ça veut dire “miroir”, en grec. Ma sœur et moi avons grandi en Grèce avant que nos parents nous amènent en Angleterre. C’est ma langue maternelle. Ensuite, j’ai appris l’arabe, puis l’anglais.

— Excellent, mademoiselle Nikolas. Il est extrêmement important que vous vous immergiez complètement dans le Kathreftis, leur recommanda Incantus. Le liquide fera en sorte que votre corps, euh… ne se détruise pas au cours de la création du substitut.

— Ouais, c’est pas trop le but, commenta Blaise. Al, tu nous diras comment c’est, d’accord ? »

Alexis fit la grimace. « Attends, quoi ? Pourquoi je devrais passer le premier ? »

Blaise sourit d’un air malicieux. « Je viens de prouver que je suis un Élémentaire. À ton tour. »

Alexis lui lança un regard furieux. Il n’arrivait pas à déterminer s’il allait apprécier ou détester ce type. Mais Blaise n’avait pas tort. Alexis ne voulait pas que Demi passe la première, au risque d’être blessée. Il préférait tester la machine à sa place.

« Si tu as peur, il suffit de le dire », rétorqua-t-il. Blaise ricana, mais Alexis vit ses yeux s’embraser. *On peut être deux à jouer à ce petit jeu,* pensa-t-il.

Incantus conduisit Alexis jusqu’à la machine. Juste avant d’y entrer, Alexis crut déceler une lueur d’inquiétude sur le visage de leur guide, qui démentait le calme et l’assurance dont il faisait preuve depuis le début. Peut-être était-ce la première fois qu’il créait un substitut d’un Enfant des Éléments, ou peut-être que la procédure n’était pas aussi simple qu’il l’avait laissé entendre. De toute façon, Alexis ne pouvait plus reculer, c’était trop tard. Il était temps qu’il voie par lui-même si Incantus et le monde élémentaire étaient bien réels.

« Ça ne devrait pas prendre plus d’une minute », annonça Incantus avec un sourire encourageant.

L'intérieur de la machine était sombre et étroit, mais Alexis ne commença à se sentir claustrophobe que lorsque la porte se referma sur lui, le coupant de l'extérieur. *C'est stupide d'y être allé le premier*, songea-t-il en tapotant ses doigts contre ses pouces pour se calmer.

Il retint son souffle lorsque de multiples rayons lasers rouges scannèrent l'intégralité de son corps. Puis une petite seringue sortit d'un trou au-dessus de lui. Elle transperça la peau de son cou et lui injecta une espèce de potion épaisse qu'il sentit passer dans son système sanguin.

En quelques secondes, elle inonda son cerveau et bouscula la fragile stabilité de son esprit tandis qu'une vague de haut-le-cœur parcourait tout son corps. La seringue se rétracta et la porte s'ouvrit brusquement. Au sortir de l'obscurité, Alexis fut aveuglé par le puissant éclairage de la pièce.

« Ne vous inquiétez pas, monsieur Michaels, la douleur et les vertiges vont disparaître », le rassura Incantus qui, au son de sa voix, devait se trouver à moins de deux mètres.

Mais Alexis l'entendit à peine. Plié en deux, il se tenait la tête à deux mains. Il sentit un bras musclé le soutenir au niveau de la taille. Demi. « Est-ce que c'est censé faire aussi mal ? »

Le silence incertain d'Incantus était une réponse en soi. « Allez dans le bassin », indiqua-t-il d'une voix calme, mais avec une tension perceptible.

Il ne sait pas si ça va marcher, pensa Alexis.

Les autres détournèrent le regard pendant qu'il se déshabillait maladroitement. Puis, il agrippa la rambarde des deux mains et descendit en titubant l'escalier qui menait au sein de l'épais liquide blanc.

Le Kathreftis était chaud au toucher, comme la cire d'une bougie. Alexis continua de descendre, et le liquide dépassa ses genoux, puis sa taille, puis ses épaules. Il prit une grande respiration, et plongea la tête sous la surface en passant ses mains sur son corps pour s'assurer qu'il n'avait plus un centimètre de peau au sec.

« Quoi qu'il arrive, ne paniquez pas », dit Incantus dont la voix lui parvint déformée par le liquide visqueux.

Alexis brisa la surface en haletant et en clignant brutalement des yeux. La moitié de son corps était encore immergée, mais il n'était que trop conscient du regard de Demi sur son torse, ses bras et son bas-ventre. Il n'eut pas le temps de se demander pourquoi elle rougissait autant.

Un violent frisson le fit se tordre tandis qu'il prenait brusquement conscience du nombre de cellules, de nerfs et de fibres musculaires qu'il abritait, un nombre qui était en train de doubler au point que sa peau ne pouvait plus tous les contenir. Avec un mélange d'horreur et d'émerveillement, Alexis regarda sa peau devenir malléable et presque translucide, comme du verre liquide en plein soleil.

Puis, sans une goutte de sang, une main humaine jaillit de son torse.

Elle ne lui fit pas mal, elle passa simplement à travers lui en emportant sa migraine. Une autre main apparut, et son poids devint tangible après qu'elle se fut libérée, si bien qu'Alexis dut lutter pour conserver son équilibre. Enfin, le reste du corps suivit d'un seul coup.

Alexis rouvrit les yeux et constata que son corps mince n'avait aucune égratignure ni fracture. Devant lui se tenait un autre individu de la même taille et de la même carrure que lui. Il possédait également des grains de beauté identiques sur les bras et des taches de rousseur presque imperceptibles sur les joues. La seule chose qui lui manquait, c'était son amulette.

Debout devant lui, et apparemment tout aussi choqué, se trouvait *un autre Alexis*.

6

IKIGAI

Ikigai : *nom japonais.*
Une raison d'être ; ce qui vous fait vous lever le matin ; votre objectif dans la vie.

« Ça ne peut pas être vrai », dirent Alexis et son substitut à l'unisson.

Dans son excitation, Blaise se mit à sauter sur place en secouant Demi et Caeli par les épaules. « J'en reviens pas ! J'en reviens pas ! D'accord, maintenant, je vous crois, monsieur l'Ange. »

Caeli secouait la tête d'un air incrédule. « Il... il s'est dédoublé ! Vous imaginez tout ce que j'arriverais à faire si je me dédoublais aussi ? »

Alexis s'était toujours demandé à quoi il ressemblait du point de vue de quelqu'un d'autre. À présent, il pouvait s'examiner plus précisément que dans un miroir. Pendant quelques secondes, il dévora son substitut des yeux en notant la courbure de ses épaules, l'étroitesse de sa taille, les muscles saillants de son torse. Sa peau bronzée, ses lèvres pleines, ses cheveux noirs.

Aucun des deux ne souffla mot. Incantus avait affirmé que les substituts ne ressentaient pas les émotions de la même manière que leur alter ego, mais Alexis se demanda si cet être partageait ses souvenirs et ses peurs. Ses pupilles cerclées de bleu et de noir étaient rivées sur lui. Pour une raison qu'il ne parvint pas à s'expliquer, exactement comme quand il regardait son reflet dans le miroir, Alexis détourna le regard avant de ciller.

Brusquement, il se rendit compte qu'il était nu. « Euh… je pourrais avoir mes vêtements ? »

Incantus s'avança en souriant d'un air détendu. « Si vous décidez de rester, j'aimerais que vous portiez ceci. »

Il lui tendit une combinaison intégrale sans couture, similaire à celle qu'il portait, sauf qu'elle était noire comme la nuit. Un liseré bleu saphir ornait les chevilles et les poignets du vêtement et une seule rayure de la même couleur barrait le torse en diagonale. Trois autres combinaisons gisaient en tas sur le sol, avec des détails identiques, mais de couleur vermillon, vert forêt et rose poudré. Quatre paires de bottes robustes attendaient juste à côté.

Alexis n'avait encore jamais vu pareille matière, mais elle semblait confortable, à la fois solide et légère, moulante et permettant pourtant de respirer. Il enfila facilement la combinaison qui s'adapta à ses formes comme si elle était enchantée. Comme le col arrivait pile au niveau de sa gorge, Alexis sortit son amulette pour la laisser reposer sur sa poitrine.

« Je veux parler à la personne qui a conçu ces combinaisons, déclara Caeli en s'emparant de la sienne. Elles sont tellement cool ! Et elles ont des poches !

— Raeve et Taranis ont élaboré ces combinaisons en fonction de vos pouvoirs, expliqua Incantus tandis qu'Alexis passait ses vieux habits à son substitut. Résistantes aux attaques, en particulier celles des armes humaines, elles s'adaptent à différents environnements pour maintenir vos constantes vitales. Vous n'aurez pas besoin de porter autre chose pendant votre entraînement et… au-delà. »

Il se racla la gorge en voyant Alexis et son substitut jouer à pierre-feuille-ciseaux. À côté d'eux, Blaise était fasciné parce qu'ils n'arrêtaient pas de faire les mêmes choix. Demi vint les examiner en fermant les yeux pour essayer de percevoir lequel était son Alexis. À son aura, ou peut-être au fait que son rire semblait plus sincère, elle réussit à l'identifier, ce qui le fit sourire.

Une étincelle brillait dans les yeux d'Incantus. Alexis se demanda depuis combien de temps il les attendait. Correspondaient-ils à ses attentes ? Seraient-ils à la hauteur du rôle qu'on voulait leur faire jouer ? « Dès que j'aurai créé les substituts de mademoiselle Nikolas, de mademoiselle Doran et de monsieur Ademola, j'aimerais que vous enfiliez vos combinaisons pour rencontrer les Leaders. Je vous promets que, lors de cette rencontre, toutes vos questions recevront une réponse. »

Près d'une heure s'écoula le temps que les quatre adolescents se retrouvent en combinaison avec leurs substituts à côté d'eux.

Demi s'étira et s'accroupit pour tester l'amplitude de mouvement que lui donnait le vêtement. « C'est comme une seconde peau. Tant mieux, parce que je gonfle *tout le temps*.

— Surtout, ça nous met en valeur », renchérit Blaise. Il prit la pose comme un ninja, puis effectua une prise de karaté sur Alexis. Celui-ci ne pouvait nier qu'il commençait à le trouver amusant. Il bloqua la prise et riposta en faisant semblant de se battre avec lui comme il le faisait avec Jason.

« Si vous voulez bien mettre fin à votre... activité, intervint Incantus d'un air quelque peu inquiet. Il est temps d'envoyer vos substituts dans le monde humain. »

Il sortit de sa poche un disque argenté plat. En pianotant dessus, il fit apparaître un écran holographique qu'il balaya. Une grande plateforme circulaire descendit du plafond. Elle n'était reliée à aucun câble ni à aucune machine. Tandis que les autres répliques se dirigeaient vers ce podium, Alexis prit son substitut à part.

« Prends soin d'eux, chuchota-t-il. Maman, Papa et Jace. Appelle-moi s'il arrive quoi que ce soit d'inhabituel... Et prends soin de toi, aussi. »

Son double hocha la tête d'un air rassurant. « Je veillerai sur eux comme sur ma propre famille. »

Puis il serra la main d'Alexis avant de prendre place à côté du substitut de Demi, qui bavardait avec ceux de Caeli et de Blaise.

De la lumière s'échappa de la paume d'Incantus, et le disque se mit à bourdonner en luisant. Les substituts parurent trembler telle une flamme. Quelques instants plus tard, ils disparurent.

« Ils sont réapparus à la surface, non loin de Stonehenge, et vont agir exactement comme vous le feriez dans cette situation, leur apprit Incantus en les guidant au sein du passage secret.

— J'espère qu'ils vont bien, dit Demi en se mordillant la lèvre. Je ne veux pas l'obliger à faire quelque chose dont elle n'a pas envie, même si elle n'existe pas vraiment.

— Ce ne sont pas des gens au sens où vous l'entendez, confirma Incantus. Ils n'ont pas de vie sans vous, ils n'ont pas d'aura ni d'âme. Considérez-les comme des reflets, c'est tout. » Son regard s'adoucit. « Mais le souci que vous vous faites pour eux en dit long sur la personne que vous êtes. »

Demi esquissa un petit sourire timide. La lumière d'Incantus paraissait contagieuse, et Alexis découvrit qu'il tenait désespérément à obtenir son approbation. Peut-être que, dans ce monde, il avait une chance d'être accepté.

« Venez, dit Incantus. Allons voir les Leaders. » Gibbeux se réveilla en les voyant revenir et se leva pour les accompagner. Ils empruntèrent le long et vaste couloir dans le sens inverse, et commencèrent à descendre l'énorme escalier doté d'une rampe dorée qui s'enroulait autour du puits central du Refuge.

Ils croisèrent des Élémentaires de tous âges, vêtus de combinaisons similaires, mais entièrement noires, qui saluèrent Incantus avec la familiarité et le respect dus à un patron ou à un proviseur. Alexis se rendit compte que certains les dévisageaient avec curiosité, leurs regards s'arrêtant sur leurs amulettes. Un chœur de chuchotements et d'exclamations étouffées les suivait, les gens ayant dû comprendre qui ils étaient.

Caeli passa les mains sur son nouvel uniforme pour s'assurer qu'il ne plissait pas. « On ne va pas se mentir, toute cette attention me plaît.

— Ils ont sûrement remarqué que tu as encore de la boue dans les cheveux », marmonna Blaise avant d'éclater de rire en la voyant peigner énergiquement sa chevelure blond platine avec ses doigts.

Ils s'engagèrent dans un étroit couloir au niveau baptisé « dortoirs des élèves ». Des dessins colorés décoraient les murs. Certains étaient très détaillés et d'autres plus enfantins, à la craie. Une thématique commune ne tarda pas à apparaître, car tous représentaient quatre individus tenant à la main une pierre de couleur qui illuminait les ombres autour d'eux.

« Je suppose que nous sommes une espèce de légende, commenta Blaise lorsqu'il comprit de qui il s'agissait. Les Enfants des Éléments.

— Nous vous attendons depuis longtemps, depuis que Mortem a dévoilé ses pouvoirs ténébreux. » Cette réponse d'Incantus était brève, mais lourde de sens. Gibbeux dressa les oreilles en entendant le nom de Mortem et ne les rabaissa que lorsqu'Incantus lui gratouilla la tête.

Demi s'arrêta devant l'un des dessins et caressa la peinture craquelée. « Pourquoi nous quatre, Incantus ? Qu'est-ce qui nous rend si spéciaux ? Comment en sommes-nous arrivés là ? » Alexis remarqua que, de son autre main, elle serrait sa croix en tirant légèrement sur la chaîne comme pour tester sa résistance et, par là même, sa foi.

« C'est parce que vous êtes les descendants directs des Premiers-Nés, les premiers Élémentaires, eux-mêmes créés par les Gemmes élémentaires.

— Qu'est-ce que c'est ? demanda Alexis.

— Des gemmes primordiales nées des Ténèbres et abritant les quatre premiers éléments, les vôtres, et leurs différents états. » Incantus montra les pierres brillantes que tenaient quatre silhouettes féminines. « On raconte que les Femmes des Éléments, représentant chacune une Gemme, ont utilisé leurs pouvoirs infinis pour créer tout ce que nous connaissons. Elles ont cassé un petit bout de leur Gemme pour sculpter vos amulettes, et ont confié aux Premiers-Nés un pouvoir chacune afin qu'ils puissent défendre leur création. Sur le site de Stonehenge, ils ont uni leurs pouvoirs pour créer la Lumière et ont sacrifié leur vie afin de détruire les Ténèbres. Stonehenge demeure leur sépulture. »

Alexis ne se rendit compte qu'il avait continué à avancer d'un pas lent que lorsqu'il se retrouva devant le dernier dessin. On y distinguait les contours presque effacés de quatre individus, chacun d'une couleur différente, au milieu du cercle brisé de Stonehenge. Après cela, les murs étaient nus.

Caeli secoua la tête d'un air perplexe. « S'ils sont morts, comment se fait-il qu'il y ait des Élémentaires aujourd'hui ? Et comment les Ténèbres, ou les ombres, sont revenues ?

— Nous n'en sommes pas sûrs, reconnut Incantus. Nous ne saurons sans doute jamais comment elles ont survécu. Quant aux Élémentaires, les Premiers-Nés ont eu des enfants avant de mourir. Vos amulettes sont restées enfouies ici. Quand je les ai trouvées, je les ai conservées jusqu'à ce que les Enfants des Éléments, les héritiers directs des Premiers-Nés, viennent au monde. »

Alexis plongea dans d'intenses réflexions tandis qu'il suivait ses compagnons. Du plus loin qu'il se souvienne, il avait constamment eu l'impression d'être spécial, mais pas pour les bonnes raisons. Ce qui le distinguait des autres accentuait son sentiment de solitude. Mais voilà qu'en l'espace de quelques heures, on lui demandait de croire en l'existence d'un monde caché dans lequel des gens attendaient son arrivée depuis des siècles.

Parce qu'il se demandait depuis toujours si les ombres qu'il voyait étaient réelles, Alexis avait tendance à se méfier de tout, et en particulier de ce qui paraissait trop beau pour être vrai. Il aurait aimé être foncièrement confiant comme Demi, mais il n'avait pas eu le luxe de toujours croire ce qu'il voyait et entendait.

Ils arrivèrent au bout du couloir. Quatre petites volées de marches partaient dans des directions opposées, vers des portes qui s'ornaient des symboles classiques pour l'air, l'eau, la terre et le feu.

« Les Leaders nous attendent ici », annonça Incantus en s'arrêtant devant celle sur laquelle était gravé un triangle inversé, le signe de l'eau. Il tapota Gibbeux, qui paraissait nerveux. « Va, mon ami, tu n'as pas besoin d'entrer. »

Soudainement inquiet, Alexis suivit Incantus à l'intérieur et resta de nouveau bouche bée. L'immense pièce était bien plus vaste qu'elle ne le paraissait de l'extérieur. Il remarqua tout d'abord la faible lueur bleutée et la fraîcheur de l'air. Puis il repéra la piscine qui faisait office de séparation entre le niveau supérieur et le niveau inférieur de la pièce. Composée d'un seul couloir de nage, elle formait un arc de cercle. Un petit escalier passait par-dessus le centre du bassin et permettait d'accéder à la chambre surélevée, qui abritait un grand lit et des armoires avec une salle de bains attenante. Sous l'escalier suspendu, une cascade d'un mètre de haut ruisselait dans le bassin, et le son très doux faisait penser à la pluie. Alexis mourait d'envie de toucher l'eau. Visiblement, son élément l'attirait encore plus depuis qu'il avait libéré ses pouvoirs.

Cependant, un autre détail retint son attention plus que tout le reste. Devant la piscine, dans la partie inférieure presque vide de la pièce, se trouvait une énorme table en acajou, autour de laquelle trois individus se tenaient debout. Ils s'interrompirent au beau milieu de leur conversation en voyant entrer les Enfants des Éléments. L'énergie qui émanait d'eux fit se dresser les poils sur les bras d'Alexis.

Ils étaient intimidants. Importants. Puissants.

« Les enfants, déclara fièrement Incantus, je vous présente les Leaders du Refuge. »

7

NODUS TOLLENS

Nodus tollens : *expression latine.*
Quand on se rend compte que le scénario de notre vie n'a plus de sens à nos yeux.

Alexis ne savait pas à quoi il s'attendait avant de rencontrer les Leaders, mais certainement pas à *ça*. Ils portaient l'uniforme du Refuge, eux aussi, sauf que le leur était gris foncé, comme tissé avec des fils de titane souple.

Alexis se pencha vers Caeli en pensant qu'elle apprécierait sa blague. « Je me demande s'ils ont eu une offre sur les combinaisons en les achetant en gros.

— Toi, je commence à t'apprécier », pouffa-t-elle.

Le premier Leader s'avança. « Nous avons reçu ton message et sommes venus immédiatement, Ian », dit-il avec un léger accent caribéen.

Ian ? Alexis regarda Incantus du coin de l'œil en se demandant s'il s'agissait d'un surnom ou de son vrai prénom. *Ce serait beaucoup moins cool*, pensa-t-il.

Visiblement plus âgé qu'Incantus, ce Leader devait avoir la cinquantaine, voire la soixantaine, et il était sans doute la personne la plus musclée qu'Alexis ait jamais vue. Il possédait un crâne chauve parcouru de rides profondes et une barbe argentée coupée court qui tranchait sur sa peau d'un brun chaud. Bien qu'il ait le physique d'un bodybuilder sous stéroïdes aux portes de la retraite, il avait drapé une ample tunique beige et caramel par-dessus sa combinaison, mais les deux vêtements se complétaient étrangement bien.

Le deuxième Leader qui s'agitait à côté de lui n'aurait pas pu être plus différent. Aussi maigre que son compagnon était corpulent, il avait les cheveux blonds coiffés soigneusement en épis, comme s'il avait été frappé par la foudre. Ses yeux bleus tachetés de jaune paraissaient tout excités. « Ce sont eux ? Je n'arrive pas à croire qu'ils sont là ! » Alexis ne savait pas s'il s'agissait d'une illusion d'optique, mais on aurait dit que les contours de son corps *tremblotaient*.

La femme, quant à elle, possédait des cheveux couleur aile de corbeau, qu'elle avait noués en une queue-de-cheval lui arrivant juste en dessous des épaules. Des lignes à l'encre noire et à l'encre dorée s'enroulaient autour de son cou. Mais ce furent ses yeux qui captivèrent Alexis au point de l'immobiliser. Elle avait un regard hypnotisant.

« Ils manquent d'entraînement, commenta-t-elle. Mais ils ont l'air forts. »

Rayonnant, Incantus expliqua : « Les Leaders m'aident à diriger le Refuge et à apprendre aux Élémentaires comment utiliser leurs pouvoirs. Ils représentent chacun l'un des trois secteurs dans lesquels nos Élémentaires peuvent se spécialiser à la fin de leurs études : celui des Érudits, celui des Combattants et celui des Guérisseurs. » Il fit s'avancer l'homme chauve et musclé en posant sa main sur son épaule de la taille d'un rocher. « Voici l'un de mes plus vieux et de mes plus chers amis, Akili Pierce, qui dirige les Guérisseurs. »

Dominant les jeunes gens d'une bonne tête, il serra la main de chacun d'une poigne étonnamment délicate. « C'est bon de faire enfin votre connaissance. Je ne doute pas qu'avec un peu d'entraînement, vous deviendrez les meilleurs d'entre nous. Vous êtes tout ce que nous espérions, et plus encore.

— Akili a des pouvoirs de télépathie, de manipulation empathique et de projection astrale. N'essayez pas de lui mentir, ça ne servirait à rien », ajouta Incantus sur un ton léger.

Alexis frissonna, car Akili l'observait en fronçant légèrement les sourcils. Pouvait-il lire dans ses pensées ? Dans ce cas, existait-il un moyen de lui cacher quoi que ce soit ?

Akili s'écarta, et la femme tatouée s'avança en les observant de la tête aux pieds d'un regard acéré. « Votre potentiel est *indéniable*.

— Voici Raeve, déclara Incantus tandis qu'elle s'inclinait. Maîtresse armurière et puissante sorcière, elle est particulièrement douée pour immobiliser ses adversaires en les hypnotisant d'un seul regard à l'aide d'un sortilège, le Concilium.

— Ça, c'est juste un effet de ma beauté naturelle », répliqua Raeve en réprimant un sourire.

L'homme blond les salua en dernier, incapable de contenir son euphorie plus longtemps. Il tenta de leur serrer les mains à tous les quatre en même temps et leur parla avec un accent australien. « Salut, hé, comment ça va ? Je m'appelle Taranis, ça veut dire tonnerre. » Dans ses paumes, des étincelles électriques bleu et jaune crépitaient. « Éclair et tonnerre.

— Taranis descend d'une puissante lignée d'Élémentaires du climat. Il supervise les Érudits, et il est le plus jeune et le plus enthousiaste de nos Leaders, à tout juste 50 ans.

— 50 ans ? » s'exclama Demi, stupéfaite. Taranis en paraissait moitié moins.

« Quelle crème anti-âge ils utilisent ? chuchota Caeli à Demi.

— Les Élémentaires vieillissent plus lentement, comme vous l'avez sans doute deviné, expliqua Incantus. Ces jeunes gens se posent beaucoup de questions », ajouta-t-il à l'adresse d'Akili.

Ce dernier hocha la tête. « J'entends ça. Mais la question la plus importante concerne ce pour quoi ils doivent s'entraîner. La quête. »

Une lumière violette apparut et grandit autour de la table. En quelques secondes, des chaises en bois surgirent de nulle part. D'un geste de la main, Raeve les fit glisser sur le sol en direction d'Alexis et de ses camarades. Ils s'assirent, non sans hésitation.

« Quelle quête ? » demanda Alexis.

Incantus s'appuya contre la grande table en acajou. Sa mâchoire se durcit tandis que le ton de la conversation s'intensifiait. « Vous vous souvenez des Gemmes élémentaires dont je vous ai parlé, les pierres qui ont accordé les pouvoirs des éléments aux Premiers-Nés ?

— Ouais, répondit Blaise. C'est d'elles que viennent nos amulettes. »

Incantus pinça les lèvres. « Eh bien, la première étape de la prophétie consiste à les retrouver.

— Vous ne savez pas où elles sont ?

— Pas complètement. Après le sacrifice des Premiers-Nés, les Femmes les ont dispersées à travers le monde pour les protéger. Elles les ont confiées à des créatures qui mourraient pour elles. C'est là que vous entrez en scène. Nous avons besoin que vous partiez à leur recherche. C'est uniquement lorsque vous aurez récupéré les Gemmes élémentaires que vous serez capables de libérer une quantité infinie de vos pouvoirs à l'état pur. Nous les utiliserons pour vaincre Mortem. »

Alexis n'eut pas le temps de digérer tout cela que déjà Caeli protestait d'un air incrédule : « Donc, en un mois, vous voulez qu'on apprenne à utiliser les pouvoirs que vous nous avez cachés afin de partir en mission récupérer des cailloux magiques, cailloux que vous utiliserez pour tuer un monstre diabolique, qui veut plonger le monde dans les ténèbres à cause d'un traumatisme d'enfance non résolu ? »

Les Leaders hésitèrent et échangèrent des regards interloqués avec Incantus.

Demi fit la grimace et s'empressa d'ajouter : « En fait, on se demande surtout si vous êtes sûrs qu'on sera capables de gérer tout ça. Comment sommes-nous censés trouver ces Gemmes si personne n'a pu mettre la main dessus pendant toutes ces années ? »

Ce fut Taranis qui répondit avec empressement. « Vous êtes les seuls à pouvoir les récupérer. Chaque Gemme ne révélera sa cachette qu'à la personne qui a hérité de ses pouvoirs et qui porte son amulette. Nous avons réussi à déterminer leur emplacement approximatif, mais nous ne pouvons rien faire de plus. Vos amulettes vont vous mener aux Gemmes perdues exactement comme elles vous ont menés à Stonehenge. »

Blaise se massa le cou. « Pas *exactement* de la même manière, j'espère.

— Vous dites que ces Gemmes sont éparpillées dans le monde entier ? On va voyager, alors ? » demanda Demi avec excitation. Alexis savait qu'elle avait toujours eu envie de voir du pays, comme lui.

« Pour moi, voyager, c'est partir explorer l'Europe ou l'Asie avec un sac à dos pendant quelques mois, pas faire le tour de cette foutue planète en un week-end pour une chasse au trésor à l'aveugle, rétorqua Caeli. Ça va être dangereux ? »

Raeve s'éclaircit la gorge et répondit avec peu de compassion : « Très certainement. Si la légende dit vrai, vous allez devoir vaincre les Créatures des Éléments qui les protègent et les ramener ici avant que Mortem puisse vous les voler. Il saura que vous êtes à leur recherche, ou du moins, il s'en doutera.

— Génial, marmonna Caeli.

— Mais réussir, c'est survivre, ajouta Raeve, alors qu'échouer, c'est permettre au monde de basculer dans les ténèbres et le chaos.

— Pas de pression, alors », commenta Blaise.

Akili posa son énorme main sur l'épaule de Raeve, qui réussit malgré tout à ne pas bouger sous son poids. « Ce que notre fougueuse Raeve essaie de dire, c'est de ne pas sous-estimer vos capacités, vos pouvoirs. Je comprends ce que vous devez ressentir, vous venez tout juste d'apprendre qu'il existe une légende à propos d'évènements de votre vie que vous n'avez pas encore vécus. Mais vous pouvez aussi puiser du réconfort dans cela. »

Quelque chose dans la manière dont Akili s'exprimait desserra le nœud dans la poitrine d'Alexis. Peut-être s'agissait-il de sa voix grave ou du fait qu'il donnait l'impression de peser chaque mot avant de le prononcer, à moins qu'il utilise ses pouvoirs pour les rendre plus passifs et consentants. Dans tous les cas, c'était ce dont Alexis avait besoin pour calmer le tourbillon de ses pensées.

Blaise se laissa aller contre le dossier de sa chaise en jouant avec les pinces dorées au bout de ses tresses. « En vrai, ce que vous dites, c'est que c'est dangereux et qu'on n'a pas vraiment le choix. »

Incantus acquiesça. « Je suis vraiment désolé. J'aimerais pouvoir y aller à votre place, mais c'est impossible. Sans vous et sans les Gemmes, nous n'avons aucun espoir de vaincre Mortem. Ça signifierait non seulement la fin de notre monde à nous, mais aussi de celui des mortels. »

Tandis que les secondes s'égrenaient, les quatre adolescents se regardèrent. Pour la première fois depuis leur rencontre, qui semblait remonter à très longtemps, ils étaient anormalement silencieux.

Alexis finit par retrouver sa voix. « Nous avons besoin de temps pour nous décider. Seuls. » Il s'étonna de l'assurance dont il faisait preuve.

Incantus lui offrit un doux sourire. Il paraissait vraiment avoir été sculpté par des anges ou sortir d'un tableau d'une pureté et d'une beauté indéniables. Mais Alexis n'arrivait toujours pas à comprendre pourquoi il lui trouvait un air si familier.

« Bien sûr, répondit Incantus en se levant pour sortir avec les autres Leaders. On va vous apporter à manger pendant que vous réfléchirez à tout cela. Si vous êtes encore là demain matin, j'en déduirai que vous avez pris votre décision, et votre entraînement débutera. »

La voix calme d'Akili Pierce résonna juste avant qu'il referme la porte. « Bonne idée, mademoiselle Nikolas, de commencer à tester vos pouvoirs. » Demi rougit profondément, car Akili venait apparemment de lire dans ses pensées.

Après le départ des Leaders, un silence oppressant s'abattit sur les quatre adolescents.

Alexis regarda ses compagnons. Il se sentait partagé entre la peur et un sentiment d'immense responsabilité, entre la compréhension et l'incrédulité. Il avait déjà pris sa décision. Il ferait tout pour sauver le monde dans lequel vivait sa famille.

Un frisson glacé lui parcourut l'échine lorsqu'un vieux souvenir resurgit dans sa mémoire. Il se revit en train de maintenir la tête d'un homme dans un seau rempli d'eau et de sang.

De simples actes de gentillesse ne suffiraient pas à racheter ses péchés, mais peut-être que sauver le monde lui permettrait de prouver qu'il n'était pas une mauvaise personne et de se pardonner tout ce qu'il avait fait de travers. Il se força à y croire.

« Moi, je dis, faisons-le, déclara Blaise en croisant les bras comme Akili. On se souviendra de nous comme les gens qui ont sauvé le monde. De toute façon, on a déjà créé nos substituts et enfilé nos combinaisons.

— C'est ce qu'on appelle la théorie de l'implication progressive, intervint Alexis en contemplant la piscine dans laquelle il mourait d'envie de plonger. Quand on dit "oui" à une série de petites demandes, il devient plus difficile de refuser d'obéir à des ordres plus extrêmes.

— Alors, d'après toi, on ne devrait pas s'impliquer ? »

Alexis secoua la tête. Il avait passé toute son enfance à observer le monde sans en faire partie, parce qu'on ne lui faisait pas assez confiance pour l'expérimenter par lui-même. Il ne voulait plus rester un simple spectateur de la vie. « Au contraire, je pense qu'il le faut. Je pense qu'on doit le faire, et je veux m'impliquer. Mais je n'oblige personne à me suivre. Si l'un de vous préfère s'en aller, j'ai mémorisé le chemin pour retourner dans le tunnel. »

Caeli attacha ses cheveux en une queue-de-cheval haute qui accentua les angles marqués de ses pommettes. « Écoutez, je ne suis pas du genre à faire confiance aux autres, dit-elle en posant ses coudes sur ses genoux. Et je ne vous connais même pas, vous deux. Je veux m'assurer que j'ai bien ces prétendus pouvoirs avant de signer ma propre condamnation à mort. Peu importe ce que vous choisirez, moi, je ne prendrai ma décision qu'après avoir vérifié.

— Quelque chose me dit que tu es fille unique », commenta Alexis.

Caeli haussa les sourcils, mais ne nia pas.

Blaise haussa les épaules. « J'ai déjà prouvé que j'étais un Enfant des Éléments. Si tu as une amulette, il est très probable que tu en sois une aussi. »

Demi était la seule qui n'avait encore rien dit. Sa main reposait en haut de sa poitrine – pas sur son amulette, mais sur sa croix dorée. « J'ai peur, reconnut-elle en mordillant sa lèvre inférieure. Mais ce n'est pas la première fois, et ça ne m'a jamais arrêtée. Je sais que c'est la seule chose à faire. C'est notre responsabilité, ajouta-t-elle sur un ton définitif.

— Exactement ! s'exclama Blaise. De toute façon, je n'avais rien de prévu cet été. »

Caeli et Blaise s'en allèrent après s'être mis d'accord pour manger ensemble. « Tu crois qu'ils sont en couple ? demanda Demi lorsqu'elle se retrouva enfin seule avec Alexis.

— Difficile à dire vu comme il te dévore des yeux. » L'amertume dans sa voix le prit au dépourvu.

Demi balaya cette remarque d'un geste de la main. « Tu as remarqué comment il te regarde chaque fois qu'il plaisante ? Je crois qu'il veut devenir ton ami.

— Je t'ai déjà, toi », répondit Alexis comme si elle était tout ce dont il avait besoin.

De fait, c'était le cas. Peut-être qu'elle s'était liée d'amitié avec lui parce que ses parents lui avaient demandé d'être gentille avec le fils timide des voisins, mais ils étaient proches à présent, peut-être même les meilleurs amis du monde. Elle n'attendait rien d'autre de sa part, il en était persuadé.

Pourtant, il ne put s'empêcher de repenser à la manière dont elle l'avait observé quand il était torse nu dans la chambre de substitution. Après ça, elle avait évité son regard pendant un long moment.

« Tu as le droit d'avoir plusieurs amis, lui fit-elle remarquer avec douceur en étudiant le reste de la pièce. Caeli semble être une dure à cuire, mais ça me demandera juste plus d'efforts pour devenir son amie. "Noie-les sous la gentillesse", dirait Maman. » Elle jeta un coup d'œil à Alexis. « On dirait que le courant est bien passé entre vous. Et tu avais l'air complètement sous le charme de la femme tatouée avec des cheveux violets. Raeve. »

Est-ce que Demi est jalouse ? se demanda Alexis. Une petite partie de lui l'espérait. Après tout, ce n'était pas pour rien qu'on surnommait la jalousie « le monstre aux yeux verts », pas vrai ? Il lui donna un petit coup de coude. « Tu sais que j'ai un faible pour les femmes fortes. »

Demi éclata de rire et se leva. Alexis la raccompagna jusqu'à la porte en longeant la piscine. Alors qu'il s'imaginait déjà nageant dans le bassin, il sentit les mains de Demi le pousser au niveau du dos. Il n'eut pas le temps de réagir et tomba dans l'eau. Celle-ci était rafraîchissante et si claire qu'il avait l'impression de regarder à travers de l'air. Mais il n'aurait su dire si c'était à cause de l'eau elle-même ou de ses pouvoirs qui s'éveillaient.

« Tu avais l'air de vouloir piquer une tête ! lui lança Demi, les yeux brillant de malice.

— Ah, tu veux jouer à ça ? » rit-il en brisant la surface. De toutes ses forces, il envoya une vague qui la trempa des pieds à la taille en lui arrachant un cri.

« Oh, je t'en prie, tu avais les yeux rivés sur ce bassin depuis notre arrivée. Et puis, je ne fais que t'aider à *découvrir tes pouvoirs*. » Elle posa la main sur la porte en bois et ferma les paupières pour mieux se concentrer. La porte frémit, puis s'ouvrit brutalement en manquant d'arracher ses gonds.

Demi poussa un petit cri et se retourna pour voir la réaction d'Alexis. Parce qu'elle venait d'utiliser ses pouvoirs pour la première fois, elle avait les joues rouges et son amulette brillait comme du jade.

« Je suis fier de toi ! déclara Alexis en l'applaudissant tandis qu'elle faisait la révérence.

— Je vais voir ma chambre. Bonne baignade, Lexi ! »

Tandis que le rire de Demi résonnait dans sa tête, Alexis se déshabilla en ne gardant que ses sous-vêtements et laissa sa combinaison au bord de la piscine avant de replonger. L'eau fraîche le détendait, apaisait son esprit troublé et affolé, et remettait de l'ordre dans ses pensées. S'il existait un moyen de passer toute sa vie dans cette douce étreinte, il ferait en sorte que cela devienne une réalité.

Mais il restait une pensée qui refusait de partir à présent qu'Alexis était immergé. Un souvenir qu'il avait oublié depuis très longtemps. Quand il était très jeune et très loin de l'Angleterre, apeuré et dans l'eau, complètement frigorifié, comme si son sang était en train de geler dans ses veines.

Alexis avait toujours su qu'il avait été adopté. Stephanie et Jackson Michaels l'avaient trouvé dans un abri après un énorme tsunami. Il s'était toujours posé des questions à propos de ses parents biologiques. Avaient-ils péri à cause du tsunami, ou avaient-ils profité de ce désastre pour l'abandonner ? Cette dernière option était devenue plus facile à croire avec le temps. Son cerveau se raccrochait souvent aux pensées les plus négatives.

Mais là, dans l'eau claire, une brusque révélation l'assaillit et le glaça jusqu'aux os. Son élément. Le pouvoir de la mer.

Le tsunami.

Était-ce lui qui l'avait déclenché ?

Incantus avait dit qu'il avait bloqué ses pouvoirs *après* son adoption. Avant cela, étaient-ils imprévisibles et incontrôlés ?

La terreur lui noua l'estomac lorsqu'il osa se poser la question : avait-il tué ses parents biologiques ?

Au-dessus de sa tête, la surface ondulait sous forme de petites vagues, alors même qu'Alexis ne bougeait pas. Cela suffit à le distraire de ses pensées. Il jeta un coup d'œil à son amulette qui brillait faiblement, différentes nuances de bleu tourbillonnant au sein de la pierre antique. Alexis avait changé depuis Stonehenge, ses sens étaient plus acérés, comme s'il puisait dans une conscience qui allait bien au-delà du monde extérieur. Il se rappela qu'Incantus avait utilisé ses pouvoirs en agitant la main, et il tenta de faire pareil.

Quelque chose se produisit, mais pas ce à quoi il s'attendait.

Un violent frisson le parcourut tandis qu'une vague d'obscurité explosait au sein de son champ de vision. Cette mer noire et froide balaya son corps, s'enroula autour de ses membres et lui coupa le souffle. Il savait pourtant qu'au-delà, ses vraies facultés l'attendaient. Les poumons en feu, il s'efforça de ne pas inhaler cette noirceur tout en luttant pour franchir le barrage, mais aussi pour survivre.

Avec son dernier souffle, Alexis hurla et réquisitionna la puissance de l'eau.

Un courant fut emporté hors du bassin en ondoyant follement et s'éleva dans les airs, de plus en plus haut, jusqu'à pratiquement atteindre le plafond, avant de perdre son élan et de retomber en éclaboussant le plancher en bois.

Alexis, à bout de souffle, brisa la surface tandis que les ténèbres se dissipaient. Il regagna l'extrémité du bassin à la nage et se hissa au bord en gardant les jambes dans l'eau, tandis que sa poitrine se soulevait et s'abaissait trop vite.

Il ne pensait pas qu'utiliser ses pouvoirs lui coûterait autant. Cela avait paru plus facile quand Blaise et Demi avaient testé les leurs, comme si c'était pour eux une seconde nature. Lui avait dû traverser une espèce de barrière mentale pour y accéder. Il ne connaissait que trop bien cette ombre glacée.

Fallait-il demander aux autres s'ils avaient vu des ténèbres les empêchant d'accéder à leurs pouvoirs, eux aussi ? Il y renonça presque aussitôt. Il s'agissait peut-être d'une hallucination, alors qu'il n'en avait pas eu depuis des années et que personne en dehors de sa famille, pas même Demi, n'était au courant.

Alexis espérait que ça ne se reproduirait plus et que c'était arrivé uniquement parce qu'il testait ses capacités pour la première fois. Sinon, jamais plus il ne réutiliserait ses pouvoirs, pas si l'Homme-Ombre devait revenir avec.

8

ÉNOUEMENT

Énouement : *néologisme français.*
Le sentiment doux-amer d'être arrivé dans le futur
et de voir comment les choses se déroulent
sans pouvoir le dire à la personne qu'on a été.

Alexis nageait depuis une heure quand quelqu'un frappa à la porte et le tira de sa rêverie.

« Un instant », demanda-t-il en sortant du bassin et en fouillant un placard à la recherche d'une serviette.

Une voix féminine haut perchée résonna juste derrière lui. « *Saints Premiers-Nés !* Je suis vraiment désolée ! La porte était entrouverte et j'ai cru qu'on m'avait dit d'entrer. »

Sur le seuil se tenait une Indienne, pas très grande, qui devait avoir à peu près l'âge d'Alexis. Ses cheveux noirs noués en un chignon serré, elle portait un ample sweat gris sur lequel le mot « REFUGE » était imprimé verticalement au milieu. Le plateau qu'elle tenait trembla tandis qu'elle se détournait pour ne pas voir le corps ruisselant d'Alexis.

Celui-ci s'empressa d'enrouler la serviette autour de sa taille. « C'est bon, je suis visible. Salut. »

Elle expliqua précipitamment : « J'apportais juste de quoi manger ; les autres m'ont dit que tu étais là. » Ses yeux ronds, qui faisaient penser à ceux d'une chouette, se posèrent sur son amulette et s'agrandirent encore plus. « Waouh », souffla-t-elle. Alexis fit de la place sur la table pour le plateau rempli à ras bord de mets fumants qu'elle faillit renverser, comme si elle était pressée. « Je ne savais pas ce que tu aimerais, alors j'ai pris un peu de tout. Des plats végétariens, végans, halal et kasher.

— D'habitude, j'invite une fille à dîner *avant* de me balader tout nu devant elle. » Alexis sourit, même s'il n'avait jamais fait ni l'un ni l'autre. Elle pouffa bruyamment, puis enfouit son visage rond dans ses mains. « Alexis, le pro du sarcasme, reprit-il en lui tendant la main. Ravi de te rencontrer. »

Elle la lui serra en continuant d'éviter son regard. « Je m'appelle Ziya. Ziya Parashakti. »

Alexis passa une chaise à Ziya avant de s'asseoir à son tour. Quand il commença à engloutir la nourriture qu'elle avait amenée, il se rendit compte à quel point il avait faim. En même temps, il n'avait rien mangé depuis le petit-déjeuner.

« Alors... c'est ton premier jour, dit Ziya, dont les yeux énormes restaient rivés sur son amulette. Techniquement. Comment tu te sens ? Tu savais que tu avais des pouvoirs avant de venir ici ? Que penses-tu d'Incantus ? Il est génial, pas vrai ? Et les Leaders ? Tu as déjà fait le tour du Refuge ? Tu connaissais les autres avant aujourd'hui ?

— Euh... », fit Alexis, la bouche pleine de poulet et de riz. Il déglutit rapidement, avant qu'elle puisse poursuivre sur sa lancée. « C'était quoi la première question, déjà ?

— Désolée ! s'exclama-t-elle en se levant brusquement. Je vais te laisser manger en paix. »

Était-ce l'effet qu'il aurait sur tout le monde en tant qu'Enfant des Éléments ? Ou s'agissait-il simplement du caractère de Ziya ? Les deux, sans doute.

« S'il te plaît, reste, je suis content d'avoir de la compagnie. Et toi, dis-moi, quels sont tes pouvoirs ? »

Ziya s'agita sur sa chaise et lissa les mèches frisées qui s'étaient échappées de son chignon. « Je... en fait, je n'en ai aucun. » Elle laissa échapper un petit rire gêné. « Je ne sais pas vraiment pourquoi ; la malchance, je suppose. Ma petite sœur a... elle a développé le don de manipuler la matière, ce qui est tellement cool et super rare. Moi, je suis passée à côté. » Elle haussa les épaules. Visiblement, elle s'était faite à l'idée que c'était cette absence de pouvoir qui la différenciait des autres. « Mais ce n'est pas grave, qu'est-ce que je peux y faire ?

— Je suppose que ta sœur a hérité ça de vos parents ?

— Seule notre mère était une Élémentaire. Apparemment, c'était l'une des meilleures de sa génération, mais elle a disparu quand j'étais petite. »

Alexis arrêta de manger. « Je suis désolé.

— Un jour, on s'est réveillées, et elle n'était plus là. Peu de temps après, Incantus et Akili sont arrivés et ont proposé de nous emmener au Refuge, Parvati et moi. Papa s'en fichait, visiblement, alors on est parties et on ne s'en porte que mieux.

— As-tu découvert ce qui était arrivé à ta mère ? » demanda gentiment Alexis.

Ziya déglutit et, pour la première fois, réussit à croiser le regard d'Alexis, même si elle baissa les yeux aussitôt. « Au bout du compte, oui. Incantus a attendu que je grandisse pour me dire que Mortem avait dû *l'imprégner* ou la tuer.

— L'imprégner ? Qu'est-ce que ça veut dire ? »

Ziya gloussa comme s'il avait posé une question bête. Ce n'était pas méchant, mais Alexis se sentit embarrassé par sa propre ignorance. Quand elle comprit que sa question était sincère, Ziya expliqua : « Mortem peut insérer les ténèbres dans les personnes qu'il souhaite contrôler. Il en fait ses esclaves en s'emparant de leur cerveau et de leur corps. Ma mère était une Élémentaire avec des pouvoirs que personne n'avait encore jamais vus. À moins que Mortem ait décidé de l'imprégner pour la manipuler, elle est sûrement morte. Honnêtement, je préférerais ça. » Ziya secoua la tête. « Mais assez parlé de moi ! Et toi, alors ? Vous en avez mis du temps pour trouver cet endroit, l'éclipse solaire ne va plus tarder ! »

Alexis sourit. « Désolé. On avait des devoirs à faire. »

Ziya était en train de parler à Alexis des Tribus élémentaires qui vivaient à l'écart du reste du monde et vénéraient les

Gemmes quand la porte de la chambre s'ouvrit sans crier gare. Blaise, Caeli et Demi entrèrent le plus naturellement du monde.

« Salut, Ziya, dit Demi avec un petit geste de la main.

— La porte est tordue », fit remarquer Blaise. Sans prêter la moindre attention à Ziya, il s'assit à côté d'Alexis pour picorer les restes sur son assiette.

La jeune Indienne se leva d'un bond. « Je vais vous laisser.

— Reste, si tu veux », proposa aussitôt Demi qui prenait toujours sous son aile les laissés-pour-compte et qui mettait tout le monde à l'aise. C'était l'un des traits de caractère qu'Alexis appréciait le plus chez elle.

Mais Ziya était déjà à mi-chemin de la porte. « Tout va bien ! Je vous verrai demain – enfin, si vous décidez de rester. » Juste avant de refermer la porte, elle ajouta plus bas : « J'espère que ce sera le cas.

— Désolé d'avoir interrompu votre tête-à-tête, le taquina Blaise. Les filles n'arrêtaient pas de parler d'Incantus et du type du tonnerre, je commençais à m'ennuyer. »

Alexis réussit à trouver un T-shirt et un short dans l'armoire. Après les avoir secoués, il s'aperçut qu'ils lui allaient bien. Il se sentait étrangement protecteur vis-à-vis de Ziya. « Elle est vraiment gentille. Elle m'a parlé du Refuge et m'a dit que tout le monde pouvait se spécialiser en tant qu'érudit, combattant ou guérisseur, quels que soient ses pouvoirs. Elle n'a que 19 ans, mais c'est la protégée d'Incantus, il doit donc lui trouver des qualités. »

Caeli ne mâcha pas ses mots. « Apparemment, elle n'a aucun pouvoir. Je ne suis pas sûre de vouloir traîner avec quelqu'un comme elle.

— Ne sois pas si snob », protesta Demi en lançant une tranche de pain sur elle.

Instinctivement, Caeli leva les mains. Une bourrasque s'éleva derrière elle et précipita le pain à l'autre bout de la pièce, où il coula dans la piscine.

Elle laissa échapper un rire étonné tandis que Blaise lui donnait une tape dans le dos. « Bon, venez, allons dans ma chambre, reprit-elle. On a des décisions à prendre avant la fin de la soirée. Et la vue est à tomber ! »

La pièce réservée à Caeli ne ressemblait pas du tout à une chambre.

Pour commencer, elle n'avait pas de plafond. Les murs gris ne cessaient de grimper jusqu'à disparaître au-delà de lignes blanches qui brillaient. À la place du toit, on voyait le ciel nocturne, constellé d'étoiles bien plus grosses que toutes celles qu'Alexis avait pu observer jusque-là, comme s'ils se trouvaient en haut d'une montagne.

Au départ, il crut qu'il s'agissait d'une illusion, jusqu'à ce qu'il sente de légers coups de vent ébouriffer ses cheveux encore humides. Fasciné par cette impossibilité, il se demanda si cela avait un rapport avec les lignes blanches luisantes. Il accepta la couverture que lui tendait Caeli et l'enroula autour de lui sans un mot. Ils s'assirent deux par deux sur le moelleux canapé en suédine qui s'incurvait autour d'une table ronde en verre au milieu de la pièce. Demi se rapprocha de lui et étala leurs couvertures sur leurs deux corps.

« Tu as assez chaud ? » demanda-t-elle. Son visage n'était pas maquillé et ses cheveux retombaient en boucles humides qui dégageaient un léger parfum de lavande.

Alexis préférait le froid, mais savait que ce n'était pas le cas de Demi. Il mit sa propre couverture sur les épaules de son amie.

« Alors, quel est le verdict ? questionna Blaise pendant que Caeli, assise en tailleur à côté de lui, brossait méthodiquement sa longue chevelure. Vous avez des pouvoirs, vous aussi ? »

Tout le monde acquiesça. Alexis faillit demander si l'un d'eux avait senti une force obscure qui les bloquait, mais encore une fois, il se ravisa.

« Est-ce que ça veut dire que nous sommes tous d'accord ? s'enquit Demi. On reste, on s'entraîne et on part à la recherche des Gemmes élémentaires ? »

Caeli expira longuement par le nez et pencha la tête en arrière pour observer le ciel nocturne. « Je devrais être à un festival en train de prendre de mauvaises décisions, comme grimper sur les épaules de garçons torse nu et avouer, après avoir trop bu, que j'ai des problèmes avec mon père. J'espère que mon substitut ne me ridiculisera pas. »

Blaise lui tapota le genou. « T'inquiète, tu y arrives très bien toute seule.

— Je peux vous poser une question ? intervint Demi. Est-ce que tous les deux, vous êtes… vous savez ? »

Caeli et Blaise échangèrent un regard, éclatèrent de rire, puis grimacèrent d'un air dégoûté.

« En couple ? Dans ses rêves ! répondit-elle en secouant la tête.

— Tu parles ! riposta Blaise. Je suis trop honnête, tu n'arriverais pas à me contrôler. »

Caeli ricana. « Et moi, je suis trop intelligente pour me laisser charmer par toi. »

Alexis s'étonna de cette réaction. Vu comme le courant passait entre eux et comme ils se chamaillaient, on aurait dit un vieux couple. En même temps, ils avaient peut-être pensé la même chose de Demi et de lui.

« Avant, je sortais avec un de ses potes ; quant à lui, il est sorti avec la moitié de mon groupe de danse, expliqua Caeli. Mais on se connaît depuis super longtemps, donc je n'ai jamais pu lui échapper. Nos parents nous avaient inscrits dans la même crèche. »

Blaise sourit. « Elle était déjà prétentieuse à 2 ans. » Il fronça les sourcils en jouant avec les pinces qui décoraient ses *box braids*. « Tu crois que nos parents nous ont réunis exprès ? »

Caeli haussa les épaules. « Qui sait ? Peut-être. Qu'est-ce que vous pensez d'Incantus ? »

Le vent balaya le ciel en sifflant au-dessus de leurs têtes. Demi se rapprocha d'Alexis et enfouit son menton dans la couverture. « Je lui fais confiance. » Elle bâilla. « On a pu vérifier tout ce qu'il nous a dit jusqu'à maintenant.

— Je crois qu'il ne nous dit pas tout, justement », intervint Alexis d'un air songeur. Dans son esprit, Incantus lui apparaissait auréolé du faible éclat de son aura, une aura qu'il trouvait encourageante et inspirante. Mais il y avait une certaine grisaille dans sa voix quand il parlait de Mortem, et dans ses yeux une douleur qu'Alexis connaissait bien, celle d'une personne marquée à jamais par la souffrance.

« Mais non, t'es parano, protesta Blaise, ce qui fit rougir Alexis. Bon, et cette quête ? Moi, je dis, allons-y. Ça nous fera une bonne histoire à raconter.

— Nous allons mettre notre vie en danger pour pouvoir "raconter une bonne histoire" ? demanda Caeli, incrédule, en jetant sa brosse sur la table. Raeve a parlé des Créatures des Éléments qui gardent les Gemmes. Ce ne sera sans doute pas facile si on a besoin des grands patrons eux-mêmes pour nous entraîner.

— Sans oublier Mortem », renchérit Demi en frissonnant malgré la couverture.

Ils sombrèrent dans un silence tendu. Alexis dévisagea ses compagnons. Il avait une confiance absolue en Demi, mais il ne connaissait pas vraiment Caeli et Blaise. À cet instant, ce dernier leva la tête, et leurs regards se croisèrent.

Le feu et l'eau, songea Alexis. Il se demanda quel élément était le plus fort.

Le feu brûlait avec audace, mais il ne devait pas oublier que c'était l'eau qui l'éteignait.

« Ça vous dirait de montrer ce que vous avez réussi à faire avec vos pouvoirs jusqu'ici ? proposa Caeli pour rompre le silence. J'espère qu'avant la fin de la soirée, je réussirai à me faire un brushing sans sèche-cheveux. »

Les quatre adolescents passèrent les deux heures suivantes à faire plus ample connaissance tout en testant leurs nouvelles capacités. Cependant, celles-ci n'étaient pas illimitées, et ils ne tardèrent pas à être fatigués.

Chacun parut réagir en fonction de son élément. Caeli s'essouffla et se plaignit de vertiges, Demi affirma que ses os et ses muscles lui faisaient mal comme si elle avait porté un lourd poids, et Blaise jura parce qu'il avait l'impression qu'on lui piquait les bras avec des aiguilles enflammées. Alexis, pour sa part, se sentait terriblement déshydraté, comme s'il n'avait pas bu d'eau depuis une semaine.

Il ne put s'empêcher de remarquer que sa rivalité avec Blaise ne cessait de grandir. Ils s'efforçaient de se dépasser mutuellement pour accomplir l'exploit le plus impressionnant. Quand Alexis manipula l'eau dans le verre de Caeli pour le faire déborder, Blaise fit voler des étincelles qui embrasèrent le bord de sa couverture. Quand il fit jaillir de la bougie une colonne de flammes jaunes, Alexis faillit s'évanouir après avoir rassemblé de gros nuages qui déversèrent une petite bruine sur leurs têtes. À ce moment-là, Caeli décida de les mettre dehors.

Vidé, Alexis alla se coucher dans son énorme lit. Dès qu'il s'allongea, il sentit son corps se détendre. Il avait l'impression de flotter sur une mer de nuages, comme si le lit possédait un pouvoir de guérison. Alexis rit tout seul, les yeux pleins de sommeil. Même les meubles étaient conçus pour les soigner et optimiser leur potentiel.

Il roula sur le ventre et glissa sa main sous l'un des oreillers pour se mettre à l'aise. Un objet fin et froid lui égratigna le bout des doigts.

Il le sortit et découvrit une photo en noir et blanc dont les bords s'étaient abîmés avec le temps. On y voyait deux jeunes garçons qui se tenaient affectueusement par les épaules. Alexis s'apprêtait à ranger le cliché lorsqu'un détail chassa brusquement son envie de dormir.

Le plus jeune des deux lui ressemblait fortement. Ou, du moins, il ressemblait à l'enfant qu'il avait été. Ses parents n'avaient pas beaucoup de photos de lui à cet âge-là, mais la ressemblance était remarquable, à tel point qu'Alexis se demanda s'il pouvait s'agir de lui avant son adoption.

Il retourna la photo et découvrit une petite inscription manuscrite : « Ian et Nero. 1923. »

Nero. Ce nom lui fit l'effet d'un coup de poing dans le ventre. C'était celui qu'on lui donnait dans son cauchemar, celui qui résonnait dans sa tête chaque fois qu'il se réveillait au moment où il allait heurter l'eau.

Mais ça n'avait aucun sens. La photo des deux gamins de son rêve datait de plus d'un siècle. Il ne pouvait pas s'agir d'Alexis, en dépit de leur ressemblance et du fait que le rêve avait la texture d'un souvenir. Ce garçon avait vécu cent ans plus tôt. Ce devait être quelqu'un d'autre, mais qui ? Et pourquoi Alexis rêvait-il de quelqu'un qu'il n'avait jamais rencontré ?

Soudain, il se rappela qui avait possédé le pouvoir de l'eau avant d'y renoncer au profit des ténèbres.

Il laissa tomber la photo. Elle n'avait pas encore touché le sol lorsqu'il comprit, le cœur lourd, qu'après des années d'interrogations, il avait peut-être enfin découvert l'identité de son père biologique...

Et qu'il aurait tellement préféré rester dans l'ignorance.

9

NIGHTHAWK

Nighthawk : ***nom anglais.***
Une pensée récurrente qui ne survient que tard la nuit ; une personne qui reste éveillée très tard.

Alexis ne dormit pas beaucoup cette nuit-là. Même le lit enchanté ne parvint pas à calmer son esprit agité. Il retourna son oreiller pour la énième fois dans l'espoir de trouver le côté le plus frais. Comme il n'y en avait pas, il le lança à l'autre bout de la chambre et grogna en entendant un *plouf*.

Le sommeil ne s'empara de lui que lorsqu'il accepta de reconnaître que la seule personne capable de répondre à ses questions était Incantus.

Ian, l'avait appelé Akili. C'était le nom du garçon aux cheveux blond très clair sur la photo. Le second garçon de son rêve, celui qui appelait Nero pour l'empêcher de tomber, en vain.

Peut-être qu'Incantus leur avait caché à quel point il était proche de son ennemi. Peut-être qu'il se sentait trahi à ce point parce que ce n'était pas son élève qui s'était retourné contre lui, mais son propre frère.

Alexis ne pouvait ni voir ni sentir les chaudes lueurs de l'aube, mais son cauchemar l'arracha malgré tout au sommeil dès le lever du soleil. Il était peu probable qu'il se rendorme après ça, alors il vérifia que sa porte était fermée à clé avant de se déshabiller et de plonger dans la piscine.

L'eau permit aussitôt à son corps de retrouver toute son énergie. Il ferma les yeux et la laissa balayer les questions de la nuit précédente. Il s'abandonna à ses ondulations, et se laissa porter par elle en nageant aussi aisément qu'il marchait. Mais il savait qu'il ne pouvait pas rester très longtemps.

Il se doucha et enfila son uniforme noir du Refuge. Il lisait un énorme grimoire poussiéreux intitulé *Origines de l'Élémentaire* quand on frappa à sa porte. Faute de mieux, il se servit de la lame d'une dague trouvée dans la table de nuit pour marquer sa page.

Il ouvrit la porte et trouva Raeve sur le seuil. Elle était très digne dans sa combinaison grise dont elle avait remonté la fermeture Éclair jusqu'en haut, si bien que seuls les coins de ses tatouages noir et or étaient visibles. Les lumières blanches au plafond faisaient étinceler deux cimeterres à sa taille, à laquelle aucune pince ni lanière ne les rattachaient.

« Bonjour, mon chéri », dit-elle en hochant la tête. Ses cheveux violets étaient attachés en une queue-de-cheval à la fois sévère et pratique. « Je vois que tu as décidé de rester. Je savais que nous pouvions compter sur toi.

— Je dois apporter quelque chose ?

— Je n'ai besoin que de toi. » Elle esquissa un petit sourire narquois et captura son regard. Alexis se rappela trop tard que ses pouvoirs hypnotiques lui permettaient de l'immobiliser d'un seul coup d'œil.

Bien que figé dans un état de contentement, il réussit à bouger les lèvres. « J'ai le nez qui gratte, ce n'est vraiment pas le bon moment. »

Cette fois, Raeve lui offrit un sourire sincère avant de le libérer. « Après toi. » Elle le suivit au pied du petit escalier. Les autres attendaient déjà en bas de leur propre chambre. Il existait peu de choses pour lesquelles Demi était prête à sacrifier son sommeil, mais même elle avait les yeux qui brillaient d'excitation. Elle sourit jusqu'aux oreilles en voyant Alexis.

Raeve leur fit emprunter l'hélice extérieure de l'escalier en marbre qui s'enroulait autour du puits central du Refuge. En descendant, Alexis s'aperçut que la plus grande partie du dernier niveau était occupée par une énorme scène plate de la taille d'un stade. Des Élémentaires s'y entraînaient déjà. Certains n'avaient que 7 ou 8 ans, d'autres semblaient sortir d'une maison de retraite. Alexis resta bouche bée devant leurs pouvoirs et la manière dont ils se déplaçaient aisément sur toute la scène, leurs lames s'entrechoquant si vite qu'elles devenaient floues. L'une des Élémentaires réussit à se rendre entièrement invisible et frappa sa partenaire par-derrière, tandis qu'une autre balaya un homme adulte d'un simple geste de la main.

Jason adorerait cet endroit, pensa Alexis. Il espérait pouvoir le lui faire visiter un jour.

Ils s'engagèrent dans un couloir du premier niveau, bordé par une série de portes sur lesquelles étaient écrits les mots « centre d'entraînement ». Raeve s'arrêta devant l'une d'entre elles et se tourna vers eux avec la souplesse d'un chat.

« Vous allez passer vos premières heures avec M. Arcangelo. Il vous attend à l'intérieur. Je vous verrai cet après-midi. Tenez-vous prêts, mes chéris, car je vous promets que je ne vais pas vous ménager. »

Elle s'inclina avant de repartir par où elle était venue.

Après tout ce qu'il avait vu et appris la veille, Alexis pensait que plus grand-chose ne pouvait lui couper le souffle. Il se trompait lourdement.

Ce ne fut pas dans une salle qu'ils entrèrent, mais dans une arène métallique blanche, dont le plafond était presque trop haut pour être visible. Quatre plateformes surélevées entouraient un grand terrain d'entraînement. Sur les bords de ce terrain s'alignaient des équipements dignes d'une salle de sport : des poids, des appareils de cardio-training et une grande machine toute simple qui paraissait dotée d'un objectif de caméra. Alexis supposa qu'il s'agissait d'un projecteur, même s'il ne comprenait pas ce qu'il faisait là.

Au fond, au lieu d'un mur solide, le centre d'entraînement débouchait directement sur un champ vert et désert, au-dessus duquel le ciel commençait à bleuir dans la lumière matinale. De là où il se tenait, Alexis sentait la brise chaleureuse et l'odeur de l'herbe fraîche. Une ligne blanche brillait à l'endroit où le métal s'arrêtait et où le champ commençait. Elle lui fit penser à celles qui entouraient le plafond de Caeli.

Au bout du champ, une silhouette apparut. Alexis reconnut Incantus Arcangelo à sa stature et à sa démarche. Quand il franchit la ligne blanche, celle-ci redoubla d'éclat, et les murs du Refuge s'illuminèrent pour saluer le retour de leur créateur.

« Ce sont des lignes de téléportation, expliqua Incantus en arrivant près d'eux. Elles ont été mises au point par des Élémentaires qui ont fait leurs études ici. De ce côté, c'est le Refuge et, de l'autre, c'est l'une des quelques destinations que nous pouvons choisir. »

Avec son doigt, il balaya le disque argenté qui ne le quittait pas. Au-delà de la ligne de téléportation, le paysage se modifia, comme si Incantus avait changé de chaîne de télé. Des montagnes enneigées apparurent, puis un désert aride, et enfin, avant de retrouver le champ vert, un volcan en éruption.

« C'est le truc le plus cool que j'aie jamais vu », avoua Blaise en tirant sur la manche de Caeli.

Elle lui donna une petite tape pour qu'il la lâche. « Je le vois bien ; moi aussi, j'ai des yeux. »

« Bienvenue dans l'un de nos centres d'entraînement privés, annonça Incantus. Vous y passerez au moins douze heures par jour.

— Douze heures ? répéta Caeli. La moitié de la journée ? C'est possible de s'entraîner aussi longtemps ?

— Nous devons rattraper le temps perdu. Vous aurez tout le loisir de vous faire des amis, d'explorer les lieux et de faire tout ce que vous voudrez *après* votre quête. »

Elle soupira. « Oui, chef. »

Incantus leur fit signe de le suivre. « Votre temps d'entraînement en groupe sera réparti entre moi et les Leaders. Ce que vous devez retenir avant toute chose, c'est qu'ensemble, vous êtes plus forts. Vous renforcez l'aura de vos compagnons, tout comme vous renforcez la mienne et comme je renforce la vôtre. Vous entraîner ensemble permettra non seulement d'accélérer votre apprentissage, mais surtout, et c'est le plus important, de prendre confiance en vous. D'ailleurs, je suis ravi de vous apprendre que j'espère vous accompagner dans votre quête pour récupérer les Gemmes élémentaires. »

Alexis fut envahi par le soulagement. Le fait que l'Élémentaire le plus puissant serait là pour les guider et les protéger au cours de ce voyage rendait ce dernier un peu moins terrifiant.

Et puis, il y avait quelque chose dans l'aura d'Incantus qui lui donnait envie de rester près de lui. Sa chaleur, peut-être. Ou sa lumière.

Ou la possibilité qu'il soit son oncle paternel.

Alexis chassa cette pensée.

« Oh, Dieu soit loué ! soupira Demi. Et merci à vous ! »

Les yeux d'Incantus se plissaient lorsqu'il souriait. « Chaque séance d'entraînement dure environ trois heures. La première de la journée se déroulera avec moi. Je vous apprendrai à contrôler votre élément et à maîtriser votre environnement. Ce qui vous distingue des quatre Tribus élémentaires isolées dont vous descendez, c'est votre capacité non seulement à manipuler et à contrôler votre élément, mais aussi à le créer à partir de rien. Mais pour cela, il vous faudra les pouvoirs des Gemmes. Les Leaders, tout en vous enseignant leurs propres spécialités, se focaliseront sur les préparatifs de cette quête. Akili vous enseignera l'art du combat, en particulier les stratégies face aux autres Élémentaires. Il vous apprendra à contrôler vos énergies et votre aura face à des adversaires bien plus redoutables que vous.

— Les Créatures des Éléments, intervint Alexis en pensant au dessin du dragon chinois gris dans le bureau d'Incantus. Que sont-elles, exactement ?

— Je n'en sais pas beaucoup plus que vous, j'en ai bien peur, répondit Incantus. Beaucoup pensent que ce ne sont que des mythes et des légendes que nous nous sommes transmis d'une génération à l'autre. Mais on pourrait en dire autant de nous. Pour cette raison, nous ne devons pas ignorer la possibilité de les rencontrer. Sans compter qu'il existe une autre menace.

— Oh, merveilleux, commenta Caeli. Ça me paraissait trop simple.

— Mortem sait peut-être déjà que vous êtes là et à la recherche des Gemmes. Il a certainement senti ce qu'il s'est passé à Stonehenge, il sait que la prophétie est sur le point de s'accomplir. Il risque d'envoyer ses partisans, les Sans-Ombre, pour vous empêcher de réussir.

— Comment peut-on ne pas avoir d'ombre ? » marmonna Blaise tout bas. Pour toute réponse, Demi haussa les épaules.

Alexis ajouta cette question à celles qu'il voulait déjà poser à Ziya.

« Venez. » Les mains dans le dos, Incantus les conduisit sur le vaste podium au milieu du centre d'entraînement. « Les armes peuvent vous aider à canaliser votre force, surtout en l'absence de votre élément. C'est ce que Raeve vous enseignera. Quant à Taranis, il vous montrera les outils qui vous serviront dans votre quête et qui amélioreront votre condition physique, afin que vous ayez l'endurance nécessaire pour affronter ce qui vous attend. »

Soudain, la plateforme s'anima sous leurs pieds, et les jeunes Élémentaires durent s'accroupir pour ne pas perdre l'équilibre. Sans l'aide d'aucun câble, elle s'éleva lentement au-dessus du sol.

Les yeux pétillant d'impatience, Incantus annonça : « Votre première leçon est sur le point de commencer. »

La plateforme fila sur le côté. À l'exception d'Incantus, tout le monde tomba et dut lutter pour s'accrocher à la surface lisse. Ils volaient en direction de la ligne de téléportation au fond du centre. Quand ils dépassèrent la ligne blanche luisante qui ornait le mur, ils prirent en plein visage une brise marine froide et salée. Alexis regarda par-dessus le rebord. Des vagues bleu foncé s'agitaient en dessous d'eux. Ils se trouvaient au beau milieu d'un océan qui s'étirait à perte de vue. Ils s'éloignèrent du portail de téléportation, et le centre d'entraînement du Refuge reflua au loin.

« Normalement, votre entraînement aurait dû se dérouler graduellement, cria Incantus par-dessus le fracas des vagues. Mais nous n'avons pas le temps. La première leçon que mon mentor m'a enseignée, et que je vous transmets à mon tour, c'est d'être toujours conscient de votre environnement et de la manière dont vous pouvez l'utiliser pour manipuler vos pouvoirs. » Il étouffa un petit rire. « La seule manière de procéder… c'est de vous jeter à l'eau. »

La plateforme bascula sur le côté. Les quatre adolescents poussèrent des hurlements en tombant dans le vide avant de s'écraser dans l'océan.

Sous l'eau salée, Alexis n'aperçut qu'un vide obscur et infini. En battant des jambes avec aisance, il refit surface et vit que ses compagnons étaient tous là, leur tête oscillant au gré de la houle. Caeli nageait bien, mais Demi et Blaise se débattaient en haletant.

« Bordel, mais on est où, là ? cria Alexis en avalant plus d'eau qu'il n'en recracha.

— Quelque part au large de l'Irlande, dans l'Atlantique, répondit Incantus. Vous devez augmenter votre endurance et vous entraîner dans des environnements qui ne vous sont pas toujours favorables. Vous devez apprendre à survivre dans vos éléments respectifs. » Il s'agenouilla au bord de la plateforme. « Vous n'êtes plus quatre étrangers, mais quatre parties d'un tout.

— Blaise ne nage pas bien ! » protesta Caeli en s'essuyant le visage. Elle grogna en voyant sa main noircie par son mascara qui avait coulé. « J'ai mis un temps fou pour appliquer mon eye-liner ce matin !

— Votre élément contraire vous affaiblit », poursuivit Incantus. L'inquiétude qu'Alexis avait déjà perçue la veille était de nouveau là. *Il n'aime pas nous voir en difficulté,* se dit-il. « Puisez de la force chez vos compagnons. Ensemble, vous êtes bien plus forts. »

Alexis se rendit compte qu'il se trouvait plus robuste dans l'eau. Les vagues essayaient de le mater, et pourtant il se sentait plus grand et plus résistant. Il rejoignit Demi à la nage et passa son bras autour de sa taille pour la soutenir.

« Ça suffit ! » balbutia Blaise, les lèvres bleuies par le froid. Régulièrement, il sombrait et devait refaire surface en recrachant de l'eau salée. « Allez, quoi, chef, c'est pas juste !

— Je vais m'en sortir, assura Demi, essoufflée, à Alexis. Va l'aider. »

Alexis fronça les sourcils. « Demi...

— Tu as entendu Incantus, le coupa-t-elle en fixant sur lui son regard vert têtu. Nous sommes plus forts ensemble. Oublie ton ego et va l'aider. »

Alexis évalua la situation. Blaise surnageait à peine. Il agitait les bras de manière désordonnée, si bien qu'il éclaboussait Caeli au lieu de réellement se maintenir à flot.

« Tu viens te vanter ? » haleta-t-il en voyant Alexis nager vers lui.

Alexis le prit dans ses bras. « Non, je viens t'aider. »

Blaise n'avait pas le choix, il devait lui faire confiance.

« Laisse-toi aller », conseilla Alexis. Petit à petit, Blaise se détendit, suffisamment pour laisser son camarade le soutenir. Il était plus lourd qu'Alexis le pensait, si bien qu'il lutta pour les maintenir tous les deux à la surface. Mais il était hors de question de le lâcher.

Un grand *plouf* retentit derrière eux.

« Pitié, pas un requin ! » hurla Caeli en se couvrant la tête avec ses bras.

Incantus jaillit à la surface et écarta ses cheveux blancs de ses yeux. « Je ne veux pas être votre *chef,* répondit-il en nageant gracieusement pour soulager Alexis du poids de Blaise, d'une seule main. Je veux être votre guide, votre mentor. Je me suis juré de ne jamais vous entraîner comme moi je l'ai été, de manière implacable et sans cœur, et ce, peu importe le peu de temps dont nous disposons. »

Entre deux respirations laborieuses, Demi réussit à le remercier.

« Maintenant, vous allez rentrer au Refuge à la nage. » Incantus fit taire leurs protestations d'un geste qui déclencha un éclair autour de sa main. « Vous devez compter les uns sur les autres et vous faire confiance comme vous faites confiance à votre corps. Le poids du monde pèse sur vos épaules ; si l'un de vous tombe à genoux, les trois autres doivent pousser plus fort. Marche ou crève, c'est la règle. Personne ne viendra à votre secours, vous devez vous sauver vous-mêmes. »

Dans un autre éclair aveuglant, il projeta un mur d'énergie blanc dans leur dos pour les pousser à l'action.

« Ressentez l'eau, Alexis, reprit Incantus par-dessus le fracas de la houle. Sentez comme votre corps se synchronise avec elle, comment vous bougez à travers elle. Avant d'utiliser vos pouvoirs, vous devez connaître les mécanismes et les propriétés de votre élément au niveau le plus fondamental. Concentrez-vous pour l'utiliser selon vos désirs. Réfléchissez à la manière dont vous allez vous faire obéir de lui. » Il hocha la tête. « Allez-y, essayez. »

Alexis tenta d'ignorer le chaos marin et son inquiétude pour Blaise et Demi, et se concentra sur les caractéristiques de son élément, sa fluidité, sa cohérence. Il déplaça ses mains dans l'eau en lui ordonnant de le porter.

Une vague le heurta et le souleva sur un courant qu'il avait lui-même créé. Il rit d'un air incrédule et se retourna. Derrière lui, Incantus rayonnait de joie et ses camarades se réjouissaient.

« J'ai réussi », chuchota Alexis pour lui-même en identifiant l'émotion qui lui gonflait la poitrine et à laquelle il n'était pas habitué : la fierté.

« Emmène-moi, Al ! cria Blaise, qui perdait son rythme et s'accrochait à son mentor.

— Pas maintenant, rétorqua Incantus. Vous devez apprendre à survivre par vous-même dans cet environnement hostile.

— C'est pas vous qui disiez qu'on devait *se partager le poids du monde* ?

— Soutenez-vous mutuellement, faites-vous confiance, vous êtes pratiquement invincibles quand vous êtes tous ensemble. Mais vous ne devez jamais dépendre d'une autre personne pour vous sauver. »

Ils continuèrent à nager, tous avec des difficultés, sauf Alexis.

« Mademoiselle Doran, lança Incantus à Caeli, comment pourriez-vous vous faciliter la tâche ?

— Laissez-moi deviner, haleta Caeli. Je dois utiliser le vent ? » Elle jeta des regards désespérés autour d'elle. « En quoi ça va m'aider ?

— Quelle était la première leçon ? demanda calmement Incantus.

— Être conscient de son environnement ! » cria Demi derrière eux.

Pour la première fois, Caeli leva la tête et vit que la plateforme qui les avait amenés là les suivait à quelques mètres au-dessus d'eux. « C'est trop loin ! Je ne peux pas l'atteindre.

— Alors, amenez-la à votre portée. »

Caeli tendit les mains vers la plateforme et se concentra de toutes ses forces en pliant les doigts.

« C'est bien, l'encouragea Incantus. Soufflez en l'obligeant à se soumettre à vos souhaits. »

Lentement, mais sûrement, la plateforme se rapprocha de la surface de l'océan, assez pour que Caeli puisse agripper le rebord. Elle lutta pour se hisser dessus, ses bras minces tremblant sous l'effort de soulever son propre poids. Blaise la rejoignit tant bien que mal et la poussa sur la plateforme, mais ce mouvement le fit de nouveau sombrer.

Alexis rassembla ses dernières forces et invoqua une vague qui projeta Demi et Blaise vers le ciel. Ils atterrirent lourdement sur la plateforme qui dérivait. Caeli se précipita à côté de Blaise qui recrachait de l'eau. De son côté, Demi se pencha par-dessus bord pour attraper la main d'Alexis. Avec une force surprenante, elle le hissa aisément dans les airs.

Alexis s'effondra à moitié sur elle. Il avait les muscles trop endoloris pour bouger, et ceux de Demi devaient l'être également, parce qu'elle n'essaya pas de le repousser. À bout de souffle, ils restèrent là à respirer le même air, tandis que des gouttes d'eau tombaient de ses lèvres sur son visage. Ils n'avaient jamais connu une telle proximité.

Alexis distinguait les paillettes jaune et marron qui constellaient les yeux verts de son amie. Il avait l'impression de contempler un kaléidoscope représentant la beauté de la forêt, l'essence même de la nature.

Toujours dans l'eau, Incantus les applaudit. Les deux adolescents se séparèrent en roulant sur le côté. « Utilisez vos points forts, compensez les faiblesses de vos compagnons. Bien joué, mes enfants. Reposez-vous jusqu'au Refuge.

— Ça va ? » demanda Alexis à Demi par-dessus son épaule.

Elle acquiesça. « Maintenant, oui, ça va.

— Vous n'avez pas le droit de remonter ! lança Blaise à Incantus. Vous n'avez qu'à rentrer à la nage ! »

Incantus rit aux éclats et s'élança à une vitesse surnaturelle vers la ligne de téléportation qu'il franchit avant eux.

10

ÉQUANIMITÉ

Équanimité : *nom français venant du latin.*
Calme, sang-froid et égalité d'humeur,
surtout dans une situation difficile.

À la fin de leur entraînement avec Incantus, la sueur dégoulinait du corps d'Alexis en quantité apparemment illimitée et l'épuisement lui tiraillait tous les muscles. L'environnement au-delà de la ligne de téléportation avait changé encore trois fois, passant d'une jungle touffue aux contreforts glacés d'un désert enneigé, pour finir sur une montagne perchée bien au-dessus des nuages.

Akili Pierce arriva pile à la fin de la troisième heure. Comme la veille, il portait une ample tunique brune par-dessus sa combinaison sans manches en titane. Il trouva les quatre jeunes Élémentaires éparpillés sur le podium central comme des jouets dont on aurait retiré les piles.

Tout au long des changements de décor, séparés par des pauses qui n'avaient pas duré plus de cinq minutes, Incantus leur avait parlé de vieux guerriers, de la vérité contenue dans les mythes et les légendes, et même des créatures de l'ancien temps, celles qui les aideraient, celles qui resteraient neutres et celles qui ajouteraient au chaos en rejoignant Mortem. Cela faisait beaucoup de choses à retenir, surtout quand l'air était si rare qu'ils avaient du mal à respirer, ou si chaud qu'il leur brûlait le visage. Mais Alexis avait bu les paroles d'Incantus. Il voulait tout absorber, apprendre tout ce qu'il y avait à savoir.

« Ils ont fait des progrès incroyables, annonça Incantus à Akili d'un air ravi. Chacun grâce à son point fort : l'instinct d'Alexis, la passion de Blaise, la réactivité de Caeli et la résilience de Demi. C'est une équipe redoutable quand ils collaborent.

— Même mes entraînements pour les marathons ne m'ont jamais autant fatiguée, gémit Caeli.

— J'ai les muscles en feu, renchérit Blaise. Mais pas dans le bon sens.

— J'ai faim », intervint Demi.

Alexis était trop fatigué pour rigoler. « J'ai encore besoin de faire pipi.

— Ils ont eu dix minutes de repos, déclara Incantus sans tenir compte de leurs jérémiades. Il est temps qu'ils se relèvent. Mon ami, peut-être pourrais-tu les *convaincre* ? »

Akili vint se planter au-dessus d'eux en projetant une ombre immense du fait de sa corpulence, tandis que son crâne chauve réfléchissait la lumière. Ses muscles saillaient sous sa combinaison et ses veines formaient une impressionnante toile d'araignée sur ses biceps. Il tendit les bras vers les quatre adolescents, et une vague d'énergie pure les submergea. Dans sa tête, Alexis entendit les ordres d'Akili aussi clairement que s'il avait s'agit de ses propres pensées.

« Récupérez. Retrouvez votre volonté. Rappelez-vous pourquoi vous vous entraînez si durement. La motivation est passagère, la discipline est constante. Votre corps se fatigue peut-être, mais votre esprit, jamais. Dites à votre corps ce qu'il doit faire. Maintenant, levez-vous. »

Akili ne le força pas à faire quoi que ce soit, mais sa voix était si impérieuse, si persuasive, qu'Alexis eut envie d'obéir. Cette voix lui parvint sous forme d'un flot de murmures, et remplaça ses propres pensées qui lui disaient que son corps était trop fatigué pour bouger. Elle réussit à le convaincre qu'il s'était suffisamment reposé. Alexis se releva comme ses camarades.

Dès qu'il fut debout, la voix d'Akili disparut en ne laissant derrière elle qu'un écho. Mais son message demeurait.

« Est-ce que vous venez juste de *manipuler notre esprit* ? protesta Caeli, choquée, en secouant la tête comme pour en chasser Akili. Comment savoir si vous n'allez pas nous obliger à faire tout ce que vous voulez ? »

Incantus voulut répondre, mais Akili leva la main. « Non, je n'ai pas manipulé votre esprit. J'ai parlé à votre subconscient, et je l'ai convaincu de ce que vous saviez déjà, mais que vous étiez trop paresseux pour reconnaître. »

Alexis frissonna. Akili était bel et bien entré dans sa tête. Et s'il avait découvert ce qu'Alexis avait compris en voyant la photo ? Le fait que Mortem et Incantus étaient frères ? Ou du moins *peut-être* frères ? Et sa théorie selon laquelle Mortem pourrait bien être son père biologique ?

« On s'entraîne depuis trois heures sans s'arrêter, se plaignit Blaise en croisant les bras pour imiter leur imposant nouveau professeur.

— Certaines batailles durent des semaines, voire des mois, répliqua Incantus. Akili n'est pas seulement télépathe, il peut aussi influencer votre comportement à l'aide de la persuasion cognitive et émotionnelle. Dans le cas présent, il a simplement augmenté votre motivation pour poursuivre votre entraînement.

— Ça n'enlève rien à notre fatigue », grommela Caeli.

Akili inclina la tête. « Nos cristaux guérisseurs et les membres du sanctuaire des soins peuvent réparer votre corps. » Il sourit. « Mais la présence d'Incantus vous aide déjà à récupérer.

— Ziya m'a dit que vous aviez des dons de guérison en plus des pouvoirs de la lumière », intervint Alexis pour éloigner la conversation des voix que l'on pouvait entendre dans sa tête.

Incantus hésita. « Ces dons sont liés à ma force vitale, répondit-il simplement – comme si un tel sujet pouvait être simple. Quand je les utilise sur une autre personne que moi, cela draine mon immortalité. Ce n'est donc pas quelque chose que je fais souvent, surtout s'il existe d'autres solutions.

— Désolé », s'excusa Alexis, gêné et conscient que ce n'était qu'une question de temps avant que sa curiosité se transforme en indiscrétion.

Incantus balaya ses excuses d'un geste. « Assez perdu de temps. » Il quitta le podium central pour monter sur l'une des plateformes installées aux quatre coins du centre.

Il prit une épée et fit quelques mouvements avec l'élégance et la rapidité d'un expert. « Je veux voir comment ils s'en sortent contre les robots à la fin de votre leçon, monsieur Pierce. Lancez les projections. »

Trois heures plus tard, Alexis et ses amis gisaient dans la même position qu'à la fin de leur première séance d'entraînement, haletants et en sueur. De son côté, Blaise boudait.

« Il n'avait pas besoin de frapper si fort », grommela-t-il en se tenant la poitrine. En dépit des propriétés protectrices de leurs combinaisons, il réagissait comme s'il avait été heurté par un camion.

Mais à en juger par la taille d'Akili et la distance sur laquelle Blaise avait été projeté, Alexis n'était pas certain que, cette fois, son camarade exagérait.

Cette séance avec Akili leur avait paru aussi éprouvante que leur entraînement avec Incantus, sauf qu'ils avaient dû se concentrer sur leur corps et leur respiration plutôt que sur leurs pouvoirs.

« Comment ça, on a besoin de connaître l'importance de la respiration ? avait protesté Blaise au début de la séance. C'est un truc qu'on fait à chaque instant de la journée.

— Respirer est la première chose qu'on fait dans la vie et aussi la dernière, avait simplement répondu Akili. Notre respiration se cale sur nos émotions : nous inspirons quand nous sommes excités, nous expirons quand nous sommes soulagés, et nous retenons notre souffle quand nous sommes angoissés. Apprendre à contrôler notre respiration est crucial, car cela permet de revigorer le corps, de guérir l'âme et de canaliser nos pouvoirs. »

Alexis ne s'attendait pas à ce que la méditation fasse partie de son entraînement d'Élémentaire, mais il était plus que ravi de s'y soumettre. Tout pour un peu de calme et de paix – exception faite des ronflements intermittents de Demi chaque fois qu'elle s'était assoupie.

Ensuite, Akili leur avait appris les bases de l'autodéfense, comment parer et attaquer avec le corps. Alexis se retrouva en terrain connu, puisque son père l'entraînait depuis des années. Comme il restait encore une heure, Akili alluma le projecteur qu'Alexis avait remarqué en entrant dans l'arène.

L'objectif de la caméra prit vie et projeta un affichage laser blanc métallisé sur le sol. Un énorme hologramme en jaillit et ne cessa de grandir. Au début, ce ne fut qu'une masse de lumière chatoyante, mais elle commença à se solidifier et à se stabiliser. Très vite, elle prit l'aspect de gros monolithes. En moins d'une minute, ils se retrouvèrent au milieu des ruines circulaires de Stonehenge.

« Vous venez de nous téléporter là-bas ? demanda Alexis, fasciné, en posant la main sur l'une des pierres qui lui parut à la fois rugueuse et dense.

— Il s'agit en réalité d'une projection », répondit Incantus en levant les yeux du disque métallique qui lui permettait de gérer le Refuge.

Le cercle de pierres était identique au vrai Stonehenge, à la différence près que, cette fois, Alexis ne ressentait rien du tout. En arrivant sur le vrai site, il avait ressenti sa puissance avant que son amulette s'envole vers son centre. Le monument qu'il avait sous les yeux ne lui faisait aucun effet.

Demi posa sa paume contre la surface en grès. « Comment un hologramme peut-il être tangible ? »

Incantus posa sa tablette. « Ces machines sont capables d'imprimer en trois dimensions un objet ou même un décor complet avec un niveau de détail impressionnant, comme si c'était réel.

Elles peuvent projeter tout ce que désire la personne qui les manipule. »

De plus petites lignes de projection jaillirent de l'objectif et se transformèrent rapidement en quatre créatures humanoïdes au corps blanc cassé. La zone où aurait dû se trouver leur visage était lisse ; elles n'avaient ni yeux, ni nez, ni bouche, ce qui produisait un effet troublant.

« Les projections peuvent aussi produire des robots humanoïdes, leur apprit Akili en lissant sa tunique sur ses muscles. C'est extrêmement utile pour s'entraîner. Plus leur couleur est foncée, plus la difficulté augmente. Il y a sept couleurs différentes. Contrairement aux sacs de frappe, ces robots peuvent esquiver et rendre les coups. »

L'hologramme de Stonehenge disparut en ne laissant sur place que les robots.

Si leur premier entraînement leur avait paru rude, affronter les robots fut encore plus épuisant. Alexis se retrouva les mains sur les genoux, respirant difficilement, avec un douloureux point de côté. Il regarda autour de lui. Demi serrait le robot dans ses bras pour ne pas tomber. Blaise repoussait paresseusement son adversaire chaque fois qu'il avançait. Alexis décida de détourner l'attention d'Akili avant qu'il remarque leur petit manège.

« Excusez-moi, monsieur Pierce, haleta-t-il. Vous pouvez contrôler l'esprit des gens, pas vrai ?

— Ce n'est pas du contrôle, rectifia Akili en guidant le poignet de Caeli pour l'aider à effectuer un uppercut correct. Je peux encourager certaines réflexions et augmenter certaines émotions pour influencer le comportement de la personne. »

Toujours hors d'haleine, Alexis acquiesça. « Oui, voilà. Alors, pourquoi vous ne vous battez pas en utilisant nos corps ? Vous pourriez lire dans les pensées de nos adversaires et gagner le combat avant même de commencer. »

Les quatre adolescents se laissèrent tomber par terre, contents de faire une pause. Demi leva le pouce pour remercier Alexis, et laissa son menton retomber sur sa poitrine dans l'espoir de faire discrètement une petite sieste.

« Je parie que tu es Taureau, marmonna Caeli tout bas, ce qui arracha un sourire ensommeillé à Demi.

— Parce que vous n'apprendrez jamais rien de cette façon, répliqua Akili comme si c'était une évidence. Vous faire faire quelque chose, c'est très différent de vous apprendre à le faire *vous-même*. Et puis, je ne peux pas vous imposer mon approche, je ne peux que vous encourager à trouver votre propre style de combat. Par exemple, dans la dernière demi-heure, j'ai pu constater que vous aviez chacun une stratégie différente.

— Lesquelles ? s'enquit Alexis, curieux.

— Eh bien, Blaise compte sur sa force physique et se jette dans la bataille sans se demander ce qui arriverait si son adversaire était plus puissant. Caeli préfère une approche offensive, mais elle ne vient jamais trop près, elle veille à conserver son espace. Demi, au contraire, préfère le combat rapproché, quoi qu'en étant davantage sur la défensive. Alexis, ton style est plus fluide, tu l'adaptes en fonction de ton adversaire. J'en déduis que tu t'es déjà entraîné ?

— Mon père nous a montré quelques techniques, confirma Alexis qui sentait le regard d'Incantus braqué sur lui. Il fait partie de la police criminelle, mais il s'est toujours entraîné, il adore les arts martiaux mixtes. Un jour, il a expliqué à ma mère qu'aborder chaque combat avec la même technique reviendrait à traiter chaque maladie avec le même antibiotique. Une approche personnalisée est plus efficace.

— Un homme très perspicace, déclara Akili avec un sourire impressionné. Il en va de même ici. Je pourrais vous dire comment combattre, mais ce serait plus néfaste qu'autre chose. Je ne serai pas toujours là pour vous dire quoi faire, voilà pourquoi vous devez apprendre par vous-même et trouver votre propre style.

— Mais, si on échoue ? » demanda Caeli en ôtant les saletés qu'elle avait sous les ongles.

Akili marqua une pause avant de répondre avec son accent caribéen qui trouvait un écho chez Alexis : « C'est en échouant encore et encore que l'on réussit à devenir quelqu'un dont on se souvient.

— Je ne vous ai pas encore vu combattre, lui fit remarquer Blaise en essuyant son front en sueur. On dirait que vous vous êtes injecté un million de stéroïdes, mais vous parlez comme un prof de yoga ou un prêtre.

— Tu veux voir si tu arrives à me toucher ? demanda Akili en essayant de dissimuler un sourire narquois.

— Ne l'encouragez pas », ricana Caeli.

Incantus les rejoignit. « Monsieur Ademola, si vous tenez plus d'une seconde, je veillerai personnellement à ce que vous fassiez des longueurs dans une piscine de lave d'ici la fin du mois.

— Marché conclu », répondit Blaise, qui n'eut même pas le temps de lever les poings. D'un geste vif, Akili le frappa en pleine poitrine et le fit voler dans les airs. Tout le monde éclata de rire tandis que Blaise restait étendu sur le sol en gémissant et en se tenant le torse.

« Je n'étais pas prêt, protesta-t-il, le souffle court. C'est pas juste. »

Akili haussa les épaules. « Vos adversaires n'attendront pas que vous soyez prêts. » Il releva le capuchon de sa tunique brune et s'en alla.

« Descendez donc manger quelque chose », leur dit Incantus en riant avant de se servir de ses pouvoirs pour les remettre debout sur leurs jambes flageolantes. D'un geste, il dissipa la projection des robots d'entraînement. « Vous avez une heure pour déjeuner. Mais à partir de maintenant, veillez à prendre un bon petit-déjeuner, vous en aurez besoin pour l'énergie et la croissance musculaire. Oh, et si vous êtes en retard, je dirai à Raeve de ne pas amener les cristaux guérisseurs. Or, croyez-moi, vous en aurez besoin avant sa leçon. »

11

APANTHROPINISATION

Apanthropinisation : *nom anglais venant du grec ancien.*
Renoncer aux soucis humains et se retirer du monde,
loin de ses problèmes.

À point nommé, la porte du centre d'entraînement s'ouvrit, et Ziya entra d'un air hésitant. Puis l'excitation s'empara d'elle en découvrant l'énorme stade. Elle écarta même sa frange pour mieux observer le lieu et ne rien louper.

« Désolée pour le retard, s'excusa-t-elle. J'ai été retenue auprès de Taranis. Il me montrait comment il effectue la surveillance. Honnêtement, son cerveau va plus vite que la lumière pour tout ce qui est technique.

— Mais je suis sûr que tu as réussi à suivre, répondit Incantus. Si tu n'es pas trop occupée, pourrais-tu conduire l'équipe Alpha au Jardin ? Essaie de tenir la foule à l'écart. Apparemment, la nouvelle de l'arrivée des Enfants des Éléments s'est répandue avant même le lever du soleil. »

Blaise releva la tête, visiblement enchanté par leur nouveau surnom. « L'équipe Alpha ? »

Incantus leva les yeux au ciel. « C'est uniquement parce que vos prénoms commencent par les premières lettres de l'alphabet. »

Blaise lui fit un clin d'œil en se levant. « Bien sûr, chef, si vous le dites.

— C'est gentil de nous montrer le chemin, tu n'étais pas obligée, déclara Alexis en sortant du centre.

— Si, il le faut, sinon vous risqueriez de vous perdre, répondit Ziya en parlant très vite, comme à son habitude. Mais ça me fait plaisir. Et puis, Incantus a raison. Tout le monde veut vous rencontrer. Je n'aime pas le changement, mais j'aime... »

La porte d'un autre centre en face du leur s'ouvrit en grinçant, et un grand jeune homme en sortit. Une combinaison d'Élémentaire moulait son corps dégingandé, tandis que sa peau pâle contrastait avec la tignasse noire qui lui dissimulait la moitié du visage.

Il verrouilla la porte et posa les yeux sur Ziya.

« Ne me dis pas que tu fais déjà une fixation sur les nouveaux arrivants ? Ils méritent une meilleure compagnie que la tienne.

— Tu sors enfin de ta grotte, Ezra ? répliqua Ziya, les joues rouges. Tu es toujours jaloux qu'Incantus m'ait choisie comme protégée, plutôt que toi ? »

Ezra croisa les bras et s'appuya contre le mur du couloir. Il resta là sans ciller pendant un long moment gênant. « Sa plus grande erreur a été de choisir une fille sans pouvoirs. Moi, au moins, j'apporte ma contribution au lieu de suivre Incantus partout comme un chiot abandonné qui a désespérément besoin d'une tape sur la tête. Il a déjà son loup pour ça. »

Ziya voulut répondre, mais les mots restèrent coincés dans sa gorge. Ezra en profita pour dévisager les quatre autres d'un air arrogant.

Alexis savait reconnaître une brute tyrannique quand il en voyait une. Les dents serrées, il demanda d'une voix égale : « T'es qui, toi, pour lui parler comme ça ? Présente-lui des excuses. Immédiatement. »

Ezra ricana en écartant ses cheveux de ses yeux. « Alors c'est vous, les Enfants des Éléments ? » Il gratta son menton extrêmement pointu d'un air déçu et lança un regard noir à Blaise. « Vous ne me paraissez pas de taille à affronter Mortēm. »

Ce fut au tour de Blaise de serrer les dents. « En tout cas, je suis de taille à t'affronter toi, qui que tu sois.

— Ezra Alastor, déclara le grand adolescent comme si ce nom signifiait quelque chose. Téléporteur et portailler, l'un des rares. Ma famille a participé à la création des lignes de téléportation que tout le monde utilise tout le temps. Je viens justement de les vérifier.

— Ouais, ça ne nous intéresse pas, les copains », répondit Caeli. Au grand étonnement d'Alexis, elle glissa son bras sous celui de Ziya. Demi fit la même chose de l'autre côté.

« Tu peux t'en aller, Eczéma », reprit Alexis sans le quitter des yeux.

L'autre lui lança un regard de dégoût. « C'est *Ezra.* »

Alexis haussa les épaules. « C'est ce que j'ai dit. »

Ezra se rapprocha des filles. « Ce sont vos petits amis ? » Il s'humecta les lèvres et tendit les doigts pour effleurer la taille de Demi du bout de ses doigts crochus. « Je pourrais te prendre et m'en aller avant même qu'ils aient le temps de cli... »

Demi réagit avant Alexis. De la main gauche, elle repoussa celle d'Ezra, puis lui donna un crochet du droit qui l'envoya dans le mur. « Ne me touche plus jamais », gronda-t-elle d'une voix frémissante. Elle recula en secouant la main pour se débarrasser du sang qu'il y avait dessus.

Les yeux écarquillés, ses dents jaunes tachées de rouge, Ezra fit un pas en avant en levant le poing à son tour. « Espèce de sal... »

Une bourrasque le catapulta à l'autre bout du couloir. À peine avait-il heurté le sol que Caeli déclara sur un ton orageux : « Je te défie de terminer cette phrase. » Ses cheveux volaient dans le vent et son amulette brillait d'un éclat gris.

Ezra était allongé sur le sol. Soudain, Alexis entendit un bruit de souffle et vit apparaître une auréole couleur bronze autour du portailler. En un clin d'œil, il réapparut juste devant eux, la colère gravée sur son visage ensanglanté.

La porte que l'équipe Alpha venait de franchir s'ouvrit. Incantus arrêta le poing d'Ezra juste avant qu'il touche Caeli.

« Je *sais*, dit-il en resserrant son étreinte sur le poignet d'Ezra, que tu n'es pas sur le point d'attaquer un des Élémentaires de *mon* Refuge. »

Ezra recula en se tenant le poignet comme si Incantus l'avait brûlé. « Monsieur, ils m'ont attaqué en premier. Regardez ! » Il essuya le sang sur son menton et secoua sa main en aspergeant le mur de gouttelettes.

« Veux-tu que j'appelle M. Pierce pour que nous vérifiions ce qu'il vient de se passer ? »

L'idée qu'Akili puisse fouiller ses pensées parut pétrifier Ezra.

« Si je te reprends à essayer de frapper l'un de ces Élémentaires, ou n'importe qui d'autre, d'ailleurs, tu en subiras les conséquences. Va donc au sanctuaire des soins. Tu saignes sur mon plancher. »

Ezra jeta un regard furieux à Alexis et à ses compagnons. Puis son corps disparut dans un éclair de bronze juste avant qu'une dernière goutte de sang touche le sol.

Incantus se tourna vers l'équipe Alpha tandis que sa colère se dissipait. Pour la première fois, Alexis se mit à craindre le mal que leur mentor pouvait faire à quelqu'un s'il le décidait. Ayant beaucoup entendu parler de la légende de Mortem, Alexis se demandait à présent si celle d'Incantus Arcangelo ne la surpassait pas. « Je vois que vous vous faites à votre nouvel environnement. Vous n'êtes même pas à cinq pas du centre d'entraînement.

— C'est ma faute, s'empressa de dire Ziya. Je l'ai humilié devant les autres en lui rappelant que vous ne l'aviez pas choisi comme apprenti.

— Mais c'est moi qui l'ai cogné, reconnut Demi. Je suis désolée, je n'aurais pas dû. Ça ne me ressemble pas. »

Incantus acquiesça d'un air pincé. « Je lui parlerai. Mais Ziya, toi aussi, tu dois apprendre à te défendre. Il y aura toujours quelqu'un pour essayer de te rabaisser afin de se sentir plus grand. Il y aura toujours quelqu'un qui voudra étouffer ta lumière en pensant que ça fera davantage briller la sienne. Ne compromets jamais qui tu es et sois fière de ce que tu as réussi à accomplir. Ta place, tu l'as méritée. » Il posa la main sur l'épaule de Ziya, qui leva les yeux vers lui et finit par hocher la tête. « Maintenant, allez manger et, par pitié, essayez de ne frapper personne en chemin. »

Les cinq jeunes Élémentaires s'éloignèrent, la tête basse. Juste avant qu'ils disparaissent au tournant, Incantus ajouta doucement : « Bien joué, mademoiselle Doran. »

Il ne le vit pas, mais Caeli sourit.

« Merci de m'avoir défendue », dit Ziya dès qu'ils furent hors de portée de voix. Elle tira maladroitement sur les longues manches de son sweat. Elle faisait apparemment partie des rares Élémentaires du Refuge qui ne portaient pas de combinaison d'entraînement. « Je suis désolée de vous avoir attiré des ennuis. »

Demi la prit par le bras. « Les amis sont là pour ça.

— Il ne l'a pas volé, ajouta Caeli en attachant ses cheveux blond argenté en un chignon désordonné. "Eczéma". » Elle pouffa et serra la main d'Alexis. « Au début, je te trouvais bizarre, mais maintenant, je pense qu'on va bien s'entendre.

— Comment va ta main, Demi ? » demanda Alexis. Le sourire de son amie aida sa colère à se dissiper, mais pas entièrement. « Vous croyez qu'il existe un moyen d'euthanasier ce type ?

— Ce serait un meurtre, Lexi », lui reprocha-t-elle.

Il fit la grimace. « Tu veux dire que ce serait mal vu ? Dans tous les cas, c'est quoi son problème ? »

Ils traversèrent les passerelles qui reliaient les différents côtés de l'immense ruche. Un par un, les Élémentaires en contrebas parurent remarquer leur arrivée. Peut-être qu'ils les attendaient ou qu'ils avaient senti leur présence. Ils se rassemblèrent sur la pointe des pieds pour mieux voir les Enfants des Éléments et leurs amulettes.

« Ezra a grandi dans le Refuge, expliqua Ziya. Ses parents le laissaient ici chaque fois qu'ils partaient en mission pour maintenir la paix au nom du Grand Ordre. Une nuit, il y a plusieurs années, ils sont morts en affrontant une horde de Nekro.

— *Nekro ?* »

Elle prit un air pensif. « Les morts-vivants sur lesquels Mortem exerce un contrôle partiel. Après cela, Incantus a recueilli Ezra et l'a aidé à développer ses pouvoirs de téléportation et de création de portails, qui sont effectivement très rares. Je suis arrivée à peu près en même temps. On pensait tous qu'Ezra deviendrait l'apprenti d'Incantus, mais étonnamment, ce dernier m'a choisie. Ezra n'a été autorisé à rester qu'en raison d'une promesse qu'Incantus a faite à ses parents. C'était il y a un an, et depuis, il s'isole. Il devra partir avant son vingtième anniversaire. »

Alexis se sentit brusquement coupable de s'être moqué d'un garçon qui avait perdu ses parents. Les gens trouvaient souvent des moyens cruels et convaincants pour dissimuler un passé douloureux.

Cependant, Blaise semblait n'avoir retenu qu'une partie de l'histoire. « Mortem peut créer des *zombies* ? »

Ziya fit de son mieux pour guider l'équipe Alpha au sein de la foule, mais celle-ci se referma sur eux immédiatement. Alexis regarda Demi, qui adorait rencontrer de nouvelles personnes, mais son amie se focalisait entièrement sur une seule : Caeli.

La grande adolescente était devenue pratiquement muette et jetait des coups d'œil inquiets aux inconnus qui envahissaient son espace personnel et restreignaient sa liberté de mouvement. Demi prit Caeli par la main et tendit le bras pour empêcher les gens de trop s'approcher, tout en distribuant des sourires chaleureux. Ce n'était pas grand-chose, mais cela donna à Caeli l'air dont elle avait besoin. Très vite, elle retrouva le sourire, elle aussi.

Ils finirent par atteindre une gigantesque arche de pierre qui se trouvait juste derrière la zone d'entraînement du foyer.

Elle paraissait plus ancienne que les murs en marbre poli du complexe, comme si elle était taillée dans une pierre différente qui s'effritait avec le temps. Sa surface s'ornait de sculptures d'animaux ordinaires et magiques, séparés par des arbres sur lesquels poussaient des fruits ronds.

Alexis repéra la ligne blanche familière qui illuminait les bords de l'arche, ainsi que le seuil en dessous.

Une explosion de couleurs et de nature accueillit les Élémentaires de l'autre côté du portail. Ils se trouvaient dans une clairière de la taille d'un parc, bordée d'arbres luxuriants qui se dressaient haut dans le ciel. Couverts de fruits, ils étaient décorés de nymphes hilares faites de feuilles ou d'écorce.

De nombreux Élémentaires se promenaient d'un pas nonchalant et mangeaient dans la chaleur estivale. À deux cents mètres environ, Alexis perçut la présence d'une grande étendue d'eau au sein du canyon et se languit d'y plonger au moins la main.

Cet endroit d'une beauté à couper le souffle vibrait de magie.

« Certains l'appellent le Paradis ou le Nirvana, d'autres racontent qu'il s'agissait autrefois du Jardin d'Éden, expliqua Ziya. La plupart d'entre nous le nomment simplement le Jardin. »

Près du portail, de longs comptoirs débordaient de nourriture. Un homme de haute taille doté d'un gros ventre s'approcha d'un pas bondissant.

« Bienvenue ! Je m'appelle Libero, je suis le cuisinier en chef. » Il se frotta les mains. « J'adorerais vous servir ! Je veux que vous goûtiez un peu de tout. »

Caeli n'eut pas le temps de protester qu'ils s'en sortiraient très bien tout seuls ; Libero avait déjà rempli d'énormes assiettes et les déposait sur une grande table en bois. Gibbeux, qui se baladait dans le coin, s'installa à côté de Ziya.

« Alors ? demanda Libero, impatient, tandis qu'ils s'attaquaient à une montagne de risotto aux fruits de mer, accompagné d'une salade grecque à base de feta, de concombre et de tomates.

— C'est délicieux », le rassura Demi. Libero en rayonna de fierté.

« Zi, pourquoi tu ne m'as pas dit que tu étais avec eux ! » Une petite fille qui devait avoir l'âge de Jason apparut devant le groupe. Elle avait les cheveux noirs et de grands yeux ronds familiers.

« Parvati, laisse-les tranquilles, protesta Ziya. C'est ma petite sœur ; excusez-la, elle était impatiente de vous rencontrer.

— Montrez-moi un de vos pouvoirs, rien qu'un », supplia la petite fille tout excitée.

Les nouveaux Élémentaires ne pouvaient pas refuser.

« Eh bien, l'équipe Alpha, déclara Incantus en arrivant un peu plus tard, on dirait que vous vous amusez bien. » La foule s'écarta pour le laisser passer. Derrière lui se trouvait un individu voûté. « Je voudrais vous présenter quelqu'un de très important, ajouta Incantus. Voici l'un de mes plus anciens compagnons, Teller Sagen. »

12

MÄRCHEN

Märchen : *nom allemand.*
Une histoire ou un conte.

« Eh bien, la belle bande que voilà », déclara le nouveau venu avec un accent nordique prononcé et un sourire en coin.

Même s'il paraissait beaucoup plus âgé qu'Incantus, assez pour être son père, il possédait le charme et l'assurance d'un homme qui avait été séduisant autrefois. Ses cheveux blonds avaient viré au gris, mais ses yeux verts étaient restés vifs. Il serra la main à chacun avec une vigueur étonnante, alors même que ses doigts tremblaient.

« Teller était l'un des membres les plus importants du Refuge et du Grand Ordre, expliqua Ziya en lui prenant la main avec la familiarité qu'on réserve à un grand-parent, tandis qu'Alexis lui proposait de s'asseoir.

— Je le suis toujours, ne l'oublie pas, rectifia Teller d'un air taquin. J'ai grandi avec votre mentor ici présent. Nous étions compagnons au sein du Quinate !

— Qu'est-ce que c'est ? demanda Demi.

— Le plus célèbre groupe de guerriers des temps modernes, répondit Ziya à la place de Teller, qui lui fit signe de continuer. Il se composait de cinq des plus puissants Élémentaires de leur génération : Incantus Arcangelo, Akili Pierce, Serena Aevum, Darcy Raphe et Teller Sagen.

— Je pourrais vous raconter des histoires à couper le souffle, des histoires qui feraient saigner vos cœurs d'amour et de chagrin, renchérit Teller, les yeux clos pour mieux savourer ces souvenirs apparemment intacts.

— Pas maintenant, s'empressa d'intervenir Incantus. Ils ont bien assez de choses à digérer aujourd'hui sans s'encombrer de tes histoires, vieil homme. Ces Élémentaires viennent juste de terminer un entraînement avec notre Akili.

— Ah, Akili. Il était bien plus amusant avant de devenir moine. » Teller sourit d'un air malicieux. « Plus divertissant. Tu t'en souviens, Ian ?

— Ce n'est pas le mot que j'emploierais », répondit Incantus. Akili aussi l'avait appelé Ian, le nom du garçon plus âgé écrit au dos de la photo. Le garçon dans les rêves d'Alexis.

« Monsieur Sagen..., commença Caeli, mais Teller l'interrompit aussitôt.

— Appelle-moi Teller. "Monsieur Sagen" me donne l'impression d'être vieux.

— D'accord, Teller. Quels sont vos pouvoirs ?

— La mémoire. Une mémoire infinie », répondit-il, les yeux brillants. Lorsqu'un silence accueillit cette déclaration, il expliqua : « Je me souviens non seulement de tous les évènements auxquels j'ai assisté, mais aussi de ceux qu'a vécus n'importe qui. J'explore l'origine des souvenirs même s'ils ont été oubliés. »

Alexis imagina tout ce qu'il pourrait faire avec un pouvoir pareil. Teller serait-il capable d'explorer son esprit et de lui révéler des choses qu'il avait oubliées ? De retrouver tout ce qu'il avait perdu à la suite de son amnésie, avant qu'il soit adopté ?

Mais serait-ce bien sage de poser la question et de laisser un étranger fouiller les recoins les plus profonds de son cerveau en lui permettant d'accéder aux éléments qu'il y avait enfouis ?

Les hallucinations dont il souffrait quand il était petit. La voix de l'Homme-Ombre qui avait fini par se taire. Peut-être que son cerveau avait choisi d'oublier toutes ces choses pour une bonne raison. Peut-être que c'était pour lui la seule manière de gérer tout cela.

Le regard de Teller posé sur lui sortit Alexis de sa réflexion. Le vieil homme l'observait avec la même curiosité qu'Incantus et Akili lors de leur première rencontre, un intérêt plus prononcé qu'envers les autres Enfants des Éléments.

« Sans vouloir vous vexer, c'est pas un peu chiant ? demanda Blaise. Je suis sûr que c'est génial de se rappeler si on a bien fermé la porte à clé ou comment s'appelle la fille avec qui on a rendez-vous, mais en dehors de ça, à quoi ça sert ?

— Ne faites pas attention à lui, intervint Demi en lançant un regard noir à Blaise, mais Teller ne semblait pas du genre à s'offusquer facilement.

— Mon beau garçon, dit-il en prenant la main de Blaise, je peux mémoriser absolument tout dès que j'y ai été exposé une fois. Je peux te faire oublier quelque chose dont tu pensais te rappeler jusqu'à ta mort et implanter en toi des souvenirs que tu jureras avoir vécu. J'ai utilisé mes pouvoirs pour bâtir le département des Effaceurs dans le Grand Ordre. Notre monde reste secret parce qu'ils effacent les souvenirs de tous les mortels qui y ont été exposés. À mes yeux, mon cher, l'apprentissage et la mémoire sont les dons les plus importants. Sans eux, nous ne sommes rien. »

Jusqu'à la fin de leur pause déjeuner, les Enfants des Éléments testèrent les capacités de Teller en s'amusant à lui demander le nom de leur premier amoureux ou la couleur d'un jouet qu'ils avaient eu bébés, des choses qu'eux-mêmes avaient oubliées. Le vieux soldat était très amusant, même si Incantus dut parfois le réprimander.

« Attention à ton langage, Teller. Ce ne sont que des enfants.

— Assez vieux pour risquer leur peau afin de sauver notre monde, mais trop jeunes pour une blague salace et un juron inoffensif ? »

Incantus haussa les épaules et lui fit signe de continuer.

À un moment donné, Alexis repéra Ezra Alastor qui les observait au sein de la foule. Le nez enflammé et maculé de sang séché, il se frayait un chemin telle une ombre, presque sans se faire remarquer. Alexis soutint son regard jusqu'à ce qu'il disparaisse de sa vue.

Les jeunes Élémentaires avaient à peine fini de manger lorsque Raeve dispersa la foule en s'insinuant au milieu telle de la fumée. Sans un mot, elle prit la direction du Refuge tandis que le soleil faisait miroiter sa combinaison argentée.

« Votre pause est terminée, j'en ai bien peur, annonça Incantus.

— Venez donc me voir au sanctuaire des anciens au troisième étage, demanda Teller en acceptant l'aide d'Incantus pour se lever. J'ai plein d'autres histoires à raconter.

— On a toujours du mal à te faire taire », commenta Akili Pierce en rejoignant Incantus et Teller. Ensemble, ces hommes formaient un trio dont l'amitié paraissait avoir résisté à l'éternité.

« Ah, mon ermite préféré », le taquina Teller en essayant de donner une tape sur l'arrière du crâne chauve d'Akili. Ce dernier n'eut même pas besoin de lire dans ses pensées pour esquiver cette attaque prévisible. « La vie monacale te convient toujours ? Tu ne t'ennuies pas trop ?

— Absolument pas, répondit calmement l'intéressé. Et toi, la retraite ? Ça va, entre l'arthrite et les siestes ? »

Teller rit de bon cœur et se tourna vers les cinq jeunes Élémentaires en leur montrant Akili. « J'ai toujours su faire ressortir l'homme derrière le moine. De plus, il est temps de laisser un autre groupe sauver le monde. J'ai hâte que Serena nous rejoigne. Elle va vous adorer. » Il marqua une courte pause. « Vous auriez aussi plu à Darcy. »

Le sourire d'Incantus vacilla.

« C'est vrai », reconnut Akili d'une voix douce en baissant la tête.

Incantus tapa dans ses mains. « Les enfants, il est temps d'y aller, dit-il en retrouvant le sourire. Ziya, tu veux bien les raccompagner ? Je vous rejoins dans un instant. »

Ziya dit au revoir à Teller et s'empressa de ramener tout le monde sous la grande arche en pierre pour retourner dans le Refuge. De loin, Alexis vit Raeve traverser la passerelle supérieure et disparaître dans le couloir des centres d'entraînement.

« Je vous laisse ici, annonça Ziya. Bonne chance ! »

Raeve ne regarda pas en arrière pour s'assurer qu'ils la suivaient. Elle ne s'adressa à eux qu'à leur arrivée dans le centre, lorsqu'elle se retourna pour leur faire face.

« Pour cette partie de l'entraînement, vous allez chacun occuper votre propre zone dans l'arène. Mais d'abord, vous devez choisir votre arme. Gravitez vers celle qui vous attire et qui correspond à votre style de combat. Vous avez deux minutes. Si vous dépassez le temps imparti, j'en déduirai que vous avez l'intention de vous battre avec vos poings. »

Une boîte bien remplie apparut devant elle dans un nuage de fumée violette. Elle contenait un assortiment d'armes étincelantes.

« C'est peut-être une question bête, mais pourquoi on n'utilise pas des flingues, tout simplement ? Je sais que ces lames ont l'air plus cool, mais on n'est plus au Moyen Âge », commenta Blaise en faisant courir son doigt sur la tête d'une hache.

Raeve n'exprima aucune compassion quand il se coupa et jura tout bas. « L'aura d'un Élémentaire fait office de bouclier, comme une armure de protection. Plus l'Élémentaire est fort, plus son aura est grande. Les balles des armes à feu ne vous seraient d'aucune utilité, surtout avec vos combinaisons. Je m'en suis assurée quand Taranis et moi les avons conçues. »

Une épée attira le regard d'Alexis. Elle paraissait constituée de deux moitiés d'épées différentes, l'une en bronze et l'autre en acier, jointes au milieu de la lame et de la poignée.

Il la souleva. Elle lui parut étonnamment légère et facile à manier. Lorsqu'il sépara les deux gardes, l'épée se scinda en deux lames plus fines. Il s'imagina fendre l'air en les maniant. Ses mouvements étaient fluides, comme si les épées étaient le prolongement de ses bras plutôt que des objets.

« C'est un choix intéressant, commenta Raeve en les lui prenant des mains. Elles ont été forgées par des jumeaux qui s'entraînaient ici autrefois : Aes et Adamas. » Elle examina les lames, puis les joignit de nouveau et rendit l'arme à Alexis. « Puissante, vive, acérée. »

Sans prévenir, elle dégaina un de ses cimeterres et attaqua Alexis. Instinctivement, il para le coup, son corps réagissant plus vite que son cerveau grâce aux années qu'il avait passées à se bagarrer contre son frère. Mais Jason et lui n'utilisaient que des bâtons ou des sabres lasers en plastique.

« Oh là ! »

Les autres se tournèrent vers eux, chacun tenant l'arme qu'il avait choisie initialement.

Raeve bondit de nouveau, et leurs épées s'entrechoquèrent dans un fracas métallique. Une chaleur familière envahit le corps d'Alexis, qui comprit qu'Incantus venait d'entrer dans la pièce. Encore plus désireux de prouver sa valeur à son mentor qu'à ses camarades, il attaqua à son tour, prenant Raeve au dépourvu. Elle recouvra l'équilibre et envoya un coup de pied en hauteur pour repousser la lame d'Alexis. Un sourire impressionné apparut sur le visage de la Leader, ses yeux brillaient face au défi.

Elle se fendit de nouveau, très vite. En dépit de sa minceur, Raeve était incroyablement puissante, et Alexis avait du mal à garder son épée en main chaque fois que leurs lames s'entrechoquaient. Raeve lui fit faire un tour sur lui-même et lui donna un coup de pied à l'arrière du genou, ce qui l'envoya à terre.

« Protège tes points faibles, dit-elle calmement, en transpirant à peine. Tu dois être conscient à chaque instant des pouvoirs et des compétences de ton adversaire. Tu seras amené à affronter plus d'une personne à la fois. Tu dois réagir vite. Relève-toi, mon chéri. »

Alexis s'aida de l'épée pour se remettre debout.

« Tu ne vas pas les laisser guérir avant de les entraîner ? » demanda Incantus en se rapprochant.

Raeve frappa l'estomac d'Alexis du plat de son épée. La combinaison absorba la majeure partie de l'impact, mais en dessous, sa peau se mit à chauffer.

« Ils n'auront guère de temps pour récupérer pendant la quête, monsieur, répondit-elle en poussant Alexis d'un léger coup de pied. Le confort ramollit. Seuls la souffrance et le dur labeur aboutissent à la réussite. Ils peuvent bien me détester maintenant, mais quand la quête sera terminée et que les Ténèbres auront été détruites, ils me remercieront. »

Raeve ne quittait pas Alexis des yeux depuis le début de leur duel, et faisait passer son cimeterre d'une main à l'autre en affichant une confiance inégalée en ses capacités.

« Quand vous vous défendez, reprit-elle d'une voix forte, vous ne devez pas seulement bloquer les attaques, vous devez aussi réfléchir à toutes les possibilités qui s'offrent à vous. Comment fuir si votre ennemi est plus fort que vous ou comment le prendre par surprise ? La première chose à noter quand un guerrier vous attaque, c'est son manque de prudence. Utilisez cela à votre avantage. »

Elle avança de nouveau en faisant tournoyer l'épée dans ses mains, au point de créer un motif argenté avec la pointe de la lame. « Étudie ma posture et prédis mon attaque. »

Alexis était déjà recouvert d'un léger voile de sueur et respirait un peu plus vite, ses boucles noires collées sur son front. Mais il refusait de céder aussi facilement. Il repoussa la fatigue pour mieux se concentrer sur les mouvements de Raeve. Chaque fois qu'elle l'avait attaqué, elle l'avait fait avec la jambe droite en arrière, en bougeant en même temps que la lame, l'élan venant renforcer la puissance du coup.

Cette fois, lorsqu'elle abattit son cimeterre, il para avec son arme, les muscles tendus à cause de l'impact, avant de repousser les deux lames sur le côté. Ayant mis le corps de son adversaire à découvert, il voulut lui donner un coup de poing. Mais il s'immobilisa brusquement. Il avait croisé le regard de Raeve, immense et captivant. Plus il regardait ses yeux, plus il était fasciné, car il ne parvenait pas à déterminer leur couleur. Pourpre ? Indigo ? Violet ?

Raeve bougeait, mais Alexis restait figé. Ce fut seulement lorsqu'elle se glissa derrière lui en lui prenant son épée pour la plaquer sur sa gorge qu'il comprit qu'il avait succombé au sortilège du Concilium.

« Mais ce n'est pas juste ! protesta Demi. Elle a utilisé ses pouvoirs ! »

Incantus répondit à la place de Raeve. « Vous allez affronter des Élémentaires, et certains possèdent des pouvoirs que vous ne découvrirez qu'au cours du combat. »

Raeve avait dupé Alexis pour l'obliger à se soumettre, il s'en rendait bien compte. Mais il n'avait pas encore admis la défaite.

Sans prévenir, il écarta la lame de son cou. L'épée lui entailla la main et fit couler son sang, mais il ignora la douleur brûlante et enroula sa jambe derrière celle de Raeve, avant de la faire basculer par-dessus sa hanche.

Les deux épées encore dans les mains, elle atterrit lourdement sur le sol et leva les yeux. Alexis entendit les exclamations choquées de ses camarades. Incantus observait la scène sans mot dire, mais ne voyait-il pas l'ombre d'un sourire sur ses lèvres ?

« Je suis tellement désolé, Raeve... », commença Alexis, inquiet d'avoir mis l'une de ses professeurs en colère parce qu'il l'avait blessée dans son ego. Mais il s'interrompit en l'entendant rire.

« C'était brillant, Alexis. Épatant, vraiment. » Elle se leva et lui rendit son épée en bronze et en acier avec un sourire fier. « Les armes ne sont qu'un moyen de canaliser notre force. Utiles, mais pas nécessaires. La vraie force vient de nos pouvoirs. Elle vient de nous. Les meilleurs combattants trouvent les pouvoirs de leurs adversaires et s'en servent contre eux. »

Elle sortit de sa poche une petite pointe de cristal jaune pâle. Puis elle prit la main ensanglantée d'Alexis et pressa la pierre contre sa peau. Le cristal de guérison s'illumina aussitôt. En quelques secondes à peine, Alexis ressentit la sensation étrange de sa peau se réparant elle-même, la plaie profonde de sa paume se refermant seule.

Lorsque Raeve le libéra, sa main était intacte, à peine légèrement rosée à l'endroit où il s'était coupé. Mais la guérison ne se limitait pas qu'à l'entaille. La lueur jaune remonta le long de son bras et envahit le reste de son corps, restaurant les muscles abîmés et soulageant la tension qui le faisait souffrir.

« C'est incroyable », souffla Demi. Raeve lui confia le cristal, et elle s'émerveilla de cette magie en le pressant contre sa poitrine. « Il faut qu'on en remplisse nos sacs avant de partir.

— Ces cristaux sont rechargés par ceux qui travaillent au sanctuaire des soins, leur apprit Incantus. Ils permettent de réparer presque tous les dégâts que peut subir le corps d'un Élémentaire, tant qu'ils n'ont pas été infligés par une lame empoisonnée. Mais nous n'en avons pas beaucoup, et ils ne doivent pas remplacer un entraînement digne de ce nom et les précautions d'usage. » Il sourit. « Je te laisse à ta leçon, Raeve.

— Est-ce que les sorcières sont des Élémentaires ? demanda Alexis tandis qu'Incantus s'en allait.

— Nos pouvoirs à nous, c'est notre magie, que nous canalisons à l'aide de sortilèges ou de potions, répondit Raeve. Nous fréquentons l'académie du Coven pour apprendre notre branche de la magie, mais je me suis rendu compte en vieillissant que je n'appréciais pas sa politique. La liberté chaotique convient à ma cousine, mais je préfère l'ordre et la raison. Je rêve depuis longtemps d'ouvrir un coven pour les Élémentaires qui utilisent la magie et qui souhaitent rester au Refuge... mais le Grand

Ordre refuse, de peur de provoquer la colère du Haut Coven. » Elle secoua la tête.

« Alors votre cousine est une Élémentaire, elle aussi ? Une sorcière ? »

Raeve regarda Alexis d'un air neutre. « Une *sorcière*, oui, parmi d'autres mots qui riment, comme *mégère*. »

D'un claquement de doigts, elle fit bourdonner les projecteurs sur chacun des quatre plateaux. « Sur moi », ordonna-t-elle lorsqu'elle se retrouva seule au centre de l'arène. Lentement, des hologrammes apparurent et se transformèrent en copies conformes de son corps, chaque double faisant face à un Enfant des Éléments. Dès que Raeve bougeait, les statues sans visage l'imitaient.

« Les robots sont programmés pour reproduire mes actions et vous permettre de suivre exactement ce que je fais. Plus tard, vous pourrez les utiliser comme partenaires d'entraînement. » Elle jeta un coup d'œil à la ronde. Blaise brandissait une puissante hache à double tête avec de lourdes lames épaisses, qui nécessitait de la force pour être manipulée. Caeli avait choisi une simple lance, mais avec une lame pointue à chaque extrémité. Enfin, Demi avait trouvé une courte dague incurvée et la tenait de manière que le tranchant soit parallèle à son avant-bras.

« Je vois que vous avez tous une arme. Excellents choix. N'hésitez pas à en changer pour utiliser ce qui vous convient le mieux. Mais pour l'instant, mes chéris, ne quittez pas votre adversaire des yeux. »

Les robots imitèrent Raeve, qui dégaina son cimeterre. Alexis comprit que cette séance allait être aussi éprouvante physiquement que la précédente.

13

MERAKI

Meraki : *verbe grec.*
L'âme, la créativité ou l'amour que l'on met au service de quelque chose ; notre essence dans notre travail.

Taranis arriva avec une demi-heure d'avance en expliquant qu'il était incapable d'attendre plus longtemps. Son énergie bondissante et son enthousiasme contagieux donnèrent aux quatre Élémentaires fatigués l'élan dont ils avaient besoin pour apprendre à utiliser les outils qui les aideraient dans leur quête, notamment le téléporteur qui les transporterait au plus près de la cachette de chaque Gemme élémentaire et les techniques de survie qui leur permettraient de se défendre.

« Vous avez bien travaillé, les félicita Taranis en les applaudissant. Vous pouvez donc finir plus tôt.

— Dans ce cas, Taranis, déclara Raeve sur le seuil de la salle, ses yeux de chat fixés sur lui, tu pourrais peut-être me donner un coup de main avant le dîner. »

Taranis rougit et s'empressa de la rejoindre, tandis que des étincelles jaunes crépitaient autour de son corps, trahissant son excitation. Il ne s'arrêta qu'un instant pour s'incliner devant Incantus, qui venait juste de réapparaître.

Incantus rit en les regardant s'en aller. « Vous n'imaginez pas à quel point ils se détestaient, au début, confia-t-il aux Élémentaires épuisés. Je suis incroyablement fier de vous, ajouta-t-il en joignant les mains devant lui. Vous avez bien mérité de prendre votre soirée. Mangez, explorez et passez du bon temps ensemble. »

Les quatre adolescents dirent au revoir à leur mentor et se dirigèrent vers leurs chambres pour se doucher avant le dîner.

« Al, lança Blaise, les mains dans les poches, en se balançant sur ses talons, incapable de rester immobile. Tu veux venir te reposer dans ma chambre ? »

Par-dessus l'épaule de Blaise, Alexis vit Demi lever le pouce pour l'encourager.

« OK », répondit-il avec un sourire en coin. Il dut ravaler un éclat de rire en voyant Demi brandir le poing d'un air victorieux, puis tituber dans l'escalier qui montait vers sa chambre.

« C'est pas ce que j'appelle "me reposer" ! protesta Alexis d'une voix étranglée lorsque Blaise ouvrit sa porte et qu'un air chaud étouffant l'enveloppa et lui fit monter les larmes aux yeux. C'est un vrai sauna ! » ajouta-t-il en s'éventant avec la main.

Blaise éclata de rire. « Exactement comme j'aime. »

Alexis balaya la pièce du regard. Comme sa chambre, elle était sur deux niveaux, mais décorée dans des tons rouge, jaune et orange, et une cheminée occupait tout un mur là où lui avait une piscine.

Alexis se percha sur le sofa noir comme du charbon, et Blaise s'assit face à lui, visiblement mal à l'aise.

« Je voulais juste te dire... » Il se racla la gorge une seconde fois. « Merci de m'avoir aidé tout à l'heure. Tu sais, pendant qu'on nageait.

— Pendant que tu te *noyais* », rectifia Alexis. Blaise lui offrit un petit sourire contrit. « Et je t'en prie. On va passer tout notre temps ensemble ces prochaines semaines, alors autant s'entraider. »

Blaise hocha la tête. « Tu as raison. » Il se laissa aller contre le dossier de son fauteuil et croisa ses mains derrière sa tête.

À la lueur des flammes, les pinces de ses courtes tresses luisaient comme des braises. « Je n'ai pas beaucoup de copains mecs. J'essaie de me rapprocher d'eux, mais, je ne sais pas pourquoi, ça ne dure jamais. On se dispute, ça vire à la compétition. Je suppose que mon feu intérieur les épuise. »

Alexis avait envie de répondre : *Je ne sais pas être un ami. S'il te plaît, ne me rejette pas. Je te promets de faire des efforts si tu veux bien en faire aussi.*

Mais jamais sa voix ne trahirait ainsi ses pensées. « Heureusement alors que l'eau ne brûle pas », dit-il.

Peut-être qu'il s'était trompé au sujet de Blaise ; peut-être que ce dernier n'avait pas volontairement essayé de l'éclipser. Peut-être que c'était juste dans sa nature. Audacieux et lumineux, il attirait naturellement l'attention, comme le soleil dans le ciel ou un feu de joie dans les bois.

Alexis ne pouvait lui en vouloir d'être différent de lui et de ne pas puiser du réconfort dans l'obscurité ou en restant à la marge. Blaise était celui qu'Alexis avait toujours rêvé d'être.

Peut-être qu'il valait mieux garder ce genre de personne à proximité.

Blaise désigna la porte du menton. « Alors, qu'est-ce qu'il y a entre toi et Dee ? Ne me dis pas qu'il ne s'est jamais rien passé entre vous. Je vois bien comment vous vous regardez, tous les deux. »

Alexis secoua la tête avec plus de vigueur que nécessaire sans doute, car Blaise plissa les yeux d'un air sceptique. « Non, nous sommes juste de très bons amis depuis longtemps, et nos familles sont proches. Jamais elle ne… On est très complices, c'est tout. »

Blaise sourit d'un air entendu, comme s'il n'y croyait pas. Mais Alexis n'était pas sûr d'y croire lui-même. « Donc, ça ne te dérange pas si j'essaie de mieux la connaître ? »

La vapeur qui imprégnait la chambre de Blaise devint rapidement accablante, au point qu'Alexis avait du mal à faire autre chose que transpirer. L'idée que Blaise puisse sortir avec Demi lui retourna l'estomac, mais il ne pouvait pas refuser sans que son camarade continue de l'interroger.

« Fais ce que tu veux », répondit-il nonchalamment, en essayant de déglutir alors même qu'il avait la bouche sèche.

Blaise rit tout bas. « Nan, c'est pas mon genre. Elle est magnifique, mais trop gentille pour moi. »

Alexis ne parvenait pas à imaginer comment un individu sain d'esprit pouvait regarder Demi, ou se voir offrir un de ses sourires, sans passer le rester de sa vie à se morfondre pour elle.

« Est-ce qu'il y a quelque chose entre toi et Caeli ? demanda-t-il en lui retournant la politesse.

— Hum, non, on est juste amis, comme Dee et toi. »

Pendant quelques instants, ils restèrent assis en silence, à contempler le feu qui dansait devant eux et léchait l'air. Puis Blaise posa la main sur son ventre. « Je meurs de faim. J'ai hâte de voir ce que le cuisinier prépare pour le dîner.

— Je ne sais pas si j'ai envie de descendre au Jardin ce soir, avoua Alexis, ce qui lui valut un regard perplexe de Blaise. Je n'aime pas être au centre de l'attention. J'ai l'impression que la moitié de ces gens attendent que je leur prouve que je mérite d'avoir reçu ces pouvoirs et pas eux.

— On s'en fiche de ce qu'ils pensent ! » répondit Blaise avec un petit geste de la main. Puis il ajouta, d'une voix plus calme qu'auparavant : « La seule chose qui compte, c'est comment tu te vois, toi. »

Blaise secoua la tête.

« Si nous passons notre vie à nous inquiéter de l'opinion des gens, nous aurons trop peur de faire quoi que ce soit. Je refuse de vivre comme ça. Je veux rayonner, qu'il y ait du monde pour le voir ou pas. »

Alexis passa son bras autour de son nouvel ami et répéta ce qu'il venait de lui dire. « La seule chose qui compte, c'est comment tu te vois.

— *Moi*, je pense que je suis super.

— Et tu as bien raison, ajouta Alexis. Et si quelqu'un dit quoi que ce soit...

— Je n'ai pas besoin de ta protection, coupa Blaise en repoussant son bras d'un air taquin. Mais je veux bien de ton amitié. Quelque chose me dit que tu es impitoyable. Je préfère t'avoir comme allié que comme rival. »

14

GEZELLIGHEID

Gezelligheid : *nom néerlandais.*
Le confort et la chaleur douillette que nous procure notre foyer, ou la présence de nos amis ou de nos proches

Un léger coup frappé à la porte tira Alexis du sommeil. Après s'être douché et avoir enfilé un short et un ample pull noir, il s'était endormi en se demandant ce qu'il se serait passé si le bus ne s'était pas arrêté à proximité de Stonehenge, ou si ses parents avaient refusé de le laisser partir. La prophétie aurait-elle pu s'accomplir quand même ? Ses parents remarqueraient-ils des différences entre lui et son substitut ? Rencontrerait-il un jour Mortem en personne ?

Pour toute réponse, le sommeil s'était emparé de lui.

Quand Alexis ouvrit sa porte, il découvrit, appuyée contre le montant, Demi Nikolas vêtue d'une robe d'été de la couleur du miel brun.

« Et on ose prétendre que les filles mettent plus de temps à se préparer que les garçons. » Ses cheveux noirs formaient une masse de boucles humides et indisciplinées avec deux tresses attachées ensemble à l'arrière de sa tête. Alexis remarqua des traces de poudre chatoyante autour de ses yeux, qui faisaient ressortir le vert de ses iris. Il jeta un coup d'œil derrière elle en se demandant où étaient les autres.

« Je leur ai demandé de nous garder une place. Je me suis rappelé que je ne t'avais pas encore montré ma chambre. »

Elle le prit par la main et le conduisit chez elle, où il fut accueilli par une riche odeur de terre et de fleurs, comme s'il entrait dans une serre. Cette pièce était bien plus décorée que la sienne. Des vrilles et des feuilles de toutes les nuances de vert tapissaient les murs. Même les piliers du grandiose lit à baldaquin en acajou s'ornaient de fleurs et d'épines sculptées à la main.

Mais le plus surprenant, c'était cet immense chêne qui poussait au milieu de la chambre. La base du tronc mesurait près de deux mètres de diamètre, et le sommet de ses branches se repliait contre le haut plafond, ce qui limitait sa croissance naturelle.

« Tu as un *arbre* dans ta chambre ?

— Ta vision élémentaire semble fonctionner », répondit Demi d'un air malicieux.

Alexis passa la main sur le tronc, et sentit sous ses doigts la rugosité et l'épaisseur de l'écorce. Il n'avait sans doute encore jamais vu un arbre aussi vieux.

« Apparemment, il est inspiré de l'Arbre de Vie, qui existe vraiment quelque part dans le monde. » Demi posa sa main à côté de celle d'Alexis. Puis elle s'assit et s'adossa au tronc en levant la tête pour contempler le haut feuillage.

« Parle-moi, dit-elle à Alexis lorsqu'il prit place à côté d'elle. Quelque chose te tracasse, et je ne parle pas de cette histoire de quête. Il y a autre chose. Chaque fois que je t'ai regardé aujourd'hui, quand tu pensais qu'on ne faisait pas attention à toi, tu faisais cette drôle de tête que tu as parfois quand tu essaies de cacher ce que tu penses vraiment. Tu étais… je n'arrive pas à trouver le bon mot.

— Distrait ? » proposa Alexis. Demi acquiesça.

Les yeux fixés sur lui, elle le regardait comme elle l'avait toujours fait, comme si elle savait tout de lui et qu'elle l'acceptait comme il était. Bien entendu, ce n'était pas le cas, car il y avait des choses qu'Alexis avait gardées pour lui et qu'il ne lui dirait jamais. Il refusait de courir le risque de perdre ce regard-là et cette foi qu'elle avait en lui.

Mais était-ce juste de ne lui montrer que ce qu'il croyait qu'elle voulait voir ? Était-ce juste envers lui aussi ? Ne méritait-il pas d'avoir de la compagnie dans l'obscurité de sa découverte, une personne qui serait sa lumière ? Peut-être était-ce une force intrinsèque de dévoiler sa propre vulnérabilité.

Faisant taire l'instinct qui lui disait de tout garder pour lui, Alexis décida de se confier à la seule personne qui ne le jugerait jamais. « J'étais distrait. Je le suis encore. » En tapotant ses pouces avec ses doigts pour se donner du courage, il prit une grande inspiration et lâcha : « Je crois que Mortem est mon père biologique. »

Il lui parla de la photo des deux garçons, et de la ressemblance entre lui au même âge avec le plus jeune des deux. Il ajouta que ce serait logique qu'il soit né avec les pouvoirs de l'eau, puisque c'étaient ceux que Mortem possédait avant. Il lui raconta même comment il ne cessait de rêver de deux personnes qu'il n'avait jamais rencontrées.

« Mais qu'est-ce que ça signifie ? ajouta-t-il pour combler le silence tandis que Demi restait là sans rien dire. Mes parents connaissaient-ils l'existence du monde élémentaire quand ils m'ont adopté ? Est-ce qu'Incantus est mon oncle ? Le sait-il ? Et qui était ma mère biologique ? »

Demi posa sa main sur celle d'Alexis et la serra fermement pour endiguer ce flot de questions. « On n'en sait pas encore assez pour le dire. Oui, Mortem est peut-être ton père biologique. Mais peut-être pas. Tu bases tout ça sur un rêve et une photo prise il y a un siècle d'un garçon à qui tu ressemblais un peu quand tu étais petit. »

Alexis détourna le regard et ne réussit pas à rire de façon crédible. « On ne peut pas nier que j'ai beaucoup d'imagination, pas vrai ? »

Demi secoua la tête. « Au fond, tu sais qui sont tes vrais parents. Ce sont les personnes qui t'ont élevé et qui t'ont appris tout ce que tu sais. Tu peux émettre toutes les hypothèses que tu veux, mais le seul qui pourra peut-être te dire la vérité, c'est Incantus. »

Alexis tira sur les feuilles au-dessus de sa tête pour s'occuper les mains. « La façon dont tout le monde parle de Mortem... Ce qu'il a fait, ce qu'il compte faire. Je ne sais pas si je veux savoir. Je... je n'ai pas envie d'être de nouveau celui qui est bizarre.

— Ta différence, c'est ce qui fait de toi quelqu'un de spécial, Lexi, répondit Demi sans ciller. Je ne te changerai pour rien au monde. » Son regard exprimait un mélange de bienveillance et de certitude.

Alexis sourit et la serra contre lui. Elle posa la tête sur son épaule. Il ne la croyait pas, mais il la remercia quand même.

« Je sais que ça paraît immature, mais ma famille me manque tellement, marmonna Demi contre son torse. Surtout, j'ai vraiment du mal à l'idée de blesser ou de tuer quelqu'un. Ça va à l'encontre de tout ce en quoi je crois et de ce que je suis au plus profond de moi. »

Alexis poussa un petit soupir, car il ne savait pas trop quoi répondre. « Dem, si Incantus dit vrai à propos de Mortem... nous devrons faire le nécessaire pour les arrêter, lui et tous ceux qui tenteront de faire échouer notre quête.

— Je le sais bien. Je suis consciente qu'il est horrible, que c'est un assassin et que nous devons l'arrêter. Mais qui a dit que nous devions lui ôter la vie ? Je ne peux pas tuer, Lexi. Je ne pourrais plus me supporter après ça. »

Alexis prit la main de Demi et la serra plus longtemps qu'il n'aurait dû. Il admirait la manière dont elle s'accrochait à ses valeurs. « Alors, ne tue pas. Nous récupérerons les Gemmes et nous rentrerons à la maison sans que personne ne soit blessé. »

Elle soupira. Visiblement, elle était bien plus candide que lui. « Je l'espère.

— On va y arriver, toi et moi », lui promit Alexis en embrassant le bout de ses doigts. Avec ce baiser, il se jura de tout faire pour la protéger. « Nous allons tout affronter ensemble jusqu'à ce que les mers s'apaisent et que la Terre arrête de tourner. »

Ça, c'était la vérité, il en était certain.

Quand Demi et Alexis arrivèrent dans le Jardin après être passés sous l'arche antique qui brillait, ils furent accueillis par une horde d'Élémentaires qui les attendaient avec impatience et qui écoutaient, captivés, Caeli et Blaise raconter comment ils s'étaient rencontrés tous les quatre. Ziya salua gaiement les deux nouveaux arrivants, qui n'eurent pas le temps d'ouvrir la bouche ; déjà Libero leur mettait dans les mains des assiettes bien fournies. Ils mangèrent jusqu'à ce qu'Alexis ait l'impression de remplir confortablement son ample pull noir.

Ils échangèrent des histoires, des plaisanteries et des éclats de rire pendant des heures, tandis que la lune montait dans le ciel et éclairait le Jardin comme si elle ne brillait que pour eux. À un moment donné, Raeve et Taranis se joignirent à eux, fascinés par la vie que les Enfants des Éléments avaient vécue jusque-là.

Alexis ne put s'empêcher de sourire en voyant Blaise flirter avec l'amie de Ziya, Althéa Orenda, qui lui racontait comment elle avait quitté l'académie du Coven pour étudier sous la tutelle de Raeve. Alexis remarqua aussi la façon dont Caeli dévisageait les deux jeunes gens, et le bref éclat de déception qui se peignit sur son visage.

Mais cette émotion disparut très vite, car Caeli se retrouva bientôt assise à côté d'un beau jeune homme aux longs cheveux blonds qui s'appelait Joe Coin. Elle se mit à rire bruyamment, assez pour attirer l'attention de Blaise.

Alexis se contenta de rester un peu en retrait, et de siroter sa boisson en observant ce manège qui promettait de le divertir pendant le prochain mois.

Il était près de minuit lorsqu'Akili Pierce apparut et, sans même ouvrir la bouche, annonça à toutes les personnes rassemblées dans la clairière qu'il était temps d'aller au lit.

Tandis que les Leaders reconduisaient les jeunes Élémentaires au Refuge en marmonnant que l'équipe Alpha ferait bien d'être prête pour une nouvelle journée d'entraînement, Alexis aperçut Gibbeux qui gambadait dans les bois en direction du canyon. Sa fourrure scintillait au clair de lune. Alexis se demanda ce qu'il pouvait bien fabriquer à cette heure. Partait-il chasser ? Non, il avait vu Ziya lui donner à manger à peine une demi-heure plus tôt.

Peut-être que le loup cherchait son maître, et qu'Alexis tenait là une occasion rare de parler à Incantus seul à seul et d'obtenir des réponses à certaines de ses questions.

Il s'éloigna de ses amis en silence, et suivit Gibbeux à distance de la foule.

Sorti de l'abri des arbres, il sentit la morsure vivifiante de l'air nocturne alors qu'il suivait le chemin sinueux éclairé par des lanternes, avec pour seuls guides les étoiles éparpillées et le lointain bruit de la rivière. Il était sur le point de faire demi-tour lorsqu'il vit que Gibbeux s'était arrêté, les oreilles dressées.

Allait-il l'attaquer maintenant qu'il n'y avait plus personne autour ? Alexis retint son souffle et banda ses muscles, mais le grand loup blanc finit par repartir d'un pas plus mesuré et le mena vers le canyon.

Incantus était assis au bord, les jambes dans le vide. La lune éclairait ses cheveux cendrés. Gibbeux remua doucement la queue en s'approchant de lui et fourra son museau dans sa main avant de prendre place à sa droite.

« Peu de gens peuvent me surprendre », déclara Incantus d'une voix légère, sans se retourner. Alexis sortit de l'ombre de la forêt et se rapprocha de son mentor en contemplant la vue au fond du canyon. La rivière s'écoulait paisiblement, et ses eaux sombres ressemblaient à une toile noire qui dissimulait ce qu'il se passait sous la surface.

Incantus ne donnait pas l'impression de vouloir de la compagnie. Une couverture marron ample et usée, avec des motifs, était drapée comme un châle sur ses épaules. C'était la première fois qu'Alexis voyait Incantus dans des vêtements ordinaires : un T-shirt baggy et un vieux jean.

« Je suis désolé de vous déranger, dit-il. Je vais m'en aller. »

D'une main qui brillait, Incantus lui fit signe de s'asseoir à côté de lui. « Je savais que vous viendriez à un moment donné, monsieur Michaels. Restez donc. Je serai ravi d'avoir le plaisir de votre compagnie. »

15

KAWAAKARI

Kawaakari : *nom japonais.*
« La lumière de la rivière » ; le miroitement
des derniers rayons du soleil à la surface d'une rivière ;
un cours d'eau qui scintille dans le noir.

Alexis s'assit de l'autre côté d'Incantus sous le regard vigilant de Gibbeux.

« Comment avez-vous trouvé cette première journée ? Vous attendiez-vous à ça ?

— C'était plus dur que je le pensais, reconnut Alexis, dont la voix résonna dans le canyon tandis qu'il enfouissait ses mains sous ses aisselles.

— Votre univers entier a radicalement changé en deux jours. Si ça peut vous consoler, vous gérez bien mieux la situation que la plupart des nouveaux Élémentaires quand ils découvrent la réalité.

— J'ai toujours su surfer sur la vague, répondit Alexis, ce qui fit glousser Incantus. Et puis, vous êtes un prof incroyable. Vous l'êtes tous. La manière dont vous nous parlez... ça me donne l'impression d'être capable de tout. Aucun professeur ne m'avait fait ressentir ça jusqu'à présent. »

En voyant Alexis frissonner, Incantus lui proposa la couverture déchirée et l'étendit sur eux deux. Puis son regard revint se poser sur la rivière, au loin. Ses yeux clairs paraissaient songeurs sous ses sourcils foncés. « Je tiens à enseigner différemment de mon mentor. Je le respecte, mais je ne veux pas lui ressembler. C'est une décision que j'ai prise consciemment il y a bien des années, celle d'être un meneur plutôt qu'un dirigeant. Je suis content que cela porte ses fruits. Comment vous entendez-vous avec vos nouveaux amis ? »

Des amis. Alexis n'en avait encore jamais eu. Il déglutit pour défaire le nœud inattendu qui s'était formé dans sa gorge. « Bien, très bien. Jusqu'à maintenant, c'était uniquement Demi et moi.

— Les gens comme elle sont rares, commenta Incantus. Il faut les garder près de soi et prier pour qu'ils ne s'en aillent pas ou que rien ne nous les enlève. »

Jamais Incantus n'avait paru aussi humain : fort et angélique, certes, mais mortel aussi. Du fait de son immortalité, il avait dû vivre plus longtemps et voir périr des gens à qui il tenait. Alexis avait du mal à réconcilier cette vision avec l'image que son professeur avait donné à voir toute la journée. Il débordait de lumière tout en abritant une tristesse qui l'accablait.

« Je sais à quel point j'ai de la chance de l'avoir dans ma vie », assura Alexis. Dans son esprit, il entendit le hurlement d'agonie que l'Homme-Ombre avait poussé lorsqu'il avait rencontré Demi et que leurs amulettes s'étaient mises à briller pour la première fois. « Mais je suppose que la prophétie est derrière tout ça, reprit-il en regardant Incantus.

— Votre rencontre était prédestinée. Mais votre amitié, le fait de former une famille, c'était votre décision. »

Leur conversation tira Gibbeux du sommeil. Il grogna doucement, dépité d'avoir été réveillé. Profitant de la présence d'Incantus, qui le protégerait au besoin, Alexis tendit la main pour caresser le loup blanc. Celui-ci se raidit, puis finit par se détendre.

« Je ne suis pas sûr qu'il m'apprécie », dit Alexis.

Incantus lui sourit. « Peut-être parce que vous lui rappelez quelqu'un. Le maître de son frère. La personne qui possédait autrefois les pouvoirs qui vous animent à présent. »

Alexis jura en son for intérieur. « Mortem. »

Le sourire d'Incantus se départit un peu de son éclat. « Que souhaitiez-vous me demander, monsieur Michaels ? » Une fois de plus, il se perdit dans la contemplation du paysage. Les étoiles illuminaient son visage et dévoilaient dans ses yeux toutes les années d'une longue vie. « Toute la journée, des pensées n'ont cessé de tourbillonner dans votre tête ; or, vous ne me paraissez pas du genre à garder vos opinions pour vous. »

Alexis imita son mentor et contempla le canyon en jouant avec les fils de la couverture. Il repensa à la photo des deux garçons et à la manière dont elle s'était retrouvée dans sa chambre.

« Est-ce qu'on a des points communs, lui et moi ?

— Comme il faut s'y attendre, puisque vous êtes nés sous le signe du même élément. C'est ce qui vous unit tous les deux, bien plus qu'il n'est lié à vos amis. »

Était-ce possible ? Leur lien concernait-il uniquement leurs pouvoirs et rien d'autre ?

« Mes parents biologiques. Les avez-vous connus ? » À sa grande surprise, Alexis avait du mal à parler, sa voix se coinçait dans sa gorge. Il ne pensait pas souvent à ses origines, mais depuis qu'il était entré dans le monde élémentaire, où son ascendance jouait un rôle crucial quant à ses pouvoirs et à sa raison d'être, il ne pouvait s'empêcher de se poser des questions.

Gibbeux remua sur les genoux d'Incantus lorsque celui-ci brossa délicatement la fourrure entre ses yeux endormis. « Je n'ai perçu votre présence que le jour où le mégatsunami vous a déposé sur le rivage.

— Le jour où mes parents adoptifs m'ont trouvé ?

— Oui, répondit Incantus, songeur. Je vous cherchais depuis longtemps, en me demandant où l'Enfant de l'Eau pouvait bien être. Mais je ne vous trouvais pas. Quand je vous ai enfin découvert, vos parents avaient entamé les démarches pour vous adopter. Aadya Parashakti et moi avons procédé à votre inhibition élémentaire sans qu'ils le sachent.

— Pourquoi ne m'avez-vous pas emmené ? »

Alexis imagina brièvement à quel point sa vie aurait été différente s'il avait été élevé par Incantus Arcangelo dans le monde élémentaire. Il serait devenu une autre personne. Aurait-il fait face aux démons qui l'avaient tourmenté dans son enfance ? Aurait-il subi l'Homme-Ombre ?

Mais dans ce cas, il n'aurait pas connu sa famille. Une vie sans ses parents et son frère n'aurait pas eu de saveur. Alexis préférait souffrir de la compagnie de l'Homme-Ombre plutôt que de renoncer à eux.

« Vous êtes venu à nous quand le destin a jugé qu'il était temps, répondit Incantus, avant d'ajouter, avec un sourire triste : Allez vous reposer. Vos autres questions peuvent attendre. Pour l'instant, cela suffit. »

Alexis remonta en direction de la clairière pour regagner le Refuge. Il était perdu dans ses pensées, à tel point qu'il faillit ne pas remarquer la présence d'Ezra Alastor.

Le jeune homme pâle se tenait sous l'arche luisante et faisait courir ses mains sur la ligne blanche qui reliait le Refuge et le Jardin. Le clair de lune qui filtrait à travers les frondaisons éclairait sa mâchoire anguleuse. Alexis se glissa derrière un arbre et plissa les yeux pour tenter de comprendre pourquoi Ezra était dehors si tard.

Il examinait attentivement les lignes de téléportation et passait les doigts sur le seuil, comme pour vérifier sa puissance. D'après Ziya, il avait participé à la construction des téléporteurs. Mais pourquoi s'en occupait-il au cœur de la nuit ?

Alexis fit passer son poids d'une jambe sur l'autre, et une brindille craqua sous ses pieds. Le bruit résonna comme un signal dans les bois enchantés. Ezra se leva d'un bond, tandis qu'Alexis se pressait contre l'arbre en espérant que les ombres le dissimuleraient.

Il n'eut pas cette chance. Il entendit un sifflement et aperçut un éclair couleur bronze, puis se retrouva brusquement plaqué contre le tronc, qu'il heurta avec la tête.

« Les ténèbres ne te cacheront pas », gronda Ezra, les lèvres retroussées en un mauvais rictus. Il donna un coup de pied féroce dans le flanc d'Alexis, qui se plia en deux, le souffle coupé, tandis que son ennemi se téléportait un peu plus loin, hors de portée. « Et si je t'expédiais dans un endroit où Incantus ne te retrouvera pas ? »

Alexis cracha du sang en direction d'Ezra tout en se redressant tant bien que mal. « Essaie, Eczéma. Moi, au moins, si je disparais, les gens s'inquiéteront. »

La colère d'Ezra s'envola. L'espace d'un instant, une autre émotion se peignit sur ses traits. Visiblement, Alexis avait visé juste et l'avait touché. Les coins de sa bouche s'affaissèrent et son regard se troubla.

« Je suis désolé, dit aussitôt Alexis. Je ne voulais pas... »

Ezra fit un geste dans sa direction. Un portail en bronze chatoyant jaillit de ses doigts et vola vers Alexis, trop vite pour qu'il puisse l'esquiver.

Juste avant qu'il le téléporte loin du Jardin, probablement en pièces détachées, Gibbeux arriva en bondissant dans la clairière et bouscula Ezra, ce qui fit disparaître le portail. Dressé sur ses pattes arrière, le grand loup blanc dominait d'une bonne tête le maigre adolescent et le força, en grondant, à reculer en direction du Refuge.

Incantus n'était pas là, mais de toute évidence, Ezra n'était pas prêt à défier de nouveau Alexis en présence de Gibbeux.

« Tu ne mérites rien de tout ça, protesta-t-il d'une voix sifflante en voyant Alexis rejoindre le loup. *"Les Enfants de la prophétie de la Lumière et des Ténèbres"*. Qu'as-tu fait pour mériter tes pouvoirs ? Pour mériter le respect ? Pour qu'on te voie ?

— De la jalousie, vraiment ? » Alexis leva les yeux au ciel. Il comprenait mieux le mépris d'Ezra à leur égard. Il fit semblant de bâiller. « C'est d'un cliché, Eczéma. Tu ne peux pas être à la fois chiant et vivant. Choisis ton combat ou je le choisirai pour toi. »

Les narines dilatées, Ezra fusilla Alexis du regard. « Tu te crois tellement drôle et intelligent...

— Tu flirtes avec moi ou quoi ? »

Ezra serra les dents, la fureur émanant de lui sous forme de vagues qu'il s'efforçait de réprimer. Ce fut d'une voix devenue très froide qu'il répondit : « J'arrive toujours à me venger. Je commencerai par ta petite amie. Voyons si on peut faire saigner une pierre. »

Alexis bondit par-dessus Gibbeux pour se jeter sur Ezra. Son sourire s'était envolé, la violence avait détrôné son humour. Toutes les cellules de son corps battaient à l'unisson en un chœur assassin, une rage aveugle qu'il ne pouvait ni ne voulait maîtriser. Il tenait à faire souffrir Ezra pour ce qu'il venait de dire, mais pas avec ses pouvoirs, avec ses mains. Il voulait sentir ses os se briser sous sa peau. Le karma, ça prenait trop de temps. Il voulait se venger tout de suite.

Mais il ne fut pas assez rapide. Ezra disparut avant qu'Alexis puisse le tailler en pièces.

« Si tu la touches, je te noierai dans ton propre sang, réussit-il à dire tandis que Gibbeux venait se frotter contre lui et fourrait son museau dans sa main pour le forcer à desserrer le poing. Tu pourras bien te téléporter où tu voudras, je te retrouverai. »

Ezra laissa échapper un rire creux qui résonna dans la clairière ténébreuse. Avant de disparaître dans un trou de ver en bronze, il se tourna vers Alexis.

« Tu seras mort avant. Vous le serez tous. Et alors, tout le monde connaîtra mon nom. »

PARTIE DEUX

CAELI

Faite pour voler

« Je suis plus que mes doutes. »

16

HALCYON

Halcyon : *adjectif anglais venant du grec ancien.*
« Alcyon » ; dénote une période idyllique, heureuse, tranquille, paisible.

Près de quatre semaines plus tard

Les journées se mirent à défiler. Les tâches s'enchaînaient, les séances d'entraînement se chevauchaient, les semaines s'accumulaient. Dans le Refuge sous Stonehenge, l'impatience et l'appréhension ne faisaient que croître.

Il ne s'écoulait pas un seul jour sans que les Enfants des Éléments ne s'entraînent ; vers la mi-juin, à moins d'une semaine du solstice d'été, ils commencèrent même à y passer leurs nuits.

La veille de la quête, Alexis se retrouva dans le sanctuaire des anciens, à écouter les histoires de Teller Sagen. Il savait qu'il aurait dû s'entraîner en ce dernier jour. C'était ce que faisaient ses amis. Mais il n'aurait pas pu s'éloigner de Teller, même s'il l'avait voulu. De plus, il se sentait bien trop distrait pour prendre le risque de manier une épée.

« C'est ainsi qu'Incantus, Serena, Akili, Darcy et moi avons vaincu Apex, le plus grand Élémentaire sombre de notre génération, conclut Teller avec son fier accent nordique en prenant la main d'Incantus, debout à côté de lui.

— C'était… incroyable ! lâcha Alexis avec un immense sourire.

— Oui, enfin, on finit par s'en lasser quand on l'entend pour la millième fois », marmonna une dame en se levant pour s'éloigner d'un pas traînant.

Incantus éclata de rire. Frustré, le vieux conteur lui donna une tape au creux du dos avec une rapidité surprenante.

« Encore et toujours ton point faible, dit-il avec un clin d'œil.

— C'est parce que tu étais toujours là pour le défendre, répondit Incantus en prenant le visage du vieil homme dans ses mains. Alexis, je ne vais pas tarder à vous convoquer pour la dernière phase de votre entraînement. »

Il disparut dans un éclair blanc, et l'image rémanente de son corps s'imprima sur la rétine d'Alexis. Après son départ, le silence enveloppa les deux Élémentaires assis près de la fontaine au milieu du sanctuaire des anciens. Alexis laissa sa main jouer avec l'eau qui coulait de la pierre, et fit circuler le jet au sein de la salle aux murs lilas en faisant de son mieux pour l'empêcher de trembler. Il tentait de dissimuler sa nervosité comme il cachait la plupart de ses émotions, mais l'eau refusait de s'apaiser et, comme toujours, Teller vit clairement ce qui le travaillait.

« Tu aimerais que je regarde dans ton passé ? »

Alexis faillit laisser tomber le jet d'eau. « Comment… Qu'est-ce qui vous fait dire ça ?

— Akili a certes le don de lire dans les pensées, mais moi, je n'oublie jamais rien. Tu as la tête de quelqu'un qui meurt d'envie de poser une question, mais qui a peur de connaître la réponse. »

Lentement, Alexis laissa l'eau retourner dans la fontaine et la regarda couler sur les ailes de l'ange qui la décorait. Il se demandait constamment qui étaient ses parents biologiques, d'où il venait, et s'il avait provoqué le tsunami qui les avait peut-être tués en même temps que des centaines d'autres personnes. Teller pouvait déverrouiller son passé et en extraire la vérité.

L'ancien patientait, car c'était à Alexis de décider. Finalement, le jeune Élémentaire prit la parole. « Je n'ai aucun souvenir d'avant mon adoption. Je sais que l'amnésie infantile, ça existe, mais je ne me souviens vraiment de rien avant mes six ans. La seule chose qu'il me reste, c'est un cauchemar qui revient toutes les nuits, et je ne crois même pas que ce soit moi dans ce rêve.

— Le cerveau ne peut pas créer de nouveaux visages, en tout cas chez la plupart des gens, lui apprit Teller en se penchant en avant. On ne peut rêver que des personnes qu'on a déjà vues, même un instant. Que cherches-tu ?

— Je ne sais pas. N'importe quoi. *Quelque chose,* au moins. J'aimerais voir à quoi ressemblaient mes parents biologiques. Ou découvrir ce qui leur est arrivé. Comment puis-je avancer dans la vie sans savoir qui j'étais et d'où je viens ? J'ai l'impression d'être un bateau à la dérive, j'ignore comment je suis arrivé là. »

Il ne dit rien à propos de Mortem qu'il soupçonnait d'être son père. Il était certain que lorsque Teller regarderait dans sa mémoire, il y verrait ce qu'il s'y trouvait. En attendant, il préférait garder ses théories pour lui. De plus, le dédain dans la voix de Teller quand il parlait de Mortem était palpable, actuel et violent. De toute évidence, même quand ils étaient encore dans le même camp, Teller ne lui avait jamais fait confiance.

Le vieil homme s'étira en grognant. Avec l'âge, son corps s'ankylosait. Ses années de combats et de blessures finissaient par le rattraper. Il posa une main raide sur le genou d'Alexis qui ne cessait de remuer. « Je n'ai pas d'avenir, dit-il en le regardant de ses yeux verts qui ne cillaient pas. Je n'ai que des souvenirs sans fin. Quand tu atteins cette période de ta vie où le passé devient plus important que l'avenir, c'est là que tu comprends que tu as vraiment vécu. Tu n'en es pas encore là, Alexis. Tu ne peux pas aller de l'avant si tu regardes constamment en arrière, crois-moi. S'accrocher au passé n'est bon ni pour toi ni pour ton avenir. »

Mais la sagesse de Teller ne pouvait rien face à l'insatiable désir d'Alexis de tout savoir. Après une longue pause, le vieil homme reprit : « Tu es sûr que c'est ce que tu veux ?

La mémoire peut être une malédiction ; parfois, il vaut mieux vivre sa vie sans savoir certaines choses. L'ignorance peut être une bénédiction, car alors, la vérité ne peut pas te blesser. »

Alexis ne réfléchit pas beaucoup avant de répondre. Il essaya de se donner du temps pour délibérer, mais il estimait que dix-sept ans, c'était déjà suffisamment long. « Je préférerais savoir plutôt que… »

Sans lui laisser le temps de terminer sa phrase, une voix grave et musicale résonna dans son esprit, comme si une ligne de communication s'était ouverte entre lui et un autre, telle une fréquence partagée par deux radios.

Heureusement, cette voix appartenait à Akili et véhiculait une certaine urgence. « Pardon, Alexis. Toutes mes excuses pour t'avoir crié dans l'oreille – ou plutôt dans la tête. » Le son passa de la tête du garçon à la salle tout entière, comme diffusée par un haut-parleur invisible. « Peux-tu te rendre au centre d'entraînement ? Il est temps pour toi de compléter la dernière étape de ton entraînement, l'Armageddon élémentaire. Laisse ce fragile Élémentaire se reposer ; tu sais à quel point ils en ont besoin à cet âge.

— Voilà qui est mesquin et indigne d'un moine, crâne d'œuf, répondit Teller avec humour. Peut-être devrais-je raconter à monsieur Michaels cette courte période pendant laquelle nous avons été amants. »

La réponse d'Akili retentit si bruyamment dans le sanctuaire qu'Alexis dut plaquer ses mains sur ses oreilles. « Comme si j'avais pu tomber aussi bas ! » N'entendant rien d'autre que les gloussements de Teller, Akili jura sous cape et mit brusquement fin à la communication télépathique.

Teller rit encore un peu, puis offrit un sourire franc à Alexis. « Va t'entraîner, mon cher garçon. J'ai une réunion avec le Grand Ordre ce soir, donc je ne sais pas si je pourrai assister au banquet – au grand désarroi de tous, j'en suis sûr. Mais si c'est ce que tu veux vraiment, viens me voir après. Je promets de tout te dire. »

17

WALDEINSAMKEIT

Waldeinsamkeit : *nom allemand.*
La solitude de la forêt ;
la sensation d'être seul dans les bois.

L'Armageddon élémentaire était une simulation qui durait près de trois heures. Grâce aux projecteurs, le centre d'entraînement avait été converti en une dangereuse chaîne de montagnes au sein de laquelle les Enfants des Éléments devaient retrouver un joyau luisant avant une autre équipe d'Élémentaires composée de cinq de leurs nouveaux amis, dont Joe Coin et Althéa Orenda, mais aussi Ezra Alastor.

Des hologrammes d'entraînement couleur de plomb, le niveau de difficulté le plus élevé, étaient éparpillés dans l'arène pour protéger le joyau. Inondations, séismes, murs de feu et même rafales extrêmement réalistes balayaient la montagne pour mieux perturber la mission de l'équipe Alpha. Incantus et les Leaders observaient la bataille depuis une plateforme flottante, comme des spectateurs regardant des gladiateurs s'affronter dans le Colisée. Mais en unissant les pouvoirs des éléments primaires, les Enfants des Éléments obtinrent la victoire. Couverts de sang et d'ecchymoses, ils avaient mal partout, mais ils avaient gagné.

Ezra se téléporta hors du centre, et son absence passa aussi inaperçue que sa présence. Incantus, les Leaders et leurs amis félicitèrent l'équipe Alpha. Leur entraînement était terminé. Pour fêter ça avant le début de leur quête, les Leaders leur apprirent qu'un banquet en leur honneur était prévu dans le Jardin et qu'il devait commencer dans moins d'une heure.

Caeli proféra une série de jurons et embarqua Demi pour se préparer au plus vite. Raeve, qui ne sacrifiait jamais sa féminité en présence des autres Leaders masculins, les accompagna pour les aider à choisir leurs tenues, ce qui arracha de petits cris de joie à Caeli.

Alexis alla se doucher dans sa chambre pour se débarrasser de la sueur et de la saleté de son ultime entraînement. Puis il traversa la partie du Refuge d'inspiration hellénique pour se rendre au Jardin. Il portait une chemise noire ajustée qui mettait sa peau bronzée en valeur et qui faisait ressortir ses yeux. Les premiers boutons étaient ouverts pour laisser apparaître son amulette bleue au creux de son torse bien défini. C'était la première fois depuis des semaines qu'il se sentait présentable, voire beau, sans ce voile de sueur qui recouvrait son corps épuisé pratiquement en permanence et qui plaquait ses cheveux noirs sur son front en boucles désordonnées.

Le Jardin était transformé. Des décorations aux couleurs des amulettes des Enfants des Éléments étaient accrochées aux arbres autour de la clairière. Elles formaient un réseau de lanternes rondes flottantes et de guirlandes lumineuses. Au sein du Jardin, d'innombrables rangées de bancs en bois accueillaient des centaines d'Élémentaires dont les auras se mélangeaient pour éclairer la forêt avec vitalité. Au loin, le croissant de lune se dévoilait lentement dans le ciel couleur corail, et son reflet scintillait sur la rivière dans le canyon.

Une longue table en marbre cendré était installée au bout de la clairière, tout près des bois. Incantus Arcangelo était assis en son centre, les Leaders d'un côté, Caeli, Blaise et Demi de l'autre. Curieusement, Alexis eut la gorge nouée en les voyant. Son regard se posa sur la chaise qui l'attendait, son nom gravé sur le dossier. Il était le seul à pouvoir combler ce vide.

Il s'arrêta brièvement près de la table de Ziya. La jeune fille portait un magnifique sari en soie orange. Pour une fois, sa longue chevelure noire tombait librement jusqu'à ses coudes, et sa main s'ornait d'un *mehndī*, un dessin raffiné au henné. Alexis s'agenouilla à côté du banc en bois pour répondre à ses nombreuses questions sur l'Armageddon élémentaire. Il sourit en l'entendant raconter avec animation que Taranis l'avait diffusé en direct pour elle et pour Teller.

Puis Alexis aperçut Demi et oublia tout le reste. Elle riait à propos de quelque chose que Blaise venait de dire. Au milieu de la forêt, son élément, elle paraissait éthérée, le visage illuminé par la lumière dorée du soleil couchant. Elle avait lissé ses cheveux pour la soirée et les avait ramenés en arrière au niveau du cou, ce qui mettait en valeur la chaleureuse couleur cuivrée de sa peau. Sa robe en satin vert sauge dévoilait la croix à son cou et l'amulette juste en dessous.

Raeve avait dû lui transférer une partie de son charme magique, car même les dryades, nées des pétales et des brindilles des arbres qu'elles habitaient, étaient sorties pour l'admirer. Suspendues aux branches, elles observaient les Élémentaires et percevaient leur puissance. Demi repéra Alexis, et un grand sourire fleurit sur ses lèvres tandis qu'elle levait les bras en signe de réjouissance.

« Al, il était temps ! lança Blaise, vêtu d'une chemise en soie bordeaux incroyablement moulante. Notre dernière nuit de liberté !

— Tu es très belle », dit Alexis en croisant le regard de Demi. Il s'empressa d'ajouter en rougissant : « Vous l'êtes tous.

— Je sais », répondit simplement Caeli. Elle avait bouclé sa longue chevelure blond platine, et sa frange papillon s'écartait au milieu de son visage. Un trait d'eye-liner noir faisait ressortir son teint pâle et le gris de ses yeux. Sur son ordre, la brise légère ne soufflait pas autour d'elle, sans doute pour éviter que ses cheveux bougent.

Blaise passa son bras autour des épaules d'Alexis. Comme Althéa l'avait prédit, les pinces dorées au bout des tresses de Blaise avaient fondu lorsqu'il avait accidentellement mis le feu à sa propre tête. Elle n'avait pas pu sauver ses tresses, mais elle avait réussi à redonner une forme à ses cheveux, si bien qu'il possédait désormais de courtes ondulations. « Comment tu me trouves ?

— Encore plus beau que d'habitude, répondit Alexis d'un air malicieux. Mais je vois bien que cette chemise te coupe la circulation. Je te préviens, si tu t'évanouis, ne compte pas sur moi pour te faire du bouche-à-bouche. »

Les Enfants des Éléments s'attaquèrent au festin en bavardant avec Incantus et les Leaders, qui s'étaient eux aussi habillés pour l'évènement. Après le repas, Caeli s'éloigna pour rejoindre Joe, et Blaise ne tarda pas à aller retrouver Althéa, assise à la même table qu'eux. Caeli parut agacée alors même qu'elle tenait le bras de Joe. Demi fit remarquer sa réaction à Alexis, qui ravala un rire pour ne pas vexer ses amis.

Les autres n'étant plus là, Demi changea de place pour se rapprocher d'Alexis. Ils étaient tous les deux réunis, comme toujours. En dépit de tout ce qui leur était arrivé depuis un mois, c'était ainsi qu'Alexis se sentait le plus à l'aise. Il inspira profondément l'odeur de son amie, un mélange de jasmin, de shampoing à la lavande et…

« Désolée, j'ai mangé l'équivalent de mon poids en pain à l'ail », expliqua-t-elle en couvrant sa bouche avec sa main. Elle fit un signe de tête en direction d'Incantus. « Tu l'as interrogé, finalement, à propos de tes parents biologiques ou des gamins sur la photo ? »

Alexis sourit en regardant les Leaders. Il espérait que lui aussi passerait son existence entouré de ses amis. Après bien des encouragements de Taranis, Incantus avait permis à l'un des Élémentaires d'utiliser son pouvoir d'ivresse sur lui. Il avait les joues roses et, pour la première fois depuis longtemps, il paraissait complètement insouciant et détaché de ses responsabilités. Il lança une cuisse de poulet rôti à Gibbeux, qui n'attendait que ça.

« Il a assez de soucis en tête comme ça, répondit Alexis. J'ai demandé à Teller de regarder dans mon esprit, dans ma mémoire. Je vais retourner le voir après le banquet. »

Les créoles en or de Demi oscillèrent lorsqu'elle se redressa. « Je n'y avais pas pensé. Tu veux que je t'accompagne ? Ou tu préfères demander à Blaise ? »

Il lui prit la main en puisant du réconfort dans sa chaleur. Elle la serra en retour lorsqu'il lui répondit. « C'est gentil, mais ça va aller. C'est quelque chose que j'ai besoin de faire seul, tu comprends ? »

Leur conversation fut interrompue par Incantus, qui se leva en se raclant la gorge, et en faisant signe à Caeli et à Blaise de revenir à table. Le silence s'installa au cœur de la forêt, jusqu'à ce qu'on n'entende plus que le bruit des lourdes pattes de Gibbeux chaque fois qu'il sautait pour attraper les lucioles. D'une main, Incantus levait son verre ; de l'autre, il se tenait à la table pour ne pas tomber.

« J'aimerais porter un toast », annonça-t-il en renversant la moitié de son verre sur sa chemise en lin blanc. Akili le prit par le coude pour le soutenir, mais il ne parut pas s'en formaliser. « J'aimerais tous vous féliciter et vous remercier pour les encouragements et le soutien que vous avez apportés aux quatre Enfants des Éléments. Ils sont tout ce que j'avais espéré, et plus encore. » Il se tourna vers les jeunes Élémentaires assis à sa table et leur adressa un sourire rayonnant. Alignés ainsi autour de leur mentor, ils faisaient pratiquement briller la table.

« Je vais pleurer, chuchota Demi, les yeux larmoyants.

— Surtout pas, marmonna Caeli en lui donnant un coup de coude. Tu vas faire couler ton maquillage.

— Je porte un toast en leur honneur, mais je le porte en votre honneur à vous aussi, poursuivit Incantus. À mon Refuge, à mes enfants, et enfin, à mes compagnons, les Leaders qui sont restés à mes côtés pendant toutes ces années, qui m'ont aidé à diriger le Refuge et à vous transmettre nos enseignements. Je vous suis infiniment reconnaissant pour votre amour et pour votre loyauté. »

Les Élémentaires du Refuge applaudirent à tout rompre en sifflant et en lançant des vivats à l'assaut du ciel devenu bleu indigo à la tombée de la nuit. Alexis savait qu'il ne pourrait pas retenir toute cette joie, mais il essaya quand même. Il grava les détails de cette scène dans sa mémoire, le bonheur qui lui gonflait la poitrine. Il avait vu tant de choses, bien plus qu'il ne l'aurait cru possible pour quelqu'un qui n'avait jamais quitté sa ville natale un mois auparavant.

Incantus ouvrit la bouche pour terminer son discours, mais il n'en eut jamais l'occasion.

Gibbeux se mit à hurler et le rejoignit d'un bond, la fourrure hérissée, le museau en l'air. Incantus perdit son sourire et fronça les sourcils en regardant en direction de l'arche qui rattachait la forêt à leur foyer. La ligne blanche qui bordait le seuil en pierre clignotait et son éclat diminuait.

Alexis plissa les yeux en s'efforçant de distinguer l'individu qui se tenait à côté. Une lueur caractéristique brillait entre ses mains, et la couleur bronze s'intensifia tandis qu'il fusionnait ses pouvoirs de téléportation avec la ligne blanche.

« Ezra ! » s'exclama Incantus en se dirigeant vers lui, Gibbeux à ses côtés.

Ezra se retourna, le regard fou et la mâchoire serrée. La sueur plaquait ses cheveux noirs sur son front. La couleur bronze qui se déversait de ses mains continuait d'infecter la ligne et circulait tout autour de l'arche à présent. Mais il refusa de regarder Incantus dans les yeux et s'adressa à lui d'une voix tremblante en contemplant le sol : « Vous avez eu votre chance et vous avez échoué. C'est son tour, à présent. »

Le corps d'Incantus s'illumina dans un éclair blanc. En moins d'une seconde, il traversa la clairière, trop rapidement pour qu'on puisse le suivre à l'œil nu. Il tendit la main vers Ezra, et l'éclair intense qui en jaillit propulsa l'Élémentaire loin de la ligne de téléportation. Le jeune homme s'écroula et resta à terre sans bouger.

Mais la ligne continuait de changer de couleur. De l'autre côté du portail, elle était en train de virer au rouge sang. Cette couleur acheva de se connecter au portail bronze d'Ezra, et les deux teintes fusionnèrent en une lueur noire qui encercla l'immense arche entre le Refuge et le Jardin.

« Un nouveau portail les relie des deux côtés ! s'écria Incantus en s'éloignant du Refuge. Faites reculer tout le monde ! »

Les Leaders se levèrent d'un bond pour éloigner les Élémentaires. Jamais encore ils n'avaient eu cet air-là, ce mélange d'urgence et de peur. Raeve empoigna Alexis par le col et le tira en arrière. « Viens ! Nous devons vous mettre à l'abri ! »

Sans hésiter, Alexis et ses amis partirent en courant au milieu des autres Élémentaires et s'enfoncèrent dans la forêt en direction du canyon. Pourquoi faisait-il si sombre tout à coup ? Même les dryades avaient disparu.

Alexis se retrouva devant les Élémentaires, au-dessus de la clairière désertée, le cœur au bord des lèvres. Raeve avait rejoint les autres Leaders qui montaient la garde à l'orée du bois, devant eux.

Au loin, une substance semblable à du goudron commençait à suinter du portail et à imprégner l'arche antique. Incantus lui lançait éclair sur éclair, mais le portail absorbait l'énergie facilement en fermant l'accès au reste du Refuge. Quand celui-ci fut complètement scellé, Incantus poussa un cri angoissé et se laissa tomber à genoux. Gibbeux gronda et s'avança pour protéger son maître qui se tenait la tête, les mains luisantes.

« Que se passe-t-il ? » demanda Caeli en serrant ses bras autour d'elle.

Ce fut Taranis qui répondit sans lâcher Incantus du regard. « Quelqu'un essaie de s'introduire ici. Ezra a ouvert un portail de ce côté, et ce portail s'est connecté à un autre, là où la forêt existe dans le monde réel, en Irak. Incantus essaie d'empêcher la fusion, mais son esprit est en train d'exploser. »

Le portail se mit à onduler, et une immense vague d'ombre en jaillit et déferla sur la forêt. Incantus se remit debout tant bien que mal pour la réceptionner, les bras grands ouverts. La puissance de l'onde le projeta loin de l'arche. Une fois à terre, il ne bougea plus.

Un énorme animal bondit hors du portail noir, une créature ombreuse à quatre pattes. C'était un loup géant presque identique à Gibbeux, sauf que sa fourrure avait la couleur de la nuit. Incantus avait bien dit que Gibbeux avait un frère.

Alexis se rappela aussitôt à qui ce frère appartenait.

L'autre loup se précipita en grondant vers Incantus, mais Gibbeux l'intercepta immédiatement en l'attaquant au flanc. Les crocs maculés de sang, un grondement sourd au fond de la gorge, il obligea le loup noir à reculer.

Les deux grandes bêtes s'affrontèrent du regard, sans avancer, mais sans reculer non plus. Le loup noir ne frémit que lorsqu'un second visiteur sortit du portail. Ses oreilles s'aplatirent en arrière, signe qu'il craignait son propre maître.

L'homme de haute taille, large d'épaules, marchait d'un pas conquérant. Son animal s'inclina sur son passage, la queue entre les jambes. Avant même que Gibbeux fasse mine de se jeter sur lui, le nouveau venu lança sur lui un mur d'ombre déchiqueté qui le projeta contre un arbre voisin. Le tronc se fendit sous la violence de l'impact. Le loup de nuit regarda son frère et ne se détendit que lorsqu'il vit le loup blanc remuer. Pendant ce temps, l'homme était arrivé à côté d'Incantus et retira son heaume.

« Bonsoir, mon frère, dit Mortem Arcangelo avec un sourire carnassier. Je t'ai manqué ? »

18

SÚTON

Súton : *nom croate.*
Crépuscule ; l'approche de la mort,
la fin de quelque chose.

Des hurlements étouffés. Des cris sourds. Puis le silence. Ils se succédèrent par vagues en semant la terreur chez les Élémentaires cachés dans la forêt. Tacitement, ceux-ci se rapprochèrent pour mieux se dissimuler parmi les ombres.

Sauf que les ténèbres n'étaient pas là pour les protéger ; elles venaient réclamer des comptes.

Mortem Arcangelo se dressait telle une magnifique créature du péché, un authentique démon de la nuit. Le diable incarné dans le corps d'un ange, ou l'inverse, peut-être. Une armure noircie dont les poignets se terminaient en pointes acérées épousait son impressionnante musculature. Il portait par-dessus une tunique cousue d'obscurité qui semblait animée d'une vie propre, car elle ne cessait de se tordre pour former des piques furieuses. Lorsque Mortem se tourna finalement vers la forêt, Alexis découvrit son visage. À côté de lui, Demi lâcha un petit cri de stupeur.

Les dernières lueurs des torches vacillantes éclairaient une vieille cicatrice qui avait pâli avec le temps. Elle démarrait au coin de la mâchoire puissante de Mortem et ravageait son cou, avant de se terminer quelque part dans son dos. C'était la seule fracture sur son beau visage.

Mais le plus stupéfiant chez lui, ce n'étaient ni sa tenue ni même sa balafre, c'étaient ses yeux, leur couleur : un cercle bleu au sein d'un cercle noir. La ressemblance était si frappante qu'Alexis dut détourner le regard.

Mortem scruta l'orée de la forêt. À ses pieds, Incantus tenta de se relever. Des faisceaux lumineux commencèrent à luire entre ses poings. Mais ils s'éteignirent dès que Mortem lui donna un coup de genou dans le menton et l'envoya s'étaler par terre. Puis il tendit la main en pliant les doigts. Son frère poussa un hurlement et se tordit de douleur tandis que des volutes de ténèbres lui déchiraient la peau. Même le loup de Mortem frémit devant ce spectacle, tandis que Gibbeux, le corps toujours brisé, hurlait sa détresse de loin. Pendant ce temps, Mortem gardait les yeux rivés sur la forêt où se cachaient les Élémentaires.

Akili fit un signe de tête aux Enfants des Éléments derrière lui.

« *Restez où vous êtes* », dit-il sans remuer les lèvres.

Ses mots les clouèrent sur place. Leurs corps étaient complètement paralysés. En compagnie de Raeve et de Taranis, Akili s'avança pour aider leur Leader et ami.

Le torrent de noirceur bouillonnante recula à contrecœur lorsque Mortem se tourna pour leur faire face. Par terre, Incantus roula sur le flanc, ses vêtements déchirés et trempés de sang.

« Croissant, emporte-le », ordonna Mortem.

Le loup noir s'approcha prudemment d'Incantus. Il hésita lorsque Gibbeux, incapable de se relever, gronda en bordure de la forêt. Mais avant que Croissant ait le temps d'enfoncer ses crocs dans la jambe d'Incantus, un rayon d'énergie violette traversa la clairière et l'atteignit en pleine poitrine. Il tituba quelques instants, puis s'effondra lorsque le sortilège d'endormissement de Raeve entra en action.

Mortem secoua la tête. « Stupide cabot », marmonna-t-il en l'éloignant du champ de bataille d'un coup de pied. Alexis sentit Demi bouillonner à côté de lui, même si elle ne pouvait pas bouger.

« Akili Pierce, déclara Mortem. Ça fait un bail, mon vieil ami. »

Akili ne répondit pas, mais retira sa tunique pour libérer ses bras. À côté de lui, Taranis replia les doigts, et l'électricité se mit à crépiter autour de lui tandis que le ciel nocturne explosait en une myriade d'éclairs. De l'autre côté d'Akili, Raeve ouvrit les mains, et un halo violet apparut autour d'elle tandis qu'elle s'élevait au-dessus du sol, ses tatouages brillant de la même couleur que son aura.

En réaction, des ombres se mirent à suinter de l'armure de Mortem. Une lame incurvée apparut derrière ses épaules et noircit en absorbant la lumière, comme un trou noir dévorant l'éclat des étoiles. Mortem prit la faux dans ses mains. Un sourire apparut sur ses lèvres et ses yeux se mirent à briller. Il jeta son heaume en direction d'Ezra qui gisait, immobile, non loin du portail.

« Les fameux Leaders du Refuge, dit-il en leur faisant signe d'approcher. Ça devrait être *amusant.* »

Alexis sentit un gouffre immense s'ouvrir en lui. Son corps lui paraissait vide, tout à coup. Il ne pouvait qu'assister impuissant à l'horrible spectacle qui se déroulait sous ses yeux.

Akili rugit. Taranis tendit les mains vers Mortem et la foudre jaillit, mais un mur d'ombres se dressa avec une rapidité incroyable pour le protéger des éclairs bleu et jaune. Raeve s'envola dans le ciel, les yeux brillant de fureur et de passion.

Akili atteignit Mortem le premier, juste au moment où son bouclier de ténèbres se dissipait. Le poing du Leader s'écrasa sur la cuirasse de Mortem, qui fut projeté à terre. Lorsqu'il se releva, un sortilège violet le frappa au visage et le précipita contre un arbre. Sans lui laisser le temps de récupérer, la foudre s'abattit derrière lui dans un bruit de tonnerre.

Au milieu des étincelles, Taranis apparut derrière Mortem et passa son bras autour de son cou pour le tirer en arrière de toutes ses forces. Les ombres qui composaient la tunique de Mortem s'en prirent violemment au Leader et lui entaillèrent le bras, mais Taranis refusa de lâcher son adversaire et lui envoya de nouvelles décharges électriques.

Au même moment, Akili émit une onde sonore qui mit Mortem à genoux. Alexis tendit l'oreille et comprit que le Leader télépathe ordonnait à leur ennemi de ressentir une douleur dépassant l'imagination et qu'il répétait cet ordre en boucle.

Mortem rugit et donna un coup de coude dans le flanc de Taranis. Ce dernier desserra sa prise autour de son cou, ce qui permit à Mortem d'utiliser son élan pour le faire passer par-dessus sa hanche. Taranis heurta le sol dans un bruit sourd. Mortem voulut le poignarder à l'aide d'une dague composée d'ombres, mais un bouclier violet enveloppa Taranis et l'entraîna en direction de Raeve. La lame obscure ne transperça que le sol.

Les Leaders se regroupèrent. Ensemble, ils paraissaient invincibles. Des étincelles dansaient au bout des doigts de Taranis.

Les yeux d'Alexis se tournèrent vers Mortem, qui se redressa en époussetant sa tunique avec une certaine nonchalance. Il fit rouler les muscles de ses épaules comme s'il venait de faire un petit footing. Son visage n'exprimait aucune peur.

« Incantus a été un bon professeur », reconnut-il en saluant ses adversaires de la tête et en ramenant sa faux contre son flanc. Alexis s'aperçut avec horreur que les ombres projetées par la lune se rassemblaient par terre derrière les Leaders. « Mais il ne vous a pas prévenus ? » Un sourire cruel apparut sur ses lèvres. « J'étais son meilleur élève. »

Les ombres de la forêt s'amassèrent et prirent la forme d'une lance qui s'envola en direction de Taranis, traversa la clairière tel un javelot et le cloua au sol en lui transperçant la cuisse. Taranis poussa un cri tandis que des ondes de choc parcouraient son corps et qu'un poison noir commençait à se répandre sous sa peau.

Raeve hurla. Une vague d'énergie violette jaillit de son être, s'enroula autour d'un arbre et le déracina d'un coup sec. Ses racines brisées frôlèrent les Élémentaires les plus proches. Dans un grognement, Raeve tendit les bras devant elle, et l'arbre fila droit sur Mortem.

Le temps qu'il façonne une énorme lame ténébreuse et pulvérise le tronc, Raeve s'était déjà jetée sur lui. Elle esquiva un tentacule d'ombre qui voulait la poignarder et saisit la faux de son adversaire. Il fallait absolument qu'elle s'arme pour que le combat soit équitable.

Mais Mortem fut plus rapide. Il referma sa main sur celle de Raeve, l'attira contre lui et fracassa son crâne en lui donnant un coup de tête. Puis il la lâcha, et elle recula en titubant, incapable de se protéger du mur d'ombres qui la plaqua au sol, à portée de bras de Taranis qui ne bougeait plus, le visage parcouru de veines noires semblables à des ruisseaux d'encre.

« Il est en train de *l'imprégner* ! » La voix de Raeve se brisa devant ce sort pire que la mort. Au même moment, une brume noire entra de force dans sa bouche et la réduisit au silence, comme Taranis.

« *Mortem !* »

Clamé par l'aîné des Leaders, ce nom résonna dans la clairière et frappa leur ennemi en pleine poitrine comme un ouragan invisible, une projection verbale plus puissante qu'une attaque physique.

Mortem se remit debout en s'aidant de ses deux mains, et leva la tête pour regarder Akili de l'autre côté du champ de bataille. Du sang souillait ses dents et dégoulinait aux coins de sa bouche souriante. Akili se jeta sur lui et lui donna un coup de poing si violent qu'il aurait dû lui arracher la tête.

Sonné, Mortem réussit à répondre : « Akili, as-tu donc perdu tout amour pour moi ? Je veux voir l'ancien toi. Le guerrier impitoyable. »

Il tenta de décrire un grand arc de cercle avec sa faux, mais Akili saisit sa main et la tordit dans un angle peu naturel. Mortem grogna et fit apparaître un fouet obscur aux pieds du Leader, qui sauta juste à temps et esquiva le coup suivant. Il lisait dans les pensées de son adversaire et prédisait ses attaques.

« Teller et toi essayez tout le temps d'entrer dans ma tête », haleta Mortem qui ne souriait plus.

Mais il tenait bon. Les ténèbres sortirent de sous sa tunique et s'étalèrent autour de lui pour former un brouillard dense dissimulant une bonne partie du combat. D'épais tentacules surgirent de cette masse noire éthérée et attaquèrent Akili tels des fouets cinglants. Ils étaient presque trop nombreux pour qu'il puisse prévoir ou esquiver leurs coups.

Puis Mortem cessa ses attaques, et Alexis comprit pourquoi.

Incantus avait repris connaissance et rampait vers eux, auréolé d'une pâle lueur palpitante. Mortem sourit et se tourna pour frapper son frère.

À travers le brouillard, Akili avait dû voir la réaction de Mortem ou lire dans son esprit. Il avait dû comprendre ce qui se tramait. Il repoussa les dernières lanières d'ombres qui tentaient de le retenir, et s'élança pour intercepter la faux de Mortem et protéger Incantus.

Sauf que la lame ne s'abattit pas, car elle n'avait pas été lancée.

En revanche, deux dagues ténébreuses apparurent derrière Akili tels des serpents prêts à frapper. Mortem avait réussi à duper l'homme qui pouvait lire dans ses pensées. Les lames noires s'enfoncèrent dans les épaules du Leader, et le traversèrent de part en part en ressortant de sa poitrine.

L'énergie qui immobilisait les Élémentaires du Refuge disparut brusquement. Elle ne les réduisait plus au silence et elle ne les maintenait plus debout. Un chœur de hurlements s'éleva au sein de la forêt, et ne fit que s'amplifier lorsque les lames d'ombres soulevèrent Akili du sol.

Alexis dut se servir de ses deux mains pour retenir Blaise qui s'effondra sur lui, incapable de tenir debout. Il savait qu'il aurait dû rassurer ses amis ou s'enfuir, mais une partie de lui restait paralysée.

Des menottes noires se refermèrent sur les poignets d'Incantus et lui levèrent les bras au-dessus de la tête. Des petites pointes de noirceur lui déchirèrent la peau des bras et des jambes pour empêcher la réapparition de son aura blanche protectrice. Pendant ce temps, Mortem en profita pour enfin reprendre son souffle. Il lécha le sang sur ses lèvres en contemplant le champ de bataille immobile autour de lui. Satisfait de sa victoire, il se tourna vers son frère et attendit qu'il croise son regard.

À côté du portail noir luisant qui reliait autrefois le Jardin et le Refuge, Ezra Alastor venait de se réveiller. Il se remit debout tant bien que mal, mais garda la tête baissée, incapable de contempler le carnage. Alexis le trouva bien lâche de ne pas réussir à regarder ses professeurs dans les yeux alors que leurs vies touchaient lentement à leur fin.

« Incroyables combattants, dit Mortem en caressant les chaînes qui se resserrèrent autour du corps d'Incantus. Ils avaient un grand cœur, mais ils n'étaient pas de taille à lutter contre moi. À présent, à cause de ton échec, la vie les quitte. Mais, dans ma grande générosité, je vais leur accorder une faveur. » Il adressa un petit sourire entendu à Incantus. « Je vais imprégner leur âme avec mes ténèbres, comme je l'ai fait avec tant de tes amis. Leurs pouvoirs viendront renforcer mon armée. »

Un éclair blanc aveuglant illumina la forêt tout entière. Dans un cri de rage, Incantus se libéra de ses chaînes. Ses pouvoirs jaillirent comme une étoile qui explose et des ailes lumineuses se déployèrent dans son dos. Mortem tituba, et sa bouche s'ouvrit sans qu'aucun son en sorte. Luttant pour garder son équilibre, il se tourna de côté en tendant le bras. Trois serpents d'ombres jaillirent de sa paume.

Ils ondulèrent en direction des Leaders, et leur ouvrirent la bouche de force avant de s'y glisser. Les veines empoisonnées qui souillaient leurs corps palpitèrent une dernière fois dans un éclat noirâtre.

Incantus prit le dessus. Les bras éclairés d'un feu blanc, il parait toutes les attaques de Mortem et le repoussait en direction du portail noir fondu. Alexis n'avait jamais vu son professeur aussi désespéré ; il ne revenait pas du potentiel brut de ses pouvoirs. Même dans la pénombre, Mortem paraissait apeuré. Ses yeux écarquillés trahissaient sa panique.

Les Leaders se relevèrent. Leurs blessures guérissaient, comme recousues par des fils ténébreux. Mais Alexis voyait bien que quelque chose n'allait pas. En remarquant qu'ils n'avaient plus d'ombre, il comprit que ce n'étaient plus les Leaders.

« Incantus, attention ! » cria-t-il.

Raeve projeta un rayon magique qui envoya Incantus loin de Mortem. Dans la forêt, les Élémentaires lâchèrent un cri de stupeur.

« Mais qu'est-ce qu'elle fait ? » chuchota Caeli en se détournant de Joe pour saisir le bras de Blaise.

Les Leaders vinrent se positionner à côté de Mortem et encerclèrent Incantus. Des éclairs, de la magie violette et des vagues de manipulation de la douleur jaillirent de leurs mains. Lorsque l'assaut prit fin, Incantus Arcangelo gisait à terre, la tunique en lambeaux, emprisonné par d'épaisses cordes de noirceur.

Alexis entrevit le visage d'Akili et perçut aussitôt le changement. L'imprégnation avait réussi. Les yeux des Leaders, entièrement noirs, brillaient comme des perles d'obsidienne. Leurs corps n'étaient plus que des coquilles vides, les vestiges dépourvus d'expression des personnes qu'ils avaient été.

Raeve était privée de son charme, Taranis faisait preuve d'un calme troublant, et Akili avait été dépouillé de sa présence apaisante. Ils se trouvaient à présent sous le contrôle infaillible de Mortem.

19

CAIM

Caim : *nom gaélique.*
« Sanctuaire » ; un cercle de protection invisible
que l'on dessine autour de son corps, avec la main,
pour se rappeler qu'on est aimé et en sécurité,
même dans les moments les plus sombres ; une lance.

Alexis regarda en direction du canyon. S'ils demeuraient silencieux, certains pourraient s'en aller, dissimulés par la forêt. S'ils restaient loin de la clairière pendant que Mortem et les Leaders étaient occupés, lui pourrait se rendre à la rivière et l'utiliser pour défendre Incantus, ou fuir à la nage.

Comme le portail noir les coupait du Refuge, les Élémentaires n'avaient aucun moyen de contacter les gens restés dedans. Ils étaient seuls et sans défense dans les bois.

Mortem se pencha pour mieux plonger son regard dans les yeux de son frère qui souffrait terriblement. Sa main se resserra sur la mâchoire d'Incantus, et ses ongles s'enfoncèrent dans sa peau. Par-dessus le vent qui sifflait entre les arbres et les pulsations de son propre cœur qui tambourinaient dans ses oreilles, Alexis entendit Mortem déclarer :

« J'ai mis des années pour trouver un moyen de m'introduire ici. Un portail reliant l'intérieur et l'extérieur du Refuge, quelle idée astucieuse ! J'ai déniché une portaillère bien plus puissante que celui-ci, ajouta-t-il en désignant Ezra. Mais lui, au moins, je n'ai pas eu besoin de l'imprégner. Il savait quel camp choisir. »

Incantus soupira, et Mortem détourna les yeux, lassé du manque de réaction de son frère. Les lumières du banquet s'étaient depuis longtemps éteintes. Seules la lune et quelques torches illuminaient la scène sur laquelle se produisait Mortem.

« Alexis Michaels envisage de lancer une attaque surprise, annonça Akili en montrant les arbres du doigt. Il essaie de manipuler la rivière. »

Alexis jura tout bas et tenta de rompre le lien qui permettait à Akili d'accéder à son esprit.

« Reste en dehors de sa tête », ordonna sèchement Mortem.

Aussitôt, le bourdonnement s'éteignit sous le crâne d'Alexis. La surveillance de ses pensées cessa. Mortem estimait-il donc n'avoir pas besoin de se méfier de lui ? Alexis regarda Incantus à terre et les Leaders aux yeux noirs et sans ombre. *Non, évidemment.*

Sans un regard pour ses trois victimes, Mortem leur ordonna : « Traversez. Je n'ai pas besoin de vous pour l'instant. Je vous rejoindrai rapidement. »

Ezra franchit le premier l'arche noircie en prenant garde aux regards vides que les Leaders posaient sur ses pieds. Raeve et Taranis le suivirent, sourds aux protestations étouffées d'Incantus. Seul Akili hésita et jeta un coup d'œil dans sa direction.

Alexis ne pouvait voir l'expression d'Incantus, mais il n'avait aucun mal à imaginer son regard suppliant son ami de le reconnaître et de lutter contre les ténèbres qui manipulaient son esprit.

Akili tomba à genoux en plaquant ses mains sur son crâne comme s'il voulait le broyer. Des vagues de messages télépathiques se déversèrent de lui. Ces ondes remplies d'émotions se chevauchaient, trop emmêlées pour être cohérentes. Sa projection astrale luttait pour se libérer de son corps physique.

Mais Mortem fit un geste, et le portail bondit hors de l'arche. Des mains ténébreuses se refermèrent sur les épaules d'Akili, désormais guéries. Entraîné malgré lui, il disparut sans un mot à travers le portail.

Mortem poussa un long soupir, puis se tourna vers la forêt en ouvrant grand les bras.

« Élémentaires. » Il n'avait pas besoin d'élever la voix pour qu'elle porte dans l'obscurité. « Vous avez subi un lavage de cerveau de la part de mon frère, qui en avait lui-même subi un de ses professeurs. *"Le devoir de protéger ceux qui ne peuvent pas se protéger eux-mêmes."* Est-ce là ce qu'il vous a imposé ? Vous obliger à vous restreindre, à vous cacher dans l'ombre et à protéger les mortels qui ignorent notre existence ? Ceux-là mêmes qui nous détruiraient s'ils en avaient connaissance, par peur de nos pouvoirs ? »

Mortem secoua la tête d'un air dégoûté. « Je ne souhaite pas provoquer un bain de sang entre nous, qui sommes supérieurs aux humains. Je ne souhaite pas vous tuer, seulement vous diriger. Vaincre la lumière qui nous aveugle et qui nous oblige à nous réfugier dans la pénombre. »

Alexis sentit brusquement du froid sur sa nuque. Un frisson parcourut sa colonne vertébrale. Il avait la sensation qu'on le surveillait, ce qui le fit frémir involontairement, pour la première fois depuis bien longtemps.

« Enfants de la prophétie de la Lumière et des Ténèbres, poursuivit Mortem, ce qui fit taire tous les murmures, à l'exception des grognements incessants d'Incantus pieds et poings liés. *Alexis.* » Il prononça son prénom comme si ce mot n'avait rien de naturel sur ses lèvres. « Montrez-vous. Je sens votre présence... Si puissants, déjà. »

Les quatre amis se regardèrent, mais aucun d'eux n'osa bouger. De toute façon, les Élémentaires du Refuge s'agrippaient à leurs bras et à leurs vêtements pour les retenir. Les yeux de Mortem se mirent à briller face à leur absence de contestation apparente.

Croissant s'était réveillé et avait rejoint Mortem. Lui aussi fixait Alexis à travers la pénombre. « J'ai entendu dire que vous deviez ramener les Gemmes élémentaires, ajouta Mortem en donnant une tape sur la poitrine d'Incantus, comme s'il s'agissait d'une bonne blague. Après quoi, même pas un mois d'entraînement ? Mon frère vous condamne à l'échec. Vous allez mourir en hurlant, à la merci des Créatures. Ce n'est pas ce que vous voulez. Joignez-vous plutôt à moi. Avec vos pouvoirs primaires, vous pourriez gouverner à mes côtés. »

Il prononça cette dernière phrase en ricanant, les yeux tournés en direction d'Alexis. Le portail noir se mit à gronder. Des filaments bronze et rouge dégoulinaient de son cadre, qui se détacha complètement de l'immense arche. Derrière, la vieille ligne de téléportation restait connectée au Refuge, intacte, comme si elle n'avait jamais été corrompue.

L'espoir qu'une armée attendait de l'autre côté de l'arche s'éteignit comme une flamme dans le vent. Les Élémentaires étaient seuls.

Alexis remarqua combien l'intensité du portail d'Ezra diminuait. Comme son créateur n'était plus là pour l'alimenter, son opacité faiblissait. Déjà, il commençait à rétrécir. Combien de temps encore allait-il rester ouvert ? Quelques minutes tout au plus ? C'était le temps qu'il leur restait pour arrêter Mortem.

Alexis fit un pas en avant.

« Qu'est-ce que tu *fous* ? protesta Blaise en le tirant en arrière.

— Il sait que nous sommes ici. On ne peut pas se cacher éternellement. Il va tuer Incantus.

— Il va nous tuer aussi », rétorqua Caeli tout bas, livide.

Alexis lui prit la main et la posa sur son amulette. La pierre grise s'illumina légèrement à son contact. Trop effrayé pour en dire plus même si Akili n'était plus là, Alexis déplaça son regard en direction du canyon, puis, après avoir posé les yeux sur Blaise, il regarda les quelques torches qui restaient dans la clairière.

Demi acquiesça. « La première leçon qu'Incantus nous a apprise. »

Être conscient de notre environnement, puiser dans nos éléments. Ensemble, nous sommes plus forts.

D'un même élan, les quatre amis s'avancèrent à découvert dans la clairière, devant Mortem. Incantus se débattit violemment au sein de ses chaînes, mais une violente gifle le réduisit au silence.

Mortem posa les yeux sur Alexis et le dévisagea comme s'il était une espèce de prix qu'il convoitait depuis longtemps. Ce regard glaça le jeune homme jusqu'aux os, car il avait l'impression que son ennemi voyait à travers la façade courageuse qu'il essayait si fort de maintenir. Tout espoir de sortir de là indemne fut réduit à néant.

« Regardez-vous », soupira Mortem d'un air vorace. L'espace d'un instant, ses pupilles se dilatèrent à la vue de leurs amulettes, mais il reprit bien vite son air autoritaire en levant le menton. « Nos jours de ténèbres sont terminés. Tous les cinq, nous méritons d'être vénérés comme des dieux. Votre place est auprès de moi. »

Il leur adressa un beau sourire sans que cela illumine son regard. C'était le même sourire rassurant et complètement faux qu'Alexis avait perfectionné pendant toute son enfance. Après avoir passé des années à démêler la vérité du fantasme, Alexis flairait immédiatement le mensonge, aussi convaincant puisse-t-il être.

« Pourquoi avoir attendu jusqu'à aujourd'hui ? » demanda-t-il en trouvant le courage de prendre la parole et en se réjouissant d'entendre qu'elle sortait d'une voix aussi assurée. Il refusait à Mortem la satisfaction de voir sa peur. Il ignora également le regard d'avertissement d'Incantus. Il devait continuer à parler pour masquer les grondements de l'eau au loin. « Vous auriez pu dévoiler l'existence des Élémentaires à tout moment. Même les Effaceurs n'auraient rien pu faire. »

Mortem s'agita, et son sourire vacilla.

« Vous ne voulez pas qu'on sorte de l'ombre, vous voulez qu'on reste dans la vôtre. » La main d'Alexis tremblait le long de son corps, et ses doigts pressaient ses pouces si fort que ses os menaçaient de se rompre. « Vous voulez régner sur un monde où nul ne peut vous arrêter. Et vous craignez ceux que vous ne pouvez pas contrôler, ceux qui sont une menace pour vous. Incantus... et nous. »

Mortem aperçut trop tard la déferlante sortie de la rivière.

Alexis la manipula avec ses deux bras et inonda la clairière en visant particulièrement Mortem. La masse d'eau le submergea. Alors même qu'il tentait de se protéger, la terre se fissura sous ses pieds, si bien qu'il perdit l'équilibre face à la vague. Au même moment, Caeli lança une bourrasque sur Croissant. Le grand loup noir fut projeté au sein du portail dans un glapissement qui s'éteignit très vite. En manipulant les courants aériens, Caeli attira Incantus vers eux et le sauva de peu de l'inondation.

À présent qu'Incantus était à côté d'eux, Alexis faisait de son mieux pour maintenir Mortem au sein de la boule d'eau, mais il n'était pas de taille face à l'ange déchu. Mortem se libéra dans une explosion d'ombres féroces, la fureur gravée sur son visage. Mais des boules de feu jaillirent des torches et noircirent ses manches en l'obligeant à reculer au lieu de riposter.

Sous les arbres, des dizaines de lueurs apparurent à mesure que les Élémentaires du Refuge faisaient appel à leurs pouvoirs pour assister les Enfants des Éléments dans leur combat. Des rayons colorés passèrent par-dessus leurs têtes et atteignirent Mortem, le forçant à tomber à genoux. Alexis vit son visage se tordre à travers ce déluge d'énergie et une marée noire envahir le bleu de ses yeux. Il n'eut pas le temps de pousser ses amis derrière lui ; Mortem rugit, et des lames noires jaillirent de son corps et partirent en direction de la forêt.

Mais elles ne coupèrent, ne tranchèrent ou ne transpercèrent personne.

Alexis rouvrit les paupières et découvrit Incantus Arcangelo debout devant eux, les mains libres et le corps scintillant d'une lumière blanche aveuglante. Un voile brillant partait de ses mains, et ne cessait de s'étendre pour englober la lisière de la forêt et absorber l'assaut des ombres.

« Comment osez-vous ! » ragea Mortem, ses yeux semblables à des trous noirs. Il ne cessait de projeter des lances ténébreuses en direction des arbres, les unes après les autres, et chaque coup était presque trop violent pour Incantus. Affaibli par la torture, il transpirait abondamment, et sa sueur se mêlait au sang sur son visage tandis que son bouclier se fissurait et que son éclat diminuait à chaque impact.

« Vous n'êtes pas les Enfants des Éléments. Vous êtes les Cavaliers de l'Apocalypse. Vous annoncez la mort de la lumière ! » hurla Mortem en se dirigeant vers eux tandis qu'une vague de noirceur se déversait de son corps pour s'écraser sur le bouclier. À travers la barrière translucide, Alexis vit que le portail d'Ezra faiblissait de plus en plus. Mais Mortem était trop en colère pour le remarquer. « Vous n'avez *rien* gagné ! Je vais réduire vos os en poussière et vous écorcher vifs. Toi, ajouta-t-il en s'arrêtant pour montrer Alexis du doigt tandis que tout son corps palpitait de noirceur, je t'obligerai à regarder le monde que tu connais plonger dans les ténèbres. »

Le souffle d'Alexis se coinça dans sa gorge. Brusquement, il oublia comment respirer. Un étau lui serrait la poitrine et le paralysait complètement. Même avec ses amis autour de lui et les Élémentaires qui sortaient de la forêt pour resserrer les rangs derrière le bouclier d'Incantus, il ne pouvait plus bouger.

Car Alexis venait de voir une chose pire qu'un fantôme, une créature dont il se croyait débarrassé, celle qui l'avait tourmenté pendant toute son enfance. Celle qu'il croyait être le produit de son imagination, la partie malade, corrompue et contaminée de son être.

L'Homme-Ombre se tenait à la place de Mortem.

Les genoux d'Alexis cédèrent sous son poids, et seule la force combinée de Blaise, de Caeli et de Demi lui permit de rester debout.

Et s'il n'avait jamais vraiment été malade, mais avait été affecté par des visions du monde élémentaire des années avant d'y entrer ? Ou, pire encore, et si le stress de la situation provoquait une rechute ?

« Arrêtez, je vous en prie. » Le cœur d'Alexis menaçait d'exploser sous le poids de cette découverte. Il ne sentait plus ses doigts tapoter ses pouces. Il ne sentait plus ses joues baignées de larmes, de pluie ou de l'eau de la rivière. Il n'éprouvait que le souvenir d'une main glacée autour de son cou, celle du vice qui le torturait dans sa jeunesse. Des murmures s'échappaient de ses lèvres tremblantes tandis qu'il suppliait, encore et encore, sans s'adresser à quelqu'un en particulier : « *Arrêtez, arrêtez, arrêtez, arrêtez.* »

Ce fut précisément ce qui arriva.

L'assaut s'interrompit brusquement.

On entendit un faible son étranglé, celui d'un homme qui luttait pour respirer tandis qu'un autre grognait. Les yeux entrouverts, Alexis constata, à travers les fissures du voile d'Incantus, que l'Homme-Ombre avait disparu. Sa silhouette noire et sans visage avait réintégré le corps de Mortem, que quelqu'un avait réussi à maîtriser et s'efforçait d'emmener.

Incantus jura, la main pressée contre la barrière, lorsque leur défenseur apparut clairement dans leur champ de vision.

Teller.

Le vieil homme serrait le cou de Mortem dans une étreinte implacable, et le traînait vers le portail d'Ezra avec une rapidité surprenante et la puissance d'un guerrier, une puissance qui ne pouvait ni mourir ni prendre sa retraite.

« J'ai. Toujours. Voulu. Faire ça, grommela Teller entre plusieurs halètements. Pour le Quinate. »

Ses mains brillaient d'une lueur jaune pâle. À l'aide de ses pouvoirs, il fouillait la mémoire de Mortem, ce qu'il n'avait jamais pu faire pendant toutes les années où il l'avait côtoyé. Ils étaient tout près du portail noir, à présent. Sur le point de disparaître, il clignotait de plus en plus.

Soudain, des dagues ténébreuses jaillirent du torse de Mortem et taillèrent les mains de Teller en pièces. Le vieux guerrier recula, l'air horrifié. Des lambeaux de chair et des fragments d'os pendaient à l'endroit où se trouvaient autrefois ses doigts.

Le poing d'Incantus s'abattit sur son bouclier fissuré et le brisa en mille morceaux, telle une immense baie vitrée. Mais il n'eut pas le temps de s'élancer pour protéger son vieil ami. Mortem s'était relevé et avançait déjà sur Teller.

Alors, nous y sommes. C'est ici que mon histoire se termine, que mes derniers instants se transforment en souvenir.

Après avoir passé ma vie à regarder en arrière, à examiner mon passé, ce souffle sera mon dernier.

Mortem a récupéré la faux dans son dos et a plongé la lame incurvée dans ma poitrine en vidant d'un seul coup tout l'air de mes poumons.

Il a toujours été un connard insupportable.

La lame glacée s'est enfoncée encore plus dans mon corps. J'ai rassemblé ce qui me restait d'énergie pour me rapprocher de Mortem et le repousser avec les vestiges de mes mains. Il a disparu, avalé tout entier par le portail noir. Quelques instants plus tard, le passage s'est refermé. Il s'est replié sur lui-même jusqu'à disparaître sans laisser de trace. Comme si Mortem n'était jamais venu là, exception faite du carnage qu'il avait laissé derrière lui.

Incantus m'a rattrapé au moment où je tombais. Je lui ai souri, mais j'avais trop froid et j'étais trop fatigué pour parler.

« Je sais, je sais, a-t-il dit simplement, les larmes aux yeux, en berçant mon corps brisé. Une mort héroïque, celle dont tu as toujours rêvé. »

Les muscles qui commandaient les coins de mes lèvres se sont flétris. Je n'étais plus capable de sourire. Mes sens s'émoussaient. Je ne sentais plus le froid ni la douleur.

Les Élémentaires se sont rassemblés autour de nous. Ils ne pouvaient rien faire d'autre qu'observer. Quelque part derrière nous, Ziya a surgi du Refuge. Quand elle m'a vu étendu par terre, elle s'est affaissée contre l'arche, les mains sur la bouche. J'avais tant à lui dire, mais le temps jouait contre moi, et de plus grandes vérités devaient être révélées avant que je m'en aille.

« Alexis », a dit précipitamment Incantus d'une voix brisée.

Le garçon a vu que je le contemplais. Ma bouche a remué légèrement, mais aucun son n'en est sorti. J'ai fait une seconde tentative, un effort désespéré pour partager ce que je savais à présent. « N... »

Je n'ai pas trouvé la force de le dire.

Les mains d'Incantus se sont illuminées, mais j'ai secoué la tête. Il était trop tard. Ça aurait été gâcher ses précieux pouvoirs, et les siens à elle, *que de me guérir alors qu'il n'était plus temps pour moi de me faire des souvenirs. C'était moi qui allais en devenir un, désormais.*

J'ai regardé Incantus jusqu'à ce que mes yeux se voilent et que mon dernier souffle sorte de ma poitrine. J'ai entendu sa voix au loin qui prononçait les mots : « Pour le Quinate. »

Une douce lueur émanait d'Incantus tandis qu'il berçait le vieil Élémentaire.

Sous ses paupières, ses yeux bougeaient de gauche à droite et de droite à gauche, comme s'il regardait quelque chose que les autres ne pouvaient voir. Alexis et ses amis apprendraient plus tard que c'était la vie de Teller Sagen qui défilait devant les yeux d'Incantus. Les évènements les plus importants de son existence. Les souvenirs qui avaient eu le plus d'impact, montés sous forme d'une séquence rapide, presque comme un film. C'était ce qu'Incantus voyait lorsqu'il se trouvait à proximité d'une personne qui venait de mourir : la lumière de sa vie au moment où elle quittait son corps.

Quand la lueur s'éteignit et qu'Incantus s'immobilisa, l'histoire de Teller arriva à son terme, et Gibbeux hurla tristement dans la nuit.

20

KENOPSIA

Kenopsia : *néologisme venant du grec ancien.*
L'atmosphère inquiétante et désolée qui règne
dans un lieu habituellement plein de monde
et désormais abandonné et silencieux

Incantus resta près du corps de Teller pendant quelques minutes. Autour de lui, personne ne bougeait. Gibbeux lécha le visage de l'ancien, surpris sans doute de ne pas le voir sourire, puis amena sa tête au-dessus de la plaie causée par la faux, presque comme s'il essayait d'arrêter l'hémorragie.

Incantus finit par se relever, les yeux rougis par les larmes qu'il ne versait pas. Alors, seulement, le temps parut reprendre sa course.

« Rentrez tous au Refuge, ordonna-t-il. Mortem ne reviendra pas ce soir. »

Malgré ses propres blessures, il prit le corps de Teller dans ses bras et l'emmena hors du Jardin. Les autres étudiants escortèrent les plus jeunes jusqu'à leurs chambres en leur assurant qu'ils étaient en sécurité. La lune était de plus en plus haute dans le ciel et l'air de plus en plus froid. Tous désiraient échapper aux ténèbres et retrouver le Refuge au plus vite.

Quand Alexis et ses amis arrivèrent devant leurs chambres, Ziya les attendait. « Incantus aimerait que vous le rejoigniez dans son bureau, si ça ne vous dérange pas », expliqua-t-elle.

Ils acquiescèrent et la suivirent sans un mot.

« Teller est mort à cause de moi, finit par chuchoter Ziya pour rompre le silence oppressant.

— Comment ça ? demanda Alexis en posant la main sur l'épaule de la jeune fille.

— J'ai quitté brièvement la fête pour aller aux toilettes. En revenant, j'ai vu que le portail avait été corrompu. J'ai fait tout ce que je pouvais pour le fermer, mais je n'ai jamais bien compris le fonctionnement des lignes de téléportation. Puis j'ai entendu Akili crier de l'autre côté, et j'ai compris que je devais aller chercher de l'aide. La plupart des étudiants assistaient à la fête, alors je suis allée au sanctuaire des anciens. Akili avait déjà contacté Teller. Il n'y a que lui qui a eu assez de courage pour agir. » Elle s'essuya les yeux, ce qui eut pour effet d'étaler son maquillage. « Si seulement j'avais fait plus d'efforts pour devenir l'amie d'Ezra, ou si au moins j'avais appris comment fonctionnent les lignes de téléportation… »

Étonnamment, ce fut Blaise qui réagit. « C'est un sale traître, un mec triste qui se plaint tout le temps. Il ne méritait l'affection de personne, et encore moins la tienne, Zi. » C'était probablement l'une des rares fois où il s'était adressé directement à elle. Incapable de croiser son regard, Ziya esquissa un bref sourire.

« Teller serait venu à notre secours quoiqu'il arrive, ajouta Demi, les yeux remplis de larmes. Tu l'as aidé à nous sauver. Avec ou sans pouvoirs, tu as fait plus pour nous protéger que la plupart des Élémentaires qui nous accompagnaient. »

La vision de la noirceur se répandant à l'intérieur des Leaders tournait en boucle dans l'esprit d'Alexis. Il revoyait leurs ombres disparaître, avalées au sein de leurs corps, leurs yeux envahis par les ténèbres et dépourvus d'humanité. Ce n'étaient plus que des coquilles vides, de simples instruments qui renforçaient la puissance de Mortem. Alexis repensa aussi à l'expression de Teller au moment de sa mort, alors qu'il essayait encore de parler. Il avait vu le passé de Mortem et, dans son dernier souffle, avait tenté de dire quelque chose à Alexis.

Sauf qu'il ne saurait jamais de quoi il s'agissait ni ce que contenait son propre passé. Ses secrets resteraient enfermés dans une partie de sa mémoire trop fragile pour qu'il puisse y accéder.

« Comment va Incantus ? demanda-t-il brusquement avant que l'image de l'Homme-Ombre envahisse son esprit et l'immobilise dans son étau glacé.

— Je vis ici depuis des années, et je ne l'avais encore jamais vu dans cet état, répondit Ziya en ralentissant le pas à proximité du bureau de leur mentor. Les Leaders ne sont plus là, et le Grand Ordre conteste son autorité sur le Refuge ; il doit donc se battre avant même que le vrai combat ait commencé. »

Elle leva la main pour frapper. C'est alors qu'ils entendirent le cliquetis du verrou, et la porte s'ouvrit. Incantus était assis derrière son bureau. Parfaitement immobile, il contemplait ses mains d'un air absent. Il ne s'était pas changé depuis l'attaque de Mortem, et sa chemise blanche tachée de rouge pendait sur son corps en pleine guérison. À cause du sang séché, Alexis n'aurait su dire, parmi les cicatrices qui zébraient les épaules et le dos de son mentor, lesquelles dataient du soir même et lesquelles lui avaient été infligées longtemps auparavant.

Ziya adressa un signe de tête aux quatre adolescents. « Soyez gentils avec lui, il a besoin d'amis », conseilla-t-elle avant de s'en aller.

L'équipe Alpha entra dans la pièce aux tons chauds qui ressemblait tant à une bibliothèque et s'arrêta devant le bureau avec un certain embarras, car elle avait l'impression de débarquer au milieu d'une conférence virtuelle. Incantus avait devant lui deux des tablettes de commande du Refuge qui projetaient, sous forme d'hologrammes, des fréquences sonores qui fluctuaient chaque fois que quelqu'un parlait – ou criait, en l'occurrence.

Une voix masculine tonitruante sortait d'une des tablettes. « Incantus, vous nous aviez promis que le Refuge serait impénétrable ! Vous disiez qu'il y avait des mesures de protection. Or, non seulement Mortem a réussi à entrer, mais il a aussi tué un atout important et corrompu vos Leaders. Et n'oublions pas que les enfants de certains membres du conseil étaient présents !

— Je vous interdis de qualifier Teller "d'atout" », riposta une femme dont la voix, marquée par un accent écossais prononcé, provenait de l'autre tablette, la plus proche d'Incantus. L'objet brillait intensément et frémissait sur la table, au diapason de l'aversion que semblait exprimer cette femme. « Et j'apprécie de voir où les enfants se situent sur la liste des priorités du Grand Ordre.

— Serena, ce n'est pas ce que... », commença une autre voix en provenance de la première tablette. Mais l'intéressée l'interrompit aussitôt.

« Nous ne sommes pas amis. C'est à peine si nous sommes des camarades. Donc, pour vous, ce sera mademoiselle Aevum. » Cette réplique arracha un sourire à Incantus, le premier depuis l'attaque. « De plus, votre indifférence et vos négligences face au désir de Mortem d'instaurer un nouvel Âge Sombre lui ont permis de se renforcer, sans compter que vous ne l'avez pas poursuivi comme il se devait pour ses crimes. Vous êtes responsables de ce qu'il vient de se passer.

— C'est Serena Aevum », chuchota Alexis à ses amis. Il la connaissait de nom parce qu'elle revenait souvent dans les histoires de Teller sur le Quinate. « Elle dirige l'autre Refuge sur l'île de Pâques, vous savez, celle avec les grandes têtes en pierre. C'est la fille aînée de Sapientis Aevum.

— Pourquoi ce nom me dit quelque chose ? » demanda Blaise en contemplant le feu blanc dans la cheminée. L'absence de Gibbeux se faisait sentir. Le loup se trouvait encore dans le sanctuaire des soins.

« Sapientis était le mentor d'Incantus, répondit Demi. C'est l'Élémentaire qui a émis la prophétie de la Lumière et des Ténèbres.

— Chut, fit Caeli, je ne veux rien louper de leur dispute. »

Pour la première fois depuis l'arrivée de l'équipe Alpha, Incantus prit la parole.

« Le Refuge est impénétrable. Personne ne peut y entrer sans ma permission. Mortem le savait, c'est pour ça qu'il a envahi le Jardin par le biais des lignes de téléportation avec l'aide de deux portaillers, une à l'extérieur… et l'autre à l'intérieur. Ezra Alastor nous a trahis. J'aurais dû anticiper sa radicalisation. Cette erreur, cet échec, m'appartient. En revanche, la personne qui a ouvert le passage de l'extérieur relève de la responsabilité du Grand Ordre, qui ne l'a pas vue venir.

— Bien dit, Ian, le félicita Serena Aevum.

— Nous n'avons pas encore identifié l'individu qui a ouvert le portail de l'autre côté, reconnut une voix pleine de tension émanant de la première tablette.

— Mais l'élément crucial, c'est que cette attaque vous a pris au dépourvu, ajouta un autre membre du Grand Ordre.

— Un institut construit pour entraîner nos étudiants et recueillir les Élémentaires qui souhaitent prendre leur retraite n'a jamais été prévu pour faire face à une telle attaque, riposta Incantus en se levant. Selon vos instructions, un grand nombre de mes Élémentaires ont été postés dans le monde entier pour tenter, en vain, d'éradiquer l'influence de Mortem. Pendant toutes ces années, vous avez refusé de vous dresser contre lui sous prétexte que ce n'était pas votre rôle. Alors, à vous maintenant de faire votre devoir et de poursuivre Mortem pendant que les Enfants des Éléments protègent vos arrières, bande de fouineurs et de lâches. »

Un éclat de rire jaillit de la tablette de Serena. L'énergie qui l'accompagnait était si puissante que l'objet s'embrasa. Dès que Blaise éteignit le feu, Incantus mit fin à l'appel avec le Grand Ordre.

Caeli lança à Incantus un regard empreint d'une admiration renouvelée. « C'est sûrement le truc le plus cool que vous ayez jamais fait. »

Incantus soupira et se retint des deux mains au bureau pour garder l'équilibre. « Je suis désolé que vous ayez dû assister à ça, mes enfants. Le Grand Ordre… a fait de grandes choses pour notre communauté, mais il a ses défauts. De nombreux membres approuvent "l'objectif" de Mortem, eux aussi ont envie que les Élémentaires dirigent le monde, comme c'était le cas il y a une éternité. Au début, nous n'avons pas compris pourquoi Teller était parti travailler pour eux, mais cela lui a permis de nous fournir des informations que nous n'aurions jamais obtenues autrement. Il nous a montré que les seules personnes sur qui nous pouvons compter, c'est nous-mêmes. C'était un allié puissant et un ami fidèle. »

Le souvenir de la soirée parut le rattraper. Il passa ses doigts dans sa chevelure maculée de terre, qui paraissait plus argentée que blanche. « Compte tenu de ce qui est arrivé aux Leaders, je n'ai plus le choix, je dois rester au Refuge. C'est ce que je craignais et ce que j'aurais aimé éviter, mais les Enfants des Éléments vont devoir partir seuls en quête des Gemmes élémentaires, comme le voulait la prophétie. »

Alexis n'était pas surpris, mais cela ne l'empêcha pas de paniquer à l'idée de s'en aller loin du Refuge sans Incantus. Sans ses conseils, sa guidance et sa protection.

Blaise, par contre, ne l'avait pas vu venir. « Comment sommes-nous censés faire un truc pareil tout seuls ?

— Est-ce qu'on a le choix ? » marmonna Caeli d'un air abattu. Elle donna un petit coup de coude à Demi pour la réveiller, et invoqua une petite brise pour écarter ses cheveux de son visage fatigué.

« Bien entendu, répondit Incantus.

— Bien sûr que non », dit sèchement Alexis.

Il n'avait pas voulu se montrer brusque, mais il était trop fatigué pour tourner autour du pot. L'irruption de Mortem n'avait fait que renforcer sa décision d'accepter la quête. Même si la peur paralysait son corps et épuisait son esprit, il ne la laisserait pas l'enchaîner complètement.

« C'est le seul moyen d'arrêter notre ennemi », ajouta-t-il plus doucement.

Alexis refusait que Teller soit mort ou que les Leaders aient été capturés en vain. Il tenait aussi à se venger de l'homme qui l'avait hanté bien avant qu'il arrive dans le monde élémentaire. Il voulait éliminer la possibilité de revoir un jour l'Homme-Ombre. Ce n'était peut-être pas une raison aussi vertueuse que celle pour laquelle il avait accepté cette quête au départ, mais elle était plus forte et plus simple aussi.

Cela ne faisait pas de lui un héros, mais le monde n'en avait pas besoin, il lui fallait juste quelqu'un d'assez puissant pour le défendre.

« Nous avons accepté cette quête et nous allons tenir notre promesse, renchérit Demi fermement, avant d'étouffer un bâillement. Mais est-ce que ça vous dérangerait de reprendre cette conversation demain matin ? Maman a toujours dit que les nouvelles étaient bien plus déprimantes la nuit que le jour.

— Bonne idée, approuva Incantus avec un sourire fatigué. Pour l'instant, rien n'est plus important qu'une bonne nuit de sommeil. Vous allez devoir partir de bonne heure, j'en ai peur.

— J'attends un sacré dédommagement pour ce voyage », marmonna Blaise. Caeli et lui tournèrent les talons. Juste avant qu'ils s'éloignent, Alexis crut entendre Caeli demander si elle était la seule à trouver Mortem plutôt…

Demi, pour sa part, attendait Alexis sur le seuil et clignait violemment des paupières pour rester éveillée. « Ça va ?

— Ouais, je vais bien. »

Elle soupira et lui adressa un petit sourire triste. « Tu sais, tu as le droit d'aller mal de temps en temps. Après ce qu'il vient de se passer, ce serait même bizarre d'aller bien. » Elle regarda ses pieds. « Ça m'a brisé le cœur de te voir comme ça tout à l'heure.

— Je te dis que ça va, répliqua-t-il d'une voix que l'épuisement et la gêne rendaient amère.

— Ne passe pas tes nerfs sur moi, dit-elle sèchement en croisant les bras. J'essaie seulement de t'aider. »

Alexis prit une grande respiration et se massa la nuque. « Désolé. Je... je tente juste de digérer ce qu'il s'est passé. Je crois que je ne suis pas très doué pour ça. »

Demi hocha la tête, et son regard s'adoucit. « Je comprends. Ça va te paraître bizarre, mais as-tu déjà essayé de pleurer ?

— Pas vraiment, non », répondit-il lentement.

Ils se trouvaient tout près l'un de l'autre, si bien qu'elle pouvait parler tout doucement. « Je pleure au moins trois fois par semaine. Sinon, j'ai l'impression de n'avoir pas laissé mes émotions s'exprimer. Ce matin, j'ai pleuré en me rendant compte que je ne reverrai ma famille qu'après la quête. L'autre jour, j'ai pleuré parce que Caeli m'a apporté un café sans m'avoir rien demandé. Tu es un Élémentaire et un homme, mais tu es avant tout un être humain, Lexi. Prioriser tes émotions n'a rien d'égoïste. »

Alexis sourit avec elle. Pour la première fois depuis des heures, sa tête ne lui paraissait pas peser une tonne, et l'étau qui enserrait sa poitrine s'était suffisamment relâché pour qu'il puisse respirer profondément. « J'aimerais être aussi courageux que toi, dit-il tandis qu'elle enlevait les créoles à ses oreilles. J'apprends tellement à tes côtés. »

Demi passa les bras autour de la taille de son ami et pressa son visage contre son cou. Le menton posé sur le sommet de son crâne, Alexis la serra contre lui, sans se soucier d'Incantus qui les regardait sûrement, ni de la quête, ni même de Mortem, de la mort et des ténèbres. Il n'aurait su dire combien de temps ils restèrent ainsi dans les bras l'un de l'autre avant qu'elle laisse échapper un petit bâillement.

Alexis la libéra à contrecœur. « Je vais te laisser dormir un peu. » Puis, sans pouvoir se retenir, il se pencha et déposa un baiser fugace sur le front de Demi.

Il aurait juré l'avoir entendu soupirer de contentement.

Elle leva vers lui ses grands yeux verts. « Je suis désolée que tu n'aies pas pu découvrir la vérité ce soir. »

Alexis haussa les épaules. D'une certaine manière, il avait l'impression que si, il l'avait bel et bien découverte.

21

MÅNGATA

Mångata : *nom suédois.*
« Chemin lunaire » ; le reflet de la lune sur l'eau.

Incantus s'était changé et avait enfilé un large sweat gris lorsqu'Alexis revint dans son bureau. Il coinça sa vieille couverture marron sous son bras, et posa la main sur l'épaule du garçon en hochant la tête d'un air entendu.

« D'abord, allons chercher Gibbeux. »

Soudain, Alexis bascula dans ce qui lui parut être un vide silencieux et lumineux. Le temps de cligner des yeux, il se retrouva dans le sanctuaire des soins. Il chancela et frotta ses oreilles qui semblaient s'être bruyamment débouchées, comme s'il avait été aspiré par un trou noir.

Il vaudrait peut-être mieux parler de « trou blanc », se dit-il.

Incantus s'éloigna au sein du sanctuaire comme s'il ne venait pas de voyager à une fraction de la vitesse de la lumière. Alexis fut obligé de lui courir après. Il percevait déjà la puissance des cristaux de guérison, qui diffusaient une énergie douce et rassurante au sein des pièces aux murs en pierre jaune pâle.

Au bout du couloir, Gibbeux était allongé sur un lit qui ployait sous son poids au point de presque toucher le sol. Il remua gentiment la queue lorsque Incantus arriva à côté de lui, puis il se redressa lentement sur ses pattes couvertes de bandages. Ziya dormait sur un fauteuil à côté de lui, ses cheveux noirs et frisés recouvrant son visage et se soulevant au rythme de sa respiration.

En silence, Gibbeux sauta au bas du grand lit et se mit à lécher la main d'Incantus.

« Allons nous promener », suggéra ce dernier à voix basse. Alexis le suivit hors du sanctuaire des soins et dans l'escalier qui s'enroulait autour du puits central. La ligne de téléportation vers le Jardin avait été scellée, mais un simple geste d'Incantus suffit pour rallumer l'arche de pierre.

Les bancs abandonnés dans la forêt étaient éparpillés dans le plus grand désordre. Les torches étant éteintes, le seul éclairage provenait de la lune pâle. Incantus s'arrêta pour contempler la flaque de sang séché juste devant l'entrée du Refuge. Alexis baissa les yeux en revoyant Teller étendu là, sa bouche remuant en silence parce que sa voix l'avait abandonné.

L'adolescent avait profondément admiré Teller, mais ce n'était qu'à sa mort qu'il avait compris pourquoi. Il l'admirait pour avoir vécu de manière généreuse, mémorable et décomplexée jusqu'au bout. Il aurait aimé lui demander comment il avait réussi à surmonter les mauvais moments tout en chérissant les bons. Alexis se représenta tous les gens que Teller avait dû rencontrer, tous ceux qu'il avait perdus, toutes les premières fois, toutes les dernières. Cela en faisait, de la nostalgie ! Alexis n'avait vécu qu'une fraction de cette vie-là, et il se sentait déjà submergé la plupart du temps. Il ignorait combien de temps il allait pouvoir supporter tout ça.

Était-ce donc ça, devenir adulte ? Alexis croyait avoir mûri très vite, puisqu'il avait échangé son enfance contre une sagesse et un scepticisme prématurés. S'était-il trompé, n'avait-il donc pas fini de grandir ? Dans ses moments les plus sombres, en avait-il seulement envie ?

Alexis posa la main sur Gibbeux pour se calmer. Au bout d'une longue marche silencieuse, Incantus et lui s'assirent au bord de la falaise qui surplombait la rivière. Le calme du cours d'eau permit à Alexis de se poser enfin les questions qu'il ignorait depuis un petit moment.

Était-il vraiment taillé pour cette quête ? Il avait travaillé si dur pour tourner le dos à la noirceur de sa vie. Ne devrait-il pas faire tout son possible pour s'éloigner de l'Homme-Ombre, quoi qu'il puisse être, une hallucination ou pas ?

Je ne suis pas arrivé aussi loin pour m'arrêter là.

Ce mantra l'avait accompagné tout au long de sa guérison lente et turbulente. Se condamnait-il à rechuter en restant dans le monde élémentaire ?

Il décida de prendre la parole avant de sombrer davantage. « Je suis désolé pour Teller, dit-il d'une voix hésitante tandis qu'Incantus drapait la couverture sur ses épaules. J'ai l'impression que vous n'allez pas avoir beaucoup de temps pour faire votre deuil.

— Il n'y en a jamais, répondit Incantus d'un air maussade.

— Nous ne sommes pas obligés de parler de tout ça si vous n'en avez pas envie. Vous avez le droit de prendre un moment pour arrêter d'être le responsable du Refuge et être juste un homme qui pleure la mort de ses amis.

— Vous êtes un garçon si perspicace », souffla Incantus en fermant les yeux.

Alexis serra ses bras autour de lui. « Mon père dit toujours qu'une personne est bien plus que ce qu'elle donne à voir. J'imagine que ça vient de son travail… ou de son éducation, peut-être. Sa mère est dans un centre de soins depuis sa naissance. Démence précoce ou paralysie mentale, je ne sais pas très bien. Il n'a jamais connu son père. Il a dû faire son propre chemin. Du coup, ses drôles de proverbes m'ont marqué. »

Gibbeux s'allongea entre eux, les pattes de devant dans le vide, les yeux tournés vers le croissant de lune.

« Votre père m'a l'air d'être quelqu'un de bien, dit Incantus d'une voix lointaine. J'aurais adoré les rencontrer, votre mère et lui.

— C'est le meilleur père que j'aurais pu espérer avoir, répondit Alexis avec une parfaite sincérité. Pareil pour Maman. Ils me manquent énormément. Même mon petit frère me manque. »

Le soulagement se peignit sur le visage d'Incantus et chassa la tension qu'il exprimait jusqu'alors. Alexis s'en étonna.

Il repensa à Mortem et à la manière dont il l'avait regardé, lui et pas les autres, comme s'il l'avait reconnu.

Aussi fou que cela puisse paraître, Alexis avait envie de le revoir.

« Vous avez envie d'en savoir plus sur Mortem. » Incantus l'observait et avait remarqué qu'il tapotait ses doigts sur ses pouces sans même s'en rendre compte.

« Oui. Mais je veux surtout savoir qui il était avant. »

Alexis redoutait par-dessus tout de s'entendre dire qu'ils étaient pareils. Que Mortem était autrefois un homme doté des pouvoirs de l'eau qui avait basculé dans les ténèbres.

Il craignait d'entendre quelque chose qui établirait clairement un lien entre eux.

« Mon plus vieil ami », finit par confier Incantus. Alexis repensa à la photo des deux jeunes frères, bras dessus, bras dessous, comme si c'était parfaitement normal et habituel. L'un d'eux avait créé le Refuge, et l'autre avait choisi la violence et le meurtre. Comment était-ce possible ?

« Toute notre vie, Mortem et moi avons eu une chose en commun : le faire passer en premier. Ce que la lumière donne, les ténèbres le reprennent. Mortem affirme qu'il est temps que les Élémentaires prennent le pouvoir et gouvernent les mortels. Des objectifs ambitieux, qui masquent à mon avis sa vraie motivation, beaucoup plus simple : la peur. Il craint la prophétie de la Lumière et des Ténèbres qui prédit sa perte, et il redoute de se retrouver une fois de plus impuissant face à ceux qui lui veulent du mal. Il veut plonger le monde dans les ténèbres pour s'assurer que ça n'arrivera jamais. »

Alexis se mordit l'intérieur de la joue en contemplant le reflet de la lune sur la rivière. Le courant déformait l'image du croissant et le transformait en éclats mouvants. « Que lui est-il arrivé ? Il a dû vivre quelque chose qui l'a fait basculer. Je ne crois pas en un monde où l'on naît bon ou mauvais. »

Incantus ne bougeait pas, les mains jointes. S'il avait entendu une note suppliante dans la voix d'Alexis, un désespoir sous-jacent, il n'en fit pas état. Le silence régnait, uniquement troublé par la respiration sourde de Gibbeux et les murmures de la rivière en contrebas. Il n'y avait pas de vent, mais Alexis avait encore plus froid et resserra la couverture autour de lui.

« En vérité, peut-être est-ce le Quinate et moi qui avons fait de lui ce qu'il est devenu. » Alexis ne comprit pas ce qu'il voulait dire par là, mais Incantus poursuivit sur sa lancée sans marquer de pause entre chaque phrase, la vérité jaillissant de lui comme s'il ne pouvait plus la contenir. « Mortem a laissé son passé, dont une bonne partie que nous avions en commun, dicter son avenir. La frontière est mince entre les contraires. La lumière et l'obscurité. Le bien et le mal. La vie et la mort. Mortem s'est servi de la douleur et des abus que nous avions subis pour justifier ses décisions et alimenter sa haine d'autrui. Il les a laissés façonner son désir de ne plus jamais être une victime, et il a infligé au reste du monde une fraction de la souffrance qu'il avait connue. »

Il se tourna vers Alexis, qui se sentit à la fois vulnérable et à l'aise sous le regard de son mentor. L'ange dont les ailes avaient été brisées voilà longtemps, mais qui essayait encore de voler.

« Nous ne sommes pas le produit de notre biologie, ni de notre environnement, d'ailleurs, reprit-il. En revanche, nous sommes le produit de toutes nos décisions, de nos choix, de nos actes. Promettez-moi que peu importe la noirceur qui s'abattra sur vous, vous vous souviendrez que la lumière la plus grande et la plus puissante est celle de la vie. Cette lumière que l'on voit dans l'amitié, dans la famille, cette lumière qui transcende la mort trouvera toujours un moyen de percer l'obscurité. Si vous n'arrivez pas à la repérer, *devenez* cette lumière. »

Peu après, Alexis laissa son mentor sur la falaise. Incantus lui avait dit qu'il rentrerait bientôt, mais quand, arrivé sous l'arche, Alexis se retourna, il constata qu'il n'avait pas bougé. Il serrait la vieille couverture abîmée dans ses bras, le visage enfoui dans la fourrure de Gibbeux.

Quand Incantus s'était exprimé, il avait paru nostalgique. Il avait eu les yeux humides en évoquant sa vie et les êtres chers qu'il avait perdus en cours de route. En regagnant sa chambre, Alexis se jura de se battre, pas seulement pour lui et les gens à qui il tenait, mais aussi pour Incantus, et pour ceux qu'il avait aimés et perdus dans son combat contre les Ténèbres.

22

RESFEBER

Resfeber : *nom suédois.*
Quand le cœur bat très fort avant le début du voyage, quand la peur se mêle à l'impatience.

La chair qui se déchire. La vision qui devient floue. L'esprit qui vole en éclats.

Le cauchemar, comme toujours. Mais cette fois, il paraissait encore plus réel.

Alexis se réveilla quelques instants avant que le garçon s'écrase dans l'eau. Haletant, il se rappela que ce n'était pas la réalité, qu'il était en sécurité dans son lit. Il tapota ses pouces pendant plusieurs minutes avant de se rendre compte que la vivacité du rêve coïncidait avec sa première rencontre avec Mortem. Le voir en vrai avait dû renforcer l'intensité cauchemardesque d'un souvenir qui n'avait jamais été le sien.

Alexis aurait aimé avoir au moins deux heures d'un sommeil plus réparateur, mais cet espoir s'envola lorsqu'on frappa à sa porte. Il alla ouvrir et se retrouva face à Ziya, qui rougit en le voyant uniquement vêtu d'un boxer et d'un T-shirt ample.

« Je commence à penser que tu ne frappes à ma porte que quand je suis à moitié nu », dit-il en frottant ses yeux ensommeillés.

Ziya émit un son à mi-chemin entre un rire et une toux. Elle portait les mêmes vêtements que la veille. Ses grands yeux sombres étaient bouffis à force de pleurer, et elle avait attaché sa longue chevelure en chignon.

« Pas du tout ! C'est juste… un mauvais timing, je te le jure !

— Je sais, Ziya, pouffa-t-il. Je te taquinais.

— Oh. » Son sourire vacilla. « J'ai bien peur que la quête doive commencer maintenant. Incantus vous attend pour vous débriefer dès que vous serez prêts. Je vais prévenir les autres. »

L'heure n'était plus aux plaisanteries.

Après s'être douché, Alexis prit le temps de s'examiner et nota les transformations que son corps avait subies depuis son arrivée au Refuge. Des muscles puissants et bien définis sculptaient sa silhouette. Ses épaules étaient plus larges, son torse plus bombé. Ils formaient un triangle avec sa taille mince.

Voyons le bon côté des choses, se dit-il. *Si je dois mourir, je n'aurai jamais été aussi en forme.*

Alexis enfila sa combinaison noire et fourra tout ce qu'il jugeait important dans un sac à dos enchanté qu'il pouvait remplir à l'infini. Au moment de quitter sa chambre, il s'arrêta un instant sur le seuil, la main sur la lourde porte en bois, toujours voilée à la suite de la première démonstration des pouvoirs de Demi. Il avait conscience qu'il voyait peut-être cet endroit pour la dernière fois.

Il inspira l'odeur de l'eau dans le bassin et contempla les dizaines de livres qu'il avait lus, bien souvent jusque tard dans la nuit. Il regarda aussi le petit espace qu'il avait dégagé au centre de la pièce pour s'entraîner à manier l'épée. Puis il courut chercher la photo de Ian et de Nero sur sa table de chevet, et la mit dans son sac. Il ne savait pas pourquoi il en aurait besoin, mais le fait de l'avoir sur lui l'aida à fermer la porte pour enfin s'en aller.

Caeli et Demi l'attendaient en bas des escaliers, toutes deux vêtues de la combinaison noire du Refuge, l'une avec des détails rose poudré et l'autre avec des détails verts.

« Tu as bien dormi ? » demanda Demi, les pommettes rosies par ce qui serait sans doute sa dernière douche bien chaude pendant un petit moment. Alexis hocha la tête et se tourna vers Caeli, qui avait le nez dans son téléphone et tapait un message à la vitesse de l'éclair.

« Avec qui elle se dispute, aujourd'hui ? demanda-t-il à Demi.

— Je viens de larguer Joe », répondit Caeli en rangeant son téléphone dans sa poche. Ses longs cheveux raides tombaient librement dans son dos, comme toujours. Mais sans son maquillage habituel, elle paraissait plus jeune et plus pâle, et ses yeux plus étroits.

« Quoi ? Il est allé se coucher en gardant ses vêtements d'extérieur ou quoi ? » plaisanta Alexis en sachant à quel point Caeli pouvait être capricieuse parfois.

Elle serra les bras autour d'elle et baissa légèrement le menton. Alexis l'avait rarement vue aussi perturbée. Son masque habituel, celui d'une jeune femme indépendante et audacieuse, s'était dissipé.

Il se rendit compte qu'il s'agissait de la plus grande différence entre Caeli et Demi. De prime abord, Caeli paraissait sûre d'elle. Elle levait crânement le menton et semblait se moquer de l'opinion des autres. Mais ce n'était qu'une façade. Si on regardait bien, le moindre doute révélait sa vulnérabilité, celle d'une personne qui avait grandi trop vite, pas par choix, mais par obligation.

Ils n'avaient pas beaucoup parlé du fait qu'elle était enfant unique et qu'elle avait été abandonnée par son père avant sa naissance. Mais Alexis voyait bien, à son comportement, qu'elle était devenue beaucoup trop tôt l'adulte responsable de son foyer.

Il passa son bras autour de l'épaule de la jeune fille. « Je suis désolé. » Pendant un bref instant, elle l'autorisa à la tenir ainsi et se laissa aller contre lui.

« Joe est super, expliqua-t-elle en se redressant lorsque la porte de Blaise s'ouvrit. Et il ne voulait vraiment pas que je mette un terme à notre histoire. Mais honnêtement, je savais dès le départ que ça ne durerait pas. » Elle remit ses cheveux en place et ajouta à voix basse : « Il n'y avait aucune… flamme entre nous. »

Ziya traîna Blaise hors de sa chambre. « Non, tu n'as pas besoin de ton passeport, dit-elle, à la fois amusée et exaspérée. Venez, vous êtes déjà en retard. »

Le silence régnait au sein du Refuge en cette heure matinale – un peu avant 5 heures. Ziya attendit d'être à la porte du laboratoire d'Incantus, dont les murs blancs brillaient toujours d'un éclat intense, pour se retourner brusquement et attirer l'équipe Alpha dans un câlin de groupe en plongeant la tête entre eux.

« On se reverra bientôt, Ziya, dit Demi. On promet de garder le contact autant que possible.

— C'est bizarre, je ne vous connais pas depuis si longtemps que ça, mais vous allez tous énormément me manquer », marmonna la jeune fille.

Caeli n'était pas du genre tactile, mais elle tapota quand même le bras de Ziya. « Veille sur cet endroit en notre absence. »

Ziya acquiesça avec sincérité et s'essuya le nez sur sa manche avant d'accepter de checker le poing de Blaise. « Le Refuge était mon sanctuaire, vous savez, ma maison. Même quand je me sentais seule et effrayée, j'avais l'impression d'y être en sécurité. Mais ce n'est plus le cas. Alors, s'il vous plaît, réussissez la quête pour moi. Réussissez-la pour tous ceux qui n'auront pas d'autre endroit où se réfugier si vous échouez. »

Alexis lui prit les deux mains. « La prochaine fois qu'on se reverra, on aura les quatre Gemmes élémentaires et on te racontera toute la quête en détail. »

Les Enfants des Éléments dirent au revoir à Ziya et franchirent la porte du laboratoire. Incantus, assis dans son fauteuil au milieu de la pièce, contemplait l'immense écran au-dessus de sa tête qui affichait une carte interactive de la Terre.

« On va faire le tour du monde en un week-end, marmonna Alexis en invitant ses amis à regarder la carte. J'espère qu'on ne va pas trop souffrir du décalage horaire. »

Même s'il n'avait visiblement pas fermé l'œil de la nuit, Incantus esquissa un petit sourire.

Alexis n'avait pas remis les pieds dans le laboratoire depuis leur arrivée au Refuge. Il jeta un coup d'œil au mur qui s'était ouvert pour les laisser passer, ses amis et lui, au sortir du tunnel qui menait directement sous Stonehenge. Il se sentit très proche de son ancienne vie à cet instant, alors qu'il avait l'impression de l'avoir quittée depuis une éternité. Dire qu'à l'époque, son plus gros souci, c'était de savoir s'il avait besoin d'un blouson pour éviter de prendre froid sur la plage.

« Vous avez tout ce qu'il vous faut ? » demanda Incantus en se levant. Gibbeux l'imita, toujours attentif aux mouvements de son maître. Les quatre amis agitèrent leurs sacs, reconnaissants envers le sortilège qui les rendait légers comme des plumes alors qu'ils les avaient remplis à ras bord.

Incantus contourna le haut comptoir blanc en s'y appuyant d'une main. L'inquiétude ridait son front et ses sourcils noirs obscurcissaient à moitié ses yeux lumineux. Cependant, rien ne pouvait masquer l'intensité de son regard. « Grâce à l'aura unique que possède chacune de vos amulettes, nous avons réussi à localiser les Gemmes élémentaires de manière approximative, reprit-il en glissant des boîtes pleines de nourriture dans leurs sacs.

» Elles se situent sur les quatre axes de la Terre. L'Europe, l'Asie, l'Afrique et l'Amérique du Sud. La terre, l'air, le feu et l'eau. Nous ne connaissons pas leur emplacement précis, mais vos amulettes devraient être attirées vers la Gemme dans laquelle elles ont été taillées. Elles se trouvent certainement près de sites naturels grandioses : une montagne, un volcan ou une cascade.

— Et les Créatures ? » demanda Blaise, non sans hésitation.

Incantus fit signe à Gibbeux de dire au revoir aux Élémentaires. « Ni les Créatures ni les Gemmes n'ont été vues depuis très longtemps. Mais d'après les anciens textes et les vieilles histoires, nous savons que les Créatures prendront une forme associée à leur élément.

— Génial, marmonna Caeli. J'espère tomber sur un pigeon plutôt que sur un dragon.

— Pas moi, répondit Blaise en frissonnant. Les pigeons me foutent la trouille. »

Incantus ouvrit le tiroir du bureau situé face au comptoir et en sortit un disque argenté plat. Alexis reconnut l'un des appareils de communication du Refuge. Taranis leur avait montré comment s'en servir la semaine précédente. Il n'était pas plus large que la paume d'Alexis et ne pesait rien du tout. L'adolescent le rangea facilement dans son sac.

« Je vous le confie pour pouvoir me contacter, expliqua Incantus. Quand vous serez en possession d'une Gemme, ou si vous avez des ennuis, appuyez au milieu avec votre pouce et je répondrai. Par contre, il est impératif que *personne* ne vous voie utiliser vos pouvoirs, ajouta-t-il en regardant plus particulièrement Blaise, qui avait tendance à attirer l'attention. La force Maya devrait dissimuler le monde élémentaire à la plupart des mortels, comme elle le fait depuis une éternité, mais nous ne pouvons pas prendre le risque d'être découverts. Soyez prudents.

— Comment allons-nous faire le tour du monde ? demanda Demi. De toute évidence, Ezra ne peut plus nous téléporter d'un endroit à l'autre. »

Incantus se rapprocha d'un des murs du laboratoire et posa ses mains à plat dessus. Le mur se mit à vibrer tandis que ses paumes s'illuminaient. Une fine substance blanche partit de ses mains et s'accrocha au mur, avant de se déployer pour rejoindre les lignes de téléportation qui couraient sur les bords.

« Vous allez utiliser un vieux passage auquel j'ai ajouté le pouvoir de la lumière, expliqua Incantus en s'éloignant du grand mur opaque. Ezra était le premier téléporteur ou portailler du Refuge depuis des décennies. Alexis, l'appareil de communication dans ton sac a été modifié pour pouvoir créer des portails, mais je ne suis pas certain de sa puissance, surtout sur des distances aussi importantes. Je vais sans doute devoir vous envoyer un portailler du Grand Ordre. Mais, pour l'heure, ce portail-ci va vous conduire en Grèce, à proximité de la Gemme de la Terre.

— Et nous allons la trouver en nous fiant simplement à nos amulettes ? » s'enquit Demi.

Maintenant que le portail était ouvert devant eux, ils ne pouvaient plus ignorer la réalité de cette quête imminente. Cette fois, ils y étaient. Impossible de faire demi-tour.

« Le disque argenté vous indiquera aussi sa direction en captant sa signature énergétique, assura Incantus en se plaçant devant eux. Cela devrait suffire à vous conduire jusqu'aux Gemmes, comme quand vos amulettes vous ont menés à Stonehenge.

— Elles nous ont traînés, oui, rectifia Caeli. J'espère que ce n'est pas une mission suicide. Ce serait tellement dérangeant de mourir. »

Blaise la regarda d'un air incrédule. « Tu viens vraiment de dire que ce serait "*dérangeant* de mourir" ? »

Incantus sourit, ce qui lissa un peu les rides de son front. Il tendit la main, et Gibbeux se rapprocha lentement de lui. « La Gemme de la Terre, mademoiselle Nikolas, se trouve, à ma connaissance, près du temple d'Athéna Pronaia à Delphes, en Grèce. »

Il leur fit signe d'avancer vers le portail. Alexis n'en était pas certain, mais il avait l'impression de sentir la chaleur derrière le voile blanc.

Incantus baissa la tête et joignit les mains devant sa poitrine. « Je suis tellement désolé de ne pas pouvoir vous accompagner.

— Ça va aller, Incantus, répondit Alexis en espérant instiller chez ses amis la confiance dont ils avaient désespérément besoin – et lui aussi, d'ailleurs. Nous allons accomplir ce pour quoi nous sommes nés. »

Les Enfants des Éléments se prirent par les bras et se placèrent en ligne devant le portail. Incantus Arcangelo passa derrière eux et posa les mains sur les épaules de chacun, un geste fort et motivant, mais beaucoup trop bref.

« N'hésitez pas à m'appeler chaque fois que vous aurez besoin, leur dit-il d'une voix lourde d'émotion. Le temps nous est compté et nous n'avons pas le droit à l'erreur, mais revenez ensemble et en vie. Je refuse de perdre l'un d'entre vous. Bonne chance… Enfants de la prophétie de la Lumière et des Ténèbres.

— Ce n'est pas du tout le moment d'avoir envie d'aller aux toilettes, pas vrai ? murmura Demi.

— Non, vraiment pas », répondit Caeli en clignant des yeux.

Demi secoua la tête. « Je savais que je n'aurais pas dû boire ce café. »

Les quatre étrangers devenus amis échangèrent un regard. Puis, ensemble, ils franchirent le portail blanc luisant, et leur quête commença.

PARTIE TROIS

BLAISE

Déterminé à défier

« Je suis plus que ma peur. »

23

DÉRIVE

Dérive : *nom français.*
Voyage spontané où l'on abandonne son existence pour se laisser guider par l'esprit du paysage.

La première chose qu'Alexis remarqua au sortir du portail fut le soleil implacable, typique de l'été méditerranéen. Il le réchauffa jusqu'au plus profond de son être d'une manière telle que les lumières artificielles et souterraines du Refuge ne pourraient jamais le faire.

Tout autour, la terre s'élevait sous forme de montagnes et plongeait en vallées telle une mer trompeuse où le vert et le brun se mêlaient au jaune des fleurs. À cette heure matinale, l'air était pur et les quatre adolescents étaient les seuls à en profiter. Ça ne durerait pas, mais Alexis prit un instant pour absorber les odeurs et les sons de la nature, et toute cette beauté qu'on ne pouvait capturer ni avec une photo ni avec des mots.

Malheureusement, Caeli gâcha cette expérience.

« J'ai oublié ma crème solaire ! se plaignit-elle en levant les bras au ciel. Je savais qu'il me manquait un truc. Je sens déjà ma peau qui crame. On n'aurait jamais dû accepter cette mission.

— Ça fait six secondes, Cae, répondit Blaise d'une voix traînante, le visage tourné vers le ciel. Dé… tends… toi. »

Le portail clignota puis se referma derrière eux. Ils ne pouvaient plus retourner au Refuge désormais. Ils étaient seuls, sans Incantus et les Leaders pour les secourir si besoin.

Demi tourna lentement sur elle-même pour étudier leur nouvel environnement. « On dirait un ancien théâtre grec. »

Des gradins en pierre s'élevaient devant eux et formaient un grand demi-cercle à moitié enfoui dans le flanc de la colline. De hautes herbes d'un vert éclatant et des fleurs sauvages s'épanouissaient entre les trous et les fissures des plaques de calcaire. Elles se battaient pour absorber la lumière du soleil et survivre, comme si la Terre elle-même récupérait peu à peu son territoire.

Demi s'avança vers le milieu de la scène. On aurait dit qu'elle brillait, même si, aux yeux d'Alexis, c'était toujours le cas. Il y avait de l'herbe sous ses bottes et un océan de pins, d'oliviers et de cyprès à perte de vue. Elle ferma les yeux pour savourer la proximité de son élément.

« Ils donnaient des représentations ici, pas vrai ? demanda Blaise en sautant d'un bloc de pierre à l'autre jusqu'à ce qu'il trouve un coin d'herbe tendre où s'asseoir. Tu pourrais être le personnage principal, Dee. »

Alexis détacha son regard de son amie. « J'espère que mon histoire ne deviendra pas une tragédie grecque », répondit Demi en riant.

Caeli tendit la main vers Alexis. « Passe-moi le disque. » Elle ne semblait pas d'humeur à perdre du temps. Elle alluma le disque argenté et l'examina. « Apparemment, le sanctuaire se trouve devant nous, à deux kilomètres à peine. Non, attendez… c'est par là.

— Super, on est déjà paumés », soupira Blaise. À contrecœur, il détourna son visage du soleil. « On ne peut pas rester ici un moment ?

— Les routes et le temple vont sans doute se remplir très vite, répondit Caeli, dont la montre venait de s'ajuster au nouveau fuseau horaire et affichait deux heures de plus. On n'est pas en vacances. »

Demi prit Blaise par le bras pour l'encourager à se lever. « Mais c'est magnifique, vous ne trouvez pas ? »

Alexis jeta un coup d'œil à l'appareil entre les mains manucurées de Caeli. Sur un plan infrarouge basique de la montagne, ils se dirigeaient vers une puissante lueur fixe. Ils sortirent des gourdes d'eau de leurs sacs et se les passèrent en marchant. Dès qu'une voiture arrivait, ils couraient se cacher, mais Caeli comprit rapidement comment manipuler l'air pour les rendre invisibles.

Pour combler le silence, Alexis récita ce qu'il avait lu dans l'un des vieux livres reliés sur l'étagère de sa chambre. « Les Grecs de l'Antiquité pensaient que Delphes était le centre de la Terre. Dans son sanctuaire se trouve la tholos, un temple qui abritait l'Oracle délivrant des prophéties. Apparemment, il hébergeait aussi un grand monstre de la Terre.

— C'est un peu triste de lire autant après s'être entraîné toute la journée, Al, fit remarquer Blaise.

— C'est un peu triste de ne lire que des livres avec des images qui occupent la moitié de la page, répliqua gentiment Alexis.

— Vous pensez que l'Oracle aurait pu être la Femme de la Terre ? » demanda Demi en courant presque en tête du groupe tant elle était pressée d'arriver à destination.

Alexis haussa les épaules. Le livre ne mentionnait pas les Gemmes élémentaires.

Finalement, ils atteignirent un chemin pavé qui s'éloignait de la route et descendait le long de la montagne. Une pancarte indiquait, en grec et en anglais : *Sanctuaire d'Athéna Pronaia.*

« Nous y sommes », annonça Alexis. Les quatre amis s'engagèrent prudemment sur le chemin en pente. « Attention à notre environnement », leur rappela-t-il en montrant la caméra de sécurité accrochée au mur au-dessus d'eux. Blaise tendit la main dans cette direction. Une petite flamme jaillit et brûla les câbles électriques. La lumière rouge s'éteignit.

Après le virage suivant, la pente commença à s'aplanir, les broussailles et les arbres secs se firent plus rares, tandis que le chemin s'élargissait. Alors qu'ils s'apprêtaient à entrer dans ce qu'il restait du sanctuaire, Caeli s'arrêta et tendit les mains dans la direction par laquelle ils venaient d'arriver. Ses doigts bougeaient lentement dans l'air pour le lire avec précaution.

« Quelqu'un vient juste de quitter la route derrière nous. Vu comme il respire, c'est probablement un randonneur ou un type très excité de découvrir des ruines. On ne veut pas être vus. Je vais m'en occuper.

— Les dryades du Jardin m'ont appris à préparer des poudres de plantes qui peuvent faire perdre connaissance, annonça Demi en lui prenant la main. Je t'accompagne. Attendez-nous ici », ajouta-t-elle à l'intention des garçons tandis qu'elles remontaient en haut du chemin.

Dès qu'elles furent hors de vue, sans échanger un mot, Alexis et Blaise repartirent.

Le mont Parnasse dominait le site sur un côté, mais comme le soleil se levait à l'est, il n'offrait aucune ombre. Des chênes bordaient le périmètre rectangulaire du sanctuaire composé de temples autrefois imposants, mais désormais en ruine. Des petits blocs de marbre jonchaient la terre desséchée et formaient des rangées qui n'avaient pas bougé depuis qu'ils étaient tombés. L'herbe poussait par-dessus.

Dans ce labyrinthe de débris, une structure se détachait des autres : un temple circulaire, dont la plupart des colonnes étaient réduites à l'état de souches de pierre. La tholos de Delphes. Alexis se dirigea droit vers elle.

Blaise le rattrapa. « Qu'est-ce qui lui prend, à Caeli ? demanda-t-il en faisant la grimace. Elle ne dit pas grand-chose et ne me laisse pas la taquiner… C'est bizarre.

— Elle a rompu avec Joe », répondit Alexis en surveillant attentivement sa réaction.

Blaise écarquilla les yeux, puis se mit à gratter les manches ajustées de sa combinaison noire comme si elles le fascinaient, tout à coup. « Ah ! J'avais bien dit qu'il ne saurait pas s'occuper d'elle ! »

Alexis sourit. « Quoi ? » protesta Blaise. Alexis haussa les sourcils d'un air entendu. « Oh, je t'en prie, souffla Blaise. Je ne sais pas à quoi tu penses, mais tu te trompes... »

Il s'interrompit en voyant Caeli et Demi revenir.

« C'est puissant, ce truc, leur dit Caeli, les yeux larmoyants. Mais bon, l'important, c'est que ça a mis le type K.-O. Il est en train de faire une petite sieste sous un buisson... »

Elle s'interrompit en voyant le seul temple encore à moitié debout près du centre du sanctuaire.

Bâti sur un podium, il ressemblait un peu à Stonehenge. Des colonnes, brisées pour la plupart, faisaient tout le tour du cercle. Seules trois d'entre elles étaient restées intactes et supportaient, non sans peine, les vestiges d'une frise horizontale. Un second cercle plus petit entourait une étendue d'herbe au centre de la structure. Comme pour les colonnes, il ne restait qu'une partie de ce mur dont les pierres formaient une espèce de pyramide au bord de l'herbe. Même dégradé, le temple était splendide.

« Dire que cet endroit a été construit bien avant la naissance de Jésus-Christ », murmura Demi tout bas, à tel point qu'Alexis faillit ne pas l'entendre. Elle se rapprocha du temple et demanda sans se retourner : « Que montre le disque ? »

Alexis le prit des mains de Caeli. Les lumières représentant leurs auras se trouvaient juste au-dessus d'une grosse masse luisante. La Gemme de la Terre devait être... sous leurs pieds.

Demi escalada la clôture qui entourait le temple et posa le pied sur le podium d'un air hésitant. Aussitôt, son amulette se mit à briller de mille feux, comme une émeraude.

« Oh, mon Dieu », chuchota-t-elle en s'immobilisant tandis que le pendentif se soulevait sur sa poitrine et indiquait la direction du temple.

Alexis, Blaise et Caeli la rejoignirent rapidement sur le podium sans que leurs amulettes réagissent pour autant. Demi s'avança vers le centre, et le temple tout entier s'illumina. Cette faible lueur d'un vert vif tranchait par rapport à l'éclat jaune du soleil.

« Regardez ! s'exclama Demi en faisant sursauter Alexis. Vous le voyez, vous aussi ? »

Alexis suivit son regard et remarqua un petit emblème qui étincelait au sein de la pyramide en pierre. C'était le même symbole qui était gravé sur la porte de la jeune fille au Refuge, le même que son amulette. Un triangle inversé barré d'un trait.

Demi souleva sa chaîne et pressa son pendentif contre la gravure.

Un rayon vert aveuglant jaillit du temple de Delphes et s'éleva dans les airs. Cette énergie était si pure et si vive qu'elle éclaira toute la chaîne de montagnes. Sans laisser le temps aux Élémentaires de réagir, une secousse agita le temple et un grondement sourd résonna dans la vallée.

Alexis crut que Demi avait déclenché un séisme. Les arbres tremblaient au loin et les ruines frémissaient autour d'eux. Ce ne fut qu'en voyant les montagnes se mettre à grandir qu'il se rendit compte que la tholos s'enfonçait lentement dans le sol.

« Est-ce qu'il faut qu'on descende du podium ? cria Blaise.

— Non ! » répondit Demi en leur faisant signe de tous se tenir les mains. La tholos poursuivit sa descente et entraîna les Élémentaires sous la surface.

Des parois de terre enchâssèrent le temple circulaire tandis qu'ils s'enfonçaient si loin sous terre qu'ils ne voyaient même plus le sommet du mont Parnasse. Finalement, après ce qui leur parut durer plusieurs minutes, la plateforme s'arrêta, à une centaine de mètres de profondeur. La surface s'était déjà refermée au-dessus de leurs têtes, les emprisonnant sous terre, où l'air était restreint et humide, et embaumait l'humus. Quand l'éclat vert des ruines s'éteignit, les Enfants des Éléments se retrouvèrent une fois de plus dans les ténèbres.

Blaise claqua des doigts, et le son résonna contre les parois. Une étincelle jaillit et se transforma en flamme qui grandit au-dessus de sa main. Mais il n'y avait pas grand-chose à voir.

Avant qu'Alexis ait le temps de se demander où pouvaient bien être la Gemme et la Créature, les brins d'herbe qui tapissaient le centre du podium se mirent à bourdonner et s'allumèrent un par un. Les Élémentaires reculèrent d'un bond et se pressèrent contre la paroi en sortant leurs armes de leurs sacs.

« Que se passe-t-il ? » cria Caeli.

L'herbe se détacha du sol, chaque brin illuminé tourbillonnant dans les airs, comme porté par son propre courant. Ils furent des milliers à s'élever ainsi sous forme d'une colonne qui brillait si fort que Blaise éteignit sa boule de feu. Tout en tournant de plus en plus vite, les brins fusionnèrent et se transformèrent en quelque chose de plus gros et de plus solide. Une entité bien réelle.

Alexis vit apparaître une figure féminine dont les longs cheveux couleur de terre cascadaient au-delà de sa taille. Les brins d'herbe lui faisaient une robe couleur de jade dont l'ourlet balayait le sol. Elle était à la fois grande et trapue, délicate, mais forte, les mains jointes dans le dos.

Elle garda les yeux fermés tandis qu'un entrelacs de racines poussait derrière elle et montait à l'assaut des piliers du temple. Elles s'épaissirent et brunirent comme si elles avaient pris de l'âge en un instant, puis s'enroulèrent autour du sommet des colonnes sur lesquelles elles prirent appui. Le tronc apparut ensuite et s'étira, gorgé de sève, avant que ses branches se déploient, parées de minuscules feuilles qui poussaient les unes à partir des autres, comme un réseau interconnecté et fécond.

En quelques secondes à peine, un magnifique chêne se dressait sous terre, haut de plusieurs dizaines de mètres, sa base couronnant la tholos. Demi tira sur la manche d'Alexis, mais ce dernier n'avait pas besoin qu'elle lui dise ce qu'il voyait.

L'Arbre de Vie, le plus sacré de tous, venait de se matérialiser devant eux.

Dans un éclair prolongé émanant de son corps, la Femme de la Terre ouvrit ses yeux émeraude. Ils se posèrent aussitôt sur Demi et sur son amulette, et brillèrent en comprenant de qui, et de quoi, il s'agissait.

Elle sortit alors les mains de derrière son dos et présenta à l'Enfant de son Élément l'offrande qu'elle était venue chercher. La première des Gemmes perdues.

Dans ses paumes, brillant d'éternité, se trouvait la Gemme de la Terre.

De la taille d'un poing serré, elle paraissait étonnamment petite compte tenu des immenses pouvoirs qu'elle renfermait. Elle ne ressemblait à aucune pierre ni à aucune émeraude qu'Alexis avait pu voir. Sa couleur et sa clarté étaient éthérées, presque surnaturelles. Elle ne comportait aucune rayure ni aucune fissure. Seul l'un de ses bords avait été raboté à l'endroit où l'on en avait coupé un morceau pour fabriquer l'amulette de Demi, qui luisait en sa présence et bourdonnait de puissance. Les yeux de Demi n'avaient jamais brillé aussi fort.

Elle déglutit tant bien que mal pour pouvoir parler. « La Femme de la Terre. » Elle fit une révérence maladroite, et ses camarades l'imitèrent. Comment étaient-ils censés s'adresser à une entité omnipotente qui avait créé le monde, et dont ils n'étaient même pas sûrs qu'elle soit réelle ? Le moment paraissait plutôt bien choisi pour s'incliner.

« Mon enfant », répondit la Femme d'une voix rauque, retentissante et majestueuse.

Elle se tenait immobile, figée dans le temps, le chêne épanoui au-dessus d'elle comme un halo ou les andouillers d'un cerf. Elle contempla tour à tour chaque Enfant des Éléments et son amulette.

Alexis se sentit intimidé lorsque le regard de la Femme se posa sur lui et que ses yeux se rétrécirent.

« Les Ténèbres sont revenues », dit-elle en secouant la tête d'un air de regret.

Sans trop savoir pourquoi, Alexis décida que c'était à lui de répondre. « Un Élémentaire doté de ces pouvoirs souhaite s'en servir pour détruire et contrôler cette planète. Nous devons l'arrêter avant qu'il plonge le monde dans l'obscurité. »

La Femme continua de le dévisager. Alexis n'était pas certain qu'elle comprenait ce qu'il disait. Elle avait joué son rôle dans la Création bien avant la naissance de Mortem. Il poussa un soupir de soulagement lorsqu'elle détourna enfin les yeux.

« Les peuples de ce monde polluent et détruisent ma Terre depuis leur avènement. » La Gemme dans ses mains n'avait pas frémi une seule fois. « Mais oui, les Ténèbres vont tenter de le recouvrir de nouveau pour nous détruire, moi et mes sœurs. »

Caeli réussit à retrouver sa langue. « Désolée, mais êtes-vous humaine ? Ou Élémentaire ? » Elle serrait très fort sa lance à doubles pointes qui tremblait légèrement dans son poing.

« C'est pour vous que j'ai revêtu cette forme. Toute chose née de la terre ou toute chose solide, qu'il s'agisse d'un grain de sable ou d'une forêt tout entière, est moi.

— Et la Créature de la Terre ? demanda Blaise en la détaillant de la tête aux pieds. C'est vous aussi ? »

La Femme secoua doucement la tête, ce qui fit osciller les racines qui lui servaient de cheveux et couraient dans son dos. « Mes sœurs et moi sommes les détentrices des Gemmes qui ont construit ce monde et tout le reste. Avec nos pouvoirs, nous ne pouvons que créer, pas détruire. C'est pourquoi nous avons fait les Premiers-Nés, vos ancêtres élémentaires, pour qu'ils combattent les Ténèbres.

— Mais le sacrifice des Premiers-Nés n'a pas fonctionné, rappela Alexis. Les Ténèbres ont survécu.

— Effectivement, se contenta de répondre la Femme tandis que son regard s'attardait sur lui.

— Donc, cette Créature…, insista Blaise.

— Nous avons donné naissance aux Créatures pour qu'elles protègent les Gemmes. Elle ne sera invoquée que lorsque la Gemme ne sera plus en ma possession.

— Comment la vaincre ? » demanda Demi.

Pour la première fois, la Femme sourit. C'était un sourire tout petit, mais ravissant. Il transforma son visage, comme la première fleur du printemps ou le premier chant de la nature lors d'une nouvelle saison. « Avec vos pouvoirs, bien sûr. » Elle désigna un point au centre de son front. « Nous avions conçu les Gemmes pour les placer au milieu de la tête des Créatures. Aujourd'hui, cela reste la seule partie vulnérable de leur corps. »

Demi recula et se plaqua contre la paroi en terre battue. « Je ne sais pas si je peux me résoudre à faire ça, murmura-t-elle. Ce combat… cette quête…

— Lève la tête et regarde-moi, ordonna doucement la Femme. Une seule mauvaise herbe ne gâche pas un parterre, fille de mon élément, de même qu'un seul péché ne ternit pas la pureté de ton âme. Fais ton devoir et protège notre terre. » Sans se pencher en avant, la Femme tendit les bras vers Demi, l'éclat de la Gemme illuminant encore plus son visage. « Le sol sous tes pieds continuera de te soutenir, comme il l'a toujours fait. »

Les mains de Demi tremblaient. Malgré tout, elle les referma autour de celles de la Femme, les muscles crispés et parcourus d'une énergie électrisante. Les yeux rivés sur la Gemme de la Terre, elle ne vit pas l'expression de la Femme changer lentement, son sourire se faner avant de disparaître.

« Pour récompenser votre courage, mes sœurs et moi allons offrir à chacun de vous un aperçu de votre futur. Nous allons évoquer ce qui est à venir dans l'espoir que cela vous apporte la paix. Je vais te donner le tien, enfant de mon élément. »

Quand la Femme reprit la parole, sa voix était lointaine, comme empreinte de regrets.

« Dans l'eau baignant tes racines, tu trouveras enfin le repos. »

La Femme déposa la Gemme dans les mains de Demi sans lui laisser le temps de demander ce que cela signifiait. À présent qu'elle ne l'avait plus en sa possession, son visage s'adoucit. Peu à peu, l'éclat de sa peau diminua. En même temps, le grand Arbre de Vie se flétrit et disparut, sa couleur réintégrant la Gemme.

Les derniers mots de la Femme se dissipèrent en même temps qu'elle, son corps reprenant l'apparence des milliers de brins d'herbe qui lui avaient donné forme. « Votre prophétie suit son cours. J'espère que vous réussirez à accomplir votre destin. Bonne chance, mon enfant. Ceci n'est pas notre dernière rencontre. »

Puis elle prononça une phrase dans une langue qu'Alexis supposa être du grec et qu'il regretta désespérément de ne pas comprendre, surtout lorsque les yeux de la Femme se posèrent une dernière fois sur lui.

« Το να αγαπάς αυτό το αγόρι θα είναι ο θάνατος σου. »

Un par un, les brins d'herbe se détachèrent et dérivèrent vers le sol du temple. L'aura brillante qu'avait été la Femme réintégra la Gemme à son tour, renforçant d'autant sa puissance. La cavité souterraine était désormais à peine éclairée par la pierre à laquelle Demi s'accrochait de toutes ses forces.

« Dem, qu'est-ce qu'elle a voulu dire ? » demanda Caeli. Son amie frémit lorsqu'elle posa la main sur son épaule. « *"Dans l'eau baignant tes racines, tu trouveras enfin le repos."* Elle ne parlait pas de ta mort, n'est-ce pas ?

— Je... je n'en sais rien », balbutia Demi, dont la poitrine se soulevait et s'abaissait trop vite.

Depuis que la Femme avait prononcé la prophétie de Demi, Alexis avait cessé de respirer. Il ne bougeait même plus, paralysé par une peur écrasante. Non pas parce qu'il savait que la Créature de la Terre allait bientôt les attaquer, son rôle étant d'éliminer quiconque voulait la Gemme. Mais parce qu'un jour, peut-être, il lui faudrait vivre dans un monde sans Demi. Il n'avait que faire de sa propre existence s'il ne pouvait la partager avec elle.

Dans l'eau baignant tes racines.

Ce qui l'effrayait le plus, c'était la manière dont son élément semblait prophétiser la mort de Demi. Qu'avait dit la Femme en grec pour que son amie refuse à présent de croiser son regard ? Il tenta de répéter la phrase pour retrouver ses sonorités, mais déjà, les mots lui échappaient, glissant comme de l'eau entre ses doigts.

« Tu ne vas pas mourir », dit-il en passant devant tout le monde pour se planter devant Demi, qui continuait de contempler la Gemme de la Terre dans ses mains tremblantes. Alexis lui leva le menton pour qu'elle le regarde dans les yeux. « Pas dans un avenir proche. Aucun de nous ne laissera une telle chose se produire, tu m'entends ?

— Ouais, compte sur nous, Dee, renchérit Blaise. On ne laissera pas cette Créature t'approcher. Mais d'abord, on doit trouver où elle se cache. »

Un grondement assourdissant lui répondit. Puis des secousses firent trembler la terre si violemment que les piliers du temple frémirent et que de la poussière s'éleva dans l'air. Alexis, les oreilles bourdonnantes, mit quelques instants à comprendre que ce n'était pas un séisme qui venait de les secouer ainsi, mais le rugissement d'un animal. Celui de la Créature.

Et il provenait de la Gemme de la Terre.

24

TAKANE NO HANA

Takane no hana : *expression japonaise.*
« Fleur sur un haut sommet » ; une personne ou un objet que l'on désire, mais qui est loin ou inaccessible.

Des ondes de choc parcouraient la terre et projetaient des éclats de marbre sur le podium du temple. Caeli brandit les mains pour manipuler le peu d'air restant et créer un bouclier qui les protégerait des débris. Mais ce n'était qu'une question de temps avant qu'ils soient enterrés vivants pour de bon.

« Sors-nous de là ! » cria-t-elle.

Demi ferma les yeux et tendit sa main libre vers le podium. Puis elle écarta les doigts en criant : « Lève-toi ! »

La base du temple trembla, puis s'éleva brusquement et remonta au sein de leur prison souterraine à une vitesse telle que les trois autres Élémentaires se retrouvèrent cloués au sol. En quelques secondes, ils furent de nouveau à l'air libre. Tandis que les rayons du soleil caressaient le visage d'Alexis, le temple frémit et s'arrêta au niveau de la surface.

Couverts de terre, les Élémentaires s'éloignèrent du temple en courant. La Gemme pulsa de nouveau en émettant un son strident qui résonna sous les arbres de la vallée. Elle continuait d'appeler la Créature.

Comme ils l'avaient appris au cours de leur entraînement, les quatre amis se positionnèrent de manière à former un carré étroit. Alexis jeta son sac à dos sur le côté, et brandit sa double épée en bronze et en argent tout en vérifiant que ses camarades avaient sorti leurs armes eux aussi.

Caeli, sa longue lance à la main, attachait un carquois rempli de flèches dans son dos – elle n'avait pas besoin d'un arc pour les tirer. À côté d'elle, Demi avait détaché son fouet fabriqué spécialement pour l'élément Terre. La lanière, composée de lianes, serpentait sur le sol. De son autre main, elle tenait la Gemme. Blaise frappa ses avant-bras l'un contre l'autre, ce qui projeta des étincelles le long de sa lourde hache. Des flammes écarlates apparurent sur la lame et sur les quatre couteaux de lancer qui y étaient attachés.

Ils étaient aussi prêts qu'on pouvait l'être.

Une lumière verte jaillit de la Gemme dont la puissance explosa. Alexis n'eut pas le temps de se protéger. L'énergie balaya tout sur son passage et éparpilla les Élémentaires.

Alexis heurta les vestiges d'un temple voisin et réduisit le marbre millénaire en poussière. Haletant, il s'épousseta le visage en se félicitant que la combinaison du Refuge ait absorbé la majeure partie du choc et protégé sa colonne vertébrale. Il dut attendre quelques instants pour pouvoir se remettre debout et rejoindre Demi en titubant.

« Regardez ! » s'écria-t-il. La Gemme gisait à l'endroit où elle était tombée, et un réseau de fissures s'étirait tout autour. Sa surface était intacte, mais quelque chose à l'intérieur fracturait les rayons lumineux qu'elle émettait, quelque chose qui ne cessait d'apparaître et de disparaître.

« C'est quoi ? » Demi se pencha en avant. « On dirait qu'elle… est en train d'éclore. » Elle hoqueta de stupeur en voyant un œil vert étiré flotter vers la surface de la pierre. « Oh, mon Dieu, murmura-t-elle en faisant reculer Alexis. La Créature n'est pas invoquée par la Gemme. Elle se trouve à l'intérieur ! »

Au moment où ces mots franchissaient ses lèvres, une griffe sortit de la Gemme de la Terre et se planta dans le sol de la montagne. Une fois libérée de la pierre, elle grossit et devint aussi longue qu'un bras humain. Trois autres griffes émergèrent à leur tour, suivies par une grosse patte recouverte d'une carapace d'écailles.

Bouche bée, les Élémentaires regardèrent une autre patte se libérer de la Gemme et s'épaissir au contact du sol, passant d'une image en deux dimensions reflétée sur la pierre à un membre en trois dimensions. Puis une tête lutta pour sortir à son tour. Deux énormes défenses incurvées en ivoire verdâtre dépassaient de ses tempes. Une troisième corne plus petite poussait au milieu, sur son museau, formant avec les deux autres un triangle inversé comme l'amulette de Demi. Les pointes des défenses latérales s'enroulaient sur son front.

Des yeux de lézard, d'un vert acide, se matérialisèrent à leur tour, accompagnés d'une gueule remplie de crocs qui laissa échapper un nouveau rugissement assourdissant. Les Enfants des Éléments furent projetés sur les côtés, et roulèrent au bas de la montagne en heurtant des arbres et des fourrés qui se brisèrent sous l'impact. Les yeux entrouverts, Alexis vit qu'ils s'éloignaient de plus en plus les uns des autres, dispersés comme du sable dans le vent. Il finit par s'immobiliser, et recracha de la terre et de la poussière. Il avait la tête qui tournait. Il sentit deux mains l'agripper pour l'aider à se relever.

« Tu es blessé ? demanda Demi, dont le visage tanguait devant lui.

— Non, ça va. » Il s'appuya sur son épée pour ne pas tomber et s'adossa à un arbre le temps de retrouver son équilibre. Puis il chercha du regard Caeli et Blaise dans la vallée tapissée d'une forêt dense. « Va chercher les autres. »

Mais Demi ne l'entendit pas. Alexis suivit son regard en haut de la montagne, là où se trouvaient les vestiges du temple. Mais le sanctuaire n'était plus visible. La seule chose dans son champ de vision, c'était la Créature de la Terre.

La Bête était gigantesque comparée aux arbres qui l'entouraient. Elle possédait un corps tout en longueur, un ventre au ras du sol et une énorme queue qui se terminait par deux pointes effilées. Une carapace brune la recouvrait entièrement et se hérissait, sur le dos et sur les flancs, de dizaines de piques prêtes à tout déchiqueter.

Malgré la distance, Alexis sentait l'haleine âcre et écœurante du monstre préhistorique se déverser entre ses rangées de crocs jaunis. Derrière lui, sous sa queue enroulée, se trouvait la Gemme, dont l'éclat avait de nouveau diminué.

Un chapelet d'injures se fit entendre lorsque Blaise et Caeli rejoignirent Alexis et Demi.

« Je vais tuer Incantus, annonça Blaise.

— Pas si ce dinosaure te tue avant », répliqua Caeli. Elle passa ses doigts dans ses cheveux, et arracha une poignée de terre et de mèches blond platine. « Vous avez une idée de comment vaincre ce truc ? »

Alexis chercha du regard son point faible en se rappelant ce que la Femme de la Terre avait dit à propos du front des Créatures. Une petite zone, de la taille de la Gemme, paraissait effectivement plate et dépourvue d'écailles au milieu du triangle que formaient les cornes, juste au-dessus de ses yeux reptiliens. Il la désigna avec son épée. « Il faut viser cet endroit.

— On n'a aucune chance ! protesta Caeli, stupéfaite. Même avec ma précision, je ne sais pas si je peux l'atteindre, surtout s'il bouge !

— C'est le seul moyen », répondit Demi en dégainant sa dague incurvée.

La Créature gronda de nouveau. Patiente, elle les scrutait de ses yeux de jade en guettant le moindre de leurs mouvements.

« Il faut tenter le coup. Nous devons la distraire pendant que Demi récupère la Gemme, décida Alexis. Quand elle disposera de ses pouvoirs illimités, peut-être que la Créature disparaîtra. Gardez un œil sur sa queue », ajouta-t-il en regardant l'appendice fourchu et acéré comme des couteaux fouetter l'air et fendre la terre et la pierre.

Comme si elle sentait qu'ils venaient de formuler un plan, la Bête rugit, et le sol trembla sous ses pattes. Tandis que les

Élémentaires tentaient de conserver leur équilibre, la Créature les chargea et dévala le flanc de la montagne en pulvérisant les arbres qui se dressaient sur son passage.

En un instant, l'adrénaline et la mémoire musculaire qu'Alexis avait acquise au cours de son entraînement prirent le dessus. À une vitesse surhumaine, les Élémentaires se séparèrent, Alexis et Blaise plongeant de chaque côté de la Bête tandis que Caeli s'élevait dans les airs au-dessus de sa tête. Demi plongea entre ses pattes et esquiva de peu sa grande queue.

Alexis se releva juste à temps pour voir les deux pointes s'enfoncer dans le sol et déterrer une énorme quantité de terre sous un chêne voisin. D'un brusque coup de queue, la Bête déracina l'arbre et le projeta sur Blaise, trop rapidement pour qu'il puisse l'éviter.

Une poignée de secondes avant l'impact, le tronc implosa sans projeter autre chose que des copeaux et des échardes. La Bête se retourna et aperçut Demi accroupie derrière elle, la main tendue en direction de Blaise.

Elle est trop près, se dit Alexis.

La Bête leva sa patte griffue au-dessus de Demi. Son ombre était si vaste qu'elle bloquait entièrement la lumière du soleil. Demi resta figée sur place, sa dague à la main. Blaise lança une série de boules de feu crépitantes, mais elles rebondirent sur la carapace du monstre en ne laissant que des marques noircies.

L'air changea brusquement autour de Demi, et un brusque coup de vent l'éloigna de la Bête. Au moment où Demi arrivait à côté de Caeli, Alexis les dépassa en courant.

Il bondit dans le ciel en utilisant la vapeur d'eau pour se propulser plus haut qu'aucun humain ne pouvait sauter, aussi haut que certains arbres encore debout. La tête de la Créature se profilait devant lui ; il s'écrasa sur le côté et réussit à agripper l'une des défenses incurvées. La Bête secoua la tête pour tenter de le déloger, et Alexis grogna en se balançant dangereusement devant l'un de ses grands yeux.

« Laisse. Moi. Juste. Te. Tuer. *S'il te plaît !* »

Alexis ponctua chaque mot d'un coup d'épée au centre du visage du monstre, en priant pour toucher la petite zone sans protection avant de se disloquer l'épaule. Loin en contrebas, il entendit le bruit du métal contre la pierre ; c'était Blaise qui assénait des coups de sa hache enflammée dans le ventre de la Bête.

« Va chercher la Gemme ! » cria Caeli à Demi en désignant la pierre étincelante qui gisait en haut de la montagne. Demi hésita, puis hocha la tête et s'éloigna en courant du combat tandis que Caeli s'envolait pour rejoindre Alexis.

En manipulant le vent, elle sortit des flèches de son carquois une par une, et les fit tournoyer pour former un cercle autour d'elle.

Puis elle les lança sur la Bête en direction de son poitrail et de son cou. Elles manquèrent de peu Alexis, qui continuait de s'agripper d'une main tout en poignardant la tête du monstre. Mais il avait les bras en feu, et sa main commençait à glisser.

« Caeli, par ici ! » Sans le vouloir, il se balança sur le côté juste au moment où la pointe de son épée allait percer le front de la Créature. « Arrête de bouger ! lui dit-il en la frappant du plat de son épée.

— J'ai peur de te toucher ! » protesta Caeli.

La voix d'Alexis grimpa d'un ou deux octaves. « Alors, évite ! »

Caeli se concentra entièrement sur le visage de la Bête en se mordant la lèvre si férocement qu'elle se mit à saigner. Elle flottait dans les airs, sa lance à la main, mais devait battre en retraite chaque fois qu'elle se rapprochait un peu trop de la triade de cornes incurvées. Alexis en profita pour vérifier comment allait Demi. Il l'aperçut, petite silhouette qui gravissait en courant le flanc de la montagne. Elle n'était plus qu'à quelques mètres de la Gemme de la Terre.

Ce simple coup d'œil fut une erreur. La Créature suivit la direction du regard d'Alexis et remarqua l'absence de l'Élémentaire qui possédait le pouvoir de sa créatrice. Alors, elle rugit.

L'onde sonore se répandit autour d'elle et heurta violemment tout ce qui était solide : le sol, les arbres et les Élémentaires. La Bête se secoua violemment, et Alexis fut propulsé sur son dos, puis se cogna la joue contre la carapace de la Bête. Sonné, il lâcha prise et tomba du monstre, haut comme une montagne. Il s'écrasa sur l'un des piquants qui bordaient son épine dorsale et sentit ses côtes se briser. Le souffle coupé, il ne réussit même pas à hurler.

Clignant des yeux pour chasser la douleur fulgurante, il se concentra sur son élément, tout ce qui était liquide autour de lui. Il serra le poing, et fit appel aux fluides qui restaient dans la terre et les arbres tandis que le sol se rapprochait de plus en plus.

De minces filaments d'eau jaillirent à sa rencontre et l'attrapèrent comme une feuille qui tombe dans une rivière. Ils étaient presque trop fragiles pour supporter son poids, mais réussirent à l'emporter juste avant le début du tremblement de terre.

Des ondes sismiques secouèrent toute la montagne avec une violence telle que même les temples en ruine du sanctuaire s'écroulèrent au sein de la vallée. Une fissure béante partit de l'endroit où se trouvait la Bête, et remonta à une vitesse incroyable en direction de la Gemme en déchirant la terre comme une simple feuille de papier.

Quelques secondes à peine avant de pouvoir attraper la Gemme, Demi fut obligée de plonger sur le côté pour ne pas tomber dans la crevasse.

Alexis planta son épée dans le sol et s'obligea à rester conscient. Il devait se relever, d'abord sur ses genoux, puis sur ses pieds. Le sol tremblait à chaque pas que la Créature faisait en direction de la Gemme de la Terre. Rien ne parvenait à la ralentir, ni les boules de feu de Blaise, ni les bourrasques de Caeli, ni même les arbres que Demi faisait basculer pour l'empêcher d'avancer droit sur elle.

Demi regarda autour d'elle, la mâchoire serrée en signe de concentration. Le sol parut s'écarter sous ses pieds et l'engloutit quelques instants avant que la Créature la piétine. Avec sa queue fourchue, celle-ci laboura l'endroit où la jeune fille venait de disparaître.

« *Demi !* » hurla Caeli en projetant sa lance sur la Bête, qui la repoussa facilement avec l'une de ses grandes défenses.

Au fond de la vallée, Blaise se précipita vers Alexis et l'aida à se remettre debout. Bras dessus, bras dessous, ils commencèrent à gravir la montagne.

« On continue à se battre, décréta Alexis entre deux halètements tout en s'efforçant d'ignorer la douleur qui lui perçait le flanc à chaque pas.

— On ne peut pas vaincre ce monstre, répondit Blaise d'un air désespéré. On ne sait pas où est Demi, ni même si elle est encore en v...

— Si on arrive à la retrouver et à mettre la main sur la Gemme, le coupa Alexis, on pourra peut-être la soigner si elle est blessée. » Il refusait d'envisager toute autre situation. Il essuya le sang sur ses lèvres et écarta ses cheveux de ses yeux. « Je pars à droite, tu pars à gauche. À moins que tu préfères dire à Incantus que tu es le plus faible du groupe ? »

Blaise fit apparaître deux boules de feu jaunes au bout de ses mains et embrasa aussi sa hache. La lame enflammée lécha le côté de son visage et fit s'évaporer sa sueur.

« On ne s'arrête pas tant qu'on n'aura pas tué la Créature ou qu'on ne sera pas tous morts », gronda Blaise en faisant signe à Caeli dans les airs. Les armes à la main, ils attaquèrent de nouveau.

La Bête se jeta sur Caeli, et ses défenses lacérèrent sa combinaison au niveau de la cuisse. La jeune fille cria de douleur, puis tendit les mains vers le ciel.

« Là, tu commences vraiment à m'énerver ! »

Elle baissa brusquement les bras. Une tempête apparut autour d'elle et, sur son ordre, assaillit la tête de la Créature avec une puissance telle qu'elle la plaqua au sol. Aussitôt, Blaise se précipita, et lui donna de grands coups de sa hache enflammée en taillant dans la chair et en brisant presque la plus petite défense.

Alexis contourna la Bête et courut en direction du sanctuaire, près duquel se trouvait la Gemme. Mais la Créature dut sentir ses pas sur la terre, car sa queue pointue jaillit brusquement pour l'attaquer au niveau du torse.

Par-dessus le son de ses propres pulsations dans sa gorge, par-dessus le cri d'avertissement de Blaise, Alexis entendit claquer un fouet. Une lanière s'enroula autour de sa taille et le tira en arrière. Les pointes acérées le manquèrent d'un cheveu.

Debout derrière lui, la poignée du fouet à la main, se trouvait Demi, le visage maculé de terre. Le tunnel qu'elle avait creusé pour échapper au courroux de la Bête s'ouvrait juste derrière elle.

« Tu me remercieras plus tard », dit-elle en déroulant son fouet et en se précipitant de nouveau vers la Gemme de la Terre.

Le regard venimeux de la Créature revint se poser sur Demi juste au moment où elle attrapait la pierre scintillante. Elle la secoua frénétiquement, puis la serra contre elle en priant pour qu'il se passe quelque chose, pour libérer l'intégralité de ses pouvoirs. De sa main libre, elle repoussa le pan de terrain sur lequel se tenait Alexis, afin de l'écarter du chemin de la Créature qui avançait droit sur elle en faisant trembler la terre sous ses pas de titan.

« *Allez, allez, allez !* » Demi secoua de nouveau la Gemme, en vain.

Alexis se tourna vers la Bête, et vit d'épaisses racines jaillir du sol et s'enrouler autour de ses pattes. Demi faisait de son mieux pour la ralentir. Mais rien ne pouvait arrêter la charge du monstre qui se rapprochait de plus en plus. Rien ne l'empêchait d'atteindre Demi et la pierre dans laquelle son amulette avait été taillée…

Attends un peu.

« Demi ! cria Alexis en rampant vers elle. Plaque la Gemme contre ton amulette ! »

Sans poser de question, Demi obéit, et tout bascula.

Une lumière verte jaillit d'elle dans une explosion silencieuse. Le pouvoir de la Gemme de la Terre envahit Demi. Sa peau absorba l'énergie de la pierre antique qui s'insinua dans ses veines, sa chair et ses os sous forme d'une vague de couleur.

Quand Demi rouvrit les yeux, ils brillaient d'un puissant éclat émeraude. Elle laissa tomber la Gemme terne et éteinte, et tendit les deux mains vers la Bête qui n'était plus qu'à quelques mètres.

« *À mon tour* », dit-elle d'une voix qui résonna dans toute la vallée.

Elle fit un geste, et le sol sous la Créature de la Terre se fendit dans une secousse sismique. Le monstre lutta pour battre de vitesse le tremblement de terre, mais la fissure s'élargissait trop vite pour qu'il puisse lui échapper. Il tomba dans la crevasse en battant vainement des pattes, et le sol se referma sur son corps en emprisonnant sa queue de scorpion. Seul son visage angoissé était encore à l'air libre.

Demi plia les doigts, ce qui craquela la terre sous ses pieds. Elle poussa sa paume vers l'avant, et son élément la propulsa dans les airs, droit vers la Créature ensevelie. La lame de sa dague incurvée étincela au soleil lorsqu'elle la brandit à deux mains. Elle atterrit entre les trois cornes qui protégeaient le front de la Créature.

Alexis ne pouvait pas l'entendre, mais il vit la bouche de Demi articuler : « Pardonne-moi, je t'en prie. »

La dernière chose qu'il aperçut avant que la poussière et la terre s'envolent et obscurcissent sa vision, ce furent les yeux de la Créature qui se refermaient lentement tandis que Demi abattait sa dague sur la zone vulnérable de son front, celle qui faisait la même taille que la Gemme de la Terre.

Caeli et Blaise sortirent des nuages de poussière et de débris, bras dessus, bras dessous, leurs armes à la main, sur le qui-vive.

« Où est Demi ? » demanda Caeli d'une voix à peine plus forte qu'un murmure, en ravalant une quinte de toux.

Alexis ne pouvait se résoudre à l'appeler, pétrifié à l'idée que seul le silence lui réponde. Finalement, la poussière retomba, et il repéra un mouvement.

Demi Nikolas apparut au sommet de l'énorme tête de la Créature de la Terre, adossée à l'une de ses cornes incurvées. Elle leur adressa un sourire éclatant, les yeux scintillant d'un pouvoir qui dépassait leurs rêves les plus fous.

« Maintenant, vous pouvez me remercier », dit-elle.

25

EXULANSIS

Exulansis : *néologisme formé à partir du latin.*
Renoncer à parler d'une expérience parce que les gens ne sont pas capables de la comprendre.

Demi sauta à bas de la Créature. Alexis, Blaise et Caeli se précipitèrent à sa rencontre, mais s'arrêtèrent à quelques centimètres d'elle. Une aura inhabituelle l'entourait et dégageait une puissance telle qu'en la voyant, Alexis pensa aux frères Arcangelo. Il n'avait pas envie de se faire incinérer par accident en l'approchant de trop près – ce serait tellement ridicule !

« Est-ce que je peux... » Il avait du mal à trouver les mots justes. « Est-ce qu'on peut te toucher ? »

Demi hocha la tête en les regardant tous les trois.

Alexis posa la main sur son épaule. Ses propres muscles se crispèrent en sentant l'énergie éternelle qui vibrait dans le corps de son amie. « Ne refais plus jamais ça, lui dit-il.

— Quoi donc ? » demanda Demi en souriant. Même sa voix paraissait plus forte et plus grave. « Te protéger ?

— Risquer ta vie pour sauver la mienne. »

À présent que la poussière retombait autour d'eux et que la sensation de danger s'éloignait, Alexis ne pouvait plus ignorer la douleur dans sa poitrine. Il était certain de s'être cassé une côte ou deux, car il éprouvait une douleur lancinante, comme un coup de couteau, chaque fois qu'il inspirait. Il baissa les yeux et constata que sa combinaison brillait autour de sa blessure. Ses propriétés curatives étaient déjà à l'œuvre pour le soigner.

« Dee, c'est bien toi ? demanda Blaise, ébahi, en se déplaçant pour la regarder sous différents angles. Tu n'as jamais eu l'air aussi sexy. » Caeli lança un regard en coin à Blaise, tout en se composant un masque neutre. Seul Alexis remarqua cette réaction subtile. Peu de choses lui échappaient ; c'en était épuisant, parfois. « Comment tu te sens ? »

Demi relâcha lentement sa respiration en examinant ses mains. « Je... Je n'ai même pas les mots pour le décrire. Je me sens... Je me sens à l'intérieur comme ce dont la Femme avait l'air à l'extérieur. Juste... puissante. Je suis toujours moi. Mais... plus forte. »

Pour la première fois, elle remarqua la douleur qui crispait les traits d'Alexis. « Laisse-moi essayer un truc. » Elle posa ses mains chaudes sur le ventre de son ami, qui se força à rester immobile en dépit de cette proximité nouvelle. « Détends-toi », souffla-t-elle en caressant doucement les muscles durs qui parcouraient son abdomen.

Alexis entendit un léger craquement. Il cligna des yeux pour chasser les points jaunes qui avaient envahi sa vision, et réussit, après la vague de douleur initiale, à se redresser et à respirer confortablement. Il ignorait comment, mais elle venait de réparer ses côtes cassées.

« Je ne sens pas uniquement les pouvoirs de la terre, mais ceux de toute matière solide, expliqua Demi en reculant, un sourire joyeux sur les lèvres. Je sens le sol sous nos pieds et la rotation de la Terre. Je ne me contente plus de manipuler cette énergie, je peux la créer, exactement comme Incantus l'avait annoncé.

— En parlant d'Incantus, on devrait lui dire qu'on a trouvé la Gemme », intervint Caeli.

Alexis n'aurait su dire ce qui la rendait le plus jalouse : la puissance de Demi, ou la façon dont Blaise regardait leur amie. Quoi qu'il en soit, elle cachait étonnamment mal son ressentiment.

Demi se pencha pour ramasser la Gemme désormais bien terne. « On dirait qu'elle est vide. »

Ils entendirent un faible bruissement derrière eux. Pendant qu'ils discutaient, ils n'avaient pas remarqué que la Créature avait commencé à se désintégrer. De la poussière verte, c'était tout ce qu'il restait de l'immense Bête de la Terre à mesure que son corps se désintégrait, exactement comme la Femme l'avait fait auparavant. Mais au lieu de s'envoler, son essence, portée par la brise chaude, rejoignit l'amulette de Demi qui l'absorba en brillant d'un éclat émeraude. Le premier quart de leur quête était terminé.

« Les temples ! » s'exclama Demi lorsqu'ils gravirent de nouveau la montagne pour retourner au sanctuaire d'Athéna Pronaia. À la suite des tremblements de terre, les vestiges étaient réduits à des fragments de marbre. On aurait dit un chantier de démolition.

« Ouais, enfin, c'étaient déjà des ruines », rappela Blaise. Demi lui lança un regard sévère qui flétrit les buissons autour d'elle.

Alexis sortit le disque de communication argenté et pressa son pouce au milieu. La surface de la tablette s'alluma, et une image miroitante se déploya, leur permettant d'apercevoir le plafond du laboratoire et les panneaux blancs ininterrompus qui tapissaient les murs en répandant une douce lueur bleutée. En fond sonore, Alexis entendit deux voix en pleine conversation.

« Incantus ? »

L'image changea ; quelqu'un venait de prendre le disque. C'était Ziya, ses cheveux noirs ramenés en arrière. « Par les Premiers-Nés… *Demi !* » se réjouit-elle lorsqu'elle les vit tous les deux.

Incantus apparut brusquement dans leur champ de vision en prenant le disque à deux mains. Lorsque son mentor inclina l'écran, Alexis aperçut les dizaines de papiers et de tablettes qui jonchaient les hautes tables du laboratoire.

« Montrez-moi tout le monde ! ordonna Incantus. Vous allez bien ? Vous êtes blessés ? Vous avez besoin de soins ? Vous avez besoin de moi ?

— Tout le monde va bien, répondit Alexis en sortant les cristaux jaune pâle de son sac pour les remettre à Caeli et à Blaise. Nous avons les cristaux de guérison. Et maintenant, Demi, ajouta-t-il.

— Racontez-moi tout, exigea Incantus. Quant à vous, mademoiselle Nikolas, bonté divine ! Vous avez l'air... transcendante. Je peux presque sentir votre puissance d'ici ! »

Demi rougit tandis que les trois autres Élémentaires se coupaient la parole pour expliquer ce qu'il s'était passé.

« Alors les Créatures des Éléments existent vraiment ? Après tout ce temps ! Elles se cachaient dans les Gemmes élémentaires ! » Ziya déversait un torrent de questions et posait chacune d'une voix plus forte que la précédente.

« Ouais, et elles sont beaucoup plus grosses que ce que vous pensiez, chef, déclara Blaise en essuyant la sueur sur son front.

— Rien que mes meilleurs éléments ne puissent affronter, répliqua fièrement Incantus. Le plus important, c'est que vous soyez tous sains et saufs, et que vous ayez réussi à récupérer la première Gemme élémentaire. »

Il sourit tandis que les quatre adolescents se félicitaient mutuellement. Cependant, cette expression ne dura pas. Alexis vit Incantus reprendre son sérieux et pincer les lèvres.

« Qu'y a-t-il ? demanda-t-il.

— Demi, je suis terriblement désolé, mais je dois vous demander de restituer votre puissance à la Gemme de la Terre afin de nous la remettre. »

Demi serra les mains autour de la précieuse pierre. « Pourquoi ?

— Nous devons nous assurer que vous pouvez l'utiliser en toute sécurité. Une activité sismique extrêmement forte vient d'être enregistrée dans toute la Grèce, ce qui a même fait bouger les plaques tectoniques. J'ai besoin d'étudier la Gemme afin de m'assurer qu'un tel danger ne menacera pas le monde pendant l'éclipse solaire. De plus, Mortem ne pourra pas vous la voler si les Sans-Ombre vous retrouvent. » Incantus pencha la tête de côté et pressa sa main sur son cœur. « Ma chère, je sais combien ce pouvoir et cette énergie doivent vous enivrer. Mais cela pourrait devenir dangereux si vous n'apprenez pas à les utiliser correctement. Votre quête étant loin d'être terminée, nous ne pouvons pas prendre ce risque. »

Demi hésita. Pendant un instant, Alexis se demanda si elle allait accepter de renoncer à la Gemme. Lui-même serait-il capable de la remettre à Incantus le moment venu ? Cette puissance illimitée ne leur serait-elle pas utile pour affronter les autres Créatures ?

Cela dit, Demi avait toujours été meilleure que lui. Elle appuya la Gemme de la Terre contre son amulette étincelante, et la couleur retourna dans la pierre, en même temps que sa puissance. Sans hésiter, Demi pressa la Gemme contre le disque argenté. L'écran de l'appareil de communication miroita, et la Gemme s'enfonça à travers.

Incantus la récupéra de l'autre côté et utilisa ses propres pouvoirs pour la faire léviter, car il préférait visiblement ne pas la toucher. Quant à Ziya, si elle continuait à se pencher pour s'éloigner d'elle, elle allait tomber de sa chaise.

« Merci, Demetria », dit Incantus. Demi se contenta d'acquiescer, une grande tristesse au fond des yeux, comme si elle éprouvait un lourd sentiment de perte.

Ziya désigna l'un des écrans du laboratoire et prononça quelques mots inintelligibles. Incantus acquiesça et se tourna vers les quatre adolescents. « Vous avez déjà fait du merveilleux travail, mais j'ai bien peur que vous n'ayez pas le temps de fêter cette victoire pour l'instant. Nos radars viennent de détecter un groupe d'Élémentaires qui se dirige rapidement vers vous. Il pourrait s'agir du Grand Ordre. Ils ont promis d'envoyer les Effaceurs dans chaque endroit que vous visiterez au cas où vous auriez été vus par des humains, mais ils ne devraient pas s'impliquer davantage. Cependant, il pourrait aussi s'agir des Sans-Ombre. Vous devez repartir.

— Votre prochaine destination est la Chine, annonça Ziya en appuyant sur des boutons sur le côté de l'appareil.

— Bien sûr, nous savons que les quatre Tribus élémentaires habitent tout près de l'emplacement approximatif de chaque Gemme. La Tribu de l'Air se cache dans les cieux du mont Everest, ajouta Incantus.

— Bien sûr », répéta Alexis tout bas, comme si tout le monde savait qu'une secte d'Élémentaires qui vénéraient l'élément air vivait recluse sur le toit du monde. D'après Taranis, les ancêtres de Caeli en avaient fait partie, tout comme Alexis, Blaise et Demi descendaient des autres tribus élémentaires. Taranis ne s'était pas étendu sur le sujet, mais Alexis s'interrogea. Si la Gemme de l'Eau se trouvait en Amérique du Sud, cela voulait-il dire que lui-même était originaire de là-bas ? Allait-il retourner sur le continent, voire dans le pays de sa naissance ?

« Mais après avoir comparé les relevés énergétiques à travers toute la planète avec la fréquence de l'amulette de Caeli, il semblerait que la Gemme de l'Air se trouve dans le célèbre parc national forestier de Zhangjiajie, dans la province du Hunan. La Femme de l'Air… »

Incantus s'interrompit. Blaise fouillait bruyamment dans son sac à dos et en sortit une barre protéinée d'un geste triomphant. En voyant les regards noirs que lui lançaient Alexis, Caeli, Demi et même Ziya à travers l'écran, il baissa la main. « Ouais, je comprends. C'était pas le bon moment, mais j'avais faim. Continuez, Incantus.

— Merci de me donner votre permission, monsieur Ademola, ironisa leur mentor. Comme je le disais, la Femme de l'Air doit sentir que la prophétie Sombre est en marche. Elle doit être consciente aussi que sa sœur n'est plus. Restez sur vos gardes. Mettez à profit votre entraînement, faites-vous confiance. Conduisez immédiatement Caeli à sa Gemme. C'est votre meilleure, sinon votre seule chance de succès. Et veillez à préserver le site si vous le pouvez.

— Ouais, on a assuré, sur ce coup-là, marmonna Alexis, trop bas pour qu'Incantus puisse l'entendre.

— Bien, dit gaiement Ziya. Donc, si la Chine a cinq heures d'avance sur la Grèce… ce devrait être le début de l'après-midi là-bas. Vous vous en sortez extrêmement bien au niveau du temps.

— Incantus, je sens des gens à proximité, intervint Caeli en tendant le bras vers la route qui se trouvait encore plus haut sur la montagne.

— Ouais, il faut se dépêcher », renchérit Blaise, qui froissa l'emballage de sa barre chocolatée et le laissa tomber par terre. Demi hoqueta d'un air horrifié. Puis, sans un mot, elle désigna l'emballage qui s'agitait dans la brise. Blaise le ramassa en soupirant, et s'en alla le jeter dans une poubelle à quelques mètres de là en disant par-dessus son épaule : « Je ne veux pas qu'on me reproche la destruction des temples. »

À travers le disque de communication leur parvint le bruit d'une chaise qui se renverse. « Vous… vous avez détruit le sanctuaire ? balbutia Incantus.

— Vous n'avez pas dit qu'on devait se dépêcher ? » demanda Demi en se liquéfiant sous le regard de leur mentor.

Caeli prit le disque des mains d'Alexis et l'inclina vers le sol.

La substance blanche s'accrocha à la terre et s'épaissit en grandissant chaque seconde. Elle ne brillait pas aussi fort que la première fois. Alexis se demanda si elle parviendrait à créer le prochain portail vers l'Afrique, sans parler du dernier vers l'Amérique du Sud.

« Le portail devrait vous amener à proximité de la Gemme de l'Air, quelque part au milieu des sommets. Il vous suffit de sauter, leur dit Incantus, les dents serrées, visiblement furieux.

— Al, à toi l'honneur, décréta Blaise qui se tenait juste derrière lui.

— Pourquoi moi ? Est-ce que le portail est stable au moins ?

— Autant que ta santé mentale », répondit Caeli.

Alexis haussa les épaules. « Ça ne me rassure pas beaucoup. »

Il rangea le disque dans sa poche, prit une profonde inspiration et sentit trois mains le pousser dans le dos. Il tendit les bras pour se rattraper, mais disparut directement au sein du portail blanc.

Quand il rouvrit les yeux, il n'était pas à terre, mais des centaines de mètres dans les airs, où il tombait en chute libre, comme s'il venait de sauter d'un avion.

Sans parachute.

26

ATYCHIPHOBIE

Atychiphobie : *nom français venant du grec ancien.*
Peur de l'échec ; peur de ne pas être à la hauteur.

En regardant loin, très loin, en dessous de lui, Alexis se demanda un instant s'il se trouvait encore sur Terre. Il avait l'impression de voler vers une forêt enchantée appartenant à un autre monde. Au sein d'une grande vallée se dressaient d'imposantes colonnes rocheuses qui transperçaient les nuages. À cause de la brume qui tapissait le sol, les sommets des montagnes paraissaient flotter dans le ciel. C'était magique.

Mais Alexis gâchait ce spectacle en ponctuant sa chute de hurlements et de jurons que le vent lui arrachait. Sa liste de gros mots était loin d'être exhaustive, mais il compensait ses lacunes en proférant avec passion ceux qu'il connaissait.

Par-dessus le vent qui sifflait à ses oreilles, il distinguait à peine la voix d'Incantus qui l'appelait par son nom. En quelques secondes, il atteignit sa vitesse maximale. Il avait l'impression d'être une balle de fusil qui filait vers le sol sans pouvoir s'arrêter, avec une vélocité qui lui coupait le souffle.

Loin au-dessus de lui, une voix féminine se mit à pousser des hurlements pétrifiés. À peine capable de tourner la tête, il vit Demi agiter les bras tandis que ses cheveux lui fouettaient le visage. En quelques instants, elle le dépassa. Même face à la

Créature de la Terre, elle n'avait pas eu l'air aussi terrifiée que lorsqu'Alexis ne réussit pas à lui attraper la main.

Ils ne se trouvaient plus très loin du sol, à quelques centaines de mètres peut-être. Alexis adopta une position plus profilée, comme s'il était un plongeur. Il percevait l'humidité dans les nuages et l'eau au sein du brouillard. Il pointa la main sur Demi, et le réseau de molécules d'eau se fit plus dense et plus épais. Quand Demi les traversa, au lieu de s'écarter autour d'elle, elles se rassemblèrent pour la retenir et ralentir sa chute. Les hurlements de Demi s'évanouirent quand Alexis la rejoignit et passa ses bras autour de sa taille. Il la ramena contre lui comme s'ils étaient des parachutistes sautant en tandem.

Mais ils continuaient de tomber trop rapidement. Le sol se rapprochait encore trop vite.

Avec la tête de Demi enfouie contre son cou, Alexis se retourna, et vit Caeli et Blaise s'approcher d'eux. Caeli lui tendit sa main libre pour qu'il s'y raccroche. Les sommets des montagnes défilèrent à toute vitesse à côté d'eux. À cinquante mètres du sol, Caeli fermait encore les yeux en signe de concentration.

Ils commencèrent à ralentir, mais Caeli n'avait pas l'habitude de porter quatre fois son poids, elle ne s'était pas entraînée pour, et ils atterrirent bien plus violemment qu'elle ne l'aurait souhaité.

Alexis toucha violemment le sol après avoir cassé les branches de tous les arbres de la forêt – c'était du moins son impression. Ses poumons se vidèrent de tout leur air comme s'il avait reçu un coup de poing dans le ventre. Une chute d'une telle hauteur, à cette vitesse, aurait dû les réduire en bouillie, mais grâce à leur aura surhumaine et à leurs combinaisons qui avaient absorbé la plus grande partie de l'impact, les quatre Élémentaires roulèrent sur le côté en respirant bruyamment, secoués, mais bien vivants.

Les sons étouffés qui sortaient du disque dans la poche d'Alexis attirèrent son attention. Il le sortit en grognant de douleur et le déposa au milieu d'eux.

« Vous n'auriez pas pu installer le portail au sol ? s'écria Demi d'une voix suraiguë qui ne lui ressemblait pas du tout.

— Désolé, chère équipe ! » L'hologramme du visage d'Incantus apparut à la surface de l'écran pour évaluer leur état. « Compte tenu des différences de niveaux, particulièrement dans une région montagneuse, je ne voulais pas vous téléporter accidentellement au milieu d'une montagne.

— Je crois que j'aurais préféré, haleta Blaise, allongé sur le dos.

— Mademoiselle Doran, comment vous en êtes-vous sortie ?

— Elle nous a tous sauvés, commenta Alexis.

— Il s'en est fallu de peu, gémit Caeli en peignant sauvagement ses cheveux avec ses doigts pour enlever les feuilles et les saletés. J'ai perdu ma concentration… j'aurais dû me tenir prête.

— Tout va bien, rétorqua Demi en s'asseyant. Nous sommes tous en vie. Et pour l'amour du ciel, arrête de geindre, Blaise. Tu aurais pu essayer de voler grâce au feu. Tu as bien failli réussir, une fois, à l'entraînement.

— Tu hurlais si fort que je n'arrivais pas à me concentrer », répliqua-t-il en donnant un petit coup de pied dans la jambe de Demi avant de se relever.

L'image au sein de l'écran vacilla, et sa couleur s'assombrit.

« L'énergie diminue, expliqua Incantus en jurant sous cape. Le disque n'est pas habitué à de si grands sauts. Je vais veiller à ce que le parc national ferme dans vingt minutes pour qu'il n'y ait plus personne dans les parages, alors utilisez les transports dont vous disposez tant qu'ils fonctionnent encore. Contactez-moi dès que vous aurez la deuxième Gemme ou si vous avez besoin d'aide… »

Il eut à peine le temps de terminer sa phrase avant que la communication soit coupée et que la carte infrarouge réapparaisse. La lumière la plus vive provenait du sommet de la colonne rocheuse culminante.

« C'est dans cette direction », déclara Caeli en montrant du doigt l'endroit d'où lui parvenait le plus grand nombre de voix humaines, qu'elle entendait même par-dessus les bruits chaotiques de la faune et de la flore. Elle partit sans attendre ses compagnons.

Blaise se baissa pour passer sous le tronc d'un arbre déraciné et cala sa vitesse sur celle de Caeli. « Tu aurais pu nous amener un peu plus près, Cae. Je n'ai pas assez d'endurance pour courir et grimper aussi loin.

— Tu n'as pas assez d'endurance pour beaucoup de choses, Bee », répliqua-t-elle sans se retourner.

Surpris par cette réponse et encore plus par le ton sarcastique de Caeli, Blaise tourna la tête vers Alexis et Demi. « Quelqu'un est de mauvaise humeur, on dirait.

— Je ne suis pas de mauvaise humeur, je suis pressée.

— Hé, t'en prends pas à moi parce que tu t'es engueulée avec ton petit ami du mois, marmonna Blaise. C'est pas ma faute si tu ne sais pas utiliser tes pouvoirs correctement… »

Caeli se retourna si brusquement qu'elle faillit renverser Demi. « Tu ramènes toujours ta grande gueule, mais qu'as-tu fait pour nous protéger ? demanda-t-elle sèchement, son regard gris glacial. Alexis s'est interposé entre la Créature et Demi. Demi nous a tous sauvés. Je nous ai amenés ici sains et saufs. Mais toi, qu'est-ce que tu as fait, au juste ? »

Blaise grogna d'un air vexé et la dépassa sans s'arrêter. « J'ai distrait la Créature. Tu as sûrement oublié comment travailler en équipe après nous avoir laissés tomber pour passer tout l'été avec ton mec. Enfin, je veux dire ton ex. Tu en es à combien, maintenant ? »

Une bourrasque heurta le dos de Blaise et le poussa violemment sur le sol.

« Soyons clairs, dit Caeli qui flottait dans les airs à présent, le visage auréolé de cheveux fous. Plutôt mourir que de m'excuser.

D'ailleurs, je ne me suis jamais excusée et je ne m'excuserai jamais à propos des personnes avec qui je décide, ou non, de sortir. N'essaie pas de m'humilier alors que tu fais exactement comme moi.

— Peu importe qui a fait quoi en Grèce », intervint Demi en s'interposant entre eux au moment où les poings de Blaise commençaient à fumer. Le brouillard et le soleil étaient aussi implacables l'un que l'autre, et la fatigue, le manque de sommeil et la faim commençaient à se faire sentir. Seule Demi paraissait à son aise, au milieu de son élément, revigorée par les pouvoirs illimités de la Gemme de la Terre.

Alexis prit la main de Blaise pour éteindre la flamme qui s'y était allumée. « Calme-toi. On va bien, c'est tout ce qui compte. »

Dire à Blaise de se calmer, c'était comme verser de l'essence sur un feu de joie. Il récupéra sa main d'un geste brusque. « Tu n'as pas à me dire ce que je dois faire, Al. Arrête de penser que tu es le chef du groupe juste parce qu'Incantus et toi vous avez une drôle d'amitié.

— T'es vraiment un gamin, répliqua Alexis, les dents serrées, en essayant de garder son calme. Arrête d'incendier tout le monde chaque fois qu'on te fait remarquer que tu as tort. »

Un long moment s'écoula avant que Blaise reprenne la parole. Il fallait toujours qu'il ait le dernier mot. « Je suis peut-être un gamin, mais elle, elle est cinglée. » Paresseusement, il montra Caeli qui continuait à avancer en tête du groupe en utilisant ses pouvoirs pour flotter et éviter de marcher sur le sol inégal.

Pendant vingt minutes, ils cheminèrent dans un silence inconfortable, à l'écart les uns des autres, chacun concentré sur ses pas. Ils échangèrent peu de paroles, et encore, uniquement quand Alexis proposa de l'eau à Blaise, qui l'accepta en marmonnant un remerciement.

Au bout d'un moment, Alexis fut rejoint par Demi, qui marchait en dégageant le passage devant elle grâce à ses pouvoirs. « Nous n'allons pas vaincre une nouvelle Créature des Éléments si on se fait tous la tête, dit-elle brusquement. Va te réconcilier avec Blaise.

— Je lui ai déjà offert de l'eau, protesta Alexis à voix basse.

— Je m'en fiche. » Ses yeux verts brillaient dans la pénombre de la forêt. Elle s'était fait un chignon et s'éventait la nuque avec la main. « Sois plus mature. Regarde-moi, je mesure à peine un mètre cinquante-deux, et je suis plus adulte que vous. Ne m'oblige pas à te le dire deux fois. »

Si quelqu'un d'autre lui avait parlé de cette manière, Alexis n'aurait pas pu se retenir de répliquer. Mais là, il se surprit à sourire. « Je t'aurai sur le dos tant que je n'aurai pas cédé, pas vrai ? Tu es tellement têtue. »

Malgré tous ses efforts, elle non plus ne réussit pas à rester sérieuse. « Têtue comme une mule », confirma-t-elle.

Elle le poussa vers Blaise.

« Alors, à ton avis, dit Alexis d'une voix hésitante, à quoi va ressembler la Créature de l'Air ? »

Blaise ricana. « Pas à un pigeon, en tout cas. »

Alexis comprit alors que tout était redevenu normal entre eux et qu'ils n'avaient pas besoin de s'excuser. Il en profita pour tendre l'oreille, et écouter la conversation de Caeli et Demi qui flottaient ensemble à quelques mètres au-dessus des garçons.

« J'espère que ça va, Cae, dit Demi en posant la main sur le bras de son amie et en écartant de l'autre les branches qui se dressaient sur leur passage.

— Il m'a énervée », répondit-elle, le regard fixé droit devant elle. Alexis dut vraiment faire un effort pour entendre la suite. « Mais il n'y a pas que ça. Depuis que Ziya nous a parlé des Tribus élémentaires au début de la semaine, je n'arrête pas de penser à mon père. Est-ce qu'il fait ou a fait partie de la Tribu de l'Air ? Est-ce que cet héritage me vient plutôt de ma mère ? Est-ce que ça veut dire que je suis à moitié Chinoise ? Est-ce que mon père va, d'une manière ou d'une autre, percevoir ma présence ? » Elle poussa un profond soupir de frustration. « Mais ce qui m'énerve le plus, c'est que ça fait une heure que j'ai besoin de changer de tampon. Cette combinaison fait plein de trucs, mais elle n'est pas équipée contre les fuites. »

Elle lança un regard en coin à Demi avant d'admettre : « Je suis nerveuse. J'espère que je vais arriver, tu sais, à faire ce que tu as fait. Ça me permettrait de prouver ma valeur. »

Demi se tourna vers elle. « Oh, ma puce, tu n'as rien à prouver à personne, et surtout pas à nous. Tu vas assurer. J'en suis certaine. Regarde tous les progrès qu'on a faits depuis le début. Regarde-toi ! Tu voles ! » Elle lui serra la main. « Ne laisse pas tes doutes ou la frustration de Blaise te distraire. Tu sais à quel point il a besoin de toi, même s'il ne le montre qu'en provoquant des disputes.

— Tu vois toujours le meilleur chez les autres », fit remarquer Caeli, verbalisant ainsi exactement ce que pensait Alexis.

Demi sourit en massant le dos de son amie. « Avec toi, il n'y a que le meilleur à voir. »

Le visage luisant de sueur, le cou et les mains criblés de piqûres d'insectes, Alexis et ses amis finirent par entendre les grondements excités d'une foule au loin. Ils se rapprochèrent de l'orée de la forêt et découvrirent des milliers de touristes qui faisaient la queue au pied d'un imposant pic rocheux. Trois énormes ascenseurs en verre coulissaient sur une structure fixée dans le grès quartzeux et permettaient de monter tout en haut de l'immense paroi verticale.

« Regarde », chuchota Caeli en tirant sur la manche d'Alexis pour lui montrer son amulette. Le triangle en pierre grise se redressait légèrement pour pointer en direction du sommet du pic.

« Je refuse de faire la queue », annonça Blaise. Il donna un petit coup de coude à Caeli. « Cae, tu peux nous faire entrer en douce dans l'un de ces ascenseurs ? »

Caeli hocha la tête, seul signe indiquant qu'elle acceptait de lui parler de nouveau. Une vague chatoyante ondula dans les airs autour des quatre Élémentaires. Caeli venait de les rendre invisibles. En restant groupés, ils sortirent de la forêt et longèrent la file d'attente pour passer devant.

Bailong, l'ascenseur des cent dragons, proclamait l'une des pancartes. Alexis la montra du doigt en pouffant devant l'ironie de la situation. « Devine à quoi ressemble ta Créature. Tu as trois essais. »

Caeli pâlit.

Très vite, l'énorme ascenseur se vida. Deux employés du parc se tenaient de part et d'autre de la porte pour vérifier les billets des visiteurs. Les quatre Élémentaires invisibles se faufilèrent à l'intérieur, mais Alexis s'aperçut que Caeli s'attardait à l'entrée. L'un des employés, une femme, la regardait droit dans les yeux sans rien dire. D'ailleurs, elle ne bougea pas pendant quelques instants, retenant les touristes qui commençaient à agiter impatiemment leurs tickets sous son nez. Alors, elle adressa un petit signe de tête à Caeli, puis se remit à vérifier les billets, lentement, comme pour leur laisser du temps.

« C'était une Élémentaire, tu crois ? demanda Alexis à Caeli lorsqu'ils se retrouvèrent dans un coin de l'ascenseur en verre.

— Oui. Elle a vu à travers mon sort d'invisibilité.

— Incantus devrait bientôt appeler pour faire fermer le parc. » Alexis se rapprocha de la fenêtre pour mieux voir la forêt à travers l'épais anneau de brume. « Espérons que ce soit le dernier ascenseur qui monte. »

La double porte en verre se referma dans une grande secousse, puis on entendit les cliquetis bruyants des roues métalliques. La lourde cabine commença à s'élever dans le ciel le long de la falaise abrupte.

« Ce n'est pas si haut, ce n'est pas si haut, marmonna Demi en fermant les yeux.

— Oh, mon Dieu, on est si haut ! » souffla Blaise, les mains appuyées sur la vitre.

Demi, qui ne jurait jamais, *faillit* le faire à cet instant.

L'ascenseur monta à plus de trois cents mètres en leur offrant une vue spectaculaire sur la vallée qui abritait des centaines de pics rocheux.

Incapable de détourner les yeux, car rien à Protegere ne se rapprochait d'une telle vision, Alexis attrapa la main de Demi pour l'encourager à regarder à son tour. Elle ouvrit certainement les yeux, car il l'entendit lâcher un petit cri à côté de lui. Mais elle les referma très vite tandis qu'ils continuaient de s'élever dans les nuages. En moins de deux minutes, ils arrivèrent au sommet.

« Évidemment, marmonna Demi en s'accrochant à la rambarde de sécurité pour sortir de l'ascenseur. Il fallait que ce truc soit entièrement transparent. »

Elle sauta presque sur la terre ferme. Caeli fit disparaître leur bouclier d'invisibilité dès qu'ils se retrouvèrent à l'écart des touristes. « Même l'air est plus propre à cette altitude, commenta-t-elle dans un profond soupir. Ça va sûrement vous paraître bizarre, mais mon corps a l'impression d'être à sa place ici. Mon horoscope me dit toujours que les Balances devraient vivre à la montagne. »

L'amulette de Caeli se soulevait encore plus haut à présent et tirait sur la chaîne en métal autour de son cou pour l'entraîner sur le chemin aménagé pour les touristes. Ils s'y engagèrent donc en passant entre les groupes de visiteurs surpris par une sirène qui retentit sur tout le site, pour leur demander de redescendre avec les employés du parc par les sentiers de randonnée prévus à cet effet.

Il s'écoula près d'une heure avant qu'Alexis soit certain que la plupart, sinon toutes les personnes présentes en haut de la montagne, avaient au moins commencé à descendre. Pendant ce temps, l'équipe Alpha en avait profité pour aller aux toilettes, se laver le visage et les mains, et surtout, manger.

Une fois ses compagnons repus et hydratés, Caeli les conduisit jusqu'à la plateforme d'observation qui jouxtait la paroi escarpée. Elle surplombait un autre pilier rocheux isolé qui perçait les nuages comme s'il manquait d'air au milieu de cet océan de vert. Il faisait presque la même hauteur que celui sur lequel les quatre Élémentaires se trouvaient, mais il était beaucoup plus étroit, et un assortiment de plantes claires et foncées recouvrait son sommet accidenté.

Sur la plateforme d'observation, la pancarte indiquait : *La Colonne du Ciel austral : le Pilier entre le Ciel et la Terre.*

« Voilà, dit Caeli en désignant l'endroit. C'est là que se trouve ma Gemme.

— Comment on fait pour y aller ? » demanda Alexis. Aucun pont ne reliait les deux sommets au-dessus de la profonde vallée qui les séparait. Le dos trempé de sueur, il enleva son sac et le posa contre la palissade en bois qui bordait la plateforme d'observation. L'humidité était aussi impressionnante que frustrante, à tel point qu'il ne faisait plus la différence entre sa propre sueur et le brouillard salé au sein duquel ils évoluaient.

« Que personne ne fasse de mouvements brusques, ordonna Caeli en fermant les yeux. Vous savez quoi ? Ne dites rien pendant une minute. »

En contrôlant soigneusement l'air qui les entourait, Caeli s'éleva dans les airs et souleva délicatement ses compagnons avec elle. Alexis retint son souffle, de peur que le plus petit changement d'air vienne distraire la jeune fille et les précipite dans le vide entre les montagnes.

Les vents les bousculèrent légèrement, mais Caeli tint bon et ne les laissa pas les dévier de leur trajectoire. Son amulette grise se mit à briller dès qu'elle posa le pied sur la Colonne du Ciel austral. Demi s'accrocha à l'énorme tronc de l'arbre le plus proche en le serrant si fort qu'elle fit craquer son écorce foncée.

Caeli suivit son amulette qui continuait de l'entraîner. Sous les yeux de ses camarades, elle s'agenouilla, les pointes de ses cheveux blond argenté effleurant la terre humide. Devant elle, sur un rocher qui se dressait pile au milieu de la montagne, un symbole gravé s'illumina. Il était identique à l'amulette de la jeune fille.

« J'y vais ? » demanda-t-elle à ses amis sans lâcher le symbole des yeux. Seul le silence lui répondit. Après avoir péniblement avalé sa salive, elle pressa en douceur son pendentif contre la gravure.

Accompagnée d'une grande bourrasque qui fit s'agiter les arbres, une gerbe de lumière grise aveuglante explosa sur la Colonne du Ciel austral et s'étendit jusqu'au bord du vide. Les vents se mirent à tourbillonner autour du pic en se concentrant particulièrement au-dessus de l'endroit où se tenait Caeli.

Au début, on aurait pu croire à une illusion d'optique lorsqu'ils commencèrent à créer une silhouette dans le ciel. Mais ses contours s'affirmèrent et dessinèrent un corps dont la couleur vira au gris, comme une tornade en formation.

Son visage prit doucement forme, tout comme sa robe, simple et longue, identique à celle de la Femme de la Terre. Un éclair gris aveugla une nouvelle fois les quatre Élémentaires.

Quand Alexis se risqua à jeter un coup d'œil entre ses doigts, il découvrit la Femme de l'Air qui flottait devant eux. Dans ses mains se trouvait la deuxième Gemme élémentaire.

27

NUBIVAGANT

Nubivagant : *adjectif anglais venant du latin.*
Errer dans les nuages ; se déplacer dans les airs.

La Gemme de l'Air était identique à celle de la Terre, une pierre à laquelle le temps n'avait ôté ni sa clarté ni sa perfection. Seule la couleur les différenciait. Celle-ci était d'un joli gris subtil, exactement comme les yeux de la Femme, comme si des nuages tourbillonnaient à l'intérieur.

La Femme prit la parole d'une voix douce et légère, comme une brise de début d'automne : « Fille de mon élément, tu es venue chercher nos pouvoirs. »

Caeli ne répondit pas, elle qui, pourtant, avait toujours un commentaire à faire, un avis à donner. Son silence déstabilisa Alexis.

« La Terre a déjà été donnée, fit remarquer la Femme en adressant un signe de tête à Demi. Je sens que son essence a quitté son état corporel. L'heure est donc venue. » Elle balaya du regard la forêt de montagnes qui perçait les nuages. Son corps rayonna tandis qu'elle inspirait, comme si elle savourait le goût de l'air qui les entourait. « Ma force de vie contient la Créature. Quand je te transmettrai ma Gemme, elle sera libérée. »

Alexis ne voyait pas le visage de Caeli. Il voyait simplement qu'elle baissait la tête, le menton sur la poitrine. Cela lui suffit pour comprendre à quoi elle pensait, car, de ses trois amis, c'était elle qui lui ressemblait le plus. Elle doutait d'elle-même.

« Tes émotions sont fugaces, mon enfant, dit la Femme en relevant le menton de Caeli à l'aide de ses pouvoirs. Mais elles n'en restent pas moins les tiennes. Ressens-les à l'air libre, ne les enfouis pas. L'ordre et le contrôle ne sont pas nos façons de faire. »

Elle posa sa main translucide sur la joue de Caeli et lui envoya de petites décharges d'énergie qui firent voler sa longue chevelure dans le vent.

« Quand tu trouveras ce que tu cherches, le ciel s'assombrira, et tes démons viendront pour toi. »

Sa prophétie. Prononcée exactement comme celle de la Femme de la Terre.

Caeli retrouva enfin sa langue. « Qu'est-ce que je cherche ? »

Tandis qu'elle attendait une réponse qui ne viendrait jamais, les Élémentaires sentirent une perturbation dans l'air. Un sifflement résonna, celui d'un objet coupant à travers le vent et tranchant le silence.

Une flèche noire passa à quelques centimètres du visage de Caeli et entra dans la poitrine de la Femme. Mais elle ne fit que traverser son corps avant d'aller se planter dans un arbre. Caeli hurla et recula en titubant tandis que ses camarades se tournaient vers l'autre montagne qu'ils avaient quittée en volant.

Sur la plateforme d'observation se trouvaient au moins une demi-douzaine de personnes qui venaient d'arriver une par une. Ce n'étaient pas des humains, mais des Élémentaires. Et ils n'étaient pas là pour les aider.

Malgré la distance, Alexis perçut l'obscurité au sein des soldats. Une ombre contrôlait leur esprit, un froid glacial et cassant qui aspirait la chaleur dans l'air. Il sentit sa présence aussi facilement que celle de l'eau, bien avant de remarquer que les arrivants n'avaient pas d'ombre.

Certains ne paraissaient pas infectés, comme s'ils avaient choisi de soutenir Mortem. Ils avaient le regard lucide, mais l'absence d'infection ne les empêchait pas d'avoir l'âme noire.

Les Sans-Ombre les avaient trouvés.

Les quatre amis se regroupèrent aussitôt tandis qu'un chœur assourdissant de flèches et de balles s'envolait dans leur direction. Demi manipula les arbres pour que les troncs et les branches les dissimulent et forment une barrière protectrice autour du sommet de la Colonne du Ciel austral.

« Ils en ont après la Gemme ? cria Blaise en sortant sa hache.

— Ou après nous, répondit Alexis. Nous devons descendre de cette montagne pour les affronter, eux *et* la Créature quand elle arrivera. »

Les yeux de la Femme se posèrent sur lui. Aussitôt, il se sentit tout petit. Elle penchait la tête d'un air curieux, comme si elle essayait de déchiffrer quelque chose sur son visage. Ce n'était pas très différent de la manière dont la Femme de la Terre l'avait examiné. Mais il n'eut pas le temps de se demander pourquoi. Les arbres commençaient déjà à craquer sous l'assaut. Ils n'allaient pas tenir longtemps.

Caeli tapa du pied et fit basculer la lance dans sa main, une pointe menaçante à chaque extrémité. « Pourquoi est-ce que je ne pouvais pas juste être… normale ? »

La voix de la Femme lui répondit, mais elle n'avait plus rien de léger. Elle grondait avec la force d'un ouragan. « Je peux vous aider. Je peux retarder l'éveil de la Créature afin de vous laisser un peu de temps pour fuir. Mais les affronter, elle et ces adversaires, reste une tâche que vous seuls pouvez accomplir. »

La Femme grise étincelante porta la Gemme à ses lèvres et y déposa un baiser. Aussitôt, une mince pellicule pâle la recouvrit et atténua son aura. La Femme, qui flottait devant Caeli, lui mit la Gemme entre les mains sans lui laisser le temps de se demander si elle voulait l'accepter. La pierre paraissait masquée, ses pouvoirs cachés comme s'il fallait gratter la surface pour y accéder. Mais l'énergie qu'elle contenait continuait de vibrer.

Tandis que la magie qui assurait la cohésion de son corps commençait à se dissiper, la Femme de l'Air regarda une dernière fois Caeli. « Bonne chance, esprit libre. Ceci n'est pas notre dernière rencontre. »

Ses ultimes paroles résonnèrent sous forme de murmure tandis que son corps se désintégrait. Son essence d'un gris luisant retourna au sein de la Gemme en émettant un dernier éclair dans le ciel d'après-midi.

L'assaut se poursuivait contre le mur d'arbres qui les protégeait, brisant l'écorce et cassant les branches. Des rayons d'énergie se mêlaient aux projectiles et frappaient la montagne en la faisant trembler.

Blaise se précipita pour secouer Caeli, qui contemplait la Gemme comme si elle était en transe. La fine pellicule commençait déjà à craqueler. Au sein de la pierre, la Créature remuait.

« La protection ne tiendra pas longtemps. On doit se dépêcher ! »

Alexis réfléchit à toute vitesse. Ils se trouvaient au pire endroit possible. C'était déjà assez dangereux d'être perchés à des centaines de mètres de haut sans affronter, par-dessus le marché, une Créature du Vent éternelle et les Sans-Ombre.

« Allons dans un endroit plus sûr pour affronter la Créature ! »

Lorsque la barrière protectrice de Demi finit par céder, les troncs ravagés dégringolant au bas de la montagne, Caeli fit apparaître un champ de force. Le déluge de flèches, de balles et d'énergie se poursuivit, mais le bouclier de vent miroitant tenait bon, pour le moment. Alexis en profita pour examiner leurs nouveaux adversaires.

Un individu se détachait du lot à cause de son physique bestial. Son front bombé débouchait sur un gros nez, entre des yeux enfoncés dans leurs orbites. Les os de son menton et de son crâne ressortaient de manière peu naturelle. D'une main énorme, il dirigeait l'attaque des Sans-Ombre ; de l'autre, il tenait une espèce de cage dont Alexis ne voyait pas bien le contenu. Il souriait à la vue des Élémentaires en péril.

« L'appareil de téléportation, s'agita Demi en fouillant des yeux le pic sur lequel ils se trouvaient. Où est-il ? »

Alexis jura en remarquant brusquement l'absence de son sac à dos. « J'ai oublié mon sac sur la plateforme d'observation. » Les Sans-Ombre l'avaient poussé au bord de la falaise, contre la palissade en bois abîmée, qui était tout ce qui l'empêchait de basculer dans le vide.

« Je ne pourrai pas tenir beaucoup plus longtemps », grogna Caeli. Au même moment, des lézardes apparurent sur son champ de force. On aurait dit une vitre sur le point de se fissurer.

Demi se plaça devant Caeli. « Couvrez-moi », ordonna-t-elle.

Blaise s'empressa de la rejoindre et frappa ses avant-bras l'un contre l'autre, ce qui fit apparaître des flammes rouge et jaune dans ses mains.

« Qu'est-ce que tu fais ? » demanda Alexis en voyant Demi se rapprocher du bord accidenté du sommet.

Sans répondre, elle tendit les mains vers le canyon profond de trois cents mètres qui séparaient les deux pics. La montagne en grès quartzeux se mit à trembler sous leurs pieds tandis que Demi fermait les yeux.

En voyant le champ de force sur le point de céder, l'énorme commandant aboya des ordres à l'intention des autres Sans-Ombre qui focalisèrent leurs efforts sur Demi. Mais avant que les projectiles puissent l'atteindre, Blaise les incinéra ou les dispersa avec ses boules de feu.

« Quoi que tu fasses, dépêche-toi », dit-il en jetant un coup d'œil à Caeli, qui laissa son bouclier disparaître. Alexis se posta à ses côtés, l'épée à la main, pour intercepter la moindre flèche tirée dans leur direction le temps que l'adolescente reprenne son souffle.

Brusquement, une vague de puissance jaillit des mains de Demi. De la terre, de l'humus et de la boue se déversèrent en un flot continu pour s'assembler dans les airs et prendre la forme d'une longue passerelle reliant le mince pilier rocheux à son imposant voisin.

Demi créait son élément pour la première fois sans même disposer des pouvoirs illimités de sa Gemme.

« L'autre côté ! » cria Caeli en pointant du doigt la plateforme d'observation.

Alexis fut obligé de quitter Demi des yeux, et vit les Sans-Ombre se précipiter vers l'autre extrémité du pont de terre afin de le détruire à l'endroit où il touchait le bord de la montagne. Sans hésiter, il prit une flèche dans le carquois que Caeli portait dans le dos. Dans sa tête, il entendit résonner la voix de Taranis, qui lui disait de *viser à travers la cible*. Alexis lança la flèche à travers le canyon et la regarda fendre l'air.

La pointe trouva l'un des Sans-Ombre et s'enfonça dans son épaule avec une violence telle qu'elle le projeta en arrière. Alexis ne prit pas le temps de se demander s'il venait de tuer quelqu'un pour la première fois ; cela n'avait aucune importance vu que sa victime avait choisi le camp de Mortem, et que lui agissait pour protéger ses amis.

Caeli ayant repris des forces, elle créa un second bouclier à l'avant du pont. Blaise en profita pour rejoindre Alexis. Ensemble, ils projetaient des boules de leur élément respectif en direction des assaillants. Seul le commandant avec la cage ne bronchait pas. Il riait tandis que des flammes féroces léchaient son visage et que des projectiles de glace pleuvaient autour de lui. Aussi impossible que cela puisse être, il paraissait immunisé contre leurs attaques élémentaires.

En quelques secondes, le pont de Demi était terminé. Une énorme et robuste passerelle reliait les deux sommets. La transpiration plaquait ses cheveux sur son crâne et la puissance de son amulette refluait doucement. Elle se tourna brièvement vers ses amis.

« Rattrape-moi si je tombe », dit-elle à Alexis au moment où elle posa le pied sur sa création.

Le pont ne céda pas sous son poids. Demi fit un deuxième pas, puis un troisième, mais la structure en terre tenait bon.

Alexis haussa les épaules. « Allons-y. » Sur ce, il la rejoignit en entraînant Blaise. Caeli les suivit. Les quatre Élémentaires traversèrent en courant le passage dans le ciel. « Tu peux créer ton propre élément ? demanda Alexis à Demi.

— On dirait bien, répondit-elle entre deux grandes respirations, sans jamais baisser les yeux. C'est une faculté qui me reste de la Gemme.

— Bel exploit, dit Caeli.

— Énorme », renchérit Blaise.

En arrivant de l'autre côté, Alexis tapa dans ses mains une seule fois. La vapeur que contenait la brume autour de lui se précipita sur les Sans-Ombre et les obligea à reculer, ce qui permit à l'équipe Alpha de revenir sur la plateforme d'observation.

« Le sac n'est pas là », chuchota Caeli.

Derrière eux, le pont de terre se décomposa, et ses vestiges dégringolèrent en direction de la forêt en contrebas. Alexis balaya les alentours du regard, mais son sac, et donc l'appareil de téléportation, n'était plus là.

« Ne soyez pas stupides, gronda le commandant bestial des Sans-Ombre en agitant le sac d'un air à la fois amusé et satisfait. Vous êtes cernés. Donnez-nous la Gemme ou je vous tuerai un par un pour l'arracher de vos jolies petites mains. »

Alexis jeta un coup d'œil à la cage qu'il tenait toujours. Des grattements vigoureux s'en échappaient, le bruit des griffes sur le métal. N'y avait-il donc personne pour garder les chiens dans le château de Mortem ? Le type n'y prêtait aucune attention, trop occupé à savourer la peur des jeunes Élémentaires.

« Docteur Péché, dit l'un des Sans-Ombre en s'adressant à son général d'un air hésitant, la tête baissée. La Créature... est-elle venue ? »

Le commandant ne répondit pas, et se contenta de regarder son subordonné d'un œil noir jusqu'à ce qu'il recule.

« La protection est en train de lâcher », prévint Caeli qui tenait la Gemme avec une extrême douceur, comme si elle craignait que celle-ci lui morde la main si elle la serrait trop fort.

Sans crier gare, Blaise s'élança, sa hache auréolée de flammes rugissantes. La lame frappa la poitrine de son adversaire le plus proche et le projeta au loin. Les autres Élémentaires n'eurent d'autre choix que de le suivre.

Alexis se concentra sur l'eau dans la gourde à l'intérieur du sac que Péché tenait. Elle jaillit avec une telle violence qu'elle aurait dû lui arracher la peau du visage. Mais il ne fit que tituber en arrière lorsque le sac à dos lui cogna le menton. Malgré tout, ce fut suffisant pour qu'il le lâche. Alexis entendit deux corps supplémentaires heurter le sol. Il se retourna, et vit la lance de Caeli tachée de sang et Demi qui récupérait la lanière de son fouet, enroulé autour du cou d'un individu inconscient.

Caeli écarta les doigts ; un coup de vent souleva le sac à dos et l'envoya directement dans ses mains. Elle le passa à Demi, qui appuya son pouce au milieu du disque argenté. Celui-ci s'anima, mais il lui restait juste assez d'énergie pour ouvrir la ligne de communication avec Incantus.

Le Dr Péché, sans défense à l'exception de la cage qu'il tenait, était désormais leur seul adversaire.

Un sourire narquois apparut sur ses traits déformés et un grand rire, semblable à un aboiement, lui échappa. De son autre main, il arracha le cadenas en métal qui fermait la cage.

L'animal qui en sortit possédait des écailles chatoyantes, réfléchissant le soleil déclinant. Il ressemblait à un cobra royal, mais avec une tête pointue de rat et quatre pattes cousues au hasard sous son ventre, dont la peau était toute cloquée et infectée. Il lança un regard venimeux aux jeunes Élémentaires, avant d'esquisser un mouvement de recul lorsque Péché l'empoigna par le cou.

Le commandant sortit une fiole de sa poche et versa un liquide vert visqueux dans la gueule de l'animal, qui fut obligé de l'avaler. La créature hybride retomba sur le sol et fut prise de haut-le-cœur comme si ses entrailles brûlaient.

Demi frissonna devant tant de souffrance. « Espèce de malade ! »

Une coulée de morve s'échappa d'une des narines dilatées de Péché et dégoulina dans sa bouche lorsqu'il grogna. Il la lécha avant de cracher aux pieds de Demi.

« Gamins, vous n'êtes pas de taille à nous affronter, moi ou mes Hybrides. » Il se redressa en montrant le rat-serpent qui se tordait de douleur devant lui. On aurait dit que la pauvre bête muait et grossissait peu à peu. À côté de lui, Alexis entendit la voix étouffée et hachée d'Incantus. La connexion était vraiment mauvaise.

Caeli repoussa le bras de Blaise et s'avança vers le Dr Péché. « Vous ne me faites pas peur, dit-elle en plissant les yeux. C'est plutôt moi que vous devriez craindre. » Sur ce, une onde de choc s'échappa de son corps dans un grondement. Le vent balaya le sommet de la montagne et arracha les dalles du chemin en emportant l'Hybride, qui disparut. Le Dr Péché tint bon pendant quelques instants, jusqu'à ce que la terre elle-même se soulève et l'emporte.

Juste avant qu'il heurte les portes en verre de l'ascenseur de Bailong, un immense portail rouge sang apparut sans crier gare. Péché traversa son seuil bidimensionnel et disparut en un clin d'œil. Quelques secondes plus tard, le portail s'évapora à son tour sans laisser de trace.

« Qui a fait ça ? demanda Blaise en tournant sur lui-même.

— Pas Ezra, son pouvoir est de couleur bronze, répondit Alexis. Mais nos ennemis pourraient encore être ici.

— Les enfants ! » Cette fois, la voix d'Incantus résonna clairement au sein de l'appareil de communication que tenait Demi. Sur le sol, le portail blanc venait d'être créé, mais il était beaucoup plus petit que le précédent, et moins stable aussi. Ses bords étaient inégaux et rétrécissaient déjà. « Qui était-ce ?

— Un certain Dr Péché, répondit Caeli en revenant auprès de ses camarades. Un vrai homme des cavernes.

— Plus costaud qu'Akili, ajouta Blaise.

— Nos pouvoirs n'avaient aucun effet sur lui, renchérit Alexis. Pour un docteur, il n'est clairement pas fan du serment d'Hippocrate. Il était accompagné d'une créature étrange, une espèce de rat-serpent qu'il a empoisonné devant nous. C'était une démonstration de force bizarre. »

Le son et l'image de l'hologramme projetée à la surface du disque argenté ne cessaient de vaciller ; malgré tout, Alexis vit l'inquiétude se peindre sur les traits d'Incantus et entendit la panique dans sa voix : « Péché ! Il est encore là ?

— Non, il a utilisé un portail pour s'en aller, répondit Demi en frissonnant. Heureusement que vous m'avez dit de vous donner la Gemme de la Terre, sinon Mortem l'aurait récupérée à l'heure qu'il est.

— Il est dangereux, extrêmement dangereux, les prévint Incantus. Depuis la disparition de Peste, son frère jumeau, il y a des années, il est devenu le second de Mortem. Il adore expérimenter sur les animaux et créer d'horribles amalgames qu'il appelle ses Hybrides. C'est sa spécialité.

— Sympa, comme hobby », murmura Blaise.

Incantus secoua la tête. « Ne plaisantez pas avec lui. Il a éliminé cinq agents du Grand Ordre à Delphes quelques minutes après votre départ. Où se trouve la bête qu'il a libérée ?

— Si elle n'est pas tombée de la montagne, elle doit être morte, répondit Alexis. Quoi qu'il en soit, cet appareil ne survivra pas à un autre portail pour nous conduire de la Gemme du Feu à celle de l'Eau. Comment allons-nous faire ?

— Soit je viendrai en personne, soit j'enverrai quelqu'un du Grand Ordre. Mais ne devez-vous pas encore combattre la... »

Le hurlement de Caeli lui coupa brutalement la parole. « La Gemme ! »

La pellicule protectrice que la Femme avait posée sur la pierre grise s'était désintégrée. La Gemme de l'Air tremblait violemment dans les mains de Caeli, qui avait du mal à la tenir.

Une explosion silencieuse fut suivie par un cri perçant provenant de la pierre translucide. Le son était si strident qu'il dissipa la brume, brisa le disque argenté et projeta les Élémentaires en arrière avec une force incroyable. En tombant, la Gemme fissura le sol à quelques mètres du portail dont le périmètre continuait de diminuer.

Alexis se redressa. Ses oreilles bourdonnaient si fort qu'elles lui faisaient mal et l'empêchaient de se concentrer. Il vit que ses amis avaient tous été éparpillés sur le sommet de la montagne. Caeli avait été projetée tout au bord. Il la voyait à peine parmi le feuillage.

Le Dragon du Vent jaillit de la Gemme de l'Air en poussant un cri puissant qui se répercuta au sein de la vallée. Puis il s'envola en faisant claquer ses énormes ailes avant de s'écraser de nouveau sur le pic où ils se trouvaient. La montagne frémit sous son poids.

Alors, dans un grondement, la Créature tourna la tête vers les Élémentaires.

28

L'APPEL DU VIDE

L'appel du vide : *expression française.*
L'envie inexplicable de sauter
quand on est au bord du vide.

D'abord un dinosaure capable de créer des tremblements de terre, et maintenant un dragon chinois de la taille d'un avion de ligne.

« Merci, Incantus », marmonna Alexis en s'éloignant tout doucement de la Créature de l'Air sans la quitter des yeux.

Des écailles cendrées recouvraient son corps de serpent et devenaient gris métallisé au niveau de ses ailes membraneuses terminées par des griffes. Des piquants épais poussaient au bout de son bec et s'arquaient au-dessus de ses sourcils. Comme la Créature de la Terre, elle ne possédait qu'une seule zone vulnérable au milieu du front, de la taille de la Gemme, protégée par un trio de pointes verticales. Elle répartissait son poids sur des serres semblables à celles des aigles, dont les griffes arrachaient la végétation qui recouvrait la montagne.

D'un battement d'ailes, elle projeta les Sans-Ombre inconscients à bas du pic rocheux. Seule la Gemme de l'Air résista à la force du vent en restant immobile à l'endroit où elle était tombée. La queue du dragon, qui se terminait par une pointe fragmentée, s'enroula autour de la pierre comme s'il s'agissait de son œuf. Juste à côté, le portail blanc était toujours là, mais rapetissait à chaque seconde.

Demi traversa les arbres denses qui bordaient le sentier, et rejoignit Alexis et Blaise qui venaient de s'y abriter. Par-delà la distance, ils croisèrent le regard de Caeli, qui hocha la tête.

« Il faut distraire le dragon le temps que Caeli récupère la Gemme, dit Alexis à voix basse. Mais Blaise, si le portail paraît sur le point de se refermer, tu devras traverser.

— Pourquoi moi ? protesta l'intéressé en embrasant ses couteaux de jet. Je suis plus fort que toi. »

Alexis serra les dents. « Parce que tu es le seul à pouvoir récupérer la Gemme du Feu au prochain endroit, gros malin.

— Oh.

— J'ai repéré un pont naturel qui relie deux pics un peu plus bas, dit Demi en enroulant la lanière de son fouet pour éviter qu'elle se coince. C'est une bonne position pour distraire le dragon. Couvrez-moi pendant que je m'y rends. Je réussirai peut-être à bouger la terre pour rapprocher la Gemme de Cae. »

Sur ce, elle serra la main d'Alexis et laissa les deux garçons.

« Prêt à faire des ravages ? » demanda Alexis à Blaise. La Créature se dressa encore plus haut, pressentant que la bataille allait être titanesque.

« Ravage, ça aurait pu être mon deuxième prénom, répondit Blaise en frappant ses avant-bras l'un contre l'autre.

— Sauf que c'est Oluwamuyiwa. »

Blaise grogna. « Je regrette vraiment de te l'avoir dit. »

Les deux Élémentaires sortirent de leur abri pour affronter l'imposante Créature de l'Air. Alexis décida d'extraire l'eau du ciel humide et manipula les courants pour créer un cercle autour de lui. Le bleu de son élément vint se mêler au rouge et au jaune du feu de Blaise. Ensemble, ils déchaînèrent leurs pouvoirs contre le Dragon.

Des torrents de flammes se déversèrent sur le ventre de la bête, et l'obligèrent à dérouler sa longue queue en laissant la Gemme à découvert. Avec une précision sans faille, Blaise lança ses couteaux enflammés sur les ailes du monstre. Ils déchirèrent la membrane qui les reliait et noircirent sa longue crinière argentée.

Sans laisser le temps au Dragon de rugir pour libérer ses nombreuses tempêtes, Alexis projeta des torrents d'eau sur son museau pointu, qui se referma dans un claquement.

« Quelle équipe de choc, bébé ! » cria Blaise dont l'amulette brillait plus fort sur sa poitrine.

Juste au moment où la Créature s'apprêtait à se cabrer, d'épaisses racines jaillirent de la terre, s'élevèrent plus haut que les arbres eux-mêmes et s'accrochèrent aux énormes ailes griffues pour les plaquer contre son corps. En voyant le monstre enchaîné, Caeli s'élança et s'envola pour éviter sa queue qui fouettait l'air.

Mais le lien entre la Créature et la Gemme était plus fort qu'ils ne le soupçonnaient. Le Dragon avait dû sentir l'amulette qui battait contre la poitrine de Caeli ou entendre sa respiration saccadée. Avec une puissance supérieure à celle des Élémentaires, il se contorsionna farouchement et réussit à échapper aux racines. Sa queue balaya Caeli et la projeta si loin que ses amis la perdirent de vue. Dans un grand bond qui fit trembler le pic rocheux, le monstre s'éleva dans le ciel, et ses petits yeux se firent plus froids encore tandis qu'il planait au-dessus de la Gemme en repérant les Élémentaires qui le menaçaient.

Le Dragon ramena ses ailes vers l'avant, et un grondement de tonnerre retentit au sein de la vallée. Alexis s'accrocha à l'arbre le plus robuste qu'il put trouver, en vain. L'eau se dispersa, et le feu de Blaise s'éteignit comme une bougie que l'on souffle. L'air balaya les deux adolescents dans le ciel. À demi conscient, Alexis tournoyait dans une chute sans fin. Il ne pouvait rien faire d'autre qu'attendre l'impact qui allait lui dérober son dernier souffle.

Il s'arrêta brusquement, dans une secousse. Il tendit les mains, mais ne rencontra que le vide. Lorsqu'il rouvrit les yeux, il constata que Blaise et lui flottaient entre deux montagnes.

Agenouillée sur le pic en dessous d'eux, ses cheveux blond platine volant dans le vent, Caeli tendait les mains dans leur direction. Les muscles de son cou saillaient tant elle luttait pour les maintenir en l'air face aux pouvoirs du Dragon. Alexis sentit la pression changer autour de lui lorsqu'elle les rejoignit dans le ciel. Un coup de vent les précipita alors vers l'avant.

« Qu'est-ce que tu fous ? » cria Blaise en se tortillant pour essayer d'échapper au tunnel de vent qui voulait les faire passer sous le Dragon. Sa queue les manqua de peu lorsqu'elle s'abattit pour protéger la Gemme de l'Air, mais ce n'était pas la pierre que Caeli visait.

Le portail, leur seule chance d'en réchapper, était à présent plus étroit qu'une porte. Caeli les propulsait dans sa direction. Elle avait perdu espoir ; elle avait renoncé. Elle préférait fuir plutôt que se battre.

« Caeli, non ! » cria Alexis, mais sa voix se perdit dans l'orage qui grondait au-dessus de leurs têtes. Qu'ils se dirigent vers la Gemme ou le portail, le Dragon ne les laisserait pas passer.

Vif comme l'éclair, il atterrit de nouveau sur la montagne qu'il secoua violemment au moment où Caeli, Alexis et Blaise arrivaient devant le portail. Une bourrasque les fit reculer et s'écraser sur Demi, qui accourait pour les rejoindre. Alexis lutta pour se dégager et vit la Créature prête à s'abattre sur eux de tout son poids.

Caeli se releva en criant, les bras levés, et retint le monstre pour éviter qu'il les écrase. Les genoux tremblants, elle faillit s'effondrer sous son poids.

« Franchissez le portail, hurla-t-elle.

— Pas sans toi », répliqua Demi en protégeant le flanc blessé de son amie. Elle leva les mains comme pour repousser l'air, comme si elle pouvait créer un champ de force elle aussi.

Alexis cherchait désespérément une solution. Il repensa à la prophétie de la Femme de l'Air : *Quand tu trouveras ce que tu cherches, le ciel s'assombrira, et tes démons viendront pour toi.*

La prophétie était-elle déjà en train de s'accomplir ? La Femme avait-elle voulu dire que lorsqu'ils trouveraient la Gemme de l'Air, le ciel s'assombrirait et la Créature s'en prendrait à Caeli ?

D'un puissant coup de museau, le Dragon brisa ce qu'il restait de la barrière de Caeli. La jeune fille s'écroula, épuisée d'avoir porté ce poids impossible. Le monstre se redressa une nouvelle fois, prêt à les écraser sous une masse équivalente à celle d'un immeuble.

« Je suis désolée », murmura Caeli, les larmes aux yeux. Blaise lui prit la main. Il cherchait toujours un moyen de s'en sortir. Il n'avait pas encore renoncé. Alexis et Demi non plus. Ils brandirent leurs armes au-dessus de leur amie en priant pour que le métal de leurs lames réussisse à repousser la bête avant qu'elle les écrase.

Au moment où les mâchoires du Dragon du Vent arrivaient à la rencontre des Élémentaires, un sifflement strident retentit dans le ciel. Tel un éclair coloré, une énorme créature serpentine attaqua le Dragon au niveau du cou et le déséquilibra quelques secondes avant qu'il broie l'équipe Alpha.

L'Hybride.

Mais avec la potion, il était maintenant assez grand pour s'enrouler autour de la gorge du Dragon. Il y planta ses crocs et régurgita un venin vert acide dans la plaie. Le Dragon poussa un cri terrible et s'envola en secouant l'Hybride, qui faillit le lâcher.

« Vite, on a une chance ! » cria Alexis en entraînant Caeli. Il jeta un coup d'œil derrière lui en entendant un hurlement de douleur, et vit les serres du Dragon se refermer sur le corps de l'Hybride et l'arracher de son cou.

Blaise saisit l'autre bras de Caeli. Les deux garçons la remirent debout en la portant à moitié. Pendant ce temps, le Dragon mettait l'Hybride en pièces. Du sang vert noirâtre transperça la roche à l'endroit où les Élémentaires se trouvaient juste avant.

Alexis sentit la main de Demi dans son dos l'encourager à avancer. La lumière blanche du portail était presque entièrement éteinte, sa lueur quasi transparente.

Au-dessus d'eux, la Créature se mit à tanguer dans les airs. Le poison de l'Hybride commençait à faire effet. Elle était désorientée et distraite.

Alexis vit Caeli regarder la Gemme de l'Air. La pierre était enfin à découvert et brillait farouchement à quelques mètres à peine du portail.

« Non ! »

Mais Caeli Doran n'avait jamais été du genre à obéir aux ordres.

Elle se tortilla pour échapper aux deux garçons, effectua un saut périlleux par-dessus la queue du Dragon et, des deux mains, récupéra l'antique pierre grise et la pressa contre son amulette.

Dans une décharge d'énergie pure, les pouvoirs illimités des cieux l'envahirent et firent trembler tout son corps. Alexis eut du mal à la distinguer au milieu des rafales, mais il sentit sa présence. Son essence éternelle. Sa puissance infinie et indomptable.

Le Dragon rugit. D'énormes ondes sonores jaillirent de sa gueule sous forme de battements perçants et circulaires. Caeli courut intercepter le monstre avant qu'il atteigne ses amis et ouvrit grand les bras pour accueillir les vents. Elle les renvoya vers le Dragon, ce qui l'obligea à lever ses ailes pour se protéger de l'attaque.

Caeli jeta un bref coup d'œil à ses comparses, puis s'élança dans le ciel à une vitesse telle qu'elle déclencha un *bang* supersonique. Le Dragon la suivit en dispersant les nuages d'un grand battement d'ailes. Elle paraissait toute petite à côté de lui, comme une humaine à côté d'un avion. Sauf qu'elle n'était pas humaine.

Alexis ne voyait plus le visage de son amie, il ne distinguait que sa frêle silhouette. Ses mains bougeaient si vite qu'elles devinrent floues en tissant des rafales autour du Dragon. Elle façonna l'air en une tornade étroite si puissante que la Créature eut du mal à lui résister. Le monstre utilisait toute la force qu'il lui restait pour rester au niveau de l'Élémentaire. Celle-ci était la seule chose immobile au sein de la tempête.

Le Dragon cria de nouveau, mais le son se perdit dans les grondements du vent. Il était confiné au sein du vortex.

Ce fut à ce moment-là, quand elle se rendit compte qu'il ne pouvait plus bouger, que Caeli lança son arme. La lance fendit le vent sans se soucier des bourrasques, passa entre les rangées de piquants protecteurs et transperça l'endroit vulnérable sur le front de la Créature.

Dans un soupir silencieux, les traits du Dragon du Vent s'affaissèrent et ses yeux gris se révulsèrent. La tornade se dispersa et, l'espace d'un instant, le monstre resta suspendu dans le vide. Mais l'air qui le soutenait s'éparpilla, et la Créature se mit à tomber comme un oiseau abattu par une flèche, de plus en plus vite, chaque mètre parcouru augmentant sa vélocité.

En voyant la bête arriver droit sur eux, Alexis poussa Demi au sein de l'étroit portail et l'entendit hurler le nom de Caeli au moment où elle disparaissait. Blaise plongea derrière elle en criant encore plus fort. Alexis appela Caeli à son tour et la vit apparaître derrière le corps du Dragon qui se désintégrait. Elle peinait à le battre de vitesse, et dut puiser une nouvelle fois dans ses pouvoirs pour dépasser la Créature et arracher sa lance de son front.

Alexis ne pouvait attendre plus longtemps, sinon le périmètre du portail allait devenir trop étroit pour lui. Il tendit la main vers Caeli tout en sautant par-dessus le seuil.

Il atterrit sur le sol moelleux d'une forêt tropicale.

« Où est Caeli ? » demanda Demi.

La main d'Alexis n'avait attrapé que de l'air.

Blaise se releva tant bien que mal et alla se poster sous les vestiges du portail. « Caeli ! »

Le portail clignota. Au même moment, Caeli plongea la tête la première à travers le passage. Il se referma juste derrière ses pieds, quelques secondes avant que le cadavre du Dragon traverse à son tour et les écrase. La jeune fille heurta violemment Blaise qui bascula à la renverse en la tenant dans ses bras.

Pendant quelques instants, les quatre amis restèrent allongés ainsi, les yeux fermés, pour récupérer. Quand ils rouvrirent les yeux, ils constatèrent qu'ils n'étaient plus dans les montagnes de Chine.

Ils se trouvaient dans les jungles profondes de l'Afrique.

29

TEULU

Teulu : *nom gallois.*
Une bénédiction à vie ; une famille ou une maisonnée ; un clan ou une tribu.

« Cae ! » cria Demi.

Elle la prit dans ses bras et la serra très fort contre elle. Blaise s'assit lentement, la main plaquée sur le côté de son crâne qui avait encaissé l'impact de sa chute avec Caeli. En clignant plusieurs fois des yeux, il rejoignit les filles, bientôt suivi par Alexis, qui les entoura tous les trois de ses bras.

Il recompta plusieurs fois pour s'assurer qu'ils étaient bien là, tous ensemble. Ils avaient réussi à passer. Brusquement, en sécurité dans leur étreinte, il se rendit compte à quel point cette situation était étrange. Il n'était plus seul. Il avait des amis qu'il ferait tout pour protéger, des amis qu'il considérait comme sa famille.

Et ses parents ? Alexis n'avait pas pensé à sa propre famille depuis trop longtemps. Il avait passé plus de temps à s'intéresser à son père biologique qu'à ses parents, qui ne le reverraient peut-être plus jamais.

La culpabilité et la honte le submergèrent et firent voler en éclats, aussi vite qu'il était apparu, le soulagement qu'il partageait avec ses camarades. Quel genre de fils et de frère était-il ?

Lentement, pour ne pas gâcher ce moment, Alexis s'écarta de ses amis.

« Tu as été formidable, Cae, dit Blaise en continuant à lui tenir la main après que les deux autres eurent mis fin à leur embrassade. Je ne m'attendais pas à ce qu'on se retrouve dans une jungle, surtout sur une montagne, ajouta-t-il en observant leur environnement. On doit être quelque part en Afrique centrale. »

Alexis aussi trouvait cette végétation luxuriante. Le soleil africain à son zénith brillait à travers la forêt dense et brumeuse, mais la canopée, située très haut, protégeait leurs visages de ses rayons. Le lointain sommet n'était pas encore visible entre les arbres, son immense pic couronné de neige obscurci par les nuages.

« Nous sommes en Tanzanie, annonça Demi en rangeant sa dague et en enroulant son fouet. La montagne possède plusieurs écosystèmes et climats qui évoluent à mesure qu'on grimpe. On dirait que le portail nous a déposés au milieu de la forêt tropicale. Ensuite, il y a le désert et, au sommet, on trouve surtout des glaciers. » Blaise ricana. Elle lui lança un regard en coin, faussement vexée. « Quoi ? J'ai regardé un documentaire sur le Kilimandjaro la semaine dernière avec Ziya. J'adore les documentaires », ajouta-t-elle tout bas.

Caeli attacha sa lance dans son dos. Elle tenait toujours la Gemme de l'Air vide, ses doigts illuminant la surface. Quand elle prit la parole, sa voix résonna clairement dans l'air. « Ça prend combien de temps pour grimper tout là-haut ?

— En fonction de la route que tu empruntes, sept jours, en moyenne », répondit Demi.

Alexis souffrait de la chaleur et de l'humidité suffocantes, et avait du mal à suivre la conversation. La fatigue et l'anxiété formaient un couple chaotique qui assommait son esprit surchauffé et hyperactif.

« Sept jours ? répéta Blaise en se laissant tomber par terre. Le solstice est dans deux jours et, d'après Incantus, on ne pourra pas gagner sans les quatre Gemmes.

— Des alpinistes chevronnés ont escaladé le Kilimandjaro en moins de six heures, admit Demi en réprimant un bâillement. Mais je suis loin d'être une athlète. »

Caeli esquissa un petit sourire. « Certes, mais tu es une Élémentaire. » Elle pencha la tête de côté d'un air de défi, ce qui suffit à faire sourire Demi malgré la fatigue.

Alexis sortit les petits cristaux de guérison de son sac à dos, et en tendit un à Demi et un autre à Blaise. Grâce aux pouvoirs de la Gemme de l'Air, Caeli n'avait pas besoin de refaire le plein d'énergie.

« Compte tenu du décalage horaire avec la Chine, il est à peine plus de midi ici. On pourrait essayer d'atteindre le sommet avant la tombée de la nuit », suggéra Alexis. Même s'il savait que le cristal ne pouvait soulager le mal du pays, il le pressa contre sa poitrine pour sentir sa chaleur et imaginer que sa mère le serrait dans ses bras.

« Comment sait-on que la Gemme du Feu est là-haut ? demanda Demi en se tordant le cou pour observer avec un immense sourire la jungle qui regorgeait de vie. L'appareil de communication a été détruit, on ne peut pas contacter le Refuge.

— Elle est là-haut », affirma Blaise sur un ton catégorique.

Caeli acquiesça. « Je ne sais pas comment vous le décrire, mais la Gemme cachée ici attire la mienne. De plus, cette montagne est un volcan. Ça ne pouvait pas être facile, pas vrai ? »

Blaise gloussa, mais gémit en se levant. « On aurait dû prendre une assurance pour ce foutu voyage. »

Pendant un long moment, ils n'eurent pas l'impression d'escalader la plus haute montagne isolée du monde. Mais au bout d'un certain temps, Alexis constata que l'air se raréfiait et que l'altitude commençait à lui donner la nausée, malgré ses facultés d'Élémentaire et l'entraînement intensif qu'il avait reçu.

Très vite, une piste rocailleuse remplaça la terre sous leurs pieds, et les arbres couverts de mousse firent place à de grands massifs de bruyère et à de hautes herbes. Alexis ne trouvait presque plus d'humidité dans laquelle puiser, que ce soit dans le ciel ou dans le sol. Même si sa combinaison du Refuge était conçue de manière à lui éviter un coup de chaud, il s'y sentait mal à l'aise et à l'étroit, et l'air sec lui faisait mal à la gorge. Vu leur tête, ses amis ne devaient pas se sentir beaucoup mieux.

« On devrait faire une petite pause pour manger et se reposer, suggéra-t-il, ses premières paroles depuis plus d'une heure. On ne réussira pas à affronter une nouvelle Créature des Éléments dans cet état. »

Demi hocha la tête et défit le foulard qu'elle avait utilisé pour se faire un turban. Elle s'allongea sur le terrain en pente et posa ses mains à plat sur la terre pour aspirer sa force. Un cercle de minuscules immortelles blanches apparut autour d'elle.

Quand Caeli prit la parole, sa proposition surprit tellement Alexis qu'il crut qu'elle leur faisait une blague. « Je vais nous porter jusqu'au sommet. »

Trois visages fatigués se tournèrent vers elle.

« Ce soleil direct m'assèche la peau, ajouta-t-elle en désignant des plaques rouges sur ses joues. Avec la puissance de la Gemme, j'ai l'impression d'avoir une réserve d'énergie illimitée. Alors oui, je sais qu'Incantus a dit que je devais lui remettre la pierre pour éviter de provoquer une autre catastrophe naturelle, blablabla... Mais on n'a aucun moyen de le contacter. Le plus sûr, c'est encore que j'utilise la Gemme. Tant qu'à faire, autant s'en servir pour atteindre le sommet.

— Je suis pour, annonça Blaise en passant son bras autour de la taille de Caeli pour la serrer contre lui. J'aurais bien aimé que tu nous le proposes plus tôt.

— Si tu t'en sens capable, Cae, je suis pour également, répondit Alexis en tendant la main à Demi, qui essuya les siennes sur sa combinaison avant de l'attraper. C'est vrai, si tu as réussi à créer une tornade, tu devrais pouvoir nous amener en haut d'une montagne. »

Caeli sourit, et de petits plis apparurent aux commissures de ses lèvres. « Je mentirais en disant que je n'ai pas envie de tester mes pouvoirs. C'est amusant d'être la plus forte d'entre nous, même si, honnêtement, je l'ai toujours été. »

Ses trois camarades protestèrent, mais elle ne voulut rien entendre et figea l'air autour d'eux pour que le son de leurs voix ne puisse pas atteindre ses oreilles.

Demi décida qu'une démonstration valait mieux qu'un long discours. Elle détacha du flanc de la montagne un morceau de roche assez large pour qu'ils puissent tous s'y asseoir. Puis, haletante, elle fit la révérence d'un air sardonique.

Dès que Caeli parut certaine de pouvoir faire voler la plateforme rocheuse en mesurant du regard les étranges plateaux et les pentes escarpées, elle prit place à côté de ses amis qui se reposaient. On ne pouvait pas dire que c'était confortable, mais c'était mieux que de marcher, et personne ne se plaignit, pas même Caeli.

Cependant, malgré la fatigue, Alexis ne réussit pas à s'endormir. Derrière lui, il distinguait tout juste les chuchotements de Caeli et de Blaise qui discutaient, allongés l'un à côté de l'autre. Il se réjouit qu'ils se soient réconciliés.

Lorsqu'ils dépassèrent les trois mille mètres d'altitude, le sommet enneigé du Kilimandjaro apparut enfin au-dessus des nuages. Il paraissait incroyablement éloigné, mais Alexis savait qu'ils l'atteindraient sûrement dans la demi-heure, juste avant la tombée de la nuit.

Il jeta un coup d'œil par-dessus le rebord de la plateforme flottante et aperçut la grande forêt tropicale qui délimitait la première partie de la montagne. Sur l'horizon, l'énorme disque du soleil couchant se trouvait au même niveau qu'eux. Il embrasait le ciel dans une explosion de couleurs pastel, une symphonie de bleu, de rose et de pêche. Alexis absorba tout cela avec un petit sourire en admirant ce spectacle qui résumait la beauté naturelle et primitive du monde mieux qu'il ne l'aurait cru possible.

Jusqu'à ce que Demi le rejoigne.

« Magnifique, n'est-ce pas ? » souffla-t-elle.

Elle s'assit à côté de lui, sa jambe effleurant la sienne. Alexis crut qu'elle allait s'écarter, mais ce ne fut pas le cas. Elle ferma les yeux pour savourer les derniers rayons du soleil, et Alexis ne put s'empêcher de l'admirer du coin de l'œil. La courbe de ses longs cils, l'éclat lumineux de sa peau, la ligne de sa mâchoire. *Elle est plus captivante qu'un millier de couchers de soleil,* pensa-t-il malgré son regard ensommeillé et ses cheveux en bataille. Elle était, jusqu'à présent, la plus belle preuve qu'il existait un Dieu.

« J'aimerais voir le monde comme tu le vois, dit-elle en observant les nuages qui passaient au-dessus de leurs têtes, leur ventre arrondi brillant d'un éclat cuivré et leur sommet se découpant en clair-obscur. Tu observes toute chose comme si tu la voyais pour la première fois. »

Alexis émit un petit bruit qui n'engageait à rien. Si elle savait comment il percevait réellement le monde, elle ne l'envierait pas. Demi ne cherchait pas des ombres dans tous les coins, elle n'était pas obligée de se demander si ce qu'elle percevait était réel. Elle envisageait le monde avec une pureté qu'il lui enviait plus que des mots ne pouvaient le dire. Il se rabattit donc sur des choses qu'il savait exprimer.

« Avant, tous les soirs, aussi loin que je me souvienne, je restais éveillé pour regarder le soleil se coucher. » Il passa la main au bord du bloc de terre et le sentit s'effriter sous ses doigts. « Je priais pour qu'il dure plus longtemps, pour que la journée ne se termine jamais, pour que la nuit ne vienne pas. »

C'était une demi-vérité. Il ne voulait pas lui avouer qu'après avoir passé toute sa vie dans le noir, il avait peur que la lumière du jour devienne aveuglante. Il puisait un certain réconfort dans la tristesse et l'obscurité, car c'étaient des constantes, contrairement à l'espoir, fugace par nature.

Demi défit sa queue-de-cheval. À cause de la sueur et de l'humidité, ses boucles étaient plus indisciplinées que jamais et retombaient en épaisses vagues brunes sur ses épaules. « Ziya m'a dit que tous les Élémentaires naissent avec une peur innée du noir. Je ne sais pas pourquoi, mais quand elle m'a dit ça, j'ai aussitôt pensé à toi. Je n'aurais pas imaginé que tu avais peur du noir. Pour être honnête, je me demande si tu as peur de quoi que ce soit. »

Elle le dévisagea, mais Alexis était incapable de soutenir son regard. Elle se trompait. Il avait peur de tout. Peur de dormir, à cause du cauchemar. Peur de se réveiller et de découvrir que toute son existence et tous les gens auxquels il tenait n'étaient qu'une hallucination. Peur d'aimer et de détruire cet amour ou de constater qu'il ne durerait pas. Par-dessus tout, il avait peur des ténèbres parce qu'elles lui étaient si familières.

« Ce qui est effrayant dans l'obscurité, ce n'est pas de s'y retrouver seul », se surprit-il à dire, les yeux fixés sur la lointaine forêt tropicale. Les arbres se découpaient telles des silhouettes noires, le soleil se couchant derrière eux. « C'est même tout le contraire. »

Le souvenir de l'Homme-Ombre planait devant lui, comme il l'avait fait cette nuit-là au Refuge, quand Mortem les avait attaqués. Comme les arbres, il se détachait de la lumière, plus nettement que tout le reste.

Était-ce réel ? Ses visions d'enfant avaient-elles été la manifestation d'une maladie, ou Alexis avait-il été affecté par l'ombre de Mortem, ce que ses parents mortels ne pouvaient voir ? Maintenant qu'il faisait partie de ce monde, l'Homme-Ombre allait-il revenir ?

En lui prenant la main, Demi l'arracha à ses souvenirs. Elle avait vraiment un don pour l'ancrer dans le moment présent.

« Alors, nous ferons en sorte de passer l'éternité à courir après les couchers de soleil, Lexi », dit-elle en regardant d'abord l'amulette de son ami, puis ses yeux. Et enfin ses lèvres.

En dépit du soleil qui sombrait sous l'horizon, une vague de chaleur enflamma les joues d'Alexis. Il se força à déglutir, de peur que sa voix le trahisse. « Qu'est-ce que la Femme de la Terre t'a dit en grec ? J'ai reconnu deux mots : *Agapè* et *Thanatos*. L'amour et la mort. »

Demi sourit. « Rien que je compte écouter. »

Ils étaient assis si près l'un de l'autre qu'Alexis sentait l'haleine de Demi sur sa peau et voyait palpiter l'artère de son cou. Pourquoi ne s'était-elle pas écartée ?

Demi cligna des yeux lentement, et demanda doucement : « Pourquoi tu ne veux pas m'embrasser ? »

Alexis crut que son cœur allait exploser s'il continuait à battre plus vite. Il replaça une boucle rebelle derrière l'oreille de Demi, puis fit courir sa main calleuse sur sa nuque. Elle se laissa aller sous cette caresse. D'une voix si basse qu'il n'était pas sûr qu'elle puisse l'entendre, il répondit : « Parce que j'ai peur de ne plus pouvoir m'arrêter. »

Demi sonda son regard océan avec une intensité qui électrisa tout son corps et lui fit se dire : *Si c'est un rêve, par pitié, ne me réveillez pas.* Il n'aurait su dire combien de temps ils restèrent ainsi, mais il pria pour que, comme le coucher de soleil, ce moment ne se termine jamais.

« Je ne te demanderai pas de le faire », finit-elle par répondre.

Elle se pencha vers lui, à moins que ce soit lui qui l'ait attirée, il n'aurait su dire. Mais alors qu'ils n'étaient plus qu'à quelques centimètres l'un de l'autre, une exclamation retentit derrière eux et fit voler cet instant en un millier d'éclats qui transpercèrent le cœur d'Alexis lorsque Demi s'écarta.

« Merde ! s'exclama de nouveau Caeli en se redressant pour faire face à Alexis et à Demi, qu'elle dévisagea à tour de rôle. Désolée, ajouta-t-elle d'un air coupable. Je viens juste de penser à un truc qu'on n'avait pas envisagé. Tu sais, à propos du fait qu'avant, Mortem avait tes pouvoirs, Alexis ? »

L'intéressé s'éclaircit la voix et endurcit son cœur tandis que Demi s'éloignait encore un peu plus de lui. « Oui,

Incantus a dit qu'il y avait renoncé pour libérer ses pouvoirs d'obscurité. »

Caeli acquiesça d'un air songeur, tandis que ses doigts jouaient avec les pointes de ses cheveux. « Est-ce que ça veut dire qu'il est toujours capable d'utiliser la Gemme de l'Eau ? S'il la trouve avant nous, pourrait-il s'en servir ? »

Alexis fronça les sourcils. « Je n'y avais pas pensé, reconnut-il. C'est une possibilité.

— Je ne comprends toujours pas, intervint Blaise en secouant la tête d'un air las. Il n'aurait dû y avoir qu'un seul enfant par élément. Comment Mortem a-t-il pu naître une centaine d'années avant nous ? Et comment se fait-il que tu aies les pouvoirs qu'il possédait au départ ? » Blaise se gratta la mâchoire à l'endroit où des poils noirs et drus commençaient à pousser par plaques. « Honnêtement, Al, je suis surpris que tu ne te poses pas plus de questions. »

Demi gardait les yeux rivés sur le sol rugueux qu'elle caressait avec la paume en décrivant des cercles. Jamais elle ne ferait pression sur Alexis pour qu'il révèle aux autres le secret qu'il lui avait confié sous le vieux chêne de sa chambre, plusieurs semaines auparavant.

Mais il se dit qu'il en avait envie, après tout. Il détestait partager quoi que ce soit qui risquait de le faire paraître bizarre, et il n'avait aucune envie de se sentir exclu de nouveau, surtout au sein de ce monde dans lequel il avait l'impression d'avoir enfin trouvé sa place. Comme l'océan, ses profondeurs restaient invisibles, dissimulées dans les ténèbres. Il préférait qu'il en soit ainsi.

Du moins, jusqu'à présent.

Depuis le début de leur quête, il se sentait plus proche de ses nouveaux compagnons que de n'importe qui en dehors de son cercle familial. La mort et le danger n'avaient fait que resserrer le lien qui les unissait. Peut-être que, s'il se confiait à eux, il allégerait ce poids qu'il avait sur la poitrine.

« J'ai un truc à vous dire, les amis. » Ses mains tremblaient tellement qu'il avait du mal à tapoter le bout de ses doigts contre ses pouces. Il ne savait pas s'il fallait mettre ça sur le compte de l'angoisse ou de l'altitude, mais il avait l'impression de ne respirer qu'avec un seul poumon. « Promettez-moi de ne pas me détester… »

Il ouvrit son sac et en sortit la vieille photo que quelqu'un avait placée sous son oreiller au Refuge.

Puis il la tendit à ses amis et leur révéla son secret.

30

TROUVAILLE

Trouvaille : *nom français.*
Une découverte qui a de la valeur ; une chose précieuse.

Ils survolaient une vaste étendue de désert rocailleux, l'avant-dernière zone de la montagne. D'énormes roches volcaniques, vestiges de précédentes éruptions, jonchaient ses flancs escarpés, gelés par les températures proches de zéro signalant qu'ils se rapprochaient du sommet. Tandis que l'obscurité envahissait rapidement le ciel et qu'un millier d'étoiles blanches apparaissaient, Blaise alluma un petit feu au milieu de la plateforme pour leur tenir chaud.

« Alors, Mortem est ton père ? demanda Blaise, le premier à briser le long silence.

— Je… je crois, répondit Alexis.

— Ça expliquerait beaucoup de choses », admit Caeli en lui prenant la photo des mains pour mieux l'examiner. Le bloc trembla en dessous d'eux pendant quelques instants avant qu'elle le stabilise de nouveau. « Votre ressemblance, d'où tu tiens tes pouvoirs, pourquoi il t'a appelé toi spécifiquement quand il nous a rencontrés. Pourquoi aussi tu évites de mentionner son nom depuis la nuit dernière. »

Alexis ne s'en était pas rendu compte. Mortem occupait une si grande partie de ses pensées, pourquoi n'arrivait-il pas à se résoudre à prononcer son nom ?

« Mortem a les mêmes yeux que toi », intervint Demi d'une voix à peine audible, comme si elle n'avait pas envie de dire ça à haute voix. Elle commença à ranger les emballages de leur repas et ajouta : « Le même mélange de bleu et de noir. »

Alexis récupéra la photo et la remit soigneusement dans son sac. « Si c'est Incantus qui m'a laissé cette photo, il doit attendre que je vienne lui poser des questions. »

Caeli se détacha légèrement du groupe, et les derniers rayons du couchant vinrent éclairer ses pommettes marquées. « J'ai demandé à Incantus de chercher mon père, révéla-t-elle sur un ton hésitant. Je voulais savoir s'il avait une raison de mettre les voiles avant ma naissance. Incantus m'a dit de poser la question à ma mère. »

Alexis n'avait jamais interrogé Caeli à propos de son père, il n'avait jamais envisagé qu'elle aussi puisse se demander qui et où il était.

« J'ai l'impression qu'on a des paternels qui ne valent pas grand-chose, toi et moi », dit-il en lui présentant sa paume. Caeli s'essuya le nez avec sa manche et tapa dans sa main à contrecœur.

« Incantus a l'intention de l'éliminer, tu es d'accord avec ça ? » interrogea Blaise sur un ton qu'il voulait nonchalant, comme si c'était possible compte tenu du sujet.

Alexis repensa à Mortem, qui avait d'abord promis de le laisser diriger à ses côtés. Avec quelle aisance il avait menti ! Puis, quand ils avaient pris le dessus, il avait juré de les plonger à jamais dans les ténèbres. Cet homme-là ne méritait pas la rédemption, et le fait qu'il soit peut-être son père n'entrait pas en ligne de compte. Mortem ne pouvait rien lui offrir qu'il n'ait déjà, à part des réponses, pas vrai ?

« Je soutiens Incantus », répondit Alexis. Il avait espéré qu'en l'affirmant à voix haute, cela validerait sa décision et l'aiderait à se convaincre que c'était ce qu'il voulait vraiment. Pourtant, il se sentait plus indécis que jamais.

Juste après, les quatre amis se séparèrent par paires le temps de parcourir les dernières centaines de mètres. Ils se trouvaient à présent dans la zone arctique, où les températures étaient bien en dessous de zéro. La seule chaleur provenait du feu crépitant au milieu de la plateforme.

« Qu'est-ce qu'il y a, Blaise ? » demanda Alexis sur un ton léger en voyant les jambes de son ami s'agiter nerveusement.

Blaise ferma les yeux un instant avant de chuchoter, pour que les filles ne l'entendent pas : « Pourquoi tu ne m'as rien dit ? J'aurais cru... j'aurais cru que tu m'en parlerais.

— Je ne voulais en parler à personne. Je n'étais même pas sûr de pouvoir l'admettre moi-même.

— Ouais, je comprends. C'est juste que... je sais que je blague beaucoup sur le fait d'être le plus fort et le plus solide. Je sais aussi que tu vois à travers cette façade la plupart du temps. » Blaise haussa les épaules, incapable de rester immobile. « Tu as déjà un frère, et peut-être qu'on est copains tous les deux uniquement parce que t'as pas le choix, mais... Je crois que ce que j'essaie de te dire, c'est que si tu voulais, je pourrais être ton frère, moi aussi. »

Blaise refusait de se tourner vers lui, alors Alexis pivota pour lui saisir la main. Les Élémentaires de l'eau et du feu ; chacun représentait la faiblesse naturelle de l'autre, mais ne puisait que force et puissance chez son compagnon. Alexis pouvait presque sentir leurs amulettes vibrer de concert.

« Attends, fit-il en voyant la pierre rouge de Blaise s'allumer. *Regarde.* »

Le pendentif en forme de triangle se souleva pour désigner le sommet du volcan qui s'aplatissait pour former une plaine inégale. À des kilomètres de là, du côté opposé au cratère, se dressaient les glaciers, un magnifique mur de glace et de neige à peine visible dans la pénombre. Mais l'amulette de Blaise pointait vers le cœur du cratère fumant et rempli de cendres.

Caeli les guida dans cette direction en peinant à maintenir la stabilité de la plateforme du fait des vents turbulents qui soufflaient à cette altitude. Malgré les propriétés isolantes de sa combinaison, Alexis frissonna lorsqu'ils sautèrent à bas du bloc rocheux. La neige fraîche crissait sous ses bottes, et un brouillard suffocant qui empestait le soufre recouvrait le sommet. Blaise utilisa les dernières flammes de son feu mourant pour embraser ses mains et éclairer le centre du volcan en contrebas.

L'énorme cratère mesurait plusieurs centaines de mètres de large et abritait un grand trou d'où s'échappaient des volutes de fumée qui venaient se perdre dans les cieux noirs. Alexis se rapprocha le plus possible du bord en faisant de son mieux pour retenir son souffle. Mais il devait faire très attention, car le mélange de sable et de glace menaçait de s'éparpiller sous ses pieds.

« Dites-moi que c'est une blague », marmonna Blaise, le visage illuminé par le feu qui brûlait au bout de ses doigts.

Toujours en lévitation au-dessus de son torse, son amulette tirait sur la chaîne qu'il portait autour du cou et pointait vers le fond du trou, au cœur du volcan.

31

ZUGZWANG

Zugzwang : *nom allemand.*
« Contraint de bouger » ; une situation où toutes les décisions possibles sont mauvaises, ou se solderont par des dégâts ou des pertes.

« “Partez pour une quête, retrouvez les Gemmes élémentaires perdues, récupérez vos pouvoirs illimités”, se moqua Caeli en imitant Incantus. Je ne peux même pas inscrire “a sauvé le monde” sur mon dossier d’inscription à la fac, alors à quoi bon ?

— Je vais passer le premier, proposa Blaise, à la surprise générale.

— Tu as été imprégné ou quoi ? » demanda Alexis, incrédule.

Blaise cligna plusieurs fois des yeux. « Ça, c’est vraiment de l’humour noir, Al. Je te rappelle que je suis le seul qui résiste au feu. Et puis, de toute façon, c’est ma Gemme. En plus, ajouta-t-il avec un sourire malicieux, je suis le plus fort du groupe. »

Il serra les poings et fit jouer les muscles de ses épaules, puis descendit au sein du cratère. Il atteignit rapidement le fond et s’approcha du trou par lequel s’échappaient les volutes de fumée.

« Je vais te descendre à l’intérieur, comme ça, tu pourras nous dire ce que tu vois, proposa Caeli, les traits crispés par l’inquiétude. Il ne faudrait pas que tu tombes et que tu abîmes le volcan avec ta tête, pas vrai ? »

Blaise lui envoya un baiser.

Elle manipula lentement l'air sous ses pieds. Blaise se mit à flotter, de manière un peu instable au départ, en agitant les bras. Puis Caeli baissa les mains, et Blaise disparut à l'intérieur de la cheminée volcanique.

Incapable de supporter l'attente, Alexis se laissa glisser au sein du cratère pour se rapprocher du trou fumant. Il regrettait de ne pas être passé le premier pour s'assurer que son ami ne risquait rien.

« Blaise ! cria-t-il.

— Je vais bien ! » Cette réponse fut suivie d'une série d'échos qui se dissipèrent très vite. « Cae, tu peux me lâcher. Il y a un chemin juste en dessous de moi !

— Tu es sûr ? protesta-t-elle en flottant avec Demi pour rejoindre Alexis.

— Ben, je te demanderais pas de me lâcher s'il y avait de la lave, pas vrai ?

— Sous terre, c'est du magma », marmonna Alexis.

Ils entendirent un bruit sourd, comme si quelque chose de lourd avait atterri sur une surface solide. « C'est bon, vous pouvez venir ! » cria Blaise.

Caeli fit descendre les autres Élémentaires un par un à l'intérieur du volcan. Aussitôt, Alexis sentit ce nouvel environnement lui voler le peu d'air qu'il avait dans les poumons. La chaleur écrasante le rendait claustrophobe et drainait ses pouvoirs et son énergie.

« Par ici. »

Il se retourna et aperçut Blaise sur une espèce de corniche constituée de roche durcie. Accrochée à la paroi incurvée, elle décrivait une immense spirale sur les pourtours de la chambre volcanique.

« On dirait que tu vas gerber », commenta Blaise en aidant Alexis à le rejoindre sur la corniche. Ils s'éloignèrent tous les deux du bord en se plaquant contre le mur rugueux et suintant.

« Le feu est l'opposé de l'eau, haleta Alexis. Ce n'est pas la destination de rêve pour moi, mais ça va aller. »

Incapable de résister à la curiosité, il jeta un coup d'œil par-delà le bord, au sein de la caverne vide. La base du volcan était bien trop éloignée pour être visible, mais il en émanait une faible lueur orangée qu'assombrissaient les colonnes de fumée que Caeli devait chasser pour éviter l'asphyxie. Des stalactites affûtées comme des dagues tapissaient les parois telles des flèches géantes pointées vers le bas.

« La terre sur laquelle on se trouve est peu fiable, annonça Demi en attachant sa crinière. Je vais passer la première pour m'assurer qu'elle peut supporter notre poids. Faites exactement comme moi. »

La descente leur parut douloureusement lente, mais au moins, ils étaient en sécurité – enfin, autant qu'ils pouvaient l'être au sein d'un volcan. Plus ils s'enfonçaient dans la caverne et plus la chaleur s'intensifiait. Elle atteignit un niveau presque accablant. Alexis se sentait de plus en plus faible. Caeli restait près de lui pour s'assurer qu'il n'allait pas s'évanouir ou tomber, même si visiblement cet environnement fermé l'affectait, elle aussi. Leur force de vie élémentaire peinait à les protéger. D'ailleurs, à partir du moment où le magma rouge et jaune bouillonnant apparut dans leur champ de vision, Demi aussi parut sur le point de s'effondrer. Blaise était désormais le seul en forme.

Au bout de ce qui leur parut des heures, le chemin rocailleux et noirci s'élargit et déboucha sur un immense plateau au cœur de la chambre magmatique, au milieu d'un lac orange vif tempétueux. Des gaz épais s'élevaient tout autour de cette plateforme semblable à une scène de théâtre et enfermaient les Élémentaires au sein d'un rideau de vapeur brûlante. Des fissures remplies de feu liquide serpentaient sur les bords et décoraient la surface du plateau de lignes jaunes luisantes. Si Alexis n'avait pas été aussi épuisé, il se serait émerveillé devant un spectacle qu'il ne reverrait sans doute jamais.

Des dizaines de stalagmites jaillissaient du sol tel un assortiment de pyramides miniatures, déchiquetées et défigurées par la chaleur. L'une d'elles se tenait à l'écart, pile au centre du plateau. C'était dans sa direction que l'amulette cherchait désespérément à attirer Blaise.

Celui-ci courut vers la stalagmite en serrant le pendentif chaud dans son point. Il passa entre les fins ruisseaux de magma sans se soucier des températures élevées.

« Je crois qu'on y est, annonça-t-il sans se retourner. Ne vous inquiétez pas, les amis, on sortira d'ici dès que j'aurai la Gemme. »

Entre les nuages de fumée, Alexis réussit à distinguer la gravure luisante qui était apparue sur la stalagmite. L'amulette de Blaise s'emboîta parfaitement dedans.

Une violente ondulation se fit sentir sous le plateau et précipita les Élémentaires au sol comme s'ils étaient prisonniers sur un radeau de survie au centre d'un tourbillon. Une nouvelle détonation retentit en dessous d'eux. Alexis vit une épaisse colonne de magma jaillir de la mer de feu. Elle se mit à tournoyer et devint de plus en plus chaude et de plus en plus lumineuse en se rapprochant de l'énorme stalagmite.

Le feu se déversa sur la pierre et projeta un éclair vermillon. Alexis cligna des yeux pour chasser les points lumineux qui l'aveuglaient, et réussit à focaliser suffisamment sa vision pour découvrir que la colonne de magma s'était transformée.

À sa place se dressait la Femme du Feu.

Elle ressemblait à ses sœurs. Même présence éternelle, même aura bouleversante. Son corps chatoyant était drapé dans une robe légère dont la couleur variait entre l'écarlate et l'or. De minuscules braises s'échappaient de sa peau. Rien n'était immobile chez elle, exactement comme un incendie faisant rage. Elle était belle. Elle était dangereuse.

La Femme se tourna vers Blaise. Ses yeux brillaient d'un éclat cramoisi, comme la Gemme étincelant entre ses mains, et l'amulette que l'adolescent tenait dans les siennes. Puis elle s'intéressa aux autres Élémentaires.

Son regard s'attarda sur Alexis, exactement comme l'avaient fait les deux autres Femmes, sauf qu'elle avait l'air presque… perplexe. Cette fois, il ne fut pas le seul à le remarquer. Demi suivit le regard de la Femme et dévisagea à son tour Alexis d'un air curieux.

La voix enfumée de la Femme résonna au sein du grand volcan. « Vous avez accompli la moitié de votre quête pour récupérer nos pouvoirs, qui sont aussi les vôtres. Voici venu le moment de te remettre la Gemme du Feu, mon enfant. »

Blaise contempla la statue enflammée devant lui en secouant légèrement la tête et réussit tout juste à articuler : « Est-ce que… est-ce que je peux vaincre la Créature ? »

Un sourire apparut sur le visage de la Femme et illumina le plateau tout entier. « Il suffit d'une étincelle pour allumer un feu. Laisse le tien brûler vaillamment, mon enfant. Sans peur, sans contrainte, sans te soucier de ceux qui, sur ton chemin, ne supportent pas la chaleur. »

Blaise ne put qu'acquiescer. Derrière lui, Alexis luttait pour ne pas perdre connaissance. La chaleur et les émanations de gaz submergeaient ses sens. Ses genoux cédèrent sous son poids, et il ne réussit à rester debout qu'avec l'aide de Demi et Caeli.

« Ensuite, il ne restera plus que la Gemme de l'Eau. » Une fois encore, les yeux de la Femme se posèrent sur Alexis. « Soyez prudents avec l'eau, toujours, car elle peut être enveloppée dans les ténèbres. Nul ne sait vraiment ce qui se cache dans les profondeurs des océans. »

Même s'il risquait de finir brûlé vif, Alexis fut incapable de tenir sa langue. « Qu'est-ce que ça peut bien vouloir dire ? »

Demi tira sur son bras, mais il l'ignora et soutint le regard de braise de la Femme, dont l'aura rouge vira au magenta profond. « Nous sommes nées des Ténèbres, mes sœurs et moi. Notre aînée craignait qu'elles tentent de nous détruire, nous et la lumière que nous avions créée, en nous corrompant de l'intérieur. Elle avait peur qu'elles viennent me chercher, car le feu ne contient aucune ombre. Au lieu de faire autant attention à mon élément, elle aurait dû se concentrer sur le sien. »

Demi posa une question, mais sa voix semblait si éloignée qu'Alexis ne comprit pas ce qu'elle disait. De toute façon, son esprit luttait pour trouver un sens aux paroles de la Femme.

En nous corrompant de l'intérieur.

Il n'existait qu'une seule personne à qui cela lui faisait penser. Mortem. L'Élémentaire qui possédait à la fois les pouvoirs de l'eau et ceux des ténèbres.

Alexis partageait-il la vulnérabilité de son père, souffrait-il de la même affliction ? Il se força à demander : « Existe-t-il un lien intrinsèque entre les ténèbres et l'eau ?

— C'est une question pour ma sœur, pas pour moi », répondit catégoriquement la Femme en levant le menton avec un dégoût notoire.

Blaise se tourna vers Alexis d'un air interrogateur. Ce faisant, il ne vit pas la Femme déposer la Gemme du Feu dans ses mains. Il sursauta, les mains brûlantes de la Femme sur les siennes, leur couleur devenant plus vive à son contact.

Elle se pencha vers lui, les yeux brûlant de passion. « Tes amis t'ont ramolli, mais veille à toujours entretenir ton étincelle. Tu n'es pas fait pour être contenu. »

Puis elle baissa la voix pour lui révéler sa prophétie.

« *Prends garde, car ton feu sera le premier à s'éteindre.*

— Comment ça ? » protesta Blaise d'une voix mal assurée.

La Femme recula et sourit une dernière fois tandis que sa peau devenait cendres et que son corps se transformait en braises rougeoyantes d'où s'élevait de la fumée. Sa robe prit feu en dégageant une chaleur telle que la roche à ses pieds se mit à fondre.

« Que voulez-vous dire par “s'éteindre” ? insista Blaise en titubant en direction des flammes.

— Nous serons bientôt réunis », déclara la Femme, ces mots ne sortant plus de sa bouche, mais du brasier lui-même. Dans un dernier éclair, son corps reprit l'apparence de la colonne de magma tournoyante, et son essence envahit la pierre entre les mains de Blaise.

Sa disparition replongea la caverne dans une pénombre uniquement éclairée par la Gemme du Feu et le magma autour du plateau.

Blaise se tourna vers ses amis. Un voile de sueur recouvrait sa peau sombre, et ses yeux écarquillés brillaient de larmes. D'une voix empreinte de panique, il cria : « Qu'est-ce qu'elle voulait dire par "s'éteindre" ? »

Il fit un pas vers ses compagnons, qui en firent un autre vers lui. Mais avant qu'il puisse saisir la main tendue d'Alexis, la Gemme du Feu l'entraîna avec une violence à laquelle il ne put résister, comme s'il n'était qu'une étincelle dans le vent, fragile et sans consistance. La Gemme s'éleva au-dessus du plateau rocheux, puis se jeta dans la mer de magma rouge, emportant l'adolescent avec lui.

Blaise Ademola disparut en silence et sans laisser de trace.

Un hurlement déchirant retentit dans la caverne et pulvérisa le champ de stalagmites. Sonné, Alexis n'entendit que son écho et comprit, sans trop savoir comment, que ce cri venait de Caeli.

Puis un autre son strident jaillit du cœur du volcan. Il provenait de la Gemme immergée sous la lave et de la Créature qui ne dormait plus à l'intérieur.

32

ANASTASIS

Anastasis : *nom grec.*
Résurrection.

« L*e premier à s'éteindre.* »

Alexis trouvait cruel que la prophétie de Blaise se soit réalisée quelques instants seulement après que la Femme l'eut prononcée. Et que la Gemme du Feu soit responsable de la mort de quelqu'un avec qui il avait saigné, combattu et rigolé. Quelqu'un qui s'était posé en rival au départ, mais qui était rapidement devenu son ami, peut-être même son meilleur ami.

Ce n'était pas tant une douleur physique qu'Alexis éprouvait, qu'un désespoir béant qui se répandait dans tout son corps. Une sensation pire que celle que les horreurs du monde ou de son esprit pouvaient conjurer.

Caeli courut à l'endroit où s'était tenu Blaise et se laissa tomber à genoux. « Il faut faire quelque chose ! » cria-t-elle.

Encore sous le choc, Demi lui répondit d'une voix morne. « Je ne crois pas que quiconque puisse survivre à ça. » Elle rejoignit Caeli, les yeux rivés sur le magma qui bouillonnait au bord du plateau. « Pas même Bee. »

Alexis s'approcha à son tour. Caeli leva la tête vers lui, les yeux remplis de larmes. Il se laissa tomber à genoux à côté d'elle et la serra très fort dans ses bras. Un cri étranglé s'échappa des lèvres de la jeune fille tandis que Demi caressait ses cheveux argentés d'une main tremblante.

« Stupides pouvoirs, marmonna Caeli en secouant la tête contre l'épaule d'Alexis. Toute cette histoire était une erreur. On aurait dû rentrer *chez nous*. »

Près des trois amis, à l'endroit où s'étendait le lac de magma, s'élevèrent des bruits de clapotis. Alexis entrevit ce qu'il se passait juste avant qu'une vapeur brûlante l'oblige à se détourner brusquement. Tout autour d'eux, le magma s'agitait comme si on le manipulait.

« *Blaise ?* » cria Caeli en s'arrachant à l'étreinte de ses amis pour regarder par-delà le plateau. Elle fut cependant obligée de s'arrêter à quelques centimètres du bord. « Il n'est pas mort, je le s… »

Soudain, un magnifique Phénix de Feu brisa la surface du lac de magma.

Le corps dégoulinant de flammes liquides, il s'envola au sein de la chambre volcanique. Avant que Caeli ait le temps de faire apparaître un bouclier protecteur, elle reçut une goutte de magma sur le haut de la cuisse. Elle poussa un cri et tomba en arrière, choquée, tandis que la roche en fusion s'insinuait sous sa combinaison et brûlait sa chair.

Des secousses agitaient le plateau, car la mer luminescente se rebellait. De nouvelles fissures apparurent. Demi posa les mains à plat sur la roche pour maintenir sa cohésion. « Le volcan se réveille ! » hurla-t-elle avant de lâcher une autre exclamation lorsqu'une nouvelle secousse faillit la précipiter au sol.

Le Phénix de Feu ne cessait de monter et de plonger au sein du volcan en évoluant parmi les émanations de gaz qui dérivaient dans l'air. Des plumes semblables à des flammes recouvraient ses ailes pointues, d'un orange profond, tandis que des volutes de fumée noire s'échappaient de leurs extrémités. Son poitrail cramoisi était si chaud qu'il paraissait chatoyer.

L'énorme oiseau de feu poussa un cri et cracha des flammes contre une des parois du volcan, qui se fissura sous l'impact.

Alexis prit Demi dans ses bras en espérant que son aura la protégerait des débris en fusion.

Le Phénix tourna la tête vers eux. De longues plumes sombres bordaient son arcade sourcilière et créaient la base d'un triangle sur son front. Comme pour la Bête de la Terre et le Dragon du Vent, il s'agissait d'une petite zone de la taille de la Gemme qui n'était pas protégée. Mais Alexis savait qu'avec ou sans sa combinaison du Refuge, il ne pourrait s'en approcher sans être réduit en cendres.

La Créature posa son regard cramoisi sur Caeli blessée et cria de nouveau, si bien que des flammes jaillirent de son bec en direction du ciel. Puis elle effectua un grand virage sur l'aile et plongea à une vitesse telle que des traînées de feu restèrent suspendues dans son sillage comme les vestiges d'un feu d'artifice dans la nuit.

Le plateau trembla de nouveau à cause du volcan redevenu actif après être resté endormi pendant des milliers d'années. La secousse déséquilibra Alexis avant qu'il puisse atteindre Caeli. Il utilisa ses dernières forces pour ramper et ravaler un hurlement, car il avait l'impression que ses muscles brûlaient, comme si le magma avait envahi son corps.

« Caeli, tu as les pouvoirs de la Gemme ! »

Elle n'était pas affaiblie, elle avait simplement oublié à quel point elle était puissante.

Caeli hurla, et une force infinie jaillit de son amulette.

Une énorme onde d'énergie céleste repoussa le Phénix à une vitesse supérieure à celle du son. L'oiseau s'écrasa contre la paroi de la caverne avec une violence telle que le volcan trembla et faillit se fendre.

Le Phénix plongea son regard mourant au sein des yeux gris étincelants de Caeli, puis une flamme bleue embrasa tout son corps, qui se désintégra dans un nuage de braises incandescentes.

Celles-ci dérivèrent jusqu'au plateau rocheux et au lac de magma en s'éteignant une par une. Alexis se releva, les jambes flageolantes, Demi à côté de lui. Une Caeli chatoyante qui planait dans les airs redescendit à leur niveau.

« Tu l'as détruit ? demanda Demi en jetant des regards éperdus à la ronde avant d'examiner la jambe de Caeli qui commençait déjà à guérir. C'est fini ? »

Alexis fronça les sourcils en voyant les cendres s'élever lentement et se rassembler en un gros nuage ardent comme si le vent les portait.

« C'est toi qui fais ça, Cae ? demanda Demi.

— Non, répondit la jeune fille en reculant d'un air incertain. Peut-être que c'est Blaise ! »

La couleur des cendres changea. Au sein du nuage, des braises rouges se rallumèrent en se tordant à la surface.

Alexis empoigna Caeli par le bras pour l'obliger à reculer, mais elle le repoussa. « Il est vivant ! protesta-t-elle. Je le *sens*. Je sens qu'il est encore avec moi ! »

Derrière elle, le nuage explosa sous forme de flammes violette et rouge et projeta les Élémentaires à la renverse sur la surface rocheuse déchiquetée.

« Le Phénix, dit Alexis en crachant du sang et du vomi. Il peut renaître. »

De fait, la Créature ressuscitée émergea de l'explosion et prit de nouveau son envol, visiblement indemne. Caeli et Demi hoquetèrent de stupeur lorsqu'elle se posa devant elles en craquelant la roche sous ses serres.

Elle paraissait encore plus forte et plus féroce. Son corps magenta brûlait intensément et noircissait les parois du volcan.

« Allez-vous-en, chuchota Caeli en donnant de petits coups de coude à ses amis sans quitter le Phénix des yeux. Vous n'êtes d'aucune aide ici. Retournez en haut du cratère pendant que je le retiens, et aidez-moi de là-bas.

— Tu ne vas pas te sacrifier maintenant », répliqua Demi en dégainant sa dague incurvée. Alexis l'imita, et la fraîcheur de son épée en bronze et en acier le réconforta, même s'il se sentait bien frêle. Il ferma les yeux en essayant de ressentir le froid des glaciers qui bordaient le cratère, si loin au-dessus de leurs têtes. Il supplia son élément de lui obéir et de venir à lui…

Le Phénix s'envola en rugissant. La fumée qui s'échappait de son corps noircit les parois rocheuses, fit fondre les stalactites et fragilisa la structure tout entière du volcan. La chaleur, équivalente à celle que dégageait une supernova, était si intense que les Élémentaires n'allaient pas pouvoir y survivre. Même les pouvoirs de Caeli ne les protégeraient pas. La chance les avait abandonnés.

Le Phénix déploya ses ailes immenses, et la couleur violette de son poitrail s'étendit à tout son corps. Puis il ouvrit le bec, et un mirage de feu flamboyant jaillit en direction des Élémentaires. Alexis ferma les yeux.

Mais aucune douleur ne l'envahit, car les flammes ne les atteignirent pas.

Alexis serrait si fort la main de Demi qu'il était persuadé de lui avoir cassé quelques os. Lentement, il rouvrit les yeux.

À travers la fumée, planant dans les airs et leur tournant le dos, il vit Blaise.

Les bras écartés, il contenait la chaleur impossible des flammes du Phénix. À côté de lui, sur le plateau, gisait la Gemme du Feu, vide et éteinte. Ses pouvoirs avaient été transférés.

« Mon feu n'est pas fait pour être contenu », marmonna Blaise en absorbant l'assaut pour protéger ses amis. Les paroles de la Femme du Feu résonnèrent au sein du volcan.

Caeli serra le bras d'Alexis. Elle avait toujours su que Blaise ne l'avait pas quittée. Qu'il reviendrait, baptisé par le feu.

Qu'il se relèverait tel un phénix de ses cendres.

33

INCALESCENT

Incalescent : *adjectif anglais venant du latin.*
Qui devient de plus en plus chaud ou ardent ; embraser

Le feu du Phénix diminua graduellement en laissant derrière lui des braises qui dansaient dans l'air, vestiges infimes de ses flammes cramoisies. Ses petits yeux brûlants devinrent presque froids en contemplant l'Élémentaire qui portait l'amulette rouge.

« Tu ne supportes pas une telle chaleur ! » Le rire de Blaise remplit la caverne et rebondit entre les parois dans un chœur fier et puissant.

Distraite, la Créature ne parut pas remarquer l'énorme bloc de glace qui dégringolait au sein du volcan. Alexis titubait, car il était sur le point de perdre connaissance, mais il avait réussi à briser un glacier. Il ne lui restait plus qu'à bien viser.

Il modifia la trajectoire du bloc de glace à la dernière seconde, si bien que celui-ci écrasa l'oiseau de feu au sol dans un bruit sourd écœurant, tout en éteignant ses flammes.

La Créature mourut sans même un couinement.

« Blaise ! » hurla Caeli en se relevant précipitamment. Elle sauta dans les bras de son ami, son aura étouffant juste à temps l'incendie qui brûlait autour de lui. Il la souleva et la fit tournoyer avec aisance avant de la reposer par terre. Elle posa les mains sur ses joues en sondant son regard. Comme elle, comme Demi, Blaise était auréolé d'un éclat incandescent grâce aux pouvoirs de la Gemme. Son amulette brillait vaillamment.

Demi accourut et serra ses deux amis dans ses bras, trop émue pour contenir plus longtemps sa joie. Blaise croisa le regard d'Alexis à l'autre bout du plateau, et les deux filles s'écartèrent pour qu'ils s'étreignent à leur tour.

« J'avais peur que tu... » Alexis s'interrompit, la gorge nouée par l'émotion. Il plaça sa main à l'arrière de la tête de Blaise en serrant fort pour s'assurer qu'il était bien réel. « On t'a cru mort. Sauf Caeli. Mademoiselle l'Optimiste savait que tu étais vivant. »

Ils s'écartèrent. Blaise et Caeli échangèrent un regard étrangement timide.

« Il faut plus que de la lave en fusion pour me tuer, fanfaronna Blaise.

— En fait, c'est du magma », rétorqua Alexis tout bas.

Blaise prit une inspiration pour répondre, mais un cri strident l'en empêcha. Le bloc de glace explosa dans un nuage de vapeur, et le Phénix apparut en plongeant sa queue dans le magma. La chaleur intense remonta le long de son corps et ralluma des flammes bleu et rouge au niveau de ses plumes. Grâce à son élément, il ne tarda pas à compléter sa guérison.

Alexis dut crier pour se faire entendre par-dessus les grondements du volcan. « Il faut trouver un moyen de le renfermer dans la Gemme !

— Quoi qu'il arrive, on ne peut pas l'affronter ici ! » renchérit Demi. Elle s'accroupit et posa ses mains à plat sur le sol en enfonçant ses ongles dans la roche. Une fissure apparut entre les Élémentaires et la Créature du Feu enragée. En haletant comme si elle avait reçu un coup de pied en pleine poitrine, Demi demanda à Caeli : « Tiens-toi prête à nous faire sortir d'ici. »

Sous leurs pieds, le plateau bondit dans les airs. La secousse fut si violente qu'elle précipita les quatre Élémentaires à terre.

Caeli se ressaisit aussitôt et prit le contrôle du plateau en le guidant vers le ciel. Le Phénix s'élança à leur poursuite. Il se rapprochait d'eux à chaque battement de ses ailes ardentes tandis que, derrière lui, le niveau du magma montait.

« Il nous rattrape ! » s'exclama Alexis en s'éloignant du bord et en évitant de peu un jet de flammes.

Au-dessus de leurs têtes, les parois du volcan se rétrécissaient aux abords du sommet. Le ciel nocturne était désormais visible à travers le trou étroit et irrégulier.

« On ne va pas y arriver ! » hurla Caeli. De sa main libre, elle fit sauter le haut de la cheminée volcanique en élargissant l'ouverture qui ne se trouvait plus qu'à quelques mètres.

Les bords du plateau rocheux raclèrent les parois et furent pulvérisés. Les Élémentaires furent projetés dans les airs et jaillirent hors du conduit. Tout en tombant en chute libre, Alexis sentit le froid glacial lui mordre le visage, une bénédiction après ces longues heures passées au milieu des flammes et de la fumée. Aussitôt, ses forces lui revinrent. La neige et les glaciers l'accueillirent et restaurèrent son énergie.

Puis le Phénix du Feu surgit à son tour du cratère, et le volcan entra en éruption en crachant des nuages de cendre volcanique qui s'élevèrent haut dans le ciel et masquèrent les étoiles blanches. De la lave frémissante déborda du cratère tel un tube de peinture luminescente vomissant son contenu sur une toile noire. Tandis que les débris toxiques retombaient sur toute l'étendue du sommet aplati, Caeli rattrapa ses compagnons et les fit atterrir loin du volcan.

« Il y a du magma partout ! » cria Blaise en détournant les coulées de feu liquide tandis que Caeli érigeait un champ de force autour d'eux pour les protéger.

Alexis avait beau étouffer à cause de la fumée, il ne put s'empêcher de protester. « C'est de la lave, maintenant… » Mais Blaise le fit taire d'un regard féroce.

« Je ne sais pas comment nous allons le vaincre, celui-ci », dit Demi en suivant des yeux le Phénix qui tournait autour de la montagne en passant régulièrement au sein du nuage de cendre. Son corps violet et ses ailes rouges illuminaient le ciel et brûlaient vaillamment en dépit du froid.

Alexis soupira. « J'ai envie de renoncer, mais je suis beaucoup trop têtu pour ça. Hélas, je dois continuer », dit-il sans s'adresser à personne en particulier. Il se tourna vers Blaise. « Tu es le seul à pouvoir l'approcher. Essaie de presser la Gemme contre son front en espérant qu'il l'absorbera. C'est tout ce que j'ai à proposer. En attendant, on va essayer d'éteindre son feu. »

Blaise hocha la tête et lança un regard à Caeli avant de disparaître au sein du nuage noir tourbillonnant.

Caeli écarta les doigts, et son champ de force explosa en balayant les cendres et la fumée loin des trois Élémentaires restants. Sa puissance attira l'attention du Phénix, qui battit des ailes d'un air indigné et se posa devant eux, les serres baignant dans des rivières de lave.

« Gardez vos distances », leur ordonna Demi, les lèvres bleuies par le froid et les cheveux plaqués sur le crâne à cause de la transpiration.

Dans un même élan, Alexis, Caeli et Demi se séparèrent pour encercler la Créature qui attendait impatiemment leur attaque. Alexis percevait son élément au loin, dans les glaciers qui entouraient le volcan. Sa fraîcheur. Sa puissance. En dépit de la situation, Alexis ne put s'empêcher de sourire.

D'un coup de poing, il brisa les murs de glace vieux de plusieurs milliers d'années. Puis il étira ses bras devant lui. Des comètes d'eau gelée, cinglantes et acérées, filèrent au-dessus de sa tête en direction du Phénix. Celui-ci para l'assaut dans un jet de flammes magenta.

Caeli en profita pour brandir ses mains vers le ciel. Des bourrasques balayèrent le sommet du cratère et déséquilibrèrent la Créature en éteignant ses flammes chaque fois qu'elle les rallumait. Des volutes de fumée dérivaient dans les airs.

« Nous devons l'éteindre pour de bon ! » cria Demi. Elle ouvrit grand les bras et rassembla la poussière et les débris du volcan pour les jeter sur le Phénix et étouffer ses flammes.

Alexis chercha la neige dans le ciel, l'arracha aux nuages qui se trouvaient loin au-dessus de sa tête et la fit pleuvoir sur la Créature en difficulté.

De la vapeur se dégageait en sifflant du Phénix et des rivières de lave. Sans ses plumes ardentes, la Créature paraissait nue dans la nuit. Seuls ses yeux rouges brillaient encore.

Dans une violente secousse, elle libéra ses ailes de cette gangue de glace et de terre. Un anneau de flammes violettes jaillit et roula sur l'ensemble du sommet en brûlant tout sur son passage. Caeli s'envola, mais pas assez vite. La vague de chaleur la rabattit sur la montagne et projeta Demi au loin sans lui laisser le temps de se réfugier sous terre. Alexis réussit tout juste à manipuler l'eau qui l'entourait pour créer un bouclier ; heureusement, il tint bon.

Le grand Phénix se précipita vers lui, car il était le seul encore debout.

Le seul sur le champ de bataille, à un faux mouvement de la mort.

Le Phénix ramena la tête en arrière et lança une boule de feu droit sur lui. Instinctivement, Alexis ramena ses mains devant lui pour protéger son visage et appela à pleins poumons toute l'eau qui restait.

Ses bras frémirent lorsqu'une colonne d'eau jaillit de ses paumes.

Alexis laissa échapper une exclamation de stupeur. Il n'avait pas manipulé l'eau, il l'avait *créée*, pour la toute première fois, sans avoir même accès aux pouvoirs de sa Gemme. Tout en lançant des jets d'eau continus capables de rivaliser avec les flammes du Phénix, il regarda par-dessus le nuage de chaleur et de vapeur, et vit que Demi l'observait d'un air ébahi. Il venait de réaliser un exploit dont même Incantus ne les pensait pas encore capables.

L'eau affrontait le feu en un combat incessant. Mais, malgré toute sa bonne volonté, Alexis ignorait combien de temps il allait pouvoir tenir. Grâce à la Gemme, le feu du Phénix se faisait plus ardent. Les flammes rouges devinrent violettes et se dressèrent au-dessus d'Alexis juste avant de l'envelopper. Ses mains brûlaient, noircissaient. Il ne pouvait plus lutter.

Heureusement, il n'en eut pas besoin.

Blaise apparut dans les airs, et une lumière vive explosa dans le ciel en éclairant le duel opposant l'Élémentaire à la Créature. Ce qu'il se passa ensuite, Alexis ne le vit que comme une succession de scènes floues.

Blaise laissa le feu l'engloutir. Puis il se précipita comme une fusée en brûlant plus fort que jamais.

La Femme avait raison. Son feu n'était pas censé être contenu.

En arrivant devant la tête du Phénix, Blaise sortit la Gemme de sa poche. Puis, dans un cri, il passa la main à travers les flammes et inspira la fumée en enfonçant la pierre dans le front de la Créature, éteignant son feu pour de bon.

34

BRONTIDE

Brontide : *nom anglais.*
Le grondement sourd du tonnerre au loin.

Le hurlement strident du Phénix se réverbéra sur toute la montagne et pulvérisa la couverture de silence qui s'était abattue sur le sommet.

Alexis se réveilla en sursaut au moment où l'obscurité froide et familière de son cauchemar s'insinuait dans son esprit. Entre le manque de sommeil et les sauts entre les différents fuseaux horaires, c'était la première fois qu'il s'écoulait autant de temps sans que l'adolescent fasse ce mauvais rêve. Il n'aurait jamais cru qu'il se sentirait incomplet sans lui, mais même la douleur est la bienvenue quand sa compagnie vous est si familière.

Sa vision s'ajusta et lui permit de voir, à travers la fumée noire, le Phénix pris de convulsions. La Gemme à moitié enfoncée dans son front semblait absorber sa magie et aspirer sa force de vie. La Créature finit par se dissiper sous forme de cendres luisantes qui s'engouffrèrent dans l'amulette de Blaise, laquelle abritait désormais ses pouvoirs.

Auréolé de son succès, Blaise se précipita vers Alexis, Demi et Caeli sur les talons. En dépit du froid, Alexis avait l'impression qu'une centaine de fourmis rouges lui mordaient les mains. Il enfonça ses ongles dans ses paumes pour se concentrer sur autre chose que cette torture, car il ne voulait pas priver Blaise de son heure de gloire. « Bien joué, mec, c'était super. »

Blaise fit la révérence. « Merci, merci. Mais ne crois pas que je ne t'ai pas vu créer ton élément pour la première fois. C'était énorme.

— Comment vont tes mains ? s'inquiéta Demi en examinant les profondes brûlures qui avaient fait éclater les différentes couches de peau et qui le faisaient trembler de manière incontrôlable.

— Rien que les cristaux de guérison ne peuvent soigner, lui dit Alexis.

— Ne t'inquiète pas, répondit-elle en suivant du bout des doigts les veines qui parcouraient ses mains. On va tout de suite mettre les cristaux dessus, ainsi que les cataplasmes de plantes que j'ai préparés.

— Bon, qu'est-ce qu'on fait maintenant ? s'enquit Blaise. On ne peut plus se téléporter, et je n'ai pas très envie de m'attarder sur un volcan en activité. »

Alexis se força à détourner les yeux de Demi qui fouillait dans son sac. « Notre prochaine destination se trouve en Amérique du Sud, mais je ne sais pas comment on va s'y rendre.

— Incantus a dit qu'on devait l'attendre », rappela Demi en se redressant. Avec des gestes délicats, mais fermes, elle enroula autour des mains d'Alexis les bandes qu'elle avait fait infuser avec des herbes et glissa les cristaux de soins à l'intérieur. Puis elle hocha la tête en voyant une lueur jaune pâle apparaître à l'intérieur des pansements. Alexis se sentit tout de suite mieux, la douleur refluant à un niveau beaucoup plus supportable.

Caeli passa ses doigts dans ses cheveux et esquissa une grimace de dégoût. « J'ai *vraiment* besoin d'un shampoing ! La transpiration, les cendres et la poussière m'ont mise dans un état ! » En voyant la manière dont ses trois amis la dévisageaient, elle leva les bras au ciel. « Quoi, on vient de tuer un autre monstre élémentaire mythique et vous voulez immédiatement passer à la suite ? On ne peut plus avoir une discussion normale ? »

Là encore, seul le silence lui répondit. « Franchement, vous êtes tous devenus chiants. Si vous tenez tellement à aller chercher la Gemme de l'Eau au plus vite, je peux peut-être nous y emmener en volant. »

Blaise éclata de rire en se tenant le ventre. « En te fiant à ton sens de l'orientation ? Non, merci. Je t'ai vu conduire, ça m'a suffi. »

Caeli donna un coup de pied dans un caillou. « C'est quoi ton plan, du coup ? Envoyer des signaux de fumée à Incantus ? Creuser un tunnel jusqu'en Amérique du Sud ? Y aller à la nage ?

— Ce ne sont pas de mauvaises idées, Cae, marmonna Alexis en essayant de dissimuler son sourire. C'est probablement plus sûr de voyager avec les Sans-Ombre que de… »

Brusquement, il eut une révélation qui lui fit l'effet d'une douche froide.

« Al, qu'est-ce qu'il se passe ? s'inquiéta Blaise.

— Jusqu'à présent, Mortem a envoyé les Sans-Ombre à chaque étape de notre quête. » Alexis sortit son épée de son sac à dos. Il n'aurait su l'expliquer, mais son cœur se serrait et son corps s'engourdissait comme si un vent glacé avait envahi ses entrailles. « Les Leaders ont dû lui dire tout ce qu'ils savaient. Et si Mortem avait envoyé des gens ici ? Et s'ils étaient déjà là et qu'ils attendaient qu'on tue la Créature pour pouvoir nous prendre la Gemme ? »

En guise de réponse, un éclair immense déchira le ciel obscur et fendit les nuages de cendres. Quelques secondes plus tard, le tonnerre gronda si fort qu'Alexis fut obligé de se couvrir les oreilles.

À des milliers de mètres d'altitude, les Enfants des Éléments étaient vulnérables dans la nuit, à la merci des sbires de Mortem, quels qu'ils soient. Alexis l'avait bien dit à Demi un peu plus tôt : *Ce qui est effrayant dans l'obscurité, ce n'est pas de s'y retrouver seul. C'est même tout le contraire.*

La lanière du fouet de Demi se déroula à ses pieds. « Par pitié, ne me dites pas que c'est… »

La foudre se déchaîna de nouveau et lui arracha un petit cri. Dans le ciel, des courants électriques semblables à une toile d'araignée illuminèrent une silhouette dans les nuages. Les Élémentaires n'eurent pas besoin d'attendre un autre éclair pour la reconnaître.

Taranis.

Une ligne lumineuse bleu et jaune zébra le ciel et frappa le côté du cratère en faisant exploser la roche et jaillir la lave. À quelques mètres seulement de l'impact, Alexis sentit la température augmenter tandis qu'il clignait des yeux pour chasser les images rémanentes de l'éclair qui envahissaient sa vision.

Blaise fit apparaître des flammes, tournoyant autour de ses mains. « Vous pensez qu'on peut le vaincre ?

— On est plus forts et on est quatre contre un », répondit Caeli. Mais sa voix tremblait.

Demi déglutit péniblement. « Il va nous reconnaître. Il ne va pas nous faire de mal, pas vrai ? »

Alexis se rappela l'expression sur le visage de Taranis lorsque Mortem l'avait imprégné dans le Jardin. « Vous pouvez lui montrer toute la retenue que vous voulez, mais ne vous attendez pas à ce qu'il fasse pareil », répondit-il en serrant les dents.

Un nouvel éclair fulgurant frappa le sol au milieu des Élémentaires. La déflagration les précipita à terre et fit pleuvoir sur eux des éclats de roche et de glace. Alexis se releva péniblement et aperçut une forme noire au sein des ombres juste en dessous d'eux.

Une femme grande et mince apparut, ses cheveux violets volant au vent.

« Bonsoir, mes chéris », susurra Raeve, ses yeux noirs scintillant au clair de lune.

Cette fois la foudre frappa à côté d'elle, et Taranis apparut. Parmi tout ce qu'Alexis avait vécu ces derniers jours, la vision du regard vide des deux Leaders qui les avaient entraînés était la plus perturbante.

En dehors de cela, ils paraissaient indemnes et portaient encore la tenue qu'ils avaient enfilée pour le festin : une belle robe de soirée violette pour Raeve, qui dévoilait ses nombreux tatouages, et une veste de costume dorée pour Taranis. Les blessures qu'ils avaient reçues en affrontant Mortem avaient guéri sans laisser de traces, à part une infime cicatrice à l'endroit où la lance avait transpercé la jambe de Taranis.

En plus de leurs yeux noirs, un seul autre indice permettait de savoir qu'ils avaient été corrompus. Leurs corps ne projetaient aucune ombre dans la faible lueur qui émanait des amulettes.

« Ah, l'équipe Alpha, dit Taranis d'une voix qui n'avait plus rien de taquine. Vous nous avez tellement manqué. Approchez, ça fait trop longtemps qu'on ne s'est pas vus. »

Paralysés par l'émotion, les jeunes Élémentaires ne bougèrent pas d'un pouce. Alexis était aussi effrayé que lorsqu'il avait dû affronter la Créature du Feu. L'angoisse crispait tous ses muscles. Au moins, le Phénix ne faisait que son devoir en protégeant la Gemme. Là, Alexis n'avait aucune idée de ce que voulaient Raeve et Taranis, et de ce qu'ils seraient obligés de faire pour parvenir à leurs fins.

« Vous avez fait du bon boulot, reprit Raeve en gravissant la pente escarpée pour les rejoindre. Les trois quarts de votre quête sont déjà accomplis ! J'étais certaine que nous vous avions bien formés. Incantus doit être si fier. » Elle s'exprimait d'une voix monocorde, mais Alexis détecta une once d'émotion lorsqu'elle prononça le prénom d'Incantus. La haine de Mortem à l'égard de son frère transparaissait jusque dans le contrôle qu'il exerçait sur l'esprit des Leaders. Rien ne pouvait la masquer.

« Il sera bientôt là, affirma Alexis en inclinant son épée double de manière à réfléchir la lueur rouge de l'amulette de Blaise dans leurs yeux envahis de ténèbres, sans autre objectif que de les agacer. Il pourra vous sauver, ramener la personne que vous êtes vraiment. »

Taranis se rembrunit, et sa silhouette, dans un éclair jaune, se découpa sur le ciel nocturne.

« Il n'en fera rien, murmura Raeve. Venez avec nous au lieu de nous forcer à vous tuer. L'offre de Mortem tient toujours, il est prêt à vous épargner tous les quatre. » Elle dévisagea tour à tour Blaise, Caeli et Demi. Quand elle rouvrit la bouche, elle fit une grimace, comme si une partie d'elle n'avait pas envie de prononcer ces mots : « Allez-vous laisser Alexis parler en votre nom à tous ? Vous a-t-il révélé le lien qui l'unit à Mortem ? Comment pouvez-vous être sûrs qu'il n'a pas déjà rallié sa cause en secret ? »

Demi fit claquer son fouet dans les airs. « Vous ne réussirez pas à nous monter les uns contre les autres, annonça-t-elle en respirant bruyamment, les narines dilatées par la colère. Si vous voulez nous vaincre, vous allez devoir le faire vous-mêmes.

— Vous ne pourrez pas nous tuer, rétorqua Taranis en levant les mains, des étincelles dansant au bout des doigts. Nous vous avons formés. Vous ne seriez rien sans nous. »

Il disait vrai, Alexis le savait. Mais l'adolescent possédait deux atouts qui faisaient défaut aux Leaders : l'élément de l'Eau et l'élément de surprise.

Alexis tendit la main et braqua un puissant jet d'eau sur Taranis en espérant le prendre au dépourvu avec ce nouveau pouvoir. Le Leader réagit avec une vivacité incroyable et disparut dans un mirage électrique avant de réapparaître dans le ciel. Même les ombres de la nuit ne purent dissimuler l'étonnement sur son visage.

Raeve sortit deux lames de derrière son dos. Mortem avait dû les lui donner puisqu'elle n'en portait pas dans le Jardin. Si tel avait été le cas, l'affrontement des Leaders avec Mortem se serait peut-être terminé autrement.

Auréolée de sa couleur violette si caractéristique, Raeve flotta à leur rencontre en marmonnant une incantation. Mais Blaise tira une boule de feu dans sa direction, sans lui laisser le temps de lancer son sort. Elle érigea un bouclier à la dernière seconde, mais la puissance des flammes fit trembler cette protection.

Alexis comprit qu'ils devaient se séparer pour affronter leurs adversaires. Il paraissait logique d'avoir au sein de chaque duo un Élémentaire possédant les pouvoirs de sa Gemme. « Cae, avec moi », ordonna-t-il en rangeant son épée dans son fourreau.

Ensemble, ils remontèrent en courant vers le sommet pour focaliser leur attention sur le ciel. Le regard de Caeli se fit orageux tandis qu'elle levait les mains. Son amulette brillait farouchement sur sa poitrine.

Alexis sentit les vents forcir loin au-dessus de sa tête et vit des bourrasques assaillir Taranis. Au milieu des éclairs jaune et bleu occasionnels, le visage du Leader exprimait une angoisse certaine.

« Fais tomber la pluie », marmonna Caeli.

Alexis remplit le ciel de gros nuages noirs, et retint son souffle en obligeant les températures à dégringoler. Puis, alors que ses poumons réclamaient de l'air à grands cris, il déchaîna le déluge.

Un torrent de glace et de pluie s'abattit, et fut récupéré par les vents tourbillonnants qui entraînèrent Taranis au cœur de la tempête. On ne le voyait plus. Seuls le son lointain du tonnerre et les faibles crépitements de ses éclairs résonnaient encore. Alexis s'autorisa une seconde de repos pour reprendre son souffle et se retourna pour voir comment Demi et Blaise s'en sortaient.

Des déflagrations ne cessaient de se produire, car Blaise multipliait les lancers de boules de feu pour tenir Raeve à distance. Elle absorbait ou esquivait la plupart des attaques, mais il était évident qu'elle ne tiendrait pas longtemps si elle était incapable de lancer un sort. Malgré tout, elle continuait de brandir ses épées. Elle continuait de vouloir attaquer.

Puis le cri de douleur de Taranis résonna dans le ciel.

Aussitôt, Raeve se figea. La couleur de ses yeux vacilla. Pendant quelques instants, la noirceur disparut.

« Raeve, je t'en prie, bats-toi ! » l'encouragea Demi en se dirigeant vers elle, la main tendue.

Blaise la tira en arrière. « Tu es cinglée ? Elle va te tuer ! Elle… »

Il s'immobilisa. Son regard avait dû croiser celui de Raeve, et son corps se retrouvait paralysé à cause du sortilège du Concilium, semblable à la malédiction de Méduse, la Gorgone.

Juste avant que Raeve transperce Blaise avec l'un de ses glaives, Alexis s'interposa, et leurs lames s'entrechoquèrent violemment. Raeve avait les yeux rivés sur le visage d'Alexis, mais elle ne réussit pas à l'ensorceler, car il évitait soigneusement son regard.

« *Il* t'attend, mon chéri, murmura-t-elle à son oreille. Tu ne pourras jamais échapper à son ombre. »

Malgré lui, Alexis leva les yeux vers elle. Il comprit trop tard qu'elle avait réussi à le provoquer et que sa curiosité allait provoquer sa perte. Paralysé, il ne put que la regarder brandir son épée…

Un claquement retentit, et une épaisse liane brune s'enroula autour du cou de Raeve. Demi grogna en tirant dessus de toutes ses forces pour éloigner la Leader d'Alexis et la projeter dans l'obscurité, loin en dessous d'eux.

« Tu me remercieras plus tard », haleta Demi en secouant Blaise pour le sortir de sa transe.

Au-dessus de leurs têtes, dans une déflagration assourdissante, des centaines d'éclairs jaillirent de Taranis et déchirèrent le ciel en un spectacle tel qu'Alexis n'en avait jamais vu. La foudre s'abattit à de multiples endroits avec une violence qui ébranla la montagne.

« Finissons-en ! » cria Blaise en passant son bras sous celui de Caeli. Les deux Élémentaires tout-puissants s'éloignèrent d'Alexis et de Demi, et levèrent les mains. Une vague tonitruante de vent et de feu mêlés déferla dans le ciel et heurta Taranis avec une rapidité et une violence telles qu'il ne put l'esquiver. Alexis vit son corps fumant tomber dans la même direction que celui de Raeve. Les deux Leaders étaient vaincus, au moins pour le moment.

« Ils vont revenir, prévint Alexis en faisant signe à ses amis de former un cercle protecteur.

— Qu'est-ce qu'on fera à ce moment-là ? voulut savoir Caeli.

— Est-ce qu'on va devoir les tuer ? demanda Blaise à contrecœur.

— Bien sûr que non ! s'emporta Demi. Leur vraie personnalité se trouve toujours quelque part en eux, tu ne l'as pas vue ?

— Elle a raison. C'est Mortem qui les contrôle, renchérit Alexis.

— À ce stade, ça n'a pas d'importance, argumenta Blaise en embrasant sa hache. S'il faut choisir entre eux ou nous, même eux nous diraient de les éliminer.

— Nous n'allons pas tuer nos Leaders », annonça Alexis d'une voix ferme.

Les paroles de Raeve résonnaient encore dans son esprit et lui glaçaient le sang. Trop occupé à affronter les Créatures des Éléments, il avait perdu de vue qui était leur véritable ennemi. Il avait oublié que tout cela visait à arrêter l'homme qui lui avait donné la vie et qui tenait absolument à y mettre fin.

Alexis savait parfaitement ce que ça faisait d'avoir une voix dans la tête qui vous oblige à dire et à faire des choses que vous ne voulez pas. Même si l'Homme-Ombre se taisait depuis longtemps, il se rappelait tous les actes qu'il l'avait poussé à commettre. Il ne pourrait jamais l'oublier.

« Imaginez si c'était l'un d'entre nous, plaida-t-il. Voudriez-vous qu'on se contente de mettre fin à votre vie, ou préféreriez-vous qu'on vous aide à combattre l'infection ?

— Ça dépend ! Imagine si j'essayais activement de te tuer ! marmonna Blaise.

— Et bien d'autres personnes avec, ajouta Caeli avant de pousser un soupir de frustration. Qu'est-ce qu'on fait alors ? On se contente d'attendre qu'Incantus arrive pour les exorciser ?

Franchement, mon idée de partir d'ici en volant n'est pas si mauvaise, après tout. »

Par-delà les vents rugissants, Alexis entendit un léger *pop*.

À quelques mètres au-dessus d'eux, le ciel miroitait, comme si un mirage déformait l'air. Il ressemblait à ces ondes qui tordent les reflets à la surface de l'eau. Puis un énorme anneau rouge sang, à peine moins large qu'un tunnel ferroviaire, commença à apparaître.

« Ça vient de toi, Blaise ? demanda Demi en jetant un coup d'œil à l'amulette de son ami. Ou c'est la magie de Raeve ?

— La sienne est violette », rappela Caeli en contemplant le cercle brillant dont la surface en deux dimensions commençait à se remplir de rouge.

Il s'agissait d'un portail, et il était bien plus puissant que tous ceux que le téléporteur avait créés pour eux.

« Tenez-vous prêts », ordonna Blaise en brandissant sa hache enflammée à deux mains.

Le portail ondula, et une personne qu'Alexis ne connaissait pas en sortit. Le visage pâle, de longs cheveux noirs balayés par le vent, elle semblait d'une maigreur maladive, presque fragile dans les haillons informes qu'elle portait. Pourtant, elle se tenait très droite, d'un air digne et important.

« Ne vous inquiétez pas, les Enfants, dit la jeune femme avec un sourire dépourvu de chaleur. Je suis venue vous sauver. »

35

ASCIEN

Ascien : *nom français venant du latin et du grec ancien.*
Une personne qui n'a pas d'ombre.

Alexis aimait à penser qu'il cernait facilement les gens. Pendant des années, il n'avait pas parlé et s'était contenté d'observer le monde autour de lui. Il analysait les intentions que les personnes montraient à travers leurs actes et leur maniérisme, et celles qu'elles s'efforçaient de dissimuler. Jackson Michaels disait toujours qu'il était rare de savoir cerner les autres, mais que si vous parveniez à maîtriser cet art, ça changeait votre point de vue sur l'humanité.

Si son père avait été à ses côtés, aurait-il remarqué, lui aussi, que quelque chose n'allait pas chez cette inconnue ? Alexis ne pouvait s'empêcher de penser que son arrivée spectaculaire et la manière dont elle s'était adressée à eux n'étaient qu'une façade. Il l'avait percée à jour parce qu'il se réfugiait souvent derrière un masque, lui aussi.

« Je suis un livre écrit dans un langage que tu ne peux pas comprendre, chéri », dit la jeune Chinoise en brisant le silence pesant et en soutenant le regard critique d'Alexis. Mais elle finit par détourner les yeux en caressant ses longs cheveux noirs qui arrivaient presque au niveau de ses hanches.

« Qui es-tu ? demanda Caeli sur un ton presque accusateur.

— Je m'appelle Valentina.

— Valentina comment ?

— Pour l'instant, mon prénom suffit amplement, répondit l'inconnue du tac au tac.

— C'est Incantus qui t'envoie ? demanda Blaise en la détaillant de la tête aux pieds. Tu es la portaillère du Grand Ordre ? »

Caeli lui donna une tape sur le bras. « La ferme, Blaise, on la connaît même pas, cette fille ! »

Les lèvres fines et gercées de Valentina esquissèrent un sourire. « Ignore-la, *Blaise*. Elle ne sait pas de quoi elle parle. Tu as raison, beau garçon du feu. C'est le Grand Ordre qui m'envoie, et j'arrive juste à temps, j'ai l'impression. »

Caeli se rembrunit. « Chérie, tu te la pètes drôlement pour une nana qui a l'air de s'être évadée de prison. Tu ne crois pas que tu devrais faire preuve d'un peu plus d'humilité quand tu t'adresses aux Enfants des Éléments, vu comment tu es fringuée ?

— Je viens *effectivement* de m'évader », répondit calmement Valentina en contemplant les vêtements déchirés qui pendaient sur son corps maigre. Peu de gens auraient pu avoir l'air élégants dans ces guenilles, se dit Alexis, mais elle y parvenait. « Des geôles de Mortem. Et pourtant, malgré tous vos pouvoirs, c'est quand même moi qui viens à votre secours. »

Caeli fit mine d'avancer, mais Demi la tira en arrière.

Valentina ne fit pas beaucoup d'efforts pour réprimer un éclat de rire. « Je ne vais pas te donner l'attention que tu recherches si désespérément, *Doran*. Je veux m'adresser à la personne qui prend les décisions. Vu comme vous n'arrêtez pas de le regarder tous les trois, je suppose qu'il s'agit d'Alexis. »

Le fait qu'elle connaissait leurs noms ébranla l'intéressé. À son tour, il retint Caeli tout en lançant un regard soupçonneux à Valentina. « Tu t'es échappée du château de Mortem ? Comment ? Et comment nous as-tu trouvés ?

— Grâce à mon intelligence et à mon charme, bien sûr. »

Caeli ricana. « Non, mais quelle audace ! marmonna-t-elle.

— Je ne pouvais pas vraiment me téléporter », ajouta Valentina en désignant le seuil rouge qui brillait derrière elle. Les vents glacés jouaient avec ses vêtements et ébouriffaient ses cheveux, mais elle ne semblait pas avoir froid. En tout cas, elle ne frissonnait pas. « Dans son château, nous sommes privés de nos pouvoirs. Personne ne sait vraiment comment. J'ai réussi à m'échapper hier soir lors d'un transfert dans une autre cellule. J'ai même réussi à berner son nouveau sbire omniscient.

— Tu parles d'Akili Pierce ? demanda Demi en prononçant son nom avec déférence.

— Je lui suis passée sous le nez. Ensuite, je me suis téléportée au sein du Grand Ordre, où l'on m'a parlé de votre quête. Je suis là à leur demande.

— Tu n'as pas pu échapper à l'attention d'Akili, il a dû te laisser passer, commenta Alexis en secouant la tête. Peut-être que l'emprise de Mortem sur lui est en train de faiblir ? »

Blaise fit un signe de tête en direction du portail. « Quoi qu'il en soit, on y va ? Raeve et Taranis sont toujours là, quelque part, bien décidés à nous tuer. Cette fille peut nous conduire à la Gemme de l'Eau. Plus on perd du temps ici, plus on laisse à Mortem la possibilité de nous envoyer Péché ou quelqu'un d'autre. »

Derrière lui, Valentina attendait calmement. L'éclat rouge de son portail continuait d'illuminer sa silhouette, mais pas au point de projeter une ombre.

« Pourquoi es-tu si impatient de te joindre à elle ? demanda Caeli sans réussir à masquer son amertume. Il te suffit d'un compliment vide de sens pour te faire renoncer à ton esprit critique ?

— Désolé d'être beau, rétorqua Blaise en levant les mains d'un air faussement défensif. En plus, princesse, je suis joueur et je suis prêt à parier que son plan vaut mieux que le tien.

— Où est-ce que le Grand Ordre t'a demandé de nous conduire ? intervint Alexis.

— Aux chutes d'Iguazú, à la frontière entre le Brésil et l'Argentine, répondit Valentina avec assurance. C'est là que se cache la Gemme de l'Eau. »

Demi haussa les épaules à côté d'Alexis et baissa la voix pour que lui seul l'entende : « Incantus a dû dire au Grand Ordre où elle se trouve. Sinon, comment connaîtrait-il son emplacement ?

— Je ne l'aime pas, cette nana, déclara Caeli sans chercher à être discrète. Son histoire tient la route, mais il y a un truc chez elle qui me paraît… bizarre. »

Alexis était d'accord. Cette lueur hantée au fond des yeux de Valentina le mettait mal à l'aise. « Malgré tout, l'addiction de Blaise pour les paris va nous être utile, décida-t-il finalement. On a plus de chances de s'en sortir avec elle qu'en restant coincés ici.

— C'est bon, vous vous êtes décidés ? demanda Valentina en croisant les mains derrière le dos. Un portail ne doit jamais rester ouvert trop longtemps, ce n'est pas sûr. Quand on voyage sur d'aussi grandes distances, un tunnel se crée entre le départ et l'arrivée, comme un trou de ver entre deux points dans l'espace. Je ne peux pas le maintenir ouvert toute la nuit. »

Caeli s'avança d'un air furieux, jusqu'à se retrouver nez à nez avec Valentina. « Pour info, le look "princesse en haillons" ne te va pas du tout. »

À l'aide d'une rafale, elle poussa la jeune Chinoise sur le côté puis franchit le portail. Blaise s'accroupit pour aider Valentina à se relever, mais l'intérêt qu'elle lui avait manifesté au départ s'était apparemment évanoui, car elle se remit debout toute seule et attendit qu'il suive Caeli. Elle poussa un petit soupir de soulagement après son départ. Il ne restait plus qu'elle, Alexis et Demi sur la montagne.

« Elle devrait me remercier d'être arrivée au bon moment, marmonna Valentina. C'est typique des Doran de ne pas réfléchir aux conséquences de leurs actes.

— Viens avec nous, lui dit Alexis. On ne sait pas où l'on va et on n'a pas beaucoup d'expérience avec les portails, surtout si celui-ci, comme tu l'as dit, agit comme un tunnel. Montre-nous le chemin, s'il te plaît.

— Comme tu voudras. » Valentina soupira et disparut à son tour au sein du portail en deux dimensions.

Alexis prit Demi par le bras comme elle faisait mine de la suivre. Dans la lumière que dégageait le passage, son ombre s'étirait sur le sol et rejoignait son corps au niveau des pieds, exactement comme celle de Blaise et celle de Caeli.

« Reste vigilante », lui recommanda Alexis. Demi acquiesça et posa la main sur la poignée de sa dague avant de franchir le seuil.

Resté seul au sommet, Alexis refusa de jeter un coup d'œil derrière lui, trop effrayé à l'idée de ce qu'il pourrait voir, ou plutôt *ne pas* voir. Il ne voulait pas confirmer la peur qui grandissait en lui depuis que Mortem avait envahi le Jardin, une peur que la Femme du Feu avait réveillée de nouveau. On pouvait repérer certaines choses non seulement à la noirceur des yeux d'une personne, mais aussi à l'absence de son ombre, car quand le corps abrite les ténèbres, elles se cachent de toute lumière qui pourrait les aveugler.

Les Leaders ne projetaient plus d'ombre depuis leur défaite face à Mortem. Valentina n'en possédait pas non plus.

Alexis ne se retourna pas avant de s'engager dans le passage. S'il l'avait fait, il aurait constaté que, lui aussi, n'avait pas d'ombre.

PARTIE QUATRE

ALEXIS

Destiné à détruire

« Je suis plus que mon ombre. »

36

ELEUTHEROMANIA

Eleutheromania : *nom grec.*
Goût excessif pour la liberté ;
un intense et irrésistible désir de s'échapper.

Dès qu'Alexis traversa le portail, le Kilimandjaro disparut. Mais cette expérience de téléportation ne ressemblait à aucune autre. Autour de la passerelle sur laquelle il se tenait avec ses amis s'étendait un océan lumineux rouge carmin qui formait un tunnel apparemment sans fin, un abysse insondable.

Valentina paraissait savoir exactement où diriger cette passerelle. Elle se faufila entre Blaise et Caeli en veillant à ne toucher aucun d'entre eux. Comme elle leur tournait le dos, Alexis s'empressa de rejoindre ses amis en posant ses pas dans ceux de Valentina. Comme d'habitude, Blaise et Caeli se chamaillaient.

« Je te l'ai déjà dit, t'es complètement parano, protesta Blaise. De toute façon, qu'est-ce que ça peut bien te faire si elle flirte avec moi ? »

Alexis les interrompit sans laisser à Caeli le temps de répondre. « Vous croyez qu'elle s'est vraiment échappée du château de Mortem ?

— On dirait, en tout cas, ricana Caeli. Le Grand Ordre aurait au moins pu la laisser se doucher et se changer avant de venir nous chercher. Franchement, quel manque de respect ! Et puis, ça m'a super énervée, la façon dont elle a prononcé mon nom de famille. Qu'est-ce qu'elle sait de moi ?

— Même si elle ment, deux d'entre nous ont des pouvoirs illimités, rappela Blaise. Mieux valait la suivre que d'affronter Raeve et Taranis. »

Demi n'avait pas dit un mot depuis qu'elle était entrée dans le tunnel. Sa main reposait toujours sur la poignée de sa dague, comme le lui avait conseillé Alexis. « Elle me fait de la peine », dit-elle simplement.

Alexis ne pouvait réfréner sa curiosité, même si cela le mettait en danger. « Restez sur vos gardes », recommanda-t-il à ses amis avant de rattraper Valentina à petites foulées.

La jeune femme avançait à grandes enjambées, et il régla son pas sur le sien en essayant de croiser son regard. Mais elle levait le menton bien haut et ne lui accorda qu'un rapide coup d'œil. Avec ses très longs cheveux noirs qui flottaient dans son dos, elle paraissait gracieuse, comme quelqu'un qui avait pris des cours de maintien.

« Tu as une question pour moi, le garçon aux yeux bleus ? Je sais bien que tu n'es pas là pour admirer ma tenue.

— Merci de nous aider, répondit-il, ce qui la prit au dépourvu. Je crois qu'aucun d'entre nous n'aurait survécu si tu n'étais pas arrivée. » Elle balaya ses remerciements d'un geste de la main en gardant les yeux rivés devant elle. « Non, vraiment, je suis sincère. Tu nous as sauvés, Valentina. Merci. La seule question que j'ai envie de te poser, c'est : comment vas-tu ? Après tout ce que tu as vécu, c'est la seule chose qui compte. »

Valentina s'arrêta brutalement, comme si on lui avait arraché sa batterie. « Comment je vais ? » Visiblement, ce n'était pas une question qu'on lui posait souvent, et elle n'avait pas l'habitude d'y répondre. Ou elle ignorait *comment* y répondre. Elle cligna brusquement des yeux, en plissant le front chaque fois que ses paupières se fermaient. « Bien, je vais… bien, balbutia-t-elle. J'ai juste besoin de vous amener à destination. »

Elle s'élança comme si elle cherchait à s'éloigner rapidement de lui.

« Vous avez vu comment elle a réagi à quelques paroles gentilles ? murmura Alexis lorsque ses amis le rattrapèrent. Elle doit avoir notre âge. On ne peut pas imaginer les tortures qu'elle a subies. Si ça se trouve, elle n'a plus personne. »

Aussitôt, Demi fit mine de vouloir la rejoindre, mais Alexis la retint. Comme elle s'apprêtait à protester, il désigna Caeli d'un signe de tête.

« C'est hors de question, rétorqua Caeli. Elle a dit que j'étais stupide. Pourquoi est-ce que moi, je devrais me montrer gentille avec elle ? Pourquoi pas Blaise, si beau et si brillant ?

— Cae, je t'en prie, insista Alexis. Je crois que j'ai pigé un truc. Essaie simplement de la toucher.

— Mets-toi à sa place, renchérit Demi. Imagine si, le jour où tu réussissais à échapper à ton tortionnaire, on t'obligeait à repartir en mission, au risque de croiser de nouveau sa route ?

— Mais sois prudente, ajouta Alexis. Je ne lui fais pas encore confiance. »

Incapable de dissimuler sa perplexité, Caeli acquiesça à contrecœur. Tandis qu'elle rejoignait Valentina, Alexis fit apparaître un mince filet d'eau dans chacune de ses mains. Il se tenait prêt à intervenir.

« Nous y sommes, annonça la portaillère en s'arrêtant devant un mur plat.

— Écoute, dit brusquement Caeli, car elle n'avait pas l'habitude de se montrer clémente. De toute évidence, je ne t'aime pas. Je serai ravie de ne plus jamais te revoir. » Valentina s'esclaffa, mais Caeli poursuivit courageusement. « Cela dit… je suis désolée de ce que tu as pu subir. Personne ne devrait vivre ça, et je respecte énormément le fait que tu sois aussitôt repartie en mission pour nous. »

Elle tendit la main comme si elle voulait faire la paix et effleura le bras nu de Valentina.

À son contact, la jeune Chinoise recula d'un bond. Un cri étranglé lui échappa tandis qu'elle s'écroulait.

« Qu'est-ce qu'il s'est passé ? protesta Caeli en se tournant vers ses amis. Je n'ai rien fait !

— Lutte, Valentina ! cria Alexis en s'accroupissant devant la malheureuse. Repousse les ténèbres !

— *Les ténèbres ?* » répéta Blaise tandis que ses mains s'embrasaient. Il les braqua sur la femme imprégnée qui se tordait sur le sol. « Comment savais-tu qu'elle avait été infectée ?

— Le portail, répondit Alexis sans se retourner. Il est de la même couleur que celui qui, en fusionnant avec le téléporteur d'Ezra, a permis à Mortem de s'introduire dans le Jardin. Celui qu'a emprunté le Dr Péché était rouge aussi. Valentina, est-ce que c'est Mortem qui t'envoie ? »

Alexis vit la noirceur se répandre dans les yeux injectés de sang de la jeune femme. Chaque fois qu'elle clignait des yeux, elle la repoussait, mais la noirceur luttait de toutes ses forces pour garder le contrôle.

« Il… il m'a obligé », sanglota Valentina, hagarde. Elle convulsait comme si quelqu'un lui enfonçait un couteau dans la poitrine. Elle n'avait plus rien à voir avec la femme gracieuse et posée qui les avait convaincus de la suivre. « C'est un pi-piège… une armée de l'autre cô-côté. »

L'équipe Alpha se regroupa aussitôt. Le tunnel rouge infini se rétracta, et la passerelle qu'ils venaient d'emprunter se réduisit à son tour. On aurait dit que Valentina avait étiré la distance du portail pour prolonger le temps qu'elle passerait à l'intérieur, loin de l'influence de Mortem, et pour tenter de les prévenir.

Demi serra les poings. « Comment pouvons-nous t'aider ? » demanda-t-elle d'une voix suppliante en balayant du regard les parois tourbillonnantes du portail, dont la couleur s'assombrissait.

D'une voix si ténue que c'en était presque un murmure, Valentina répondit : « C-cachez-vous et sortez. Je vous-vous en prie. Je ne veux pas vous faire de mal. P-pitié, partez avant que je… »

À contrecœur, car tout son corps lui hurlait de ne pas bouger, Alexis hocha la tête. Elle avait raison. Ils ne pouvaient pas affronter une armée, pas encore.

Il ne s'était jamais senti aussi lâche.

« Merci, Valentina. Quand Incantus viendra nous chercher, nous lui expliquerons la situation. Il peut te sauver… »

Valentina leur fit de nouveau signe de s'en aller. Ses derniers mots suivirent les Élémentaires tandis qu'ils sortaient du portail. « Je suis désolée. »

37

ÉPHIALTÈS

Éphialtès : *nom grec.*
Un cauchemar.

Lorsqu'une armée de Sans-Ombre apparut devant eux, Alexis plaqua sa main sur la bouche de Demi pour étouffer son hurlement. Grâce au bouclier d'invisibilité de Caeli, nul ne pouvait les voir, mais Alexis avait douloureusement conscience de chacun de ses battements de cœur et se sentait vulnérable.

Heureusement, la jungle sud-américaine regorgeait de bruits, assez pour masquer leur présence. Des oiseaux gazouillaient dans les arbres, des insectes bourdonnaient au niveau du sol, et un torrent rugissait au loin. La condensation recouvrait tout d'un voile brumeux. Alexis mourait d'envie de retrouver son élément et de se baigner pour se débarrasser des cendres du volcan qu'ils venaient de quitter grâce à Valentina.

Valentina. Alexis la revoyait clairement en train de se tordre de douleur. Allait-elle être punie pour les avoir prévenus à propos de l'embuscade ? Il frissonna en se demandant si cette inconnue ne venait pas de sacrifier sa vie pour sauver la leur.

Le Dr Péché se fraya un chemin entre les rangs de soldats qui attendaient. Bien plus grand et plus imposant que n'importe lequel d'entre eux, il tenait fermement une flèche dont la pointe d'obsidienne brillait différemment de la plupart des métaux, en absorbant la lumière. Il se rapprocha dangereusement, au point qu'il aurait pu empaler l'un des quatre Élémentaires en un clin d'œil.

« Docteur Péché », fit une voix masculine mal assurée. Un autre Sans-Ombre se faufila parmi les rangs et aborda le général, comme s'il s'agissait d'une bête à qui on ne pouvait pas faire confiance. « Lì aurait dû les faire traverser à l'heure qu'il est, vous ne croyez pas ? À moins que, peut-être, elle ait réussi à résister aux pouvoirs de notre seigneur… »

Péché resta accroupi pendant quelques instants comme s'il pouvait voir l'équipe Alpha derrière son bouclier. Une épaisse coulée de morve dégoulinait de l'une de ses narines. Alexis avait du mal à respirer et serrait son épée si fort que sa main lui paraissait engourdie. Horrifié, il vit Péché bouger.

Sauf qu'au lieu de les attaquer, il se retourna contre le soldat qui venait de parler et le poignarda en pleine poitrine avec sa flèche. La pointe d'obsidienne s'enfonça sans rencontrer la moindre résistance, comme un crayon pointu transperce une feuille de papier. Du sang éclaboussa les visages mornes des Sans-Ombre tout autour, mais ils n'eurent aucune réaction.

Le soldat tomba à genoux. Péché arracha la flèche dégoulinante de sang et toisa sa victime, qui émettait des gargouillis infâmes. En quelques secondes, le malheureux cessa de résister et s'immobilisa. À distance, Alexis sentit le cœur de l'homme pomper ses dernières gouttes de sang au moment où il mourut.

À côté de lui, Demi tremblait violemment, les yeux remplis de larmes, le souffle court. Alexis lui prit la main et la serra très fort pour lui rappeler que le moindre son risquait de les trahir.

Sans se rendre compte de ce qu'il faisait, il commença à pincer le bout des doigts de son amie un par un, en l'obligeant à suivre un rythme lent et régulier. Demi s'arracha à la contemplation du cadavre pour observer ce qu'il faisait. Rapidement, sa respiration se calma et redevint régulière.

Alexis voulut lui lâcher la main, mais elle s'y agrippa farouchement. Alors, il entremêla ses doigts avec les siens et laissa Demi presser leurs deux mains sur son cœur.

« Je ne veux plus entendre quiconque remettre en question les pouvoirs de notre seigneur, annonça le Dr Péché en nettoyant la flèche sur la chemise d'un soldat imprégné. Nul ne peut résister à son autorité toute-puissante, encore moins une paysanne. Attendons comme on nous l'a ordonné. »

Tout doucement, Alexis sentit le vent faire décoller ses pieds du sol. Caeli les transporta loin au-dessus des Sans-Ombre en veillant à ne pas déranger la moindre feuille ou la moindre brindille. En la voyant depuis le ciel, Alexis put mesurer l'importance de l'armée ennemie. Des centaines de Sans-Ombre s'alignaient au milieu de la jungle. Vêtus d'une armure noircie ou de haillons, ils étaient tous armés. Au centre de chaque rangée se trouvaient les victimes imprégnées, immobiles et dépourvues d'émotions, encadrées par ceux qui avaient choisi de suivre Mortem de leur plein gré.

Et puis, il y avait les Hybrides. Ces créatures grotesques et contre nature se trouvaient à l'arrière de l'armée des Sans-Ombre. Des araignées velues à l'abdomen fragmenté par des piquants côtoyaient des panthères mutantes sur le dos desquelles on avait cousu des ailes de vautour dépourvues de plumes. Comme le rat-serpent en Chine, elles étaient de taille adulte et plus grandes encore que Péché.

Demi eut un haut-le-cœur et murmura : « Ce sont les bêtes les plus écœurantes que j'aie jamais vues. »

Les Enfants des Éléments laissèrent leurs adversaires derrière eux et volèrent vers l'orée de la jungle. Les arbres s'écartèrent pour dévoiler un paysage spectaculaire. En clignant des yeux pour s'assurer qu'il ne rêvait pas et qu'il se trouvait toujours sur Terre, Alexis contempla cette vision extraordinaire qui réussit à lui faire oublier Péché et les Hybrides.

Car il avait devant lui non pas une seule cascade, mais des centaines de chutes et de cataractes qui s'étendaient à perte de vue. Des dizaines d'îlots rocheux affleuraient à la surface de la rivière qu'ils divisaient en méandres semblables à des doigts. Ces cours d'eau se déversaient du haut de la falaise tel un rideau écumant de plusieurs centaines de mètres. Ils dévalaient au fond d'une gorge en forme de U, et projetaient dans l'air un nuage de gouttelettes blanches qui réfractait le soleil de ce début de soirée.

Il émanait de cet endroit une sensation qui parlait à Alexis, une synchronicité ou une familiarité qu'il ressentait dans l'atmosphère elle-même. Comme s'il était enfin chez lui.

Non loin du bord se trouvait une immense plateforme d'observation en bois, construite en haut d'une large colonne rocheuse, qui offrait un point de vue idéal sur l'ensemble des chutes. Caeli survola la gorge et déposa ses amis sur la plateforme, puis fit disparaître son bouclier d'invisibilité en les exposant aux embruns projetés par les cataractes. Alexis aperçut un panneau et le lut à voix haute.

« "Les chutes d'Iguazú, le plus grand ensemble de cascades au monde." Celle-là, là-bas, s'appelle la Gorge du Diable. » Il désigna le vaste canyon en forme de fer à cheval qui canalisait la plus grande partie de la rivière. « Évidemment.

— On a de la chance, le parc national ferme à 17 heures », fit remarquer Demi qui lisait le panneau en même temps qu'Alexis.

Par-dessus le rugissement des chutes, Blaise demanda aux Élémentaires de se rassembler. « Donc, Valentina, si c'était bien son nom, nous a dupés.

— Elle était sous le contrôle de Mortem, rappela Alexis en enlevant son amulette afin qu'elle puisse l'entraîner facilement dans n'importe quelle direction. Le fait qu'elle ait réussi à résister assez longtemps pour le trahir est incroyable. Raeve et Taranis n'en ont pas été capables, eux.

— Mais jusqu'à la toute fin, elle n'avait pas les yeux noirs.

— Peut-être que les ténèbres se cachaient pour qu'on ne les voie pas.

— Je les ai senties quand j'ai touché Valentina, leur confia Caeli en examinant ses mains. Je crois que je l'ai peut-être aidée… au moins un peu. Je ne sais pas pourquoi tu m'as demandé ça, Alexis. C'est moi la moins compatissante de nous quatre, je ne peux que le reconnaître. »

Alexis frotta ses yeux fatigués en laissant les embruns de la rivière rafraîchir son visage. « Un geste bienveillant est d'autant plus fort quand il provient de la personne dont on l'attend le moins. Désolé de ne pas t'avoir fait part de mes soupçons, mais je voulais que tu sois sincère.

— J'espère qu'elle a réussi à s'échapper, dit Demi en caressant sa croix. Je n'ose imaginer ce qu'ils lui feront s'ils découvrent qu'elle nous a aidés. J'espère qu'Incantus devinera où nous sommes et trouvera un moyen de la sauver. »

Les quatre Élémentaires se turent lorsqu'ils remarquèrent le faible éclat bleu qui émanait de l'amulette d'Alexis. « On est tout près », annonça-t-il en s'approchant du bord de la plateforme d'observation. Son pendentif pointait par-dessus le rebord des chutes, au sein de l'abîme rempli de gouttelettes. « On dirait que notre destination se trouve tout en bas de la Gorge du Diable. »

Il revint auprès de Caeli et de Blaise tandis que Demi jetait un coup d'œil par elle-même. Elle grimpa sur la balustrade en bois en faisant attention à ne pas tomber, et ferma les yeux en inspirant à pleins poumons l'air chaud et humide. Au creux de sa paume, une petite feuille se mit à pousser, pas plus grosse que son amulette. Demi laissa le vent l'emporter et la regarda se poser à la surface de la rivière, avant de basculer au sein de la cascade.

Alexis quitta Demi des yeux le temps de vérifier qu'il avait bien son sac à dos. « On y est, les amis. Après ça, on rentrera chez nous. » Cela lui valut des sourires enthousiastes de la part de Caeli et de Blaise. « Tu es prête, Dem ?

— Ouais, répondit-elle derrière lui. J'admirais juste la v… »

Un sifflement déchira l'air, suivi par un bruit sourd.

Alexis sursauta.

… Et le temps

vacilla

avant de

s'arrêter.

Tandis que cette unique seconde lui paraissait durer une éternité, il eut l'effroyable sensation que quelque chose n'allait pas. Mais alors, pas du tout. Puis le hurlement de Caeli le poussa à regarder dans la même direction qu'elle et Blaise, vers la balustrade.

Du sang au coin de la bouche et les vestiges de son sourire sur les lèvres, Demi baissa les yeux pour observer la pointe d'obsidienne qui transperçait sa poitrine.

Elle tituba, et son regard trouva celui d'Alexis.

Ce dernier sentit son cœur sombrer. Il avait beau ordonner à son corps de bouger, ses jambes refusaient de lui obéir. C'était forcément une hallucination.

Faites que ce soit une hallucination.

Incapable de garder l'équilibre, Demi glissa de la barrière en bois. Sans un mot, sans même une respiration, elle tomba dans la rivière.

À l'autre bout de la plateforme d'observation, le Dr Péché agitait sa main désormais vide. L'armée des Sans-Ombre jaillit d'un portail et passa devant lui pour attaquer les trois derniers Enfants des Éléments.

Blaise rugit de colère, et son corps tout entier s'embrasa. Sans hésiter, il se jeta sur leurs ennemis. Caeli s'envola derrière lui en laissant tomber sa lance pour libérer ses mains qui s'illuminèrent d'un éclat argenté.

« *Sauve-la !* » cria-t-elle à Alexis avant d'entrer en collision avec les premiers soldats infectés qu'elle tailla en pièces d'un seul geste.

Horrifié, Alexis regarda le corps menu de Demi basculer au bord de la cascade.

Cette fois, contrairement à son cauchemar, il ne lutta pas pour rester à l'écart du bord de la falaise. Sans réfléchir, sans même penser à sa propre sécurité, il plongea dans la cascade pour rattraper Demi.

38

MORIBOND, MORIBONDE

Moribond, moribonde : *adjectif français venant du latin.*
Mourant ; sur le point de mourir.

La douleur dans ma poitrine avait commencé par me brûler atrocement et engourdissait à présent tout mon corps. Le poison de la flèche épaississait mon sang et étouffait mon cœur. Tandis que la cascade dégringolait de la falaise en même temps que moi, je me suis rappelé que, d'après Incantus, tomber dans l'eau d'une hauteur aussi importante revenait à s'écraser sur du béton.

Paradoxalement, Alexis était celui avec qui je me sentais le plus en paix ; pourtant, ce serait dans son élément que je mourrais.

J'avais trop mal pour bouger ou même hurler alors que le courant m'emportait. Tout ce à quoi je pensais, c'était à ma vie. Oh, mon Dieu, je ne suis pas prête à la quitter. Je ne suis pas prête à abandonner les gens que j'aime : Maman, Papa, Kallisto. Caeli. Blaise. Incantus. Alexis.

Alexis. *Si seulement il était là pour me tenir dans ses bras.*

Il a bien dû deviner ce que je ressentais pour lui, non ? Comment peut-il tout savoir et deviner les intentions de tout le monde, sauf les miennes ? Ou peut-être qu'il les connaissait et qu'il a préféré les ignorer. Peut-être qu'il n'était pas prêt. Peut-être que je l'ai attendu trop longtemps. Peut-être que j'aurais dû attendre plus longtemps. Dans tous les cas, c'est trop tard.

Oh, mon Dieu, pourquoi a-t-il fallu que mon heure arrive si vite ?

Pourquoi me reprendre ma vie avant même que je l'aie vécue ?

Des bras forts se sont enroulés autour de mon corps. Je les aurais reconnus n'importe où, mais je ne faisais pas confiance à mon esprit. Il fallait que je le voie de mes propres yeux.

C'était mon Alexis. Il a pris mon corps inerte dans ses bras tandis que nous tombions au sein de cette violente cascade et m'a chuchoté à l'oreille : « Ce n'est rien, tout va bien, ça va aller. Accroche-toi à moi, reste avec moi. »

J'ai fait de mon mieux pour agripper son corps tremblant. Il avait le visage tordu par la peur et le désespoir. Je ne lui avais jamais vu une telle expression. D'habitude, il avait l'air si fort, si rassurant. J'avais du mal à croire qu'il puisse éprouver de pareilles émotions.

Le froid s'insinuait à présent dans mon cœur. J'ai frissonné en disant : « Lexi, je suis désolée… »

Il m'a serrée encore plus fort contre lui et ses lèvres ont continué de prier contre mon front.

J'ai compris avec étonnement que j'allais mourir dans ses bras.

« Το να αγαπάς αυτό το αγόρι θα είναι ο θάνατος σου. »

« Aimer ce garçon provoquera ta mort. »

On m'avait prévenue, mais il était déjà trop tard à ce moment-là pour reculer. Il m'était impossible d'arrêter de l'aimer, et la mort était ma punition. Mais je préférais que cela m'arrive à moi plutôt qu'à lui.

J'avais de plus en plus de mal à rester éveillée. Mes poumons luttaient pour aspirer de l'air, ma respiration déclinait. Combien de temps me restait-il sur terre avec lui ? J'ai plongé mon regard dans ses yeux qui regardaient au-delà de moi, focalisés sur le bassin qui se rapprochait. Je ne pensais pas avoir déjà été aussi proche de lui. C'était la première fois que je contemplais ses prunelles avec une telle intensité, sans être interrompue. C'était vraiment beau, cette manière dont le bleu reflétait la lumière.

Dans mes derniers instants, le temps m'a fait la grâce de ralentir. Il m'a permis de voir dans les yeux d'Alexis quelque chose qui a éveillé un souvenir flou. L'anneau noir à l'extérieur encerclait le bleu comme s'il… l'infectait.

J'avais déjà vu ça, chez les Leaders et chez Valentina, quand les ténèbres avaient envahi leur regard au moment de leur imprégnation. On aurait dit que, chez Alexis, le processus s'était arrêté à mi-chemin.

Mais c'était impossible. Alexis et Mortem ne s'étaient jamais croisés avant cette nuit fatidique dans le Jardin. Mortem n'avait pas pu l'imprégner à ce moment-là.

À moins que… cela se soit produit avant ?

Mortem avait-il essayé d'imprégner son propre fils avant qu'Alexis soit adopté ? Mais pourquoi ? Parce qu'il redoutait ses pouvoirs ? Ceux qu'ils partageaient ? Mortem était né avec les pouvoirs de l'eau et ceux des ténèbres, et il avait choisi les ténèbres.

J'ai essayé de ne pas me poser la question. Au moment où ma vision s'est obscurcie, j'ai tenté de me concentrer une dernière fois sur la beauté de la nature. Mais même elle n'a pas suffi à faire taire mon esprit.

En fermant les yeux, je n'ai pas pu m'empêcher de me demander si Alexis était confronté au même choix que son père.

« Accroche-toi à moi », dit Alexis en serrant Demi contre lui pour la réveiller, car ses paupières venaient de se fermer.

Juste avant l'impact, il tendit sa main libre. L'eau s'écarta et les entraîna tous les deux en dessous du courant pour amortir leur chute. Alexis les propulsa alors vers la surface et les sortit tous les deux du bassin.

Le soleil illumina leurs visages tandis qu'Alexis solidifiait l'eau sous eux. À chaque respiration, de plus en plus de sang apparaissait autour de la flèche plantée dans la poitrine de Demi. Alexis l'allongea dans ses bras, car elle n'avait pas la force de s'accrocher à lui. Sa tête bascula en arrière et ses cheveux trempés effleurèrent l'eau. À l'air libre, son sang rouge vif cessa de se diluer et s'accumula sur l'avant de sa combinaison en dégoulinant sur les côtés.

Alexis porta Demi jusqu'à l'entrée de la jungle, à l'abri de l'écume projetée par les cataractes. Il la déposa délicatement par terre, sur le côté, en espérant que le contact avec son élément l'aiderait. Ce ne fut pas le cas.

Il s'accroupit à côté d'elle en essuyant l'eau qui dégoulinait de son propre visage. Sa mâchoire se crispa tandis qu'il contemplait la flèche.

« Ça va aller. » Elle entrouvrit les yeux quand il prit son visage en coupe dans ses mains. Son regard s'attarda un instant sur la canopée verte, puis chercha celui d'Alexis. Ce dernier avait la gorge nouée par l'émotion, mais il réussit à parler quand même. « Tu vas t'en sortir, Demi. Tu n'as pas intérêt à m'abandonner. J'ai encore besoin de toi. On a tous besoin de toi. Reste éveillée, reste avec moi. On est presque à la maison, mon amour. »

Mon amour. Il ne pouvait se retenir de le dire plus longtemps. Il ne savait pas si elle l'avait entendu, mais son corps s'était immobilisé ; elle ne se tordait plus de douleur. Au bout d'un instant, elle pressa sa joue contre la paume d'Alexis, qui sentit ses larmes brûlantes couler sur sa main tremblante.

De son bras libre, Alexis tira sur son sac à dos et fouilla pour récupérer les cristaux de guérison qu'il posa sur la plaie. Il s'attendait à voir leur faible éclat jaune apparaître.

Derrière lui, par-dessus les rugissements des chutes, il entendit des cris.

Il vit des corps basculer par-dessus le rebord de la Gorge du Diable. Certains tombèrent en agitant les bras, mais dès qu'ils heurtèrent la surface dans un bruit écœurant, ils s'immobilisèrent et furent entraînés sous l'eau.

« Je te parie mes pouvoirs que c'est l'œuvre de Caeli et de Blaise », commenta Alexis en essayant de faire réagir Demi.

Dans un immense effort, celle-ci tendit le bras et lui caressa la joue, juste une fois.

Pourquoi est-ce qu'ils ne fonctionnent pas ? Alexis secoua les cristaux. Même le pouvoir de guérison de la combinaison semblait défaillant.

« Lexi », souffla Demi. Sa voix se brisa lorsqu'elle ajouta : « Je ne veux pas mourir. »

Un sanglot étranglé franchit les lèvres d'Alexis qui s'efforçait de ne pas devenir fou. Il serra les dents et promit : « Ça n'arrivera pas. Tu m'entends ? Si tu peux provoquer un tremblement de terre et résister à trois Créatures des Éléments, tu peux survivre à cette blessure, d'accord ? On... on a encore toute une vie de soleils couchants à admirer ensemble. »

Demi hocha la tête en cherchant des yeux la vérité dans ce qu'il venait de dire.

Mais lui n'entendait qu'une seule chose dans son esprit. La prophétie de la Femme de la Terre.

« Dans l'eau baignant tes racines, tu trouveras enfin le repos. »

Loin au-dessus d'eux, quelqu'un cria son nom. « Al ! »

Caeli et Blaise apparurent par-dessus le rebord de la falaise et descendirent le long des chutes en flottant dans les airs. Ils saignaient tous les deux, mais leurs blessures n'avaient pas l'air graves et guérissaient déjà. Ils atterrirent lourdement sur le sol à côté de leurs amis.

« Il y en avait des centaines », expliqua Blaise d'une voix sifflante. Il contempla Demi, qui ne disait pas un mot, étendue sur le côté. « On a dû abandonner le combat quand les Hybrides sont arrivés. »

Caeli prit la main ensanglantée de Demi.

« Utilise les cristaux de guérison, ordonna-t-elle.

— Déjà fait, répondit Alexis. Ils ne fonctionnent pas.

— Alors, fais en sorte qu'ils fonctionnent !

— J'essaie !

— Attendez ! cria Blaise. Elle veut dire quelque chose. » Des mots inaudibles paraissaient franchir les lèvres tremblantes de Demi. « La flèche ! Elle veut que tu l'enlèves. »

Alexis contempla le visage livide de son amie, qui hocha la tête et désigna sa poitrine inondée de sang avec la main que tenait Caeli.

« OK, dit-il. OK, Dem, je m'en occupe.

— Non, ça pourrait la tuer ! protesta Caeli en repoussant la main d'Alexis. Pour l'instant, la flèche l'empêche de se vider de son sang.

— Mais elle l'empoisonne et empêche son corps de guérir, répliqua Alexis.

— Je peux… le supporter, réussit à dire Demi. S'il te plaît, Lexi. »

Il prit de nouveau le visage de son amie entre ses mains, en étalant du sang sur sa mâchoire. « Tiens bon. Notre histoire n'est pas encore terminée, Demi. Alors, accroche-toi jusqu'à ce que les cristaux fassent effet, OK ? »

Demi lui offrit un dernier sourire. Elle avait les dents toutes rouges à présent.

Avec ses sens d'Élémentaire, Alexis sentait le rythme cardiaque de son amie diminuer et sa circulation sanguine faiblir, mais il n'était pas encore assez puissant pour y remédier.

Blaise s'accroupit de l'autre côté de Demi et glissa sa tête sur ses genoux. « Frappe-moi si ça te soulage », proposa-t-il parce qu'il ne savait pas quoi dire d'autre.

Les mains de la jeune fille, d'ordinaire si chaudes, étaient froides entre celles d'Alexis. Il les posa délicatement et empoigna la flèche.

Puis il échangea un dernier regard avec ses amis en clignant des yeux pour chasser ses larmes. Il devait rester concentré, pour Demi.

Il devait réussir. Il le fallait. Sans donner de compte à rebours, d'un geste vif, il arracha la pointe noire ensanglantée de la poitrine de Demi.

Elle se cambra, mais sans pousser de hurlement.

Alexis jeta la flèche et pressa les cristaux de guérison contre la plaie béante.

« Ça ne marche pas ! s'écria Blaise, paniqué, tout en massant la tête de Demi. Pourquoi ça ne marche pas ?

— Je t'avais dit de ne pas le faire ! sanglota Caeli en secouant le bras ballant de leur amie. Non, ne meurs pas, je t'en prie ! »

Demi avait fermé les yeux. Le silence s'installa dans la jungle. Les animaux s'étaient immobilisés pour regarder mourir la fille dont les pouvoirs leur avaient donné naissance.

Alexis avait beau répéter son nom, encore et encore, Demi Nikolas ne répondait plus.

Bizarrement, même si mes yeux étaient fermés, j'ai vu une image apparaître devant moi.

Elle s'est dessinée sur mes paupières closes en illuminant les ténèbres. C'était une scène simple, que je n'ai pas reconnue, que je n'avais jamais vue. Même ainsi, elle m'apparaissait aussi clairement qu'Alexis juste avant.

Tandis que les secondes passaient, la luminosité de cette image a augmenté. Bientôt, il n'y a plus rien eu d'autre. Ça a été la dernière chose que j'ai vue.

« Ne m'abandonne pas, Demi, je t'en prie », suppliait Alexis encore et encore.

Il ne pouvait imaginer la vie sans elle. Une telle existence ne vaudrait pas la peine d'être vécue. Il avait contemplé les merveilles du monde, mais cela ne voudrait rien dire s'il ne pouvait les partager avec elle, s'ils ne pouvaient pas rentrer chez eux ensemble. Il était prêt à accepter toutes les hallucinations, les illusions et les flèches en pleine poitrine si cela signifiait qu'il pouvait échanger sa vie contre la sienne.

Alexis laissa les cristaux ternes sur la blessure de Demi, et posa ses mains de part et d'autre du visage éteint de son amie.

Un spasme saisit alors tout son corps et lui coupa le souffle.

Une vague d'énergie jaillit des quatre amis. Des lumières blanches évanescentes se mirent à circuler entre eux. Puis elles se synchronisèrent, infusèrent et fusionnèrent en un rayon qui éclaira le ciel, comme si Demi en appelait aux lois de la nature elle-même pour vaincre la mort et revenir à la vie.

Incantus l'avait bien dit. Ensemble, ils étaient plus forts. Pratiquement invincibles. Les mains d'Alexis étaient venues compléter la connexion entre les Enfants des Éléments. C'était le dernier lien entre les quatre éléments primaires qui avaient donné naissance à toute la Création.

La lumière qu'ils avaient fait apparaître inonda la blessure de Demi et détruisit les ténèbres qui l'empoisonnaient. Sous leurs yeux stupéfaits, les cristaux de guérison refermèrent la plaie et réparèrent ses chairs.

J'ai inspiré profondément lorsque la lumière de la vie est revenue en moi et a relancé mon cœur en arrachant mon âme aux griffes de la mort.

L'image dans ma tête a disparu dans le néant, et mes paupières se sont rouvertes.

39

NYCTOPHOBIE

Nyctophobie : *mot français venant du grec ancien.*
Peur extrême de la nuit ou de l'obscurité.

Demi resta immobile pendant quelques instants tout en lançant des regards de droite à gauche, comme si elle se demandait où elle était. Finalement, ses yeux injectés de sang se posèrent sur Alexis.

Celui-ci sentit le pli entre ses sourcils s'effacer et ses lèvres dessiner un sourire incrédule. Caeli dit qu'il fallait laisser Demi respirer, mais Alexis repoussa sa main. Il n'osait pas s'écarter tant que la lueur jaune des cristaux de guérison n'avait pas complètement disparu à l'intérieur de la blessure.

Demi serra les dents en essayant de s'asseoir avec l'aide d'Alexis. Elle n'avait pas beaucoup de force, mais elle arrivait quand même à s'accrocher à lui. « Vous… vous m'avez sauvée ? » dit-elle d'une voix plus rauque qu'avant.

Elle lui était revenue.

L'étau se desserra autour du cœur d'Alexis. « Tu nous remercieras plus tard » fut tout ce qu'il réussit à répondre.

La main de Demi sur son cou, la chaleur qui revenait dans ses doigts, le son de sa voix et l'odeur de ses cheveux par-dessus les effluves fortement cuivrés de son sang, tout cela fit s'écrouler les murs qu'Alexis avait soigneusement construits autour de lui et entretenus pendant des années.

Son cœur explosa en un crescendo d'émotions. Il la prit dans ses bras comme si elle était l'oxygène dont il avait été privé toute sa vie. Il la serra contre lui comme si elle était un radeau de survie sans lequel il se noierait. Et il l'embrassa comme s'il l'avait aimée toute sa vie, ce qui était le cas.

Elle lui était revenue.

Alexis n'entendait plus rien à cause du sang qui rugissait dans ses oreilles. Il ne pensait qu'à ses bras autour de Demi, qu'à ses lèvres qui souriaient sur les siennes.

Puis il sentit les larmes de la jeune fille sur ses joues.

La réalité s'abattit sur lui comme le mur d'eau d'un tsunami. Le visage de Demi crispé de douleur, le fait qu'elle ne lui rendait pas son baiser, le silence stupéfait de Caeli et de Blaise, l'atmosphère de mort qui s'attardait entre eux.

Elle ne lui rendait pas son baiser.

Comme Icare, Alexis eut l'impression qu'à savourer sa libération, il s'était trop approché du soleil, au point d'être détruit par ce qu'il avait toujours espéré atteindre : l'étreinte incandescente de la lumière.

Il s'écarta, gêné. Non, plus que ça. Il était mortifié au-delà de tout.

Les yeux de Demi cherchèrent les siens comme si elle voulait désespérément lui dire quelque chose, mais aucun mot ne franchit ses lèvres. Elle ne réussit qu'à grimacer de douleur en se retenant d'une main pour ne pas tomber, maintenant qu'Alexis ne la tenait plus.

Leurs deux amis devaient mesurer son inconfort, parce qu'ils s'empressèrent d'intervenir.

« Je pensais qu'on t'avait perdue, dit Caeli en soutenant délicatement Demi et en ramenant une mèche de cheveux derrière son oreille. J'étais persuadée que c'était fini. »

Demi tourna la tête lorsque Blaise les prit toutes les deux dans ses bras. Alexis sentit le regard de son amie sur lui, mais il ne put se résoudre à les rejoindre.

« Moi aussi, j'en étais persuadée, souffla-t-elle en se frottant le visage.

— Comment tu te sens, Dee ? demanda Blaise qui ne savait pas trop où regarder.

— J'ai mal partout. Et j'ai l'impression de me réveiller d'un rêve très profond. » Elle examina le petit trou au milieu de sa poitrine. La flèche avait transpercé sa combinaison et s'était plantée dans le petit espace entre sa croix et son amulette. Les cristaux l'avaient guérie, mais une fine cicatrice était encore visible. Alexis ne savait pas si elle disparaîtrait un jour. « Où est la flèche ? » reprit Demi d'une voix qui paraissait distante.

L'objet couleur de nuit étincelait par terre à côté d'eux. Demi se pencha pour le ramasser, et observa la façon dont la pointe absorbait la lumière au lieu de la réfléchir. Puis, avec l'aide de Caeli et de Blaise, et sans se soucier de leurs protestations, elle se remit debout tant bien que mal.

« Vous croyez que toutes leurs munitions sont empoisonnées par les ténèbres ? » demanda Blaise en jetant un coup d'œil en haut des chutes. Le gros de l'armée des Sans-Ombre se trouvait encore tout là-haut, nota Alexis.

« C'est peu probable, répondit Demi. Le Dr Pé… » Elle s'interrompit, incapable de prononcer son nom. « C'est le bras droit de Mortem. Ces armes sont sûrement réservées aux officiers. » Elle secoua la flèche pour en ôter son sang, en souillant la jungle verte au passage, puis la glissa à l'intérieur de sa botte.

« Tu vas lui rendre son cadeau ? demanda Caeli.

— Quelque chose comme ça », répondit-elle d'une voix étrangement monocorde.

Alexis se retourna enfin pour la regarder. Il ne reconnaissait pas cette Demi : froide, sans émotion, sans sourire. Elle était revenue, mais ce n'était plus la même personne.

On avait assassiné la jeune fille qu'elle avait été, et Alexis devait faire payer l'homme qui avait commis ce crime.

Il laissa la rage envahir son esprit tandis que des picotements familiers faisaient vibrer son corps. Ce n'était pas une colère brûlante qui se répandait dans toutes ses cellules, mais une émotion froide, amère et destructrice. Il dégaina son épée en ne pensant qu'à une chose : se venger.

« Envoie-moi là-haut, Cae. » Le poids oppressant de la honte s'était dissipé. Quelqu'un avait fait du mal à la personne qu'il aimait le plus au monde. Peu importait le fait qu'elle ne partage pas ses sentiments. La seule chose qui comptait, c'était de veiller à ce qu'elle ne puisse plus jamais être blessée. « Envoie-moi là-haut pour que je puisse le tuer. Je vais geler son cœur, vider son corps de son sang et m'assurer qu'il passe toute l'éternité ainsi, figé dans son agonie pour expier ce qu'il a fait. »

Ces mots lui étaient venus trop facilement. Alexis comprit qu'en dépit de tous ses efforts, ce n'était pas à Incantus Arcangelo qu'il ressemblait, mais à Mortem.

Demi posa la main sur son épaule pour l'obliger à la regarder. Si elle était parvenue à la même conclusion que lui, elle n'en laissa rien paraître. « Obtenir la Gemme de l'Eau est plus important, d'autant que la nuit ne va pas tarder à tomber. Plus vite nous l'aurons, plus vite nous pourrons rentrer *chez nous*. » Elle se dressa sur la pointe des pieds pour passer l'amulette d'Alexis par-dessus sa tête et la déposer dans sa main.

Allaient-ils faire comme si ce baiser n'avait jamais eu lieu ? Comme si Alexis ne l'avait jamais appelée *mon amour* ?

En serait-il capable ?

Il le fallait. Garder le silence lui donnait l'impression d'avoir une flèche plantée dans la poitrine lui aussi, mais l'idée de mettre Demi mal à l'aise et de prendre le risque de la perdre le faisait encore plus souffrir.

Alexis s'approcha de l'eau et baigna son amulette dans le courant tumultueux, jusqu'à ce que la pierre bleue se mette à briller en pointant la masse rugissante et écumante des chutes. Sans perdre de temps, il posa le pied sur la rivière sans briser la surface.

« Pour l'amour du Ciel, mec, se plaignit Blaise en secouant la tête, tu ressembles à Jésus quand tu fais ça. »

Alexis augmenta la cohésion du liquide en mouvement afin que la surface supporte leur poids à tous les quatre. Prudemment, ils traversèrent. Sous l'influence d'Alexis, la cascade s'écarta tel un rideau, ce qui leur permit de découvrir un passage plongé dans l'obscurité qui s'ouvrait dans la roche.

« En parlant de Jésus, dit Caeli à Demi pour essayer de combler le vide étrange qui planait entre eux, quand tu... quand tu as arrêté de respirer, est-ce que tu as vu quelque chose ? De la lumière ? Les ténèbres ? »

Demi hésita un long moment avant de répondre en jouant avec sa croix : « Honnêtement, je ne suis pas sûre de ce que j'ai vu. »

Les Élémentaires entrèrent dans le tunnel. La roche humide glissait sous leurs pieds. Alexis laissa la cascade reprendre son cours naturel derrière eux et dissimuler le passage à leurs poursuivants.

Demi s'accroupit et posa sa main à plat sur le sol. « Quelqu'un est passé par ici. Au cours des deux dernières heures, je dirais. »

Caeli pencha la tête sur le côté. « La moitié des Sans-Ombre respire encore. Ils sont en train de descendre.

— Alors, dépêchons-nous », dit Blaise.

Alexis s'attarda pour contempler la cascade illuminée par le soleil avant de s'enfoncer le premier dans l'obscurité. Très vite, le tunnel humide se fit plus étroit et oppressant. Ils furent bientôt obligés d'avancer les uns derrière les autres, en frôlant malgré eux les parois rugueuses.

« Lexi », chuchota une voix derrière lui. Demi.

« Désolé pour tout à l'heure, marmonna-t-il sans se retourner, en s'efforçant de garder un ton nonchalant. Je... j'étais tellement content que tu ailles bien. Je suis désolé, ça ne se reproduira plus. »

Il resta focalisé sur la lueur bleue qui se reflétait sur la roche luisante. L'éclat de l'amulette s'intensifiait à chaque pas.

« Lexi, reprit Demi d'une voix radoucie. Ce n'est pas... »

Elle n'eut pas le temps de terminer sa phrase, car le passage souterrain s'arrêtait là. Il débouchait sur une caverne vide en forme d'ellipse. Alexis hésita avant d'y entrer, guettant tout autre bruit que l'écho de leurs pas.

Au centre, une fine cascade circulaire tombait des fissures dans la voûte.

« C'est super feng shui », marmonna Caeli.

Il émanait de cette grotte fraîche une sensation de calme implicite, une atmosphère paisible et intemporelle, tout ce qui leur faisait défaut depuis le début de leur entraînement. Alexis aurait aimé en profiter, ne serait-ce que pour quelques heures, et puiser du réconfort dans le fait de se trouver à l'écart du monde.

Mais c'était un rêve d'enfant. Or, après tout ce qu'ils venaient d'endurer, ils n'en étaient plus.

Alexis s'approcha seul de la cascade étincelante. L'eau propre et purifiée glissa sur sa peau et le rafraîchit comme la rivière Iguazú, trop polluée, n'avait pas pu le faire. Il tendit son pendentif, et la pierre captura l'éclat de l'eau qui luisait. Elle avait la forme d'un triangle inversé, comme la gravure dans le sol à ses pieds. Alexis s'agenouilla et y enfonça son amulette. C'était la dernière pièce du puzzle.

Un kaléidoscope de lumières bleues jaillit de l'amulette d'Alexis et inonda les parois de la grotte qui lui renvoyèrent des rayons azur, céruléen et saphir. Chaque nuance le submergeait d'une sensation différente, chaude, fraîche ou froide comme la glace.

C'était enfin à son tour de connaître ce que ses amis avaient vécu. La Gemme de l'Eau, les pouvoirs illimités des sept mers. L'immortalité.

Mais parmi toutes les choses qui auraient dû l'enthousiasmer, c'était sa rencontre avec la Femme de l'Eau qu'il attendait avec le plus d'impatience.

Au lieu de faire autant attention à mon élément, elle aurait dû se concentrer sur le sien.

La Femme du Feu avait parlé comme si l'eau était contaminée. Sale. Comme si Alexis l'était aussi. Il avait désespérément envie d'entendre sa prophétie pour connaître son destin. Pour une personne sans passé, il n'existait que l'avenir. Sans y penser, il s'écarta de la cascade rayonnante en remettant son amulette à sa place, son poids familier sur sa poitrine.

Les gouttes d'eau miroitantes se rassemblèrent pour former un corps. La traîne d'une robe longue se déroula à ses pieds tandis qu'un mélange éblouissant de toutes les nuances de bleu tourbillonnait autour d'elle en un courant dangereux. Ses cheveux cascadèrent dans son dos en faisant dégouliner de l'eau entre ses omoplates. Pour finir, un visage prit forme, les yeux clos.

Dans un dernier éclair, la Femme de l'Eau leur apparut, en lieu et place de la cascade, son regard bleu cristallin et intemporel fixé sur Alexis.

« Je t'attendais. » Elle possédait une voix mélodieuse comme les mouvements de la marée sur la plage. La Gemme de l'Eau brillait dans ses mains. « J'ai senti ta présence, ainsi que la proximité des Gemmes de mes sœurs. » Ses yeux se posèrent sur l'amulette d'Alexis, qui flottait au-dessus de son torse, impatiente d'être réunie avec la Gemme. Machinalement, Alexis caressa du bout du doigt la pierre triangulaire. « Les Enfants de la prophétie de la Lumière et des Ténèbres. Vous avez fait un long chemin ! Il ne reste que la Gemme de l'Eau à donner, la mienne… pour accomplir la première partie de votre histoire.

— Notre *histoire* ?

— Ce que d'aucuns appellent prophétie est une histoire pour d'autres. Il en existe trop pour les compter », répondit-elle sans s'expliquer davantage.

Au loin, au-delà de la cascade, des cris humains et des sons stridents d'animaux retentirent. Le Dr Péché et les Sans-Ombre survivants se rapprochaient, prêts à se noyer si cela leur permettait de trouver les Élémentaires.

La robe de la Femme s'assombrit, comme si elle sentait la mort dans l'eau. Elle reprit la parole avec une certaine urgence. « Un autre est venu avant vous. » La lumière qui émanait de son corps éclaira les visages des quatre Élémentaires qui se penchèrent vers elle. « Un seul être est né avec les pouvoirs de l'eau. Quand il est arrivé, j'ai supposé que c'était toi. Cependant, il est venu seul, sans les autres Enfants des Éléments, son aura drapée de ténèbres.

— S'agissait-il de Mortem ? demanda Caeli.

— Sachant que mes sœurs avaient déjà légué leurs pouvoirs, j'étais la dernière à transmettre les miens », poursuivit la Femme.

Alexis examina la Gemme qui brillait toujours dans ses mains. « Vous dites que son aura était drapée de ténèbres. N'était-ce pas un indice prouvant que ce n'était pas moi ? »

L'eau coulait librement de sa robe et formait un cercle autour de ses pieds nus. La Femme marqua une pause d'un air songeur. Lorsqu'elle reprit la parole, ce fut d'une voix presque chagrinée. « La tienne l'est aussi. »

Il n'en fallut pas plus pour qu'Alexis ait l'impression de redevenir un enfant sans défense, naïf et *condamné*. Il secoua la tête d'un air incrédule, mais au fond de lui, il savait que c'était vrai.

Il repensa à la première fois qu'il avait utilisé ses pouvoirs, le soir de son arrivée au Refuge. Cette impression de noirceur qui l'avait submergé. La sensation de froid et de solitude.

Il songea aussi à son ombre manquante, comme celle de ceux qui avaient été imprégnés par Mortem après qu'il eut envahi leur esprit. Des silhouettes sombres que la lumière aurait dû disperser, désormais emprisonnées dans leurs âmes, incapables de s'échapper.

Enfin, il pensa à l'Homme-Ombre. Pendant toutes ces années, il avait cru qu'il s'agissait d'une hallucination, d'un symptôme de sa maladie qu'il fallait gérer à l'aide des médicaments et de thérapies. Mais après avoir vu Valentina tenter de résister aux ténèbres, le tourment qu'elle subissait parce que le pouvoir qui l'imprégnait l'obligeait à commettre des actes qui lui faisaient horreur, il s'était rappelé la manière dont il avait vécu une bonne partie de son enfance. Il avait affronté des démons que personne d'autre ne voyait, mais qui étaient aussi réels pour lui que le monde qui l'entourait.

Alexis avait l'impression que les parois de la grotte se rapprochaient de lui à chaque respiration paniquée qui se coinçait dans sa gorge. Ses problèmes de santé mentale ne l'avaient pas rendu violent, ils avaient fait de lui une victime. La violence, elle, faisait partie de sa biologie, de son ADN, c'était une part de lui au même titre que les battements de son cœur ou la couleur de ses yeux. Peut-être que l'Homme-Ombre n'était que la projection de ses pulsions les plus profondes et de ses désirs les plus sombres.

« Je suis certaine que vous savez d'où viennent vos pouvoirs, reprit la Femme de l'Eau. Vos éléments sont nés des Ténèbres à l'aube des temps. Ils ont jailli, libres, dans une explosion de lumière qui a permis la création. Mais les Ténèbres s'en sont souvenues. Elles savaient que lorsque les quatre éléments seraient réunis, la lumière apparaîtrait, trop vive pour qu'elles puissent exister dans l'ombre. Elles devaient assurer leur survie en ce monde et elles l'ont fait en laissant leurs vestiges au sein du plus ancien et du plus puissant des éléments… le mien. Le tien. Elles ont imprégné l'eau et se sont cachées dans les profondeurs des océans en liant leur existence à ce monde. Puis elles ont recouvré leur liberté en renaissant aux côtés d'un Enfant de l'Eau lorsque la prophétie Sombre s'est réalisée. »

Alexis n'arrêtait pas de tapoter ses doigts avec ses pouces. C'était la seule chose qui réussissait à le distraire du fait que ses amis avaient tous reculé d'un pas. « Vous êtes donc en train de dire qu'il y a de la noirceur en moi ? Un pouvoir que je peux contrôler ? Comme mon… comme Mortem ? »

La Femme de l'Eau acquiesça. « Si tu le choisis, oui. Il existe un lien indestructible entre le pouvoir qui nous a donné naissance et les nôtres. »

Alexis se tut en ne pensant qu'à une seule chose. Peu importaient les efforts accomplis pour échapper à la noirceur dans son esprit, elle serait toujours là à attendre qu'il renonce et qu'il retombe entre ses griffes.

À cet instant, il aurait tout donné pour que ses parents le prennent dans leurs bras et lui disent que tout irait bien, même si c'était un mensonge.

« Pourquoi n'avez-vous pas donné la Gemme de l'Eau à Mortem, dans ce cas ? » demanda Demi en tendant la main vers Alexis. Mais il s'écarta. Il était infecté et risquait d'empoisonner les autres par son contact. Demi était la dernière personne au monde qu'il avait envie de polluer.

« Son âme était vide, répondit la Femme en refermant ses mains sur la pierre étincelante. Cet être ne portait pas d'amulette sur son corps, contrairement aux Enfants des Éléments. J'ai compris que ce n'était pas le bon, qu'il ne méritait pas mes pouvoirs. Je n'ai pas pu me résoudre à lui donner la Gemme. Alors, j'ai dupé les Ténèbres. » Elle s'interrompit un instant et leva légèrement le menton. « Je lui ai donné une réplique. »

Alexis leva les yeux, impressionné.

Blaise secoua la tête d'un air incrédule. « Énorme. » Il ne remarqua pas la perplexité se peindre sur le visage de la Femme.

« Et il ne s'est rendu compte de rien ? demanda Caeli.

— Les gens ne voient souvent que ce qu'ils veulent bien voir, répondit la Femme en posant de nouveau son regard calme sur Alexis. J'ai montré à cet… individu ce qu'il désirait, ce à quoi il pensait avoir droit, une illusion de l'esprit qui lui a fait croire qu'il possédait la Gemme de l'Eau. Il n'a pas envisagé une seule seconde que je puisse le berner. Dans son arrogance, il est parti convaincu que sa puissance avait réduit la Créature au silence. Il a laissé dans son sillage une armée assez vaste pour prétendre qu'il continuait à chercher ma Gemme et vous bloquer dans votre quête. Mais il n'a pas réussi à arrêter la Prophétie. Une prophétie à laquelle il a toujours cru pouvoir échapper. »

Blaise s'éclaircit la voix en tapant le sol de la grotte avec sa hache, ce qui fit apparaître des étincelles. « Mais *nous*, on doit encore vaincre la Créature, pas vrai ?

— C'est l'heure », confirma la Femme en se rapprochant d'Alexis qui se demanda s'il lui inspirait le même mépris que Mortem. En déposant la Gemme de l'Eau dans ses mains, elle prononça les mots de sa prophétie, les yeux fermés comme si elle ne voulait surtout pas voir sa réaction.

« Par la lame des Ténèbres, brandie par celui auquel tu t'attends le moins, tu tomberas. »

Alexis savait qu'il ne servait à rien de lui demander des précisions, mais il ne put s'empêcher de tendre la main lorsqu'elle s'écarta. Ses doigts passèrent à travers son corps liquide tandis qu'elle commençait à se dissoudre sous forme d'une colonne d'eau luisante.

« J'ai peur que ce ne soit pas notre dernière rencontre », déclara la Femme en souriant pour la première et dernière fois. Elle se mit à briller d'un éclat bleu de mer éblouissant, puis son essence dériva avant d'entrer dans la Gemme où elle scintilla une dernière fois avant de s'apaiser.

Le silence qui suivit son départ parut bien plus long qu'il ne dut l'être en réalité.

Blaise bouscula gentiment l'épaule d'Alexis. « Allons, elle n'a pas dit que tu allais mourir, Al, juste que tu allais tomber. Et on a réussi à empêcher la prophétie de Demi, celle de Caeli et la mienne de se réaliser. On va te protéger de ton père, t'en fais pas. »

Caeli se pencha pour mieux dévisager Alexis. « As-tu peur qu'en détruisant les Ténèbres, on détruise aussi une partie de toi ?

— Je n'y avais même pas pensé, marmonna Blaise.

— Moi non plus, jusqu'à maintenant, reconnut Alexis. Merci bien, Cae. » Le manque de précision de la prophétie le rendait furieux. Il aurait presque préféré que la Femme ne dise rien du tout. « Mais non, j'ai surtout peur d'utiliser mes pouvoirs, maintenant. Et si je manipulais les ténèbres par accident ? Et si je choisissais la noirceur, comme il l'a fait ? »

Demi se planta devant lui et entoura ses mains des siennes pour l'obliger à la regarder dans les yeux. « Tu n'es pas du tout comme lui. On pourrait perdre du temps à énumérer les différences entre vous deux, ou on pourrait sortir de cette grotte avant que ce truc explose ! »

Elle désigna la Gemme qui brillait de plus en plus fort entre les mains d'Alexis. Sa crise existentielle s'était déclenchée au plus mauvais moment. Ils devaient partir sur-le-champ. Demi quitta la grotte la première, suivie de Caeli et de Blaise. Alexis sortit en dernier, sans se retourner.

Le bruit de la cascade était assourdissant lorsque les Élémentaires arrivèrent au bout du tunnel. À proximité de son élément, un grondement terrible agita la Gemme de l'Eau, à tel point qu'elle échappa à Alexis. En tombant, elle fissura le sol du tunnel avant de basculer dans la rivière, emportée par le courant écumant.

Une lumière aveuglante apparut sous la surface et projeta des éclaboussures dans toutes les directions, comme si la pierre antique avait explosé. À travers le rideau liquide qui barrait leur champ de vision, Alexis regarda d'un air horrifié le Serpent de l'Eau émerger lentement de son élément.

40

PSAUME 22 : 1

Psaume 22 : 1 *traduit de l'hébreu.*
« Mon Dieu, mon Dieu, pourquoi m'as-tu abandonné ? »

« Bien joué, monsieur Deux-Mains-Gauches », dit Blaise en donnant une tape dans le dos d'Alexis.

Alexis voyait aussi clairement à travers la cascade qu'à travers de l'air, si bien qu'aucun détail ne lui fut épargné lorsque la Créature de l'Eau, mélange de dragon et de serpent géant, s'échappa de sa prison. Son corps était bien plus long que celui de ses trois congénères et s'enroulait au bas des chutes. Ses écailles bleu nuit et vert océan luisaient au crépuscule et le protégeaient telle une armure indestructible. Sa queue se terminait par un trident pointu qui projeta des vagues géantes sur des groupes de Sans-Ombre et d'Hybrides. Ceux-ci n'avaient aucune chance de lui résister, et moururent écrasés sous son poids ou transpercés par son terrible appendice.

« De quoi elle a l'air, cette Créature ? » demanda Caeli.

Si elle n'avait pas été aussi dangereuse, Alexis l'aurait qualifiée de chef-d'œuvre créé dans l'unique but de protéger la Gemme de l'Eau. La seule zone non protégée sur l'ensemble de son corps n'était autre que l'emplacement de la taille de la Gemme au milieu de son front, entouré d'un trio de cornes retroussées. Elle fouillait les chutes de son regard turquoise en guettant la moindre menace susceptible d'approcher la Gemme blottie sous elle.

« Ouais, on va mourir », commenta Alexis, ce qui fit gémir Blaise. Puis il se secoua. Il ne comprenait pas très bien les émotions, mais il maîtrisait l'art du combat et de la stratégie. « On fait comme d'habitude. Je cours chercher la Gemme, vous détournez l'attention du monstre. » *Soyez conscients de votre environnement*, leur avait dit Incantus. Alexis passa en revue ce qui pourrait leur offrir un avantage. « Il y a d'énormes surplombs rocheux au bord des chutes. Si vous pouviez les faire basculer, les filles, ça pourrait causer quelques dégâts. Blaise, éloigne-toi et lance une attaque à distance. »

Demi déroula son fouet d'une main et sortit sa dague incurvée de l'autre. « Ça ne me plaît pas. Tu seras seul à proximité de la Créature. Je me fiche de ce qu'a dit la Femme, Lexi. Tu n'as pas besoin de te faire tuer pour prouver que tu n'es pas méchant. »

Sa voix résonna dans le tunnel rocheux, et la dernière phrase revint en écho aux oreilles d'Alexis, qui tenta de s'y raccrocher le plus longtemps possible. Il n'était pas certain de la croire, mais il en avait désespérément envie, et c'était déjà quelque chose, non ?

« Ça va aller », assura-t-il en empoignant son épée.

Caeli éleva Demi dans les airs sans lui laisser le temps de protester. « Faites attention à vous, les garçons, dit-elle en passant au large du Serpent.

— Il ne reste plus que nous, mon frère », reprit Alexis avec une grimace.

Il sentit la main de Blaise se refermer sur son poignet. « Dee a raison, déclara son meilleur ami. Tu n'es pas une mauvaise personne, sauf si tu choisis de le devenir. Allons tuer ce monstre et sauver le monde, d'accord ? »

Le cœur battant à tout rompre et la gorge nouée par l'émotion, Alexis fut incapable de répondre, alors il se contenta de hocher la tête.

Blaise le relâcha. « Pour la dernière fois, que la fête commence », dit-il sans enthousiasme. Son corps se transforma en une torche rugissante qui aurait réduit Alexis en cendres si son aura avait été plus faible.

Ensemble, ils traversèrent la cascade qui s'ouvrit pour les laisser passer. Les yeux du Serpent examinèrent froidement Alexis et le garçon en feu à côté de lui. Le trident qui lui servait de queue se mit à remuer avec impatience au milieu des cadavres des Sans-Ombre qui flottaient sur la rivière.

« Fais le tour en longeant les arbres, marmonna Alexis. Et je t'en supplie, quand ça tournera mal, n'hésite pas à me sauver.

— Tu peux compter sur moi, Al, toujours. »

Ils n'avaient pas le temps de se serrer dans les bras. Blaise décolla telle une fusée.

Alexis se retrouva seul avec sa Créature, qui rugit et cracha un torrent si dense que même les rayons du soleil ne pouvaient le pénétrer. Alexis leva les mains et le divisa juste avant qu'il l'emporte. Les épaules tremblant sous l'effort, il sentit l'eau partir sur les côtés.

Cette attaque prit fin aussi vite qu'elle avait débuté, sans que la Créature se donne la peine d'aller au bout. Elle l'étudiait pour évaluer sa puissance. Elle dut parvenir à une conclusion, car elle se rapprocha en ondulant, diminuant de moitié la distance qui les séparait et repoussant Alexis contre la cascade. Il lutta pour garder l'équilibre sur la rivière agitée, et vit du coin de l'œil la queue pointue du monstre briser la surface et se jeter sur lui à la vitesse de l'éclair.

Alexis para le coup avec son épée, juste à temps, et riposta aussitôt en utilisant la cascade pour projeter un mur d'eau sur le Serpent. Cela lui permit de repousser violemment le monstre et de regagner un peu d'espace.

Moins d'une seconde plus tard, la chaleur d'une étoile filante traversa le bassin. La boule de feu s'écrasa sur le dos du Serpent. Mais, au lieu de laisser les flammes s'éteindre à l'impact, Blaise les manipula pour qu'elles montent à l'assaut du cou du monstre. Elles brûlaient si fort qu'elles faisaient fondre sa carapace d'écailles. Le Serpent se jeta dans le bassin pour les éteindre, et des nuages de vapeur s'élevèrent en sifflant au-dessus de son corps noirci.

Il utilisa alors sa queue comme un énorme marteau-piqueur pour frapper la zone où Blaise se trouvait un instant plus tôt. Des arbres broyés basculèrent dans l'eau et soulevèrent des vagues qui s'éloignèrent en ondulant.

Alexis profita du fait que l'attention du Serpent soit entièrement focalisée sur Blaise pour plonger dans le bassin à la recherche de la Gemme de l'Eau. Il espérait, pour son bien et celui de Blaise, que Caeli et Demi viendraient à la rescousse avant qu'il soit trop tard.

Demi Nikolas était de retour en haut de la Gorge du Diable.

Caeli les avait déposées au bord de la cascade, au sommet d'une colonne rocheuse. Après avoir créé un dôme de vent pour les protéger des embruns, elle demanda : « Ça va ? »

Demi faisait de son mieux pour ne pas regarder la plateforme d'observation à côté de la rivière. Même si on la lui avait enlevée, elle sentait encore la pointe froide de la flèche logée dans sa poitrine.

« Non. » Elle s'accroupit pour toucher un gros rocher en basalte et caresser l'herbe humide qui lui chatouilla les doigts. « Mais ce n'est pas le moment de me laisser aller. »

Presque aussitôt, elle sentit à quel point l'effort qu'elle essayait d'accomplir lui coûtait. La pression intense lui donnait la nausée, mais elle réprima son envie de vomir et cligna des yeux pour chasser ses larmes tout en continuant de fragiliser le rocher qui pesait plusieurs tonnes.

Elle se concentra sur ce qu'il se passait en contrebas, sur Alexis qui avait besoin d'elle. Ce premier baiser ne pouvait pas être leur dernier.

Elle était en état de choc à ce moment-là, son âme dans les limbes et la douleur dans sa poitrine trop fraîche et trop intense pour qu'elle ait pu l'ignorer, malgré tous ses efforts.

Elle n'arrêtait pas de revoir la tête d'Alexis, l'espoir qui s'était éteint dans ses yeux, ses fossettes qui avaient disparu, son sourire en coin qui était mort sur ses lèvres. Elle avait tellement de choses à lui dire, à réparer. Elle devait absolument le revoir.

Alexis valait bien la peine qu'elle rouvre cette plaie au milieu de sa poitrine.

« Je vois quelque chose ! » s'exclama Caeli. Un petit portail rouge apparut sur la plateforme d'observation où ils s'étaient tenus tous les quatre un peu plus tôt. Avant que les deux filles puissent se demander si le vortex plat était une entrée ou une sortie, un portail identique apparut à quelques mètres d'elles.

Valentina en sortit en rampant.

La maigre jeune femme roula sur le dos en frissonnant alors même que le soleil couchant diffusait encore sa chaleur dans le ciel sud-américain. « Je suis de retour », annonça-t-elle d'une voix cinglante malgré ses dents serrées, tandis que le portail se refermait derrière elle.

Caeli se jeta sur elle et la plaqua au sol. Puis elle lui donna un coup de poing qui projeta la tête de Valentina en arrière. De son autre main, elle la gifla, avant de secouer son corps avec une colère sans retenue.

Demi se releva. « Cae, arrête !

— Elle a créé le portail qui a transporté ce monstrueux docteur et les Sans-Ombre jusqu'à nous, grogna Caeli. C'est à cause d'elle que tu as failli mourir ! »

Valentina profita de cette brève diversion pour se tortiller sous le poids de Caeli. Ses doigts trouvèrent la lance de la jeune fille et s'en servirent pour lui donner un coup dans le nez. Libre de s'échapper, Valentina courut vers le bord de la colonne rocheuse, juste au-dessus des chutes rugissantes.

« Je ne voulais pas », expliqua-t-elle en se laissant tomber à genoux. À cet instant, ses yeux n'étaient pas noirs. Injectés de sang, ils exprimaient toute la lassitude du monde, mais ils étaient clairs. « Je suis revenue pour essayer de vous aider dès que j'ai eu l'impression que je ne serais plus un danger pour vous. » Elle secoua la tête, ses longs cheveux noirs plaqués contre son visage comme des coulées d'encre sur une page. « Vous ne pouvez pas me faire confiance. Vous… vous devriez juste me tuer. »

Elle fit basculer la lance dans sa main, d'un geste fluide et précis qui prouvait qu'elle avait des années d'entraînement élémentaire derrière elle. La pointe reposait désormais contre son propre cou, et déjà, le sang perlait.

« Non ! » s'écria Demi en faisant un pas vers Valentina. Mais elle s'arrêta aussitôt en la voyant appuyer encore plus sur la lame. « Ne fais pas ça ! Ce n'est pas ta faute, Valentina, je le sais. Nous pouvons t'aider. Pose la lance, je t'en prie.

— Non, vous ne pouvez pas m'aider », répliqua-t-elle d'un air misérable en regardant Caeli. La jeune fille aux yeux gris, le nez en sang, la dévisageait en fulminant. « Vous ne savez pas ce que j'ai fait. Vous ne savez pas si je mérite de l'aide. Je serai toujours à la merci des hommes qui veulent m'utiliser. »

Demi remit sa dague dans son fourreau et leva les deux mains. « Tu as raison. » En bas, l'un des garçons cria. Les fumées noires du feu de Blaise dérivaient jusqu'à leur hauteur. « J'ignore si nous pouvons t'aider. Mais pour l'heure, nos amis ont besoin de nous. S'il te plaît, aide-nous à les sauver. »

Pendant quelques secondes, Demi fut incapable de respirer. La douleur dans sa poitrine était si intense qu'elle se demanda si elle n'avait pas été de nouveau poignardée. Valentina baissa lentement son arme et posa ses mains tremblantes sur ses genoux. Alors seulement, Demi réussit à reprendre son souffle.

Caeli poussa un soupir méprisant et empoigna la jeune femme agenouillée pour la remettre debout. Lorsqu'elles se retrouvèrent nez à nez, elle lui dit : « Si tu tentes quoi que ce soit contre nous, ni tes supplications ni tes larmes ne m'empêcheront de te tuer.

— Si tu le dis », répondit Valentina en détournant les yeux. Mais une rougeur indéniable colorait ses joues pâles.

Un cri de rage captura l'attention des trois Élémentaires qui firent volte-face.

Le Dr Péché traversait la rivière houleuse à grandes enjambées en agitant une grande épée noire. Du sang maculait ses vêtements sombres. Ce n'était certainement pas le sien.

Valentina adopta une posture défensive en brandissant la lance de Caeli au-dessus de sa tête comme la queue d'un scorpion. Malgré sa fragilité, elle était prête à faire face à cet homme semblable à Goliath.

« Demi », marmonna Caeli du bout des lèvres. Mais son amie n'avait pas bougé, le corps rigide. « Demi », répéta-t-elle d'une voix où s'insinuait la panique, car le Dr Péché se rapprochait et se trouvait à présent au milieu de la rivière.

Leur entraînement au Refuge, l'expérience acquise avec leurs pouvoirs, rien de tout cela ne comptait. Cet homme était immunisé contre les éléments, bien plus doué qu'elles au combat et dépourvu de la moindre humanité. Ses yeux caves clouaient Demi sur place et anéantissaient ses réflexes, l'empêchant de se battre ou de prendre la fuite. Elle avait l'impression d'être une biche prise dans les phares d'une voiture, un agneau sur le billot du boucher.

S'en aller était impossible, mourir était inévitable.

« Demi, passe derrière moi ! » cria Caeli dont les mains miroitèrent lorsqu'elle érigea un champ de force qui ne tiendrait pas, elles en avaient toutes les trois conscience. Péché ricana, ses lèvres minces s'étirant autour de ses dents jaunies, tandis que la morve continuait à dégouliner de son nez. Il accéléra le pas en faisant tournoyer son épée dans les airs.

« Valentina, tiens-toi prête à nous téléporter loin d'ici », ordonna Caeli.

L'intéressée grimaça à l'idée de battre en retraite, mais elle hocha la tête.

En théorie, l'alternative qui s'offrait à Demi était simple. Adhérer aux valeurs de la religion et du Dieu auxquels elle croyait et se condamner à une mort certaine, ou mettre tout cela de côté pour se protéger et protéger sa meilleure amie. Mourir, ou tuer.

Si elle avait été seule, elle ignorait si elle aurait pu se résoudre à sortir la flèche coincée dans sa botte et à empoigner le métal froid.

Comment vivre en sachant qu'elle avait sacrifié sa place au paradis pour veiller à ce qu'il obtienne la sienne en enfer ?

Mais Caeli avait besoin d'elle. Blaise aussi. Sans oublier Alexis, le plus important à ses yeux.

Avec fluidité, de toutes ses forces, Demi lança la flèche, qui décrivit une trajectoire parfaite par-dessus la cascade assourdissante avant de se planter dans le torse de Péché. Il s'arrêta net. Sur son visage, la rage disparut, remplacée par un air choqué à la vue de sa propre flèche.

Il lança un dernier regard vide à la gamine menue qui l'avait lancée, puis le courant emporta son corps et le précipita dans le vide parmi les chutes.

Personne ne plongea pour le sauver.

Demi se mit à respirer beaucoup trop vite, tandis que des larmes brûlantes et incontrôlables perlaient à ses paupières. Elle était furieuse contre lui, contre elle-même, contre son Dieu.

« J'ai tué quelqu'un », murmura-t-elle. *Je ne vaux pas mieux que lui.*

Valentina se retourna brusquement, et son regard vint se poser sur la petite croix dorée que Demi portait juste au-dessus de son amulette. Elle saisit la jeune fille sans ménagement en disant : « Tu ne peux pas t'écrouler, pas maintenant. Ce salopard le méritait. Il t'a volé quelque chose de précieux, mais tu l'as récupéré. Au lieu de te dire que tu l'as tué, pense aux centaines de personnes à qui tu as sauvé la vie. Il les aurait assassinées sans le moindre remords, tu le sais. Alors, tu n'as pas le droit de t'effondrer maintenant. Franchement, tu as été *badass*. »

Demi ravala ses sanglots et lutta pour ignorer la sensation étouffante qui lui donnait l'impression d'être enterrée vivante. Ce fut seulement lorsque Caeli apparut dans son champ de vision qu'elle revint véritablement à elle, car sa meilleure amie savait mieux que personne que les actes de Demi n'étaient pas sans conséquences.

« Les garçons ont besoin de nous, Dem. Maintenant ! »

Il y eut un instant de flottement, puis Demi hocha la tête. Sur ce, l'énorme éperon rocheux sur lequel elles se tenaient frémit. Plusieurs tonnes de terre et de roche venaient de se séparer brutalement du reste de la structure.

« Bon, dit Demi, les poings serrés pour porter le poids impossible de la terre et de son chagrin, finissons-en. »

41

CORUSCATE

Coruscate : *verbe anglais venant du latin.*
Briller ; scintiller ; émettre ou réfléchir la lumière sous forme de rayons ou d'éclats.

Alexis nageait dans les eaux agitées en priant pour que Blaise réussisse à distraire le Serpent assez longtemps. Il laissa son amulette le guider jusqu'à la Gemme, et finit par repérer son éclat bleu saphir au sein de la rivière tachée de sang et remplie de cadavres. La pierre antique flottait sous le ventre de la Créature, protégée par son poids immense.

Sans perdre de temps, Alexis récupéra l'épée qu'il avait coincée entre ses dents et la plongea dans une faille de la carapace du Serpent, au niveau de sa queue.

La Créature poussa un cri strident et provoqua l'apparition d'une vague énorme qui s'écrasa sur Blaise, éteignit son feu et le projeta en direction des rochers déchiquetés.

À travers l'écume, Alexis entrevit un éclat rouge juste avant que Blaise heurte les rochers. Son ami disparut, englouti par le portail.

Aussitôt, le Serpent se retourna contre Alexis en remuant furieusement pour créer un tourbillon. Alexis n'eut pas le temps de récupérer son épée, mais, au milieu du chaos, il aperçut la Gemme immobile au cœur de la spirale aquatique.

Il tendit la main et la referma sur la pierre au moment où la queue en forme de trident s'enroulait autour de son corps, plaquant ses bras contre ses flancs.

Sans lâcher la Gemme, Alexis se retrouva pris comme dans un étau et soulevé dans les airs, jusqu'à se retrouver au niveau du faciès pointu de la Créature.

Sa vision s'obscurcit dans le soleil couchant, car le monstre le serrait trop fort et l'air ne rentrait plus dans ses poumons. Il était dans l'incapacité de réunir son amulette et la Gemme. Il allait mourir juste avant d'acquérir ses pouvoirs illimités.

Le Serpent rapprocha sa tête d'Alexis sans lâcher du regard la Gemme de l'Eau, si bien qu'il ne vit pas l'énorme masse de roche et de terre leur tomber dessus. Elle s'écrasa sur son dos et se brisa, projetant la Créature à terre.

L'étau de la queue du monstre se desserra enfin. Alexis se mit à tomber du ciel comme une goutte de pluie, et en profita pour plaquer la Gemme contre sa poitrine afin de connecter son amulette à la pierre dont elle était issue.

Dans une explosion de puissance qui envoya le Serpent heurter la cascade la plus proche, Alexis se retrouva en train de flotter dans les airs. Une énergie qui dépassait tout ce qu'il croyait possible parcourut son corps et amplifia ses sens au point qu'il avait l'impression d'avoir jusque-là vécu dans un rêve sans avoir jamais réellement expérimenté la conscience, le pouvoir ou *la réalité*.

Il percevait tous les liquides alentour comme s'ils faisaient partie de lui : les nuages, l'eau, et même le sang et la sueur de son corps. Il se sentait éternel. Invincible. Cette puissance était grisante et terriblement addictive. Alexis comprenait à présent pourquoi Mortem agissait ainsi, pourquoi il convoitait le pouvoir d'une manière aussi insatiable.

Parce que c'était bon, tout simplement.

Son amulette brillait comme une torche dans le crépuscule lorsqu'Alexis glissa la Gemme de l'Eau vide dans sa poche. L'aura de son corps augmenta jusqu'à irradier.

Il sourit. « *Enfin.* N'oublions pas pourquoi on est là. »

Le Serpent riva son regard sur le sien. Alexis prit une grande inspiration. Puis il fit exploser les chutes d'Iguazú.

Un tsunami surgit, détruisant tout sur son passage. Imparable, il propulsa le Serpent en direction d'Alexis en arrachant les épines qu'il avait sur le dos. Le jeune homme ne put esquiver l'une de ses pointes acérées, qui déchira sa combinaison en lui brûlant le bras.

Sous l'effet du choc plus que de la douleur, Alexis s'effondra à la surface du bassin, la main plaquée sur son biceps blessé. Le temps qu'il détourne les yeux de la rougeur de son sang, le Serpent avait déjà recouvré son équilibre et le coinçait contre la cascade.

Peu importait le nombre et la violence des coups donnés, Alexis savait que la seule chance de vaincre le monstre était de viser son point faible. Mais son épée était toujours plantée dans le ventre de la bête. Il allait devoir trouver une autre arme.

Alexis se tourna vers la cascade rugissante et se rappela les conseils d'Incantus : pour manipuler l'eau, il devait penser à ses propriétés fondamentales, la manière dont elle bougeait, sa cohésion, son énergie. Tandis que le Serpent ondoyait vers lui, Alexis plaqua ses deux mains contre le mur d'eau.

Le liquide clair cessa de couler et fut remplacé par l'éclat des cristaux blancs lorsque la cascade tout entière se transforma en paroi de glace.

Au mépris de la gravité, Alexis la remonta en courant tout en pressant ses paumes l'une contre l'autre afin de canaliser le sang qui maculait son bras. Le liquide rouge lui obéit et durcit en s'étirant pour former une longue lame acérée fabriquée à partir de sang et de douleur.

Une arme forgée dans la souffrance et avec l'intention d'en infliger dix fois plus.

Les mâchoires du Serpent claquèrent en dessous d'Alexis, et son haleine froide lui mordit les pieds. La Créature se rapprochait plus vite qu'il ne pouvait espérer lui échapper. Il n'avait plus le temps, il devait agir.

D'un coup de pied, Alexis prit son élan et effectua un saut périlleux qui fit tournoyer tout ce qu'il avait sous les yeux. La force indéniable de la gravité le rattrapa dès qu'il se sépara de son élément. Il resta suspendu dans les airs un bref instant, puis atterrit sur la tête du Serpent qui se débattait. Ses genoux ployèrent sous son poids, tandis que le monstre basculait sur le côté pour essayer de le jeter dans la rivière. Cependant, même la Créature de l'Eau ne fut pas capable de réagir à temps.

Alexis brandit son épée de sang et l'enfonça profondément au milieu du front de son adversaire.

Le dernier cri du Serpent gela sur sa gueule et se dissipa dans l'air nocturne. Les yeux bleus de la Créature étaient fixés sur Alexis, le vainqueur et sa victime échangeant un ultime regard. La colère les avait désertés tous les deux. Ils scintillaient doucement en ce début de nuit et paraissaient doux, presque tristes.

Comme ses congénères, la Créature de l'Eau n'avait fait que remplir sa mission : protéger la Gemme de son élément. Alexis comprenait à présent qu'il n'était guère différent d'elles ; lui aussi était né dans un but bien précis, afin de permettre à une prophétie de s'accomplir.

Et s'il était venu au monde pour devenir ténèbres, comme Mortem ? Et si l'homme qu'ils cherchaient à détruire n'était lui aussi que le pion d'un jeu qui le dépassait ?

Dans ce cas, son père était-il vraiment mauvais ou jouait-il seulement le rôle que quelqu'un avait écrit pour lui ? Ce fut cette question qui défit Alexis, car il ne réussit pas à la déloger de son esprit.

Le corps immense du Serpent tangua lorsque ses forces l'abandonnèrent. Il s'effondra sur lui-même, et Alexis sauta pour échapper à sa carcasse avant qu'elle s'écrase dans le bassin. La violence du choc fissura la paroi de glace, qui se brisa en un millier de gros éclats jusqu'à ce que la cascade retrouve son état liquide et chaotique.

Alors seulement, le silence céda la place au tumulte des eaux vives.

Alexis arracha son épée en bronze et en acier de la queue du serpent. Le bleu de ses écailles disparaissait déjà, les laissant ternes et sans vie. Son corps allait bientôt se dissoudre et retourner au sein de la Gemme.

Alexis n'aurait su dire si c'était à cause de l'absence du soleil qui venait de se coucher derrière la jungle ou de la sauvagerie de son acte, mais il se sentait glacé jusqu'aux os. Jusque-là, l'adrénaline l'avait maintenu alerte et plein d'énergie. Mais le danger n'était plus, et une certaine froideur avait pris sa place, sombre vestige de la violence qui venait d'avoir lieu. En dépit de ses pouvoirs, Alexis ne réussissait pas à se débarrasser de cette impression désagréable que la glace avait pris place sous sa peau.

Mais il n'eut pas le temps de se demander pourquoi, puisque ses amis arrivèrent en courant sur la berge pour le rejoindre au bord de l'eau.

« Al ! s'exclama Blaise en lui prenant le bras pour le secouer. C'était le feu, mec !

— Je dirais plutôt que c'était "l'eau", rétorqua Caeli en laissant Alexis la serrer dans ses bras.

— Qu'est-ce que vous voulez que je vous dise ? répondit Alexis en essayant de sourire. Il faut toujours garder le meilleur pour la fin.

— Dieu soit loué, tu n'as rien », dit Demi. Elle passa un bras autour d'Alexis et un autre autour de Blaise, mais elle avait la tête basse et le regard abattu. Quelque chose avait changé chez elle, Alexis le remarqua aussitôt, même si elle essayait de le cacher. Il croisa le regard de Caeli tandis qu'ils se faisaient un câlin tous les quatre. La jeune fille secoua la tête.

« On a réussi, commenta Blaise d'une voix étouffée, les lèvres collées contre la tête de Caeli. Les amis, on a vraiment réussi ! »

Caeli laissa échapper un rire incrédule et les serra plus fort tous les trois. « La quête est terminée. »

Même si Valentina restait en retrait pour ne pas se faire remarquer, Alexis croisa son regard. Ses cheveux humides à cause des embruns dissimulaient une bonne partie de son visage et collaient à ses tempes et à son cou.

Elle soutint le regard d'Alexis, et sourit comme si elle se réjouissait de sa victoire et de ses retrouvailles avec ses amis. Mais elle avait beau être douée pour dissimuler ses émotions, sa solitude était aussi claire que de l'eau de roche pour Alexis. Il se demanda si elle avait eu un jour des amis aussi sincères que les siens.

« Tu es revenue, lui dit-il.

— Effectivement, répondit-elle en inclinant la tête.

— Est-ce que les ténèbres ont disparu ? questionna-t-il en guettant le moindre tremblement de ses doigts.

— Non, confessa Valentina en restant à distance. Mais leur emprise est moins forte qu'avant.

— Peux-tu nous téléporter au Refuge ? demanda Demi, toujours la première à traiter Valentina comme si elle n'était pas un animal sauvage qui risquait d'avoir un coup de sang à tout moment. Tu dois avoir envie de rentrer chez toi, mais…

— Je n'ai pas de chez-moi, répondit simplement Valentina. Cela dit, oui, je devrais pouvoir vous conduire au Refuge, surtout si c'est là que M. Arcangelo pourra me débarrasser de ce poison. Tant que vous me guidez, je peux vous emmener presque n'importe où.

— Ce serait merveilleux, merci. »

Caeli se tourna de nouveau vers Alexis. « Comment tu te sens ? C'est une expérience qui ne ressemble à aucune autre, pas vrai ? »

Alexis aurait aimé acquiescer. Il aurait aimé dire qu'il se sentait comme un dieu éternel disposant d'une santé à toute épreuve et de capacités illimitées. Mais en dépit de l'énergie de toute-puissance qui parcourait son corps, il ne ressentait plus qu'une seule chose. « Pour être franc, j'ai juste… froid.

— *Tu as froid ?* »

Ce fut Valentina qui posa cette question en écarquillant les yeux. Sa peur poussa Alexis à se demander pourquoi elle semblait penser que c'était une mauvaise chose.

Et puis, soudain, les paroles de la Femme de l'Eau lui revinrent en mémoire. Il n'eut pas l'impression d'émettre un son, mais ses amis se tournèrent vers lui comme s'il venait de lâcher une exclamation.

« Qu'y a-t-il ? demanda Demi en voyant que ses joues avaient pratiquement perdu toute couleur.

— L'eau », tenta-t-il d'expliquer alors que ses jambes refusaient de lui obéir. Derrière lui, il sentait l'eau tachée de sang s'agiter et l'air refroidir. S'assombrir. « La Femme de l'Eau a dit que j'avais accès aux ténèbres. Et si c'était aussi le cas pour la créature ? »

Alexis n'eut pas le temps de se retourner pour regarder le bassin dans laquelle le Serpent s'était affaissé. Il était déjà trop tard. Il ne put qu'assister impuissant à l'arrivée d'une immense vague d'ombre et de destruction qui les emporta tous les cinq.

Ils furent projetés à travers les chutes comme des marionnettes privées de leurs fils. Tout en tournoyant dans les airs, Alexis aperçut la silhouette noire géante qui les avait attaqués.

Le bleu chatoyant de ses écailles avait disparu au profit d'un noir obsidienne qui absorbait les dernières lueurs du couchant.

Le Serpent des Ténèbres ondula dans leur direction. Ses yeux autrefois bleus étaient désormais d'un noir de jais. Alexis s'arracha à sa contemplation pour se traîner vers les corps éparpillés de ses amis. Caeli et Blaise gisaient de part et d'autre de Valentina, et leurs amulettes brillaient encore, pleines de vie. Demi, en revanche, était la seule Enfant des Éléments à avoir restitué les pouvoirs de sa Gemme. Elle ne bénéficiait donc plus de son aura omnipotente. Elle paraissait mal en point et épuisée lorsqu'Alexis la rejoignit, mais elle respirait encore – pour le moment.

Le Serpent se dressait au-dessus d'eux tel un petit gratte-ciel dans le crépuscule. Une sorte de brume sombre s'échappait de son corps. L'épée de sang qu'Alexis avait plantée au milieu de son front s'était cassée, si bien que l'unique point faible de la Créature n'était plus accessible. Alexis se demanda si cela voulait dire qu'elle était invulnérable ou s'il existait un autre moyen de la vaincre.

Ils étaient arrivés si loin, se dit-il en prenant la main de Demi et en priant pour qu'elle reste inconsciente afin qu'elle ne sente rien. Mais au bout du compte, il serait toujours la victime des ténèbres.

Soudain, au cœur du désespoir, les paroles de son père lui revinrent en mémoire. C'était le mantra qui l'aidait toujours à se relever, celui qui lui permettait d'affronter les démons dans sa tête.

Je ne suis pas arrivé aussi loin pour m'arrêter là !

En pensant à Stephanie et à Jackson Michaels, ses vrais parents, Alexis fit face au Serpent tout seul. S'il devait mourir, qu'il en soit ainsi. Peut-être que la mort était son destin, comme les ténèbres avaient été celui de Mortem.

Par la lame des Ténèbres, brandie par celui auquel tu t'attends le moins, tu tomberas.

Alexis ferma les yeux en attendant que ça se termine.

Curieusement, après avoir passé tant d'années à prier en silence pour que la mort le délivre de son esprit tourmenté et de l'Homme-Ombre qui lui empoisonnait la vie, ce n'était plus le sort qu'il convoitait, finalement. Ça avait pris du temps, mais il savait à présent qu'il ne se résumait pas qu'à son passé, et qu'il valait mieux que sa douleur.

Oui, c'était bizarre comme, de son vivant, il avait eu envie de mourir, et maintenant que son vœu allait être exaucé, il désirait ardemment continuer à vivre pour admirer au moins un dernier coucher de soleil.

La vie était cruelle de lui dévoiler son sens au moment où elle allait se terminer.

Alexis ferma les yeux et sentit la froideur de la queue en forme de trident s'abattre si vite sur lui qu'il n'aurait pas eu le temps de bouger, même s'il en avait eu envie. Il retint son souffle pour ce qu'il pensait être la dernière fois.

Dans le ciel, une lumière blanche éclatante l'aveugla. Alexis leva les bras pour protéger ses yeux. En dépit de son intensité, cette lumière ne lui inspirait aucune peur. Elle était chaleureuse, puissante et *vive*. Elle chassa sa terreur et fit fondre la glace qu'il avait dans les veines.

Alexis cligna des paupières pour chasser les images résiduelles et tenta de voir la personne qui les avait sauvés, celle-là même qui lui avait présenté le monde des Élémentaires.

Incantus Arcangelo brillait comme un ange descendu des Cieux.

La lumière qui jaillissait de ses paumes immobilisait la queue rigide du Serpent des Ténèbres à quelques millimètres d'Alexis. La Créature se débattait avec une violence telle qu'elle s'arracha elle-même quelques écailles sur la moitié inférieure de son corps. Ses cris stridents résonnaient au milieu des chutes et arrachaient les ombres aux endroits où la lumière les projetait.

Les Élémentaires reprirent connaissance et se rejoignirent en rampant pour se tenir les uns aux autres.

« Fermez les yeux », ordonna Incantus en brillant plus fort qu'une supernova, tandis que de grandes ailes chatoyantes se déployaient dans son dos.

De son corps jaillit un rayon lumineux qui éclaira la jungle tout entière, en oblitérant le Serpent des Ténèbres et pulvérisant la nuit avec l'éclat brûlant du soleil à son zénith. La Créature ne laissa derrière elle que des filaments d'ombre qui se dispersèrent au contact de l'eau.

L'aura qui avait appartenu au Serpent brilla d'un éclat bleu avant de virer au noir. Puis elle flotta jusqu'à l'amulette de l'Eau qui absorba et retrouva sa force de vie. Elle se mit à vibrer sur la poitrine d'Alexis, puis s'éteignit doucement, signalant ainsi que le danger était passé – pour de bon.

Le cauchemar était terminé, et Alexis n'avait plus besoin de courir après les couchers de soleil, car l'aube était arrivée pour chasser les ténèbres.

Là où s'était tenu le Serpent, il n'y avait plus qu'Incantus. L'aura évanescente de ses ailes d'ange se dissipa lorsque ses pieds touchèrent le sol. Le dos bien droit dans sa combinaison blanche qui brillait au clair de lune, il esquissa un sourire radieux. « Enfants des Éléments, comme vous m'avez manqué ! »

42

ADVESPERASCIT

Advesperascit : *verbe latin.*
Il se fait tard ; la nuit tombe.

« Incantus », souffla Alexis avec le peu d'air qui restait dans ses poumons. Il se remit debout tant bien que mal en saisissant la main tendue de son mentor. Puis il le serra contre lui, avec l'énergie d'un enfant réuni avec un parent qu'il croyait ne jamais revoir.

« Les sentez-vous ? demanda Blaise en se dépêchant de les rejoindre. Nos pouvoirs illimités ?

— Absolument, mon garçon. »

Derrière eux, Caeli poussa un petit couinement et se glissa sous le bras d'Incantus. Elle n'essaya même pas de dissimuler sa joie. « Comment nous avez-vous retrouvés ?

— Vos niveaux d'énergie étaient hors du commun. Le Grand Ordre n'avait pas de portaillers disponibles, alors j'ai voyagé avec la lumière jusqu'en Tanzanie, mais vous n'y étiez plus. Puis j'ai vu vos pouvoirs combinés émettre des signaux dans le ciel, comme si vous m'appeliez. Je suis arrivé juste à temps, semble-t-il. »

Alexis se retourna pour contempler la zone que le grand Serpent avait occupée. Le soulagement l'envahit en constatant sa disparition. Malgré l'obscurité et le froid, grâce à la présence d'Incantus, il se sentait en sécurité pour la première fois depuis qu'ils avaient quitté le Refuge.

« Demetria ? » fit Incantus.

Alexis se tourna vers Demi et se rembrunit. La tête basse, les traits dissimulés par ses cheveux bruns emmêlés, elle pleurait en silence, les bras croisés sur sa poitrine comme si elle avait peur de se briser en mille morceaux. Quand elle leva les yeux et vit qu'Incantus la dévisageait avec inquiétude, elle laissa échapper un sanglot et tomba à genoux, incapable de contenir plus longtemps le poids de son chagrin.

Incantus la prit dans ses bras. « Là, ma chérie, je suis là. Vous êtes en sécurité, maintenant. » Demi enfouit son visage au creux de l'épaule de leur mentor. Elle avait trop honte pour regarder ses amis.

« Elle a tué le Dr Péché », chuchota Caeli à Alexis.

Elle n'eut pas besoin d'en dire plus. Il mesurait parfaitement les dégâts irréversibles que cet acte avait causés au sein de son âme, la faisant passer de jeune fille à survivante en un instant.

« Et si nous rentrions à la maison ? » proposa Incantus d'une voix douce. Demi s'écarta de lui pour rejoindre ses amis. Ensemble, ils se serrèrent très fort dans les bras.

Pour Alexis, le succès avait un goût doux-amer. Compte tenu de tout ce qu'ils avaient affronté, il n'aurait pas cru qu'ils survivraient, et encore moins qu'ils réussiraient leur quête.

Mais le soulagement se mêlait au chagrin. Alexis pleurait ceux qu'ils avaient été, les adolescents qui étaient morts avec chacune des Créatures des Éléments.

« Qui avons-nous là ? » demanda Incantus en regardant derrière eux.

Valentina s'avança et s'inclina devant le célèbre Élémentaire doté des pouvoirs de la lumière.

« Je m'appelle Valentina, monsieur.

— Elle nous a aidés », intervint Demi.

Caeli se racla la gorge et ramena des mèches rebelles derrière ses oreilles. « C'est l'autre portaillère qui a aidé Mortem à s'introduire dans le Refuge. Elle était imprégnée à ce moment-là, mais elle a réussi depuis à repousser les ténèbres. »

Valentina fit de son mieux pour rester calme tandis qu'Incantus la rejoignait. Mais Alexis lut la peur dans ses yeux lorsqu'une lumière blanche apparut autour des mains d'Incantus.

Des veines noires étincelèrent sous la peau de la jeune femme lorsqu'il commença à extraire prudemment les ténèbres de son corps. Elles lui arrachèrent un grognement en sortant à l'air libre dans une boule de noirceur tourbillonnante. Dans un éclat lumineux, les ombres qui avaient torturé l'esprit de Valentina disparurent sans laisser de trace.

« Il semblerait que la présence combinée des Enfants des Éléments a affaibli l'emprise que les ténèbres avaient sur vous, dit Incantus, le visage marqué par l'effort. J'ai fait disparaître leurs derniers vestiges. Ravi de vous rencontrer… Valentina. Merci pour votre courage. »

Incantus lui tendit la main. Après quelques secondes d'hésitation, Valentina la lui serra.

De là où il se tenait, Alexis remarqua, en même temps qu'Incantus, une marque à l'intérieur du poignet de la jeune femme. Au début, il crut qu'il s'agissait de son ombre enfin libérée, mais en y regardant de plus près, il comprit que c'était une légère brûlure, trop complexe pour être accidentelle. On aurait dit un tatouage plutôt qu'une cicatrice. Il avait la forme d'un dragon chinois rond avec une perle enflammée au-dessus de la tête.

Valentina vit qu'Incantus avait aperçu sa marque et retira aussitôt sa main. Puis elle lui lança un regard inquisiteur, comme si elle attendait de voir s'il allait faire un commentaire. Sauf qu'il garda le silence. Respectueusement, il s'écarta pour lui permettre de rejoindre les autres jeunes Élémentaires.

Ensemble, ils regardèrent Incantus sortir de sa poche un appareil de téléportation argenté.

« Je peux nous téléporter, s'empressa de proposer Valentina.

— Ça ira, ma chère, je préfère utiliser ceci, répondit Incantus tandis qu'un mince mur blanc apparaissait entre deux troncs d'arbre. Je dois vous accorder l'accès au Refuge mentalement, ce qui est plus facile pour moi quand j'utilise l'un de nos propres appareils. »

Les autres trouvèrent cette explication parfaitement raisonnable, mais Alexis, toujours attentif aux subtilités des expressions humaines, vit réapparaître le masque impassible de Valentina. Il se demanda alors qui elle était vraiment et quelle était son histoire. Et que voulait dire le tatouage sur son poignet ?

« Venez, dit Incantus en souriant. Rentrons à la maison. »

Il franchit le portail blanc scintillant en premier. Demi prit le bras de Valentina en guise de soutien. Caeli leva les yeux au ciel en poussant un soupir exaspéré, puis prit à contrecœur l'autre bras de Demi, formant ainsi une chaîne avec Valentina, qui ricana.

Les trois filles disparurent toutes ensemble.

« Vas-y, dit Alexis à Blaise. J'ai besoin d'une minute. »

Blaise acquiesça et lui dit, juste avant d'utiliser le téléporteur : « Ne traîne pas trop. Il n'y aura pas de bus pour te ramener à Stonehenge. »

Quand ses amis furent partis, Alexis poussa un profond soupir de soulagement.

Mais il ne les suivit pas.

Il avait quelque chose à faire d'abord. Quelque chose qu'il ne pouvait accomplir que maintenant qu'il n'y avait plus personne pour l'arrêter.

Il tourna le dos au portail et se rendit de nouveau à l'entrée de la jungle en longeant la rivière depuis les chutes d'Iguazú. Le sang des Sans-Ombre s'était dilué dans le courant tumultueux, mais grâce aux pouvoirs illimités de la Gemme de l'Eau, Alexis trouva sans peine ce qu'il cherchait.

Le Dr Péché était étendu près de la rive. Il avait réussi à s'adosser à un rocher déchiqueté qui perçait la surface des eaux vives. Son torse énorme se soulevait au rythme de ses respirations douloureuses tandis que du sang s'échappait de la flèche encore fichée dans sa chair.

Bien joué, Demi, pensa Alexis.

« Pathétique, commenta Péché en crachant du sang et des glaires. Tu attends que le Grand Ordre vienne m'arrêter ? » Il ajusta sa position. « Tu es si faible. Si mon seigneur me l'avait permis, je t'aurais tué le premier.

— Personne ne va venir t'arrêter », répondit Alexis d'une voix détachée de toute émotion.

Pour communiquer avec son oppresseur, il fallait parler un langage qu'il comprenait. Péché, comme Mortem et l'Homme-Ombre, ne comprenait que la violence, la menace et la peur.

Un langage qu'Alexis connaissait depuis des années.

Il fit un pas de plus, et remarqua que les lèvres de Péché avaient bleui sous l'effet du froid et que ses yeux caves étaient de couleur noisette, très loin du noir.

Cet homme avait failli assassiner la meilleure personne qu'Alexis connaissait. Il avait bien failli la lui enlever à jamais, et sa raison avec. Heureusement, la raison et la moralité étaient deux choses différentes. Péché allait payer pour ses crimes, mais les propriétés purifiantes de l'eau n'allaient pas suffire pour punir un individu aussi répugnant.

Alexis pensait qu'accéder à ses pouvoirs des ténèbres, encore endormis, serait chose difficile, mais ils lui vinrent aussi naturellement que ceux de l'eau. Le seuil était à sa portée. Il l'avait toujours été. Il lui suffisait de l'invoquer et d'énoncer clairement ses intentions.

Oh, comme la descente dans les ténèbres était pavée de promesses brisées et de serments abandonnés !

Alexis sentit leur froideur s'insinuer dans ses veines à la manière de l'adrénaline, et sortir de son corps pour l'envelopper dans une seconde peau d'ombres tourbillonnantes. Il ne s'était jamais senti aussi puissant.

Péché le contemplait d'un air horrifié, avec la même peur qu'il avait aimé infliger à un si grand nombre de victimes. Il regarda l'amulette sur la poitrine d'Alexis, puis ses yeux qui, à présent, voyaient dans le noir aussi clairement qu'en plein jour.

Péché secoua légèrement la tête. « Tu es exactement comme lui. »

Des images et des sons défilèrent dans l'esprit d'Alexis. Le choc sur le visage de Demi quand la flèche l'avait blessée. Son corps flasque entre ses bras. Le sang de la jeune fille sur son torse à lui. La chaleur de ses larmes sur ses mains. Sa voix brisée quand elle lui avait dit qu'elle ne voulait pas mourir.

La souffrance de Demi devint la puissance d'Alexis.

Les ombres durcirent et se firent pointues dans sa main, comme s'il tenait une pique. « Non, dit-il en se penchant pour enfoncer la lame ténébreuse dans le torse de Péché, centimètre par centimètre, lui arrachant un hurlement silencieux. *Je suis pire.* »

Péché mourut avant que l'extrémité de la pique heurte la roche derrière lui. Alexis libéra sa lame d'un coup sec, et du sang éclaboussa son visage. Le corps bestial de sa victime glissa dans l'eau et coula, emporté par le courant. Quand il eut disparu, l'arme dans la main d'Alexis se dispersa sous forme de nuages noirs.

Alexis recula en titubant sous l'effet du courant. Il examina ses mains et n'y vit aucune trace de noirceur. Même son amulette restait bleue et brillait de mille feux grâce à ses pouvoirs illimités.

Alexis avait voulu cela. Il avait acheté sa vengeance avec le sang qui lui maculait les joues.

Pourtant, il se sentait sale, indéniablement. Brusquement, il eut l'impression d'avoir *tort*.

Il plongea en espérant que la rivière nettoierait ses crimes et laverait les remords qu'il n'éprouvait pas encore. Puis il retraversa la jungle en sens inverse pour rejoindre le portail.

Ses amis l'attendaient. Incantus devait se demander pourquoi il tardait tant. Qu'allait-il leur dire ?

Mais ce n'était pas sa principale préoccupation.

Il avait voulu tuer Péché et il avait aimé *le faire. Il avait aimé manipuler les ténèbres.*

Il percevait davantage ses pouvoirs de l'ombre, à présent. Après avoir été employés temporairement, ils s'agitaient comme une bête en cage qui aurait goûté à la liberté.

La prophétie de la Femme de l'Eau lui revint en mémoire. Sa chute par la lame des Ténèbres. Son destin et celui de la noirceur qu'il portait en lui.

Incantus avait dit un jour que Mortem avait décidé de son propre sort, qu'il avait choisi les ténèbres, mais comment Alexis pouvait-il être certain que son père n'était pas une victime au même titre que Valentina ? Peut-être était-il le premier d'une longue liste de gens imprégnés par les ténèbres ? Une autre question jaillit dans l'esprit d'Alexis. Serait-il leur prochaine victime ? Ou pire, deviendrait-il celui qui tirait les ficelles ?

Alors qu'il levait le pied pour franchir le portail, il entendit une brindille se briser derrière lui.

Il tourna brusquement la tête.

Un homme se tenait derrière lui et le contemplait d'un air incrédule, la bouche ouverte sous l'effet de la surprise. Pire encore, un appareil photo tremblait entre ses mains, l'objectif braqué sur Alexis.

Il avait été repéré. Par un mortel.

Un mortel qu'il connaissait.

Il n'avait jamais pu l'oublier, même si cela faisait des années, même s'ils ne s'étaient vus qu'une seule fois. Comment aurait-il pu oublier l'homme lui ayant appris la technique qui lui avait permis de rester sain d'esprit dans ses moments les plus sombres ? Encore maintenant, la seule chose qu'Alexis se surprit à pouvoir faire fut de tapoter ses doigts contre ses pouces.

Était-ce possible ? Le tout premier homme qu'il avait tenté d'assassiner venait-il de le voir commettre son premier meurtre ?

Avant qu'il puisse prononcer un mot, son élan l'emporta et son corps passa à travers le portail blanc opaque. En un clin d'œil, le Dr Dash disparut, la quête prit fin et Alexis se retrouva au sein du Refuge.

43

VACILANDO

Vacilando : *verbe espagnol.*
Vagabonder ou voyager en sachant que le voyage est plus important que la destination.

« Vous en êtes sûr ? » répéta Alexis une troisième fois en faisant les cent pas, les mains dans les cheveux. Il serrait si fort ses boucles brunes que quelques-unes se cassèrent sous ses doigts.

Le grondement constant de la cascade avait été remplacé par le calme du laboratoire au dernier étage du Refuge. Quand Alexis avait surgi, complètement paniqué après avoir vu le Dr Dash, il avait dû expliquer pourquoi il avait tant tardé et pourquoi il était aussi agité. Il avait simplement dit à Incantus et à ses amis qu'il avait vu quelqu'un. Il ne leur avait pas avoué qui c'était, il ne leur avait pas non plus parlé de Péché.

Si Incantus avait perçu un changement chez lui ou dans son aura, il l'aurait mentionné, non ? Peut-être qu'Alexis avait utilisé les ténèbres pour la première et dernière fois et que ça ne se reproduirait plus.

Mais l'idée que son visage fasse la une des journaux du monde entier, et qu'à cause de lui l'existence des Élémentaires soit dévoilée, l'ébranlait profondément. Et si ses parents apprenaient la vérité ? Il les redoutait autant que les Créatures des Éléments.

« Quand un portail créé par notre appareil de téléportation se referme, il émet une onde qui efface les dernières heures enregistrées par la mémoire des mortels dans un périmètre de mille cinq cents mètres », assura Incantus en consultant les dizaines d'écrans d'ordinateur qui l'entouraient et en éteignant leurs moniteurs.

Alexis vit ses amis se détendre. Ils étaient trop fatigués par deux journées de veille et de combats incessants pour rester plus longtemps sur leurs gardes.

« Encore faut-il qu'ils aient compris ce qu'ils ont vu, ajouta Incantus. La force Maya empêche la plupart des gens n'ayant pas de sang élémentaire de voir directement notre monde. Néanmoins, j'ai communiqué au Grand Ordre le nom de chaque endroit que vous avez visité et, en ce moment même, une équipe d'Effaceurs est en train de… nettoyer les dégâts. »

Il avait choisi ses mots avec délicatesse en jetant un coup d'œil à Demi, qui n'avait rien dit depuis qu'ils étaient rentrés. À moitié endormie, elle faisait un câlin à Gibbeux, les bras autour de son cou.

Alexis sentit son ventre se dénouer. Mais il ne parvenait pas à se débarrasser totalement de la peur que le Dr Dash ait pu prendre une photo de lui prenant la fuite après avoir assassiné Péché.

Gibbeux dressa les oreilles en entendant des bruits de pas précipités. Ziya Parashakti franchit la porte à la volée.

« Vous êtes rentrés ! Comment c'était ? Comment ça s'est passé ? Je veux absolument *tout* savoir ! » Elle jeta un coup d'œil à Valentina. « Oh, bonjour !

— Mission accomplie, Zi », répondit Blaise en lui tapant dans les mains.

Les lumières blanches éclatantes du laboratoire s'éteignirent brusquement avant que Ziya puisse poser d'autres questions. Les Élémentaires se retrouvèrent plongés dans le noir, à l'exception des lueurs colorées provenant des amulettes chargées de leurs pouvoirs illimités.

« Une coupure de courant ? s'étonna Caeli.

— Je ne pensais pas que ça pouvait arriver dans cet endroit », ajouta Alexis en voyant, dans la pénombre, l'inquiétude se peindre sur les traits d'Incantus. Il tenta désespérément de relancer les ordinateurs, mais ces derniers ne réagirent pas.

L'homme aux cheveux blancs se tourna vers Ziya. « Quelque chose ne va pas. »

Soudain, il poussa une exclamation, comme s'il venait de recevoir un coup de poing dans le ventre. Il pressa ses poings contre ses tempes, et chacun put voir son expression torturée grâce à la lumière qui émanait de ses mains.

« Qu'est-ce qu'il se passe ? » demanda Blaise en fouillant le laboratoire par ailleurs désert.

Incantus poussa un cri, et les lumières du laboratoire explosèrent. De gros éclats de verre tombèrent en pluie du plafond, et se brisèrent en mille petits morceaux contre le champ de force que Caeli érigea instinctivement.

Incantus titubait, et ses yeux écarquillés brillaient d'un feu blanc. Sans ménagement, il fit passer les jeunes Élémentaires derrière lui tandis que Gibbeux grondait à côté d'eux, prêt à attaquer.

Petit à petit, au milieu de la pièce, une projection télépathique chatoyante émergea du néant. Suspendue dans les airs, elle s'étira jusqu'à faire au moins la taille d'un ballon de football. Contre toute attente, elle avait réussi à passer outre les boucliers et les barrières qui protégeaient le Refuge.

« Ça vient de toi ? aboya Caeli en enfonçant ses ongles dans le bras de Valentina au point de la faire saigner.

— Non, je te jure que non ! » protesta-t-elle.

Malgré sa méfiance, Caeli se retrouva dos à dos avec Valentina pour guetter d'autres intrusions.

Pendant ce temps, la sphère lumineuse commençait à prendre l'apparence d'un visage humain. Alexis reconnut aussitôt la peau brune et ridée, les traits prononcés, le crâne chauve et la barbe grise. Il ne s'attendait pas du tout à revoir ce visage un jour, encore moins au sein du Refuge.

Dans un grognement, la projection astrale se stabilisa enfin. Les yeux couleur café s'ouvrirent brusquement, et le regard d'Akili Pierce se posa sur les Élémentaires stupéfaits.

Incantus leva les mains et projeta un rayon lumineux qui repoussa la projection. « Je dois couper ses ondes cérébrales, marmonna-t-il en remettant ses mains sur ses tempes.

— Non, ça le tuerait ! protesta Ziya.

— Tu crois que j'en ai envie ? répondit Incantus à sa protégée. C'est mon plus vieil ami, mais s'il met en danger vos vies et tous les habitants du Refuge, je n'ai pas le choix.

— Il doit bien y avoir un autre moyen ! plaida Demi en tenant Gibbeux par le cou pour l'empêcher de se jeter sur l'hologramme. Vous avez réussi à chasser les ténèbres qui empoisonnaient Valentina.

— C'était différent. Akili est toujours dans le château de Mortem. Extraire les ténèbres n'est pas aussi simple que tu le crois. C'est dangereux pour nous deux. Quand elles sont à ce point entremêlées avec l'esprit de la personne… les retirer peut être pire que la mort. » Il grimaça comme s'il souffrait. « Pour que la prophétie de la Lumière et des Ténèbres s'accomplisse, il faut être prêt à tout sacrifier. Teller et Akili le savaient. Raeve et Taranis aussi. Ils vous le diraient s'ils n'avaient pas été capturés par la même personne qu'ils s'efforçaient d'arrêter.

— Monsieur, ses yeux ne sont pas aussi noirs qu'ils l'étaient quand je me trouvais au château, intervint Valentina. Quand on combat les ténèbres… c'est comme lutter contre une vague qui finira forcément par nous noyer. Si c'est votre ami et qu'il a réussi à vous contacter, c'est peut-être la seule chance qu'il a de vous parler. »

Les paroles de Valentina restèrent en suspens dans le silence. Jusqu'à présent, Alexis n'aurait su dire s'il lui faisait confiance ou s'il pourrait lui pardonner le fait que Demi avait failli mourir à cause d'un de ses portails. Mais là, il se surprit à respecter sa force, car il avait toujours admiré les choses cassées qui résistaient à la facilité de se laisser tomber en morceaux.

« Ian. Ziya. Les enfants. Je n'ai pas beaucoup de temps », dit Akili d'une voix étranglée.

Incantus fit un geste, et la projection revint vers eux. Valentina avait raison, Akili avait le regard clair – pour l'instant. « Mon ami, comment vas-tu ? Et comment vont Raeve et Taranis ?

— Il a déversé tellement de ses pouvoirs en nous... Je... je ne tiendrai pas longtemps. Je dois vous dire quelque chose. » Des veines noires saillaient sur le cou d'Akili comme s'il suffoquait. Son corps luttait contre sa volonté. Une espèce de vernis noir apparaissait au coin de ses yeux chaque fois qu'il cillait. Il avait du mal à tenir les ténèbres à l'écart. « Trouver les Gemmes n'a pas suffi pour déjouer ses plans. Empêcher les Enfants de les récupérer n'était qu'une petite partie de ses objectifs. Il a toujours été focalisé sur le solstice, et il a amassé une armée pour s'y préparer. » Akili hoqueta, et sa projection astrale oscilla entre solidité et transparence. « Ce n'est pas ce qu'on croyait, Ian. Mortem n'a jamais eu l'intention de plonger notre monde dans les ténèbres ou de dévoiler notre existence. »

Alexis sentit ses cheveux se dresser sur sa nuque. Il comprit à quel point ils avaient eu tort, à quel point il avait été naïf de croire que Mortem ne préparait pas autre chose, ne leur réservait pas un sort pire qu'un monde recouvert par les ombres.

Mais qu'est-ce qui pouvait bien être pire qu'un monde dépourvu de lumière ?

Akili se tut brusquement. L'hologramme crépita, et son visage disparut. Dans sa frustration, Incantus abattit son poing sur la table, qui se fissura. Au milieu des lumières qui clignotaient, la projection s'anima de nouveau, et le visage d'Akili réapparut. Il prononça alors les mots qui changèrent tout.

« Si Mortem est dans l'enceinte de Stonehenge le jour du solstice, au moment de l'éclipse, ses pouvoirs seront amplifiés, et il imprégnera toutes les personnes possédant la moindre goutte de sang élémentaire. »

44

MIZPAH

Mizpah : *nom hébreu.*
« Tour de guet » ; le lien émotionnel qui unit les gens, en particulier ceux séparés par la distance ou la mort.

Cette déclaration d'Akili était si choquante que, pendant un long moment, personne, pas même Incantus, ne réagit.

Ce que Mortem avait fait subir à Valentina et aux Leaders, il comptait désormais l'infliger à tous les Élémentaires. Alexis ne pouvait imaginer pareille dévastation. Le contrôle que cela lui donnerait, l'autorité que nul ne pourrait contester.

Car la seule chose pire qu'un monde recouvert par les ombres serait un monde où il n'y en aurait plus aucune parce que la lumière de la vie se serait éteinte.

« Il… il arrive, balbutia Akili.

— Akili ! » Incantus voulut attraper la projection transparente, mais ses doigts passèrent à travers tandis que la résistance de son ami s'épuisait. « Ses pouvoirs vont grandir, alors que les miens vont s'affaiblir lors du solstice. Alors, recontacte-moi aussi vite que tu pourras ! Si son emprise sur toi dure trop longtemps et que je tente d'extraire les ténèbres… tu sais ce qu'il pourrait arriver.

— Adieu, mon cher ami. Si on doit en arriver là, fais le né-nécessaire. Je ne veux pas subir le même s-sort que… »

Un cri furieux retentit quelque part derrière la projection. Brusquement, le visage d'Akili devint flou. La dernière image visible avant que l'hologramme disparaisse, ce fut la main noire tendue de Mortem.

Les lumières du Refuge se rallumèrent. Les Élémentaires se retrouvèrent de nouveau dans une pièce brillamment éclairée. Les quatre Enfants des Éléments se tenaient côte à côte dans un silence troublé et lançaient des regards interrogateurs à leur mentor. Ziya et Valentina restaient légèrement en retrait. Ces deux jeunes femmes qui ne s'étaient jamais rencontrées étaient à présent réunies, non par l'amour ou l'amitié, mais par la souffrance que leur avait infligée Mortem.

Incantus brisa le silence d'une voix lointaine, le regard vide. Son corps semblait bouger instinctivement, comme s'il cherchait à s'occuper en pianotant sur différents appareils argentés. Alexis comprit aussitôt qu'il fonctionnait par automatisme, une réponse traumatique à ce qu'il venait de se passer. Il se sentait épuisé rien qu'en le regardant.

« Ziya, aide notre nouvelle compagne à s'installer, s'il te plaît. J'ai besoin de parler à l'équipe Alpha en privé », dit Incantus d'un ton qui ne souffrait aucune protestation.

Ziya souhaita bonne nuit à ses amis à contrecœur et demanda à Valentina de la suivre. Au moment de partir, celle-ci lança un dernier regard en direction de Caeli et de Blaise. Alexis aurait été incapable de dire auquel des deux ce regard était destiné.

« Est-ce qu'Akili va s'en sortir ? » questionna Demi avec délicatesse.

En attendant la réponse d'Incantus, Alexis se demanda qui était la personne que le Leader avait tenté de nommer avant de disparaître. Le simple fait de l'évoquer avait plongé leur mentor dans une dépression teintée de chagrin. Alexis ne put s'empêcher de parvenir à une conclusion décourageante : en dépit de tout le temps passé avec Incantus, il ne le connaissait pas si bien que ça.

« Je l'espère, répondit Incantus. Mortem ne peut se passer de lui et de ses pouvoirs. Il sait qu'il vaut mieux le garder en vie. Compte tenu de ce qu'Akili nous a dit, quand j'aurai transmis ce message au Grand Ordre, ils seront obligés de se battre contre Mortem dans deux jours. Ce n'est plus seulement un duel entre la Lumière et les Ténèbres, c'est une bataille pour la souveraineté de nos âmes, et je ne peux pas la gagner seul. »

En voyant à quel point les quatre adolescents avaient l'air anxieux et épuisés, il posa son appareil et leur accorda toute son attention.

« Maintenant, écoutez bien ce que je vais vous dire. Ce que vous avez accompli n'est rien de moins que légendaire. Vous avez rempli votre mission en tant qu'Enfants des Éléments, et vous avez trouvé les quatre Gemmes élémentaires perdues. Peu importe ce qu'il se passera, cette victoire est la vôtre et personne ne pourra jamais vous l'enlever. Si vous le souhaitez, votre rôle dans cette histoire est terminé. »

Tiens, lui aussi qualifiait d'*histoire* la prophétie concernant leur vie, exactement comme la Femme de l'Eau. Toutes les histoires avaient une fin, et Alexis se demanda si c'était la sienne, s'il allait pouvoir poser son stylo, ou si Mortem allait le lui arracher des mains alors qu'il restait encore de l'encre pour écrire.

Les Enfants des Éléments ne s'attardèrent pas après cela. Ils restituèrent leurs pouvoirs illimités aux Gemmes, puis empruntèrent les couloirs vides du Refuge, et traversèrent les ponts en marbre blanc et or qui permettaient de passer d'un côté à l'autre de l'immense puits central.

Ils arrivèrent bientôt devant les escaliers individuels qui menaient à leurs chambres, où ils allaient pouvoir dormir pour la première fois depuis des jours. Alexis contempla les trois personnes auxquelles il tenait le plus. Il ne s'imaginait pas vivre sans elles, et pourtant, il avait bien failli les perdre.

Aucune parole ne fut échangée, car ils n'en avaient plus besoin pour se comprendre. Ils se sourirent, en sachant pertinemment que, quoi qu'il puisse arriver, ils l'affronteraient tous ensemble.

Des jours bien sombres les attendaient. Mais lorsque les Enfants des Éléments se séparèrent, Alexis se rendit compte, pour la première fois de sa vie, que les ténèbres de son cauchemar allaient se dissiper grâce à la lumière du soleil levant. Il en avait toujours été ainsi, mais il n'y avait jamais fait attention.

Alexis souhaita bonne nuit à ses amis et entra dans sa chambre. Dès qu'il se retrouva enfin seul, après avoir fermé la porte, il éclata en sanglots.

Le barrage venait de céder. Alexis n'avait plus la force de contenir le flot de ses émotions. Il n'avait même plus la force de rester debout. Il s'écroula, le dos contre la porte en bois voilée. Les larmes roulaient sur ses joues sans retenue ni répit. Il avait eu peur de se noyer dans ses émotions s'il admettait leur présence, mais il ne pouvait plus faire semblant de ne rien sentir.

Il pleura pour Demi, pour cette partie d'elle qui ne guérirait jamais, et pour la fracture entre eux qu'ils ne pourraient peut-être pas réparer. Il pleura pour lui-même, pour cette brève période pendant laquelle il s'était senti en sécurité et sain d'esprit. C'était terminé, il le savait.

Il pleura pour ses parents et pour Jason, pour le monde dans lequel ils vivaient sans le savoir, pour la menace qui pesait sur eux et dont ils ignoraient tout. Il pleura pour Blaise et pour Caeli, pour Incantus et pour Ziya, pour leur souffrance, leur chagrin et la lutte qu'ils refusaient d'abandonner. Pour les Leaders et pour Valentina, pour l'océan de ténèbres dans lequel ils s'étaient noyés et pour Teller, pour les souvenirs qu'il ne créerait plus et les histoires qu'il ne raconterait plus.

Enfin, Alexis pleura pour Mortem Arcangelo. La poitrine frémissante, les yeux brûlants et la gorge douloureuse, il pleura pour ce que Mortem l'avait obligé à faire.

Peu importait que le destin ait déterminé les choix de son père biologique. Alexis devait l'arrêter, au nom des horreurs qu'il avait déjà commises et de celles qu'il s'apprêtait à faire. Si cela devait lui coûter la vie à lui aussi, c'était un sacrifice qu'il était prêt à accepter.

En se mettant au lit, Alexis se rappela ce qu'Incantus lui avait dit à la veille de la quête, quand ils contemplaient le reflet de la lune sur la rivière, dans le Jardin. Il ne pensa pas à la discussion sur ses parents qui lui manquaient, ni à celle à propos de Mortem et de comment il en était arrivé là.

Non, ce dont Alexis se souvint, ce furent les paroles que son mentor lui avait fait promettre de ne pas oublier : que peu importait la noirceur qui s'abattrait sur lui, il ne devait jamais perdre de vue la lumière de la vie et de l'amitié, car elle lui permettrait de percer l'obscurité, même celle qui régnait dans les profondeurs de son esprit.

Au moment de s'endormir, Alexis décida que c'était une noble cause pour laquelle se battre.

Même si, pour cela, il devait de nouveau utiliser ses pouvoirs obscurs.

Car seule la grâce de la lumière valait de descendre dans les ténèbres.

ÉPILOGUE

Au sein de la forteresse gelée de Mortem, Ezra Alastor savait que quelque chose de terrible venait de se produire.

Les murs noircis pulsaient d'une lueur arrogante. Guidé par cet éclairage intermittent, Ezra traversa le château en faisant de son mieux pour ignorer les cris interminables et pénétrants des prisonniers affamés. Il ne s'y habituerait sans doute jamais.

Depuis quelques jours qu'il résidait dans la forteresse, il avait remarqué qu'elle ressemblait vaguement au Refuge, du fait de sa disposition en forme de ruche. Mais il s'agissait d'une version sombre et tordue, dépourvue de chaleur et de lumière. Ce qui lui manquait surtout, c'était la présence d'Incantus Arcangelo.

Tout en essayant de se repérer dans la descente du grand escalier en spirale, Ezra se rappela ses premières impressions d'Incantus et du Refuge, plus de dix ans auparavant. Là aussi, il s'était cru dans un labyrinthe. Ses parents le déposaient devant la chambre dans laquelle il dormait au cours de ses premiers séjours et l'embrassaient en lui disant qu'ils reviendraient bientôt. En tant que téléporteurs, ils représentaient de précieux atouts pour le Refuge et le Grand Ordre. Ezra détestait qu'ils le laissent là, mais il ne pouvait leur en vouloir de s'en aller, car la mission du Refuge était justement de produire des Élémentaires prêts à se battre et à protéger leurs congénères et les mortels.

Sauf qu'un jour, ses parents n'étaient pas revenus, et Ezra avait eu besoin de désigner un responsable.

Incantus et Akili Pierce étaient venus lui annoncer la nouvelle, et il les avait secrètement accusés du meurtre de ses parents. Il en avait voulu à l'humanité tout entière pour son incapacité à se protéger elle-même. Curieusement, il ne lui était jamais venu à l'idée de blâmer les créatures qui avaient tué ses parents ni l'Élémentaire qui les avait envoyés. Il n'avait jamais rencontré Mortem, alors qu'il connaissait Incantus. Il pouvait le haïr. Il en avait besoin. C'était la seule chose à laquelle il pouvait se raccrocher. Sans cela, il n'avait rien.

Ezra se dirigeait à présent vers celui qu'on lui avait toujours désigné comme le méchant. Sauf que Mortem était le seul qui le voyait vraiment. Mortem l'appréciait et reconnaissait son potentiel. Du moins, au début.

Depuis l'invasion du Refuge, Mortem ne faisait plus du tout attention à Ezra. Il était trop occupé à interférer avec la quête des Enfants des Éléments, et à préparer une bataille dont Ezra ignorait tout avant son arrivée au château. Exactement comme Incantus, Mortem paraissait oublier tout le monde pour se focaliser sur les quatre Élémentaires inexpérimentés et indignes du rôle qu'ils devaient jouer selon la prophétie de la Lumière et des Ténèbres.

Ezra était impatient de prouver à Alexis Michaels qu'il avait eu tort et que, bientôt, tout le monde connaîtrait son nom.

Il s'arrêta juste devant les appartements de Mortem, situés dans la partie la plus basse et la plus sombre de la forteresse gelée, et poussa la porte juste à temps pour voir le poing de Mortem frapper une dernière fois Akili Pierce. La montagne de muscles s'affaissa sur le sol froid et ne tenta pas de se relever.

« Emmenez-le », ordonna Mortem.

La porte s'ouvrit en grand, et les Leaders du Refuge, Raeve et Taranis, sortirent de la salle en traînant le corps meurtri et ensanglanté d'Akili.

Quand ils passèrent devant Ezra, ce dernier constata qu'ils avaient les yeux entièrement noirs et dépourvus d'émotion. Dans la salle, Mortem essuyait soigneusement ses mains pour en ôter le sang. Il ne leva même pas la tête pour saluer Ezra.

Le cœur battant, ce dernier se prépara mentalement, comme chaque fois qu'il se trouvait en présence de Mortem. Il écarta de son visage ses cheveux noirs, dont les mèches trop longues bordaient sa mâchoire anguleuse. Juste au moment où il était sur le point d'annoncer lui-même son arrivée, Croissant apparut et se mit à gronder en dévoilant ses crocs jaunes acérés.

« Laisse-le entrer », ordonna sèchement Mortem. Le grand loup rabattit ses oreilles, et Ezra passa prudemment devant lui. Il s'arrêta devant la trace sanglante qu'Akili avait laissée sur le sol quand on l'avait emmené.

Mortem releva ses manches de chemise aux poignets inondés de sang, et se laissa tomber sur son trône noir imposant en haletant à cause de l'effort qu'il venait de fournir. Ce fut à peine s'il tourna son regard bleu cerclé d'ombre en direction d'Ezra.

« Seigneur. » Une femme de haute taille, dont le corps semblait constitué uniquement de pointes et d'arêtes tranchantes, passa devant Ezra et s'inclina si bas devant Mortem que son menton faillit rayer les dalles noires.

« Qu'y a-t-il, Vultress ? » Mortem claqua des doigts pour ordonner à Croissant de revenir à sa gauche. « Au cours de la dernière heure, j'ai découvert que la Gemme de l'Eau qu'on m'avait remise était un faux et que mon cher Akili avait réussi à informer mon frère de nos plans pour l'éclipse. Le Grand Ordre a désormais les mains liées et va devoir intervenir. Alors, je ne sais pas ce que tu tiens tellement à me dire, mais fais vite. »

Ezra vit la femme déglutir péniblement avant de parler. « Aucun de nos soldats n'est rentré d'Amérique du Sud, pas même la fille Lì. Je vous demande de m'envoyer là-bas pour trouver Péché. »

Par-dessus les cheveux magenta quasiment ras de la femme, Ezra vit les traits de Mortem se durcir.

« Ton beau-frère est mort, Vultress, annonça-t-il en essuyant les dernières traces de sang sur la fourrure de Croissant. Sinon, il serait déjà revenu. C'est dommage, car je croyais ses capacités supérieures à celles de quatre enfants à peine entraînés. »

Dr Péché, mort ? Impossible. Comment Alexis et ses amis auraient-ils pu vaincre un adversaire résistant à tous les éléments ?

« J'ai une mission plus importante à te confier, Vultress, décida Mortem en se penchant sur son trône. Une mission réservée à mes Sans-Ombre les plus féroces et les plus loyaux. Par contre, elle te privera de la bataille du solstice.

— Seigneur », protesta Vultress en croisant les doigts si fort qu'ils blanchirent. Même si elle lui tournait le dos, Ezra perçut son hésitation. « Je suis la sorcière la plus puissante du monde. Vous préféreriez emmener au combat ma cousine imprégnée ? Raeve est une traîtresse. Je ne cherche pas à mettre en doute votre…

— Alors, tais-toi ! gronda Mortem. J'ai besoin d'elle et des autres Leaders pour mener à bien un plan qui me permettra de capturer mon frère si prévisible. Je souhaite garder les imprégnés à mes côtés pour qu'ils ne puissent pas s'égarer. Mais toi, tu es bien plus dangereuse quand on t'ôte tes chaînes. Alors, écoute-moi bien. Certains seront peut-être capables de résister à mes pouvoirs d'imprégnation après l'éclipse.

— Aucun Élémentaire n'est assez puissant pour ça, Seigneur.

— Silence », ordonna Mortem en secouant la tête avec une moue d'ennui. Sa brutalité et la peur manifeste de Vultress forcèrent Ezra à ravaler un sourire.

Voilà à quoi ressemblaient le pouvoir et l'autorité. Ezra avait tellement envie de les exercer sous la houlette de Mortem, comme on le lui avait promis.

« Comme tu le sais, je vais épargner mes partisans, qui conserveront leur autonomie. Les jumeaux n'étant plus là, je fais de toi mon bras droit. Les Nekro et les Sans-Ombre imprégnés resteront avec moi, mais je veux que tu déploies mes serviteurs fidèles pour exécuter quiconque tentera de s'opposer à moi. Les Aevum, les Parashakti, les descendants des Tribus élémentaires – s'ils l'osent – et quelques autres.

— C'est un privilège, Seigneur. Bien sûr. Je vais préparer nos troupes immédiatement, répondit Vultress, les yeux brillant d'une excitation démente, avant de s'incliner de nouveau.

— Bien. » Mortem se détendit sur son trône. « Ne me déçois pas, car ta mission est essentielle au cas où tout ne se passerait pas comme prévu lors du solstice. » Il désigna Ezra du menton. « Ses pouvoirs sont loin d'être aussi impressionnants que ceux de la fille Lì, mais nous devrons nous en contenter. Convoque-le dès que tu seras prête. »

Mortem ne lui accorda pas même un regard. Ezra avait espéré qu'il reconnaîtrait enfin en lui un atout, qu'il le traiterait avec respect et qu'il l'encouragerait, comme lorsqu'ils s'étaient rencontrés pour la première fois en dehors du Refuge, quand il avait dit à Ezra qu'il était la clé de leur libération et de leur prospérité.

Soudain, Ezra eut l'impression d'avoir été manipulé. Quel idiot ! Le regret bouillonnait en lui. Comment avait-il pu tout sacrifier pour ça ?

Mortem lui jeta un coup d'œil soupçonneux.

« Oui, Seigneur », s'empressa-t-il de répondre.

Croissant laissa échapper un court aboiement, et Mortem ajourna la réunion. En sortant, Ezra entendit Mortem offrir un dernier cadeau à sa protégée.

« Vultress, si, pour une raison ou pour une autre, notre plan venait à échouer, j'aimerais que tu rendes visite à une autre famille, mais pas avant la période où la nuit est plus longue que le jour. J'ai enfin trouvé *sa* famille. Je crois que tu les connais. Ce sont eux qui ont assassiné ton mari. »

Ezra ne voyait pas son visage, mais il devina que Vultress souriait d'un air mauvais.

« Ezra. »

Son cœur fit un bond. Mortem se souvenait de son nom.

« Occupe-toi de notre prisonnière la plus importante, et assure-toi que nous avons le contrôle de ses pouvoirs », ordonna-t-il avant de le congédier d'un geste négligent.

Le cœur lourd, Ezra sortit sans un mot et se rendit en traînant des pieds dans la partie la plus sécurisée du château.

Lorsqu'il entra dans la cellule, il ne put s'empêcher de contempler la femme attachée à l'intérieur. Des entraves aux poignets et aux chevilles la clouaient au lit. Des aiguilles et des canules perçaient la peau parcheminée de ses bras qui avaient perdu une partie de leur couleur bronzée après des années de captivité.

La prisonnière ne bougeait pas. Elle restait allongée dans une si parfaite immobilité qu'elle aurait pu être endormie ou même morte. Ezra voyait à peine la différence parfois. Ce qui faisait d'elle une parfaite confidente.

« Il s'est passé un truc là-haut », annonça-t-il en refermant la porte derrière lui. Il alla se poster devant la machine et posa les doigts sur le bouton qui lancerait la collecte du sang et des pouvoirs de la femme. De près, il voyait ses yeux bouger sous ses paupières closes, les veines qui saillaient au niveau de son cou frêle, et même les minuscules pointes de ses cheveux noirs qu'on lui rasait régulièrement.

« Je n'aurais jamais imaginé tout cela. » Il balaya la cellule du regard avant de baisser la voix, comme si Mortem ou l'un des Sans-Ombre risquait de l'entendre. « J'ai vu ce que Mortem prépare pour le solstice. Les Nekro, les Hybrides, l'armée des Sans-Ombre. Les *Démons*… Réjouis-toi de ne pas pouvoir les voir. »

Une fois de plus, la prisonnière ne répondit pas. Elle en était incapable. Elle se contentait d'attendre en silence la douleur qui ne manquait jamais de survenir. Pendant un bref instant, Ezra se demanda s'il pouvait l'aider. Il avait volontairement choisi de suivre Mortem, donc il avait encore accès à ses pouvoirs, contrairement à la plupart des résidents de la forteresse.

Pourrait-il la téléporter dans un endroit au sein du château où Mortem ne la retrouverait pas ? Ou l'envoyer à des centaines de mètres d'altitude pour la laisser tomber et mettre un terme à ses souffrances ? Avait-elle des enfants ou de la famille ? Savaient-ils ce qui lui était arrivé ? Voudraient-ils le savoir ?

En entendant un claquement métallique résonner au loin dans les couloirs froids et sombres, Ezra fut submergé par la terreur.

Non. Il avait fait son choix. Il pressa le bouton et recula tandis que la machine s'animait en bourdonnant.

Sur le lit, la femme convulsa en se crispant au sein de ses entraves. Du sang bien rouge sortit de son corps et passa dans les tubes transparents avant d'entrer dans l'appareil. Ezra ne pouvait rester plus longtemps ; le poids qui lui écrasait la poitrine lui paraissait encore plus lourd.

« Je suis désolé », marmonna-t-il en regardant les murs noirs de la cellule s'assombrir encore plus, bizarrement. Il ne savait pas si la prisonnière l'entendait, mais il lui dit une dernière chose avant de partir.

« Incantus et le Refuge n'ont aucune idée de ce qui les attend. Même avec les Gemmes élémentaires, le sort n'est pas en leur faveur. Personne ne survivra à la bataille ou aux Démons. Bientôt, ils n'auront même plus leur ombre pour leur tenir compagnie. »

REMERCIEMENTS

Je veux commencer par vous remercier vous, lecteurs et lectrices. Merci d'avoir choisi mon livre. Certains m'accompagnent depuis le début de ma carrière d'écrivain en ligne. C'est vous qui m'avez encouragé à faire publier ce fichu bouquin. C'est votre soutien sans faille qui m'a permis de m'épanouir, et d'être fier d'être un auteur et un lecteur. Je vous aime tellement… J'espère avoir écrit un roman qu'à votre tour vous chérirez.

Merci à ma famille, ma mère et mon père, mes deux frères et nos chiens bien-aimés. Vous n'avez peut-être pas toujours compris mon histoire, mais vous avez toujours mesuré à quel point elle comptait pour moi ; pour cela, je vous suis très reconnaissant. J'ai le privilège de pouvoir dire, avec une certitude absolue, que je sais ce que ça fait d'être aimé sans condition. Vous m'avez inspiré, directement et indirectement, et permis d'écrire une histoire à l'encre de l'affection et de l'encouragement. Je sais que je ne vous le dis pas assez, mais merci pour tout. Je vous dois tout ce que je suis et tout ce que je vais encore devenir.

À mon amour. Merci d'être ma supportrice numéro un, ma meilleure porte-parole, celle qui m'applaudit le plus fort. Tu es arrivée dans ma vie bien après que j'ai commencé à développer l'histoire d'Alexis, mais tu as participé à son évolution. Tu es toujours prête à m'écouter parler sans fin de citations, de possibles rebondissements et de trajectoires de personnages. T'aimer fait de moi un homme meilleur. Si j'ai du succès, ce sera le nôtre (et oui, nous pourrons utiliser cet argent pour partir en vacances).

À mes amis. Vous savez qui vous êtes. Ceux qui font acte de présence, qui me laissent des *likes* et des commentaires, qui partagent mes posts et qui me soutiennent. Ceux qui avaient les larmes aux yeux quand je leur ai dit que mon livre allait enfin être publié, et qui se sont empressés de le précommander dès que j'ai annoncé la nouvelle. Écrire à propos d'une famille choisie n'était absolument pas difficile, car j'avais des exemples tout autour de moi.

Merci à mon incroyable éditrice, Yas Morrissey. Sans toi, ce livre ne se serait jamais retrouvé dans les librairies du monde entier. Je n'oublierai jamais notre première conversation, quand tu m'as dit que mon roman avait un brillant avenir chez Simon & Schuster. Ton soutien, tes encouragements et ton expertise ont transformé un simple document Word en un vrai livre que je tiens entre mes mains ! Merci à toute l'équipe de Simon & Schuster : l'inspirante Rachel Denwood, directrice générale ; la formidable Ali Dougal, directrice éditoriale ; Laura Hough et Dani Wilson, aux ventes ; Sean Williams, au design ; Nicholas Haynes, aux ventes à l'international ; Maud Sepult et Emma Martinez, à l'achat des droits ; les merveilleuses Jess Dean et Ellen Abernathy, qui s'occupent des relations avec la presse ; les incroyables Olivia Horrox et Miya Elkerton, au marketing, et Basia Ossowka, à la production.

À ma correctrice Genevieve Herr et ma relectrice Lowri Ribbons, merci d'avoir supprimé les meilleures parties de mon histoire. Merci à Web HD pour mon magnifique site Internet. Je remercie aussi particulièrement Katt Phatt pour l'illustration de couverture saisissante et magique de *La Lumière qui nous aveugle*. Merci à Alex Forrest pour les incroyables portraits des personnages. Tous les deux, vous avez fait de mon rêve une réalité, au-delà de tous mes espoirs.

Merci à mes bêta-lecteurs pour vos recommandations, vos avis sincères, votre enthousiasme et vos conseils. Mon livre est meilleur grâce à vous, et je vous en suis très reconnaissant. Merci à mes amis auteurs et autrices de m'avoir accueilli au sein de votre communauté, de m'avoir soutenu à mes débuts et de m'avoir fait profiter de votre expérience. Vous avez rendu cette période déstabilisante un peu plus gérable !

Même si je suis enseignant, je continue d'apprendre. Merci à mon mentor, Alison Wiggins, qui m'a appris, pendant que j'étudiais pour décrocher mon diplôme d'enseignement en psychologie, à crier même quand ma voix tremble. Merci à mes anciens patients et à mes élèves, ceux d'hier et d'aujourd'hui, qui m'ont appris l'importance de la patience, d'un état d'esprit positif, et à ne jamais renoncer. Grâce à vous, cette année impossible en valait vraiment la peine, et je ne vois que de grandes choses pour vous à l'horizon.

Enfin, je souhaite remercier le garçon qui a rendu tout cela possible, le Andrew de 13 ans qui, en 2013, passait trop de temps perdu dans d'autres mondes, à rêver du sien. Ce livre m'a sauvé. Il m'a sorti de mes périodes les plus sombres, et m'a appris à voir la lumière en ce monde et chez les gens qui m'entourent. Il m'a appris à la voir en moi aussi. Merci de m'avoir donné une raison d'être. Merci à Alexis et à son histoire, merci d'avoir posé le stylo sur le papier (ou les doigts sur le clavier), merci d'avoir surmonté les incohérences du récit, la frustration, l'apathie, la gêne et le désespoir. Merci pour tous ces jours passés à travailler sur ce livre pour le faire publier.

Nous avons réussi. Enfin. J'espère que tu es fier de moi.